M K Wauthoz

La Statue-Dragon

Tome 3

Le Voleur d'Âmes

I0562380

Déjà paru de la même série

IL
Le Livre de Gwendegarde

À paraître dans la même série

L'Apogée du Mal
Déesse Edox

Déjà paru du même auteur

La Mort pour Compagne
La Mort pour Maîtresse
La Mort pour Divorce

ISBN : 978-2-9601346-4-3
© Matthieu Wauthoz, 2016

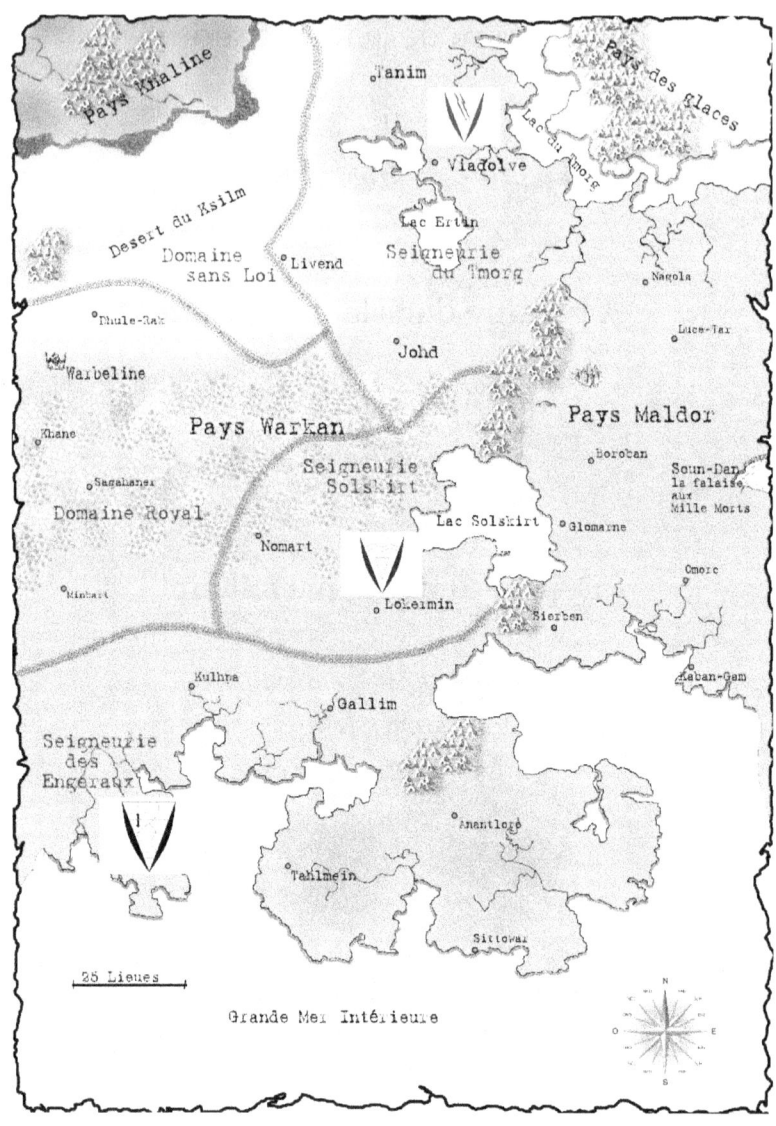

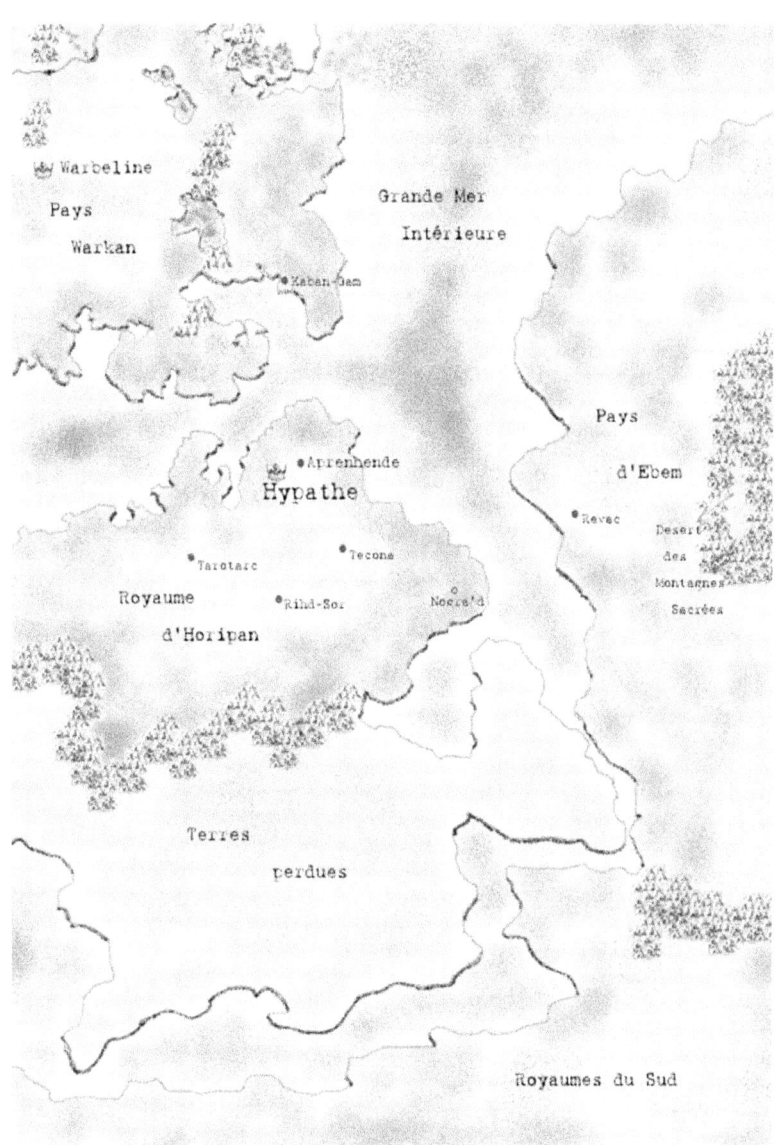

Warbeline

Pays

Warkan

Grande Mer

Intérieure

Kaban-Dam

Pays

d'Ebem

Apprehende

Hypathe

Revac

Desert

des

Tecona

Montagnes

Tarotarc

Sacrées

Royaume

Rihd-Sor

Nocra'd

d'Horipan

Terres

perdues

Royaumes du Sud

À Sagahaner, dans une petite auberge…

La porte s'ouvrit à la volée et une vingtaine de soldats pénétrèrent en trombe en bousculant les tables, leurs armes luisant d'une couleur surnaturelle à la main. Arkès se leva d'un bond et les attaqua aussitôt. Il en assomma quelques-uns avant qu'Orkaf, le chef d'armée du roi, ne s'en prenne à lui. Pourtant recouvert de sa carapace, la lame du seigneur pénétra sans difficulté jusqu'à la chair et le sang coula. Abasourdi, Arkès marqua un temps d'hésitation. Fort heureusement, l'entaille était superficielle.

Maintenant l'épée dans l'épaule de son adversaire, Orkaf cria par-dessus le brouhaha de la bataille :

— Rends-toi où tes amis mourront !

Arkès pivota légèrement, accentuant la douleur de sa blessure. Plusieurs soldats tenaient les kNalines en respect. Il baissa les bras. Trois gardes se jetèrent sur lui sans ménagement pour le ligoter. Les autres firent de même avec ses compagnons.

Satisfait, Orkaf ordonna de se mettre en route. En partant, il se tourna vers le tenancier.

— Quant à vous...

— Edarg, s'identifia-t-il.

— Vous êtes le patron ?

— En effet.

— Votre loyauté sera généreusement récompensée.

— Je suis au service du roi, répondit l'homme avec un léger sourire.

Orkaf lui lança une bourse remplie de pièces d'or.

Ficelés sur un chariot sans bâche, Arkès et les kNalines traversaient la ville. L'un des soldats criait sans cesse :

— Voyez les traitres, voyez les assassins ! Leur châtiment sera exemplaire. Voyez les traitres, voyez...

Deux ans plus tôt, quelque part au nord de Gallim.

La belle saison se terminait et un hiver rigoureux commença sans transition dans cette région du monde. Le convoi faisant route de Gallim au pays kNaline affrontait les premières intempéries. Ils avançaient à grand-peine et une pluie battante, dans un fort vent du nord glacé, n'était que le début de leur épreuve. Le sol détrempé par les averses ininterrompues des jours précédents rendait leur progression plus difficile encore.

Après celles-ci, en quelques jours à peine, le gel s'emparerait de la moindre goutte d'eau. Il figerait tout et durcirait la terre sur plusieurs dizaines de centimètres. Voyager deviendrait presque impossible tant le froid engourdirait les chevaux et les hommes.

Viendra ensuite la neige en abondance des jours durant sans discontinuer. Le manteau blanc s'épaissira à hauteur d'épaule par endroit. Cette période arrêtera la progression des chariots.

Lorsqu'enfin le soleil réapparaîtra, il sera puissant et aveuglant. Malgré tout, le froid l'emportera sur lui et la neige ne fondra pas. Trois mois s'écouleront encore avant que la chaleur ne reprenne ses droits et rende à nouveau les déplacements possibles.

C'était le prix à payer pour que les survivants de Gallim trouvent un endroit où vivre paisiblement.

Pour l'heure, les chevaux et les hommes se courbaient devant la pluie qui lacérait de ses fines pointes glacées leurs visages rougis. Le cuir humide et lourd, percé depuis longtemps, pesait sur les épaules des voyageurs. Le ciel s'opposait à leur marche, la fatigue les gagnait. Les chariots chargés des villageois les plus faibles et des vivres indispensables s'embourbaient. Les chevaux peinaient à les tirer de leurs sabots hoquetant entre la boue et les cailloux du sol rocailleux au nord-est de Nomart et les hommes s'égosillaient en encouragements.

Malgré les conditions hostiles, hors de question pour nos voyageurs de chercher abri dans un village. Ils devaient éviter tout risque de se faire houspiller. Arkès et Lynhéa n'avaient prévu qu'un arrêt en zone habitée pour se ravitailler : ce serait à Livend où ils espéraient un accueil chaleureux malgré les circonstances. Pourtant, devenus *personae non grata* dans le royaume, rien n'était moins sûr. D'ici là, les chariots seraient leurs uniques toits et sillonneraient le pays en dehors des routes fréquentées.

Dans le convoi, une ambiance maussade régnait. Une d'entre eux, Dolcina, était encore très faible et la rudesse du voyage retardait sa guérison. Lucal restait la plupart du temps inquiet à ses côtés. Medil, le seul kNaline présent, appliquait toutes ses connaissances médicales, mais ce n'était pas son domaine de prédilection... Ses efforts ne permirent aucune amélioration. L'état de la pauvre femme empirait et le froid, le ballottement du chariot et le manque de nourriture adéquate n'arrangeaient rien. Elle avait plus de mal que les autres à se rétablir de leur récente privation. Son corps lui-même semblait vouloir ralentir sa guérison. Alors que ses compagnons de Gallim avaient récupéré l'énergie nécessaire à leur voyage, Dolcina restait allongée sans forces.

Tous partageaient la peine de Lucal et lui apportaient réconfort et soutien. Mais plus Dolcina s'affaiblissait, plus la rancœur du soldat envers le roi gonflait. Haine et tristesse se mélangeaient et s'alimentaient en un cercle vicieux. Dialène lui-même ne parvenait pas à lui faire reprendre raison.

Tant bien que mal Arkès gardait la direction du convoi. Il essayait en même temps de convaincre Lynhéa de rester allongée pour le bien-être du bébé à venir. À contrecœur, elle acceptait de temps à autre, mais uniquement pour alléger les soucis de son compagnon.

— Avec tout ce que j'ai subi ces dernières semaines, ce n'est pas une petite marche qui fera la différence pour le bébé, devait-elle pourtant ajouter avant de s'exécuter.

Paradoxalement l'humeur de Lynhéa était la seule chose qui redonnait un peu le sourire à Arkès.

Une journée plus clémente lui permit de forcer l'allure, mais les chevaux s'essoufflaient vite. Leur marche devait s'arrêter régulièrement pour le repos des bêtes fourbues.

À la lisière d'une forêt, il fit signe de bifurquer pour se mettre à couvert. Le lourd serpent à bout de forces changea de direction dans un bruit de bois et de métal soumis à l'effort. Les chariots eux-mêmes se plaignaient. Une fois immobilisés, Lucal se rendit compte que le convoi s'était arrêté. Il bondit hors du véhicule en gesticulant et fonça vers Arkès occupé à placer les cales aux roues.

— On ne peut pas s'arrêter maintenant ! Chaque journée que l'on perd, Dolcina s'enfonce un peu plus.

— Je sais, répondit Arkès désolé, mais nous devons ménager du repos aux chevaux sinon ils n'arriveront pas vivants chez les kNalines.

— Et alors, renchérit Lucal. On s'en moque des animaux !

— Non, le contredit Arkès, on ne s'en moque pas. À chaque bête que nous perdons, c'est un chariot abandonné.

— Et… ? demanda Lucal.

— Et ce sont autant de personnes qui devront marcher. Tous ne sont pas en état de le faire aussi longtemps.

— On n'a qu'à laisser un peu de matériel ! proposa sèchement Lucal.

— On n'a que des vivres. Et on en a besoin.

— On peut prendre le risque.

— Pas si cela implique de perdre plusieurs personnes pour en sauver une seule... même pour Dolcina. Je suis désolé.

— Lucal ! cria Lynhéa, alertée par le bruit. Arrête ! Tu sais bien qu'Arkès fait son possible pour tout le monde. Fous-lui la paix !

À l'intervention de Lynhéa, Lucal se ressaisit et jeta un regard circulaire. Les villageois le fixaient. Il baissa la tête.

— Excusez-moi, je n'aurais pas dû réagir de la sorte.

Arkès s'approcha et déposa une main sur son épaule. Son ami à bout de nerfs éclata en sanglots.

— Ne t'inquiète pas. Ils comprennent.

— J'ai tellement peur de la perdre, dit Lucal avec difficulté au milieu de ses larmes.

— On fera tout notre possible.

— Je sais. Merci.

— Ressaisis-toi. Retourne auprès d'elle. On va allumer un feu et nourrir tout le monde.

— Un feu ? s'inquiéta Lucal. Mais... et les soldats ?

— Au diable les soldats ! C'est pour cela que j'ai isolé le convoi dans ce bois. On a tous besoin de repos. Ça fait des jours qu'on chemine dans cette pluie glacée. Le froid a depuis longtemps percé nos vêtements et notre peau, gelant jusqu'à nos os. Cela fera du bien à tout le monde. Et si des soldats nous trouvent, tant pis… pour eux.

— Houuuuu Ouiiiii ! cria Lynhéa à l'annonce d'Arkès. Enfin !

Tous les villageois se tournèrent vers elle. Son explication grava un large sourire sur chaque visage et une étincelle de motivation les regagna quelque peu. Malgré tout, ils attendraient la nuit pour que la fumée du foyer ne soit pas visible. Des panneaux faits de bois et de hautes herbes en cacheraient la lumière.

La nourriture eut à nouveau du goût. Les mimiques affichées réchauffaient les cœurs tandis que le feu séchait quelque peu leurs vêtements. Même Dolcina, installée à proximité des flammes, esquissa un faible sourire tendu à Lucal :

— On va s'en sortir, affirma-t-elle doucement.

— Bien sûr ! confirma-t-il sans montrer son inquiétude.

— Ne fais pas le malin, rien n'est sûr. Mais au moins sommes-nous bien ce soir.

— Tu te sens mieux ? demanda-t-il.

— À côté du feu, ça va, répondit-elle face aux flammes rouge et or à la surface des bûches.

Jamais elle n'aurait cru s'émerveiller un jour devant un spectacle si banal. Elle se jura de ne plus regarder les choses de ce monde avec autant d'indifférence. Les averses avaient diminué d'intensité et le feuillage cotonneux qui la surplombait se balançait délicatement au gré du vent. Le bruit l'apaisait et la danse hypnotique des feuilles la réconfortait. L'épaisse forêt formait un bouclier contre la pluie. Les branches canalisaient l'eau vers les troncs pour la laisser ruisseler jusqu'aux racines.

Lucal lui tenait la main de peur de la voir disparaitre. Des images de leur mariage revinrent en mémoire à la jeune femme. C'était un jour ensoleillé, il y aura bientôt deux ans. Un jour merveilleux qui concrétisait leur amour. L'époux ne pouvait pas voir la robe de sa promise avant la cérémonie et elle ne pouvait pas y faire une tache de vin... Ils avaient fait les deux, un peu comme une provocation au destin. Et pourtant, elle sentait aujourd'hui que, malgré les circonstances, rien ne pourrait jamais ternir leur amour.

Elle lui sourit.

— Qu'y a-t-il ? demanda Lucal.

— Tu te souviens du jour de notre mariage ?

— Comment pourrais-je l'oublier ? Cela restera le plus beau jour de ma vie.

— Vraiment ?

— C'est le jour où une femme comme toi a fait l'honneur à un bourru comme moi de dire *oui*. (Elle sourit derechef.) Même si je savais déjà t'aimer à la folie, mon cœur s'est serré lorsque tes yeux amande m'ont fixé au moment de nos vœux. Et aujourd'hui, te voilà enchaînée à moi.

— Cela me convient parfaitement. (Elle se crispa un instant.) J'ai un peu froid malgré le feu.

— Je vais te chercher une couverture supplémentaire.

— Merci.

De son côté, Arkès entretenait les foyers et se réjouissait de constater que les villageois profitaient de ce moment de répit. Le bois détrempé flambait difficilement. Disposées autour, les branches les plus fines sècheraient avant d'atterrir dans les flammes.

Il sourit à la vue de son ami se pressant vers le chariot. Si fort et impitoyable lors des combats, il était d'une tendresse exemplaire envers sa femme. Il espérait vivement son rétablissement et que les kNalines trouvent le remède au mal inconnu qui la rongeait.

Une nouvelle poussée de rage le submergea, dirigée contre le roi et Elveblas. Eux qui avaient massacré ses amis et inutilement torturé Lacneol et Marine avant d'abandonner quelques rares survivants dans une indifférence pire qu'envers des animaux blessés. Il ne leur pardonnerait jamais d'avoir réduit son village natal à un village fantôme.

Lynhéa vint s'accroupir à ses côtés tandis qu'il alimentait le feu.

— Daïa nous aurait été bien utile, dit-il avec regret.

Elle ne répondit pas, mais esquissa un léger sourire d'approbation. Pour l'aider dans sa tâche, elle disposa d'autres branches à proximité pour les faire sécher à leur tour. En silence ils regardaient les flammes danser, écoutaient le bois craquer et les milliers d'étincelles exploser dans l'air vif.

Devant les langues incandescentes, Lynhéa repensait au feu craché par la dragonne sur les troupes de la magistrelle. Elle se rappelait ses derniers battements de cœur et en éprouvait toujours une profonde tristesse.

Quelques instants plus tard, Arkès se leva pour s'isoler. Voir ses compagnons joyeux lui réchauffait l'âme, mais il préférait jouir de leur bonheur à distance... seul. Malgré le feu qui lui procurait tant de bien, Lynhéa le rejoignit :

— Alors chéri, on s'éloigne ?

— Oui, un peu de calme. Je profite du spectacle et surtout d'un moment où je ne dois diriger personne, où je n'ai la responsabilité de rien d'autre que celle du feu.

— Et même là, quelqu'un pourrait s'en charger. (Elle lui prit le bras) Je peux me joindre à toi ?

— Oui, bien sûr, mais il fait beaucoup plus frais ici, fit-il remarquer.

— Ça fait plus d'une heure que je me réchauffe. J'ai envie d'être près de toi.

— Dans ce cas, profitons du spectacle à deux, lui sourit-il en la prenant dans ses bras.

Elle se serra contre lui. Depuis leur triste départ de Gallim, les moments d'intimité s'étaient faits rares. Arkès tentait de subvenir aux besoins du groupe alors même qu'il dirigeait par défaut. Il se responsabilisait de leur survie, combattant par-là la culpabilité qui le rongeait en réponse à tous les morts des dernières semaines. Lynhéa ressentait cette solitude et une immense tristesse en lui.

— Tu passes beaucoup de temps à t'occuper de tous et à essayer de nous garder en vie.

— Tout ce qui nous arrive est ma faute. Et quoi que tout le monde en dise, cela ne change rien. Je ne parviens pas à me sentir moins coupable. As-tu déjà fait le compte des morts depuis que j'ai pris cette satanée statue ?

— J'essaie d'éviter.

— La quasi-totalité des kNalines, la plupart des guerriers des Engeraux dans deux batailles contre des monstres et les autres soldats warkans lors de notre combat contre Zahirdena. Des milliers à cause de moi... Et pourquoi ? Pour assouvir la soif de pouvoir d'un roi obsédé par la magie maldore.

— Et c'est pour cela que tu déploies tant d'énergie pour ce convoi ?

— Oui, pour une fois, je voudrais sauver des gens au lieu de les envoyer à la mort.

— C'est très noble, et tu t'y prends très bien. Regarde, dit-elle, en dépliant une des cartes réquisitionnées dans la demeure de Lacneol avant leur départ. Si je ne me suis pas trompée, nous longerons bientôt le lac Solskirt. Vers le nord, nous arriverons au pied des *montagnes-frontières* et nous pourrons alors croiser vers Livend. Là, les villages sont rares, on passera plus facilement inaperçus. C'est ce que tu voulais faire non ?

— En effet, tu y vois clair. Merci, ça fait plaisir de constater que je ne suis pas seul à planifier les choses.

— De rien, si je te dis tout cela, c'est que j'ai une bonne raison. Arrête de porter tout le poids de notre voyage. Je suis là, je peux t'aider.

— Je m'en rends compte en effet.

Arkès regardait la carte dans les mains de Lynhéa lorsqu'un détail le frappa. Dans deux jours, Lockermin serait presque en vue vers l'ouest. Lockermin, le siège d'Elveblas *le boucher*. Une journée de marche tout au plus les séparerait. Il ne releva pas, mais en évaluait parfaitement le risque. Ils devraient redoubler de prudence.

Quelques instants plus tard, Lynhéa sentit le froid à nouveau l'envahir. Elle proposa à son compagnon de rejoindre les autres et de se réchauffer un peu. Il accepta.

— Les hivers sont aussi rigoureux chez vous ? demanda-t-il à Medil.

— Même plus encore. Nous vivons dans les montagnes, ne l'oublie pas.

— Oui, c'est vrai. Au fait, avec ce qu'il s'est passé il y a peu…

La fin de sa phrase resta bloquée dans sa gorge.

— Tu n'es pas responsable, le rassura-t-il.

— Avez-vous de quoi survivre pour cet hiver ?

— Ne t'inquiète pas. Nous sommes pleins de ressources.

— Je sais cela. C'est juste pour évaluer ce que nous devrons faire comme réserves de nourriture une fois à Livend.

— Ne prends que le nécessaire pour le trajet jusqu'aux montagnes. Nous avons largement de quoi sustenter tout le monde.

— Comment est-ce possible ? Dans mon rêve, tout fut détruit.

— En effet, mais contrairement à vous, nous savons cultiver à même la neige. Et les animaux sont toujours en nombre suffisant. Tu connais notre cycle de vie, n'est-ce pas ?

— Oui.

— Durant l'hiver, nos ancêtres les arbres enfoncent leurs racines plus profondément pour descendre sous le gel. Ils peuvent de la sorte se nourrir presque comme en pleine saison et produire des Livrehs.

Medil mit la main sur l'épaule d'Arkès, puis continua :

» Une fois chez nous, tu ne devras plus t'inquiéter pour eux. Nous nous occuperons de tout. Tu pourras déposer ce fardeau que tu t'imposes. Ramène-nous là-bas sains et saufs, ne t'encombre pas l'esprit de futilités.

Arkès sourit puis resta un long moment à observer le feu. Les heures passèrent et, l'un après l'autre, les villageois s'endormirent sur ce furtif moment chaleureux. Demain, la pluie et le froid reprendraient leurs droits avec leur marche éprouvante. Une fois tout le monde assoupi, Arkès recouvrit les braises avec de la boue et partit rejoindre Lynhéa. Ils se blottirent l'un contre l'autre et tombèrent eux aussi dans un sommeil réparateur.

Au milieu de la nuit, des cris atroces les réveillèrent. Arkès revêtit sa carapace, ce qui le protégea en même temps du froid, et sauta hors du chariot. Sur ses gardes, il scrutait les environs à l'affut du moindre bruit ou mouvement.

Un nouveau hurlement traversa sans difficulté la toile, c'était Dolcina. Il s'y retrouva instantanément.

—Aidez-nous ! supplia Lucal pris de panique. Que lui arrive-t-il ?

—Medil ? s'enquit Arkès.

—Je ne sais pas non plus, avoua tristement ce dernier. Elle est en bonne santé et pourtant, un mal étrange la ronge, mais je n'arrive pas à l'identifier.

—D'où cela pourrait-il venir ? demanda Arkès.

—Je ne peux pas répondre, mais selon moi, il s'agit probablement de magie.

Arkès n'ajouta rien, mais réfléchit à toute vitesse.

—Cela ne peut donc être que d'origine maldore. Mais ils sont tous morts aujourd'hui. Par contre... (Il marqua une courte pause puis)... *Tu es là ?* demanda-t-il à sa carapace.

—*Je ne suis jamais loin*, répondit cette dernière.

—*Tu sais ce que je vais solliciter, n'est-ce pas ?*

—*Oui, mais je ne peux pas le faire.*

— *Pourquoi ?*

— *Je te suis attribuée, à toi et à personne d'autre.*

— *Je suis conscient de cela. Mais je ne pouvais pas non plus tuer et Daïa m'a libéré de cette contrainte. Comme tu viens également d'elle, ne crois-tu pas que cela aurait été sa volonté ?*

Lucal et Medil s'affairaient autour de Dolcina à découvrir ce qui la torturait. De temps à autre, Medil jetait un coup d'œil vers Arkès. Il le voyait plongé dans ses pensées.

— *Si, peut-être,* avoua sa carapace.

— *Puis-je compter sur toi ?*

— *...*

— *Puis-je compter sur toi ?* insista-t-il.

— *Oui, tu le peux, mais je ne te promets rien.*

— *Pas de promesses. Garde-la seulement en vie le temps que nous arrivions chez les kNalines et atténue autant que possible sa douleur. C'est tout ce que je demande.*

— *Attends,* l'arrêta-t-elle, *je dois te mettre en garde. Si nous faisons cela, notre lien très profond pourrait avoir des répercussions sur toi.*

— *Des répercussions ?* s'inquiéta Arkès.

— *Des conséquences.*

— *De quel ordre ?*

— *Difficile à dire, une partie de ta personnalité viendra peut-être avec moi. Mais rien n'est moins sûr.*

— *Je dois prendre le risque,* affirma-t-il déterminé. *Alors, quelle est ta décision ?*

— *C'est d'accord.*

— *Merci.*

Sans plus attendre, Arkès sauta dans le chariot et s'agenouilla aux côtés de Lucal. Ce dernier l'interrogea du regard. Medil s'écarta.

— Tu vas devoir me faire confiance, dit-il à son ami.

— Je... D'accord, confirma celui-ci avec résignation. De toute façon, elle ne tiendra pas si l'on ne fait rien.

— Il vaudrait mieux que vous sortiez. Et quoiqu'il arrive, quoique vous entendiez, je vous demande de ne pas intervenir.

Ses deux compagnons se regardèrent un instant, perplexes, mais finirent par s'exécuter sans mot dire.

Sans trop savoir comment, Arkès envisageait une manœuvre douloureuse pour lui... Mais aussi pour Dolcina. Personne ne devait les interrompre. Il ferma la bâche derrière Lucal et Medil puis s'approcha de Dolcina.

Trop faible et tordue de souffrances, elle ne pouvait pas parler, mais restait parfaitement consciente. Elle l'implora des yeux de mettre fin à son calvaire... d'une manière ou d'une autre. Elle transpirait abondamment et des fumeroles d'évaporation s'échappaient dans le froid. Son teint livide la plaçait aux portes de ses ancêtres.

Il lui adressa un sourire discret puis déposa une main sur son front et une sur son ventre.

— Cela risque de faire mal, l'avertit-il.

Des larmes envahirent les yeux de Dolcina puis elle acquiesça. Ceux d'Arkès se mouillèrent à leur tour.

— *Tiens-la en vie*, supplia-t-il sa carapace.

Soudain, une forte sensation de vide s'empara de lui. De ses mains son tatouage s'écoula pour recouvrir peu à peu le corps de Dolcina. Prise de panique, elle hurla et voulut l'empêcher de continuer, mais elle était trop faible et lui bien trop fort. Elle ne pouvait rien faire. Arkès la maintenait fermement pendant que sa carapace l'englobait.

Malgré les cris, Lucal respecta sa promesse et resta à l'extérieur avec Medil et Lynhéa venue les rejoindre. Chacun de ses muscles trahissait la tension qui l'habitait. Il serrait la mâchoire à s'en briser les dents et frappait le bois du chariot à s'ensanglanter les poings. Les autres villageois et Dialène avaient préféré rester à distance.

— Que se passe-t-il ? s'inquiéta Lynhéa.

Personne ne répondit.

Un instant plus tard, Arkès se retrouva nu comme un ver et Dolcina enveloppée par la carapace.

Les cris cessèrent.

La jeune femme fixait son ami de ses yeux apeurés... Mais elle semblait soulagée. La douleur disparaissait peu à peu et une réconfortante chaleur l'envahissait. Épuisée, elle ferma ses paupières.

Il se leva avec peine, couvert de transpiration, les bras grelottant de froid. Il écarta la bâche et eut le temps de dire « elle s'est endormie » avant de basculer et de s'écrouler sur le sol fangeux. Ses amis se ruèrent pour lui porter secours. Immédiatement, Medil apposa les mains sur son corps. Une aura lumineuse bleuâtre les entoura et Arkès reprit ses esprits.

— Je t'ai redonné un peu d'énergie, dit Medil.

— Merci, répondit péniblement Arkès.

Couvert de boue, il se releva au prix d'un effort intense et s'approcha de Lucal après avoir rassuré Lynhéa sur son état.

— Je ne te promets rien. Mais au moins ne souffrira-t-elle plus.

— Mais que lui as-tu fait ? demanda Lucal au moment où il découvrit l'épaule de son ami. Oh, mon Dieu !

Il sauta dans le chariot et trouva Dolcina, momifiée dans la carapace d'Arkès… sereine et endormie. Il déposa un baiser tendre sur ses lèvres et lui caressa les cheveux, puis revint vers Arkès.

— Merci, elle a l'air mieux, dit-il à Arkès serré dans ses bras.

Il laissa couler de lourdes larmes de soulagement.

— De rien, mon ami, j'espère que ça l'aidera.

— Quoi ? intervint Lynhéa qui n'avait pas remarqué la disparition du tatouage. Que se passe-t-il ?

— Rien, tout va bien, dévia Arkès en se frottant l'épaule.

Elle réalisa alors.

— Oh ! Mon Dieu ! Mais qu'est-ce qui t'a pris ?

— Je devais essayer, répondit-il visiblement fatigué. Je regrette d'ailleurs de ne pas y avoir pensé plus tôt.

— Sans savoir le risque que tu courais ! hurla Lynhéa. Et maintenant, qui va protéger le convoi si l'on se fait attaquer ?

— LA PAIX ! s'égosilla Arkès à son tour, statufiant Lynhéa sur place. Tu aurais préféré qu'on la laisse mourir ? On sera encore plus prudent. Et tant pis si on y passe tous ! ajouta-t-il à quelques centimètres du visage de sa compagne. Je ne pouvais pas l'abandonner. Et je le referais avec n'importe qui d'autre du convoi. On n'aura qu'à se protéger les uns les autres, plutôt que vous comptiez toujours sur moi. Y en a marre à la fin ! Je ne suis pas le chef ! Même si vous me voyez comme tel, continuait-il, dévisagé par les villageois abasourdis de sa harangue. Je n'ai rien demandé. J'aide, c'est tout. Chacun est libre de faire ce qui lui plait. Je ne suis responsable de personne ! Alors, LAISSEZ-MOI TRANQUILLE !

Lynhéa le regarda s'éloigner sans le retenir. Jamais elle ne l'avait vu dans un pareil état. Les épreuves des dernières semaines l'avaient marqué moralement. Peut-être avait-elle exagéré ? Elle aurait dû le soutenir plutôt que le critiquer. Il était très patient avec elle et elle ne le lui rendait pas toujours. Dialène lui fit signe d'aller le rejoindre pour le réconforter. Elle s'exécuta.

— Espèce d'idiot, tu ne t'es même pas habillé, dit-elle pour elle-même.

Après s'être enfoncée d'une centaine de mètres dans les bois, elle se dirigea vers un bruit sur sa droite. Mais elle se figea. Ce n'était pas lui qu'elle entendait, mais des hognars. Ces loups à la tête recouverte d'écailles s'acharnaient sur une carcasse sanguinolente. Trop occupés à se régaler de leur festin, les animaux ne l'avaient pas sentie. Elle recula méticuleusement sans faire le moindre bruit lorsqu'une soudaine bourrasque lui glaça le dos. Aussitôt, une des bêtes releva le museau et confirma la présence de viande fraîche venue lui fouetter les narines. Abandonnant la carcasse bien dépouillée, elle se mit en chasse vers ce nouveau festin… suivie de peu par les trois autres. Leurs pas se pressaient à mesure que l'odeur dégagée par Lynhéa était plus nette. Elle courait sans se retourner, mais les charognards gagnaient du terrain. Elle les sentait derrière elle et trouva encore la force d'accélérer.

En vain.

Le hognar de tête la talonnait. Elle entendait son souffle et ses grognements proches d'elle à hauteur de son dos tant l'animal était imposant. Soudain il bondit pour tomber de tout son poids sur la jeune femme et la mordre au cou. En plein vol il poussa une plainte stridente avant de heurter le sol. Le souffle court, la vie le quittait en même temps que ses viscères s'écoulaient douloureusement de son ventre. Concentrée sur sa course, Lynhéa ne se retourna pas directement. Elle entendit un deuxième couinement puis un troisième. Elle ralentit l'allure et s'arrêta pour regarder Arkès s'occuper des hognars.

Armé du katana de Lynhéa, il avait mis hors de combat trois des charognards et se dirigeait vers le dernier, face à lui, bien campé sur ses pattes, le poil hérissé.

— *Tu peux encore t'en sortir vivant*, pensa Arkès à son attention.

Ses yeux avaient rougi pour devenir incandescents. Après quelques hésitations, le hognar s'arrêta de grogner et se redressa doucement. Puis, il s'approcha et vint frotter sa tête écailleuse contre la main tendue d'Arkès.

Lynhéa en resta coite. Arkès s'agenouilla et caressa l'animal.

— *Veux-tu nous aider à traverser le pays ?*

Le hognar leva le museau et lécha la joue d'Arkès en signe d'accord.

— *Je t'appellerai* Kerlua, *le mot maldor pour* « *Trouvé en forêt* ».

Ses yeux perdirent leur éclat rubis lorsqu'il rejoignit Lynhéa.

— Tu ne dois pas t'éloigner seule, lui dit-il froidement la main sur le dos de Kerlua.

— Je voulais te retrouver, poursuivit-elle sous le choc et essoufflée.

— Je n'étais pas dans les bois.

— C'est ce que je vois.

— J'étais retourné au chariot pour prendre des vêtements.

— D'accord. Et... ça ? demanda-t-elle le doigt pointé vers le hognar.

— C'est Kerlua.

— Tu lui as même donné un nom !

— Oui, c'est plus facile.

— En effet... Mais... Mais que s'est-il passé ?

— Je lui ai demandé de nous suivre pour nous protéger pendant notre voyage.

— Ah ! bien sûr ! Et tu parles le kerluan.

— Le hognar.

— Quoi ?

— Le hognar, c'est un hognar.

— Ah, oui, pardon, le... hognar, dit-elle exaspérée.

— Non.

— Non, quoi ?

— Je ne parle pas le hognar.

— D'accord, je n'insiste pas, conclut-elle.

Arkès la contourna sans même lui adresser un regard et se dirigea vers le campement suivi de près par Kerlua. Cette indifférence d'Arkès la piqua en plein cœur comme une lame de couteau chauffée à blanc. Jamais il ne l'avait niée de la sorte. Ce n'était pas lui et cela l'affecta profondément. Il s'était éloigné de quelques pas lorsqu'elle reprit ses esprits.

— Pardon, dit-elle tristement.

Arkès s'arrêta puis, après une légère hésitation, se retourna vers elle.

» Je n'aurais pas dû t'agresser. Tu as déjà assez à gérer comme ça sans que j'ajoute à ton stress. Je suis vraiment désolée.

Arkès adoucit ses traits même si Lynhéa ne l'aperçut pas dans la nuit.

» Je peux m'approcher sans me faire mordre ? demanda-t-elle.

Arkès baissa la tête, ses yeux rougirent et Lynhéa le vit cette fois.

—Elle ne te fera pas de mal. À partir de maintenant, elle est avec nous et te protègera aussi. Es-tu d'accord ?

Lynhéa fut étonnée de cette question dans l'état d'énervement où il était. Mais elle acquiesça et le prit dans ses bras. Ils s'embrassèrent puis elle demanda.

— Et moi, puis-je parler avec elle ?

— Oui, grâce au don des kNalines, répondit-il sur un ton beaucoup plus doux.

— Comment le sais-tu ?

— Je l'ignore. Essaie.

Lynhéa se tourna vers Kerlua et s'accroupit. Délicatement, elle lui prit la tête dans ses mains.

— *Est-ce que tu m'entends ?*

Mais elle ne broncha pas.

— *Est-ce que tu m'entends ?* pensa-t-elle plus fort.

Arkès intervint.

— Tu n'y crois pas, alors ça ne marchera pas. Ne la vois pas comme un animal sans intelligence, mais plutôt comme n'importe qui d'autre. Je vais t'aider.

Arkès se concentra et ses yeux rougirent. Il posa la main sur l'épaule de sa compagne et lui suggéra.

— Parle-lui comme à moi.

Lynhéa le fixa dubitative puis essaya à nouveau. Son regard s'enflamma à son tour et cette fois, Kerlua s'avança pour lui lécher les doigts.

— C'est dingue ! s'exclama-t-elle.

— Merci Lamynthe.

— Oui, merci Lamynthe.

Finalement, bras-dessus, bras-dessous, ils rejoignirent le campement suivis à quelques pas de leur nouvelle compagne. Ils s'installèrent dans leur chariot et s'endormirent pour quelques heures. La présence du hognar auprès d'eux les apaisa et leur procura une chaleur agréable.

Le convoi longeait la pointe sud-est du lac Solskirt. L'avancée se compliquait à mesure que le froid omniprésent se mêlait à la pluie. Le gel serait bientôt là et même si les averses se raréfiaient, l'optimisme peinait à s'insinuer dans le cœur des voyageurs. Les chevaux et les hommes progressaient machinalement dans un silence pesant. Le sablier des jours s'écoulait inlassablement et chacun pensait que le froid aurait finalement raison d'eux... Malgré tout, ils cheminaient au rythme des sabots martelant le sol.

La veille, Arkès avait quitté le convoi et n'avait informé que Lynhéa... sans préciser sa destination. Son compagnon était devenu si distant ces derniers jours. Elle n'avait pas insisté, attristée par son impuissance à l'aider. Même Dialène n'y pouvait rien. Était-il possédé par un démon se délectant de son corps et donnant le change pour éviter d'être découvert ?

Il approchait à présent des grandes portes de Lockermin. Les gardes le reconnurent sans difficulté et, emmitouflés dans leurs gros manteaux de fourrure, restèrent à leur place sur la tour de guet. Le vent glacial annonciateur du gel chassait fort, enfonçant un peu plus les têtes dans la toison brune.

Mais Arkès ne semblait pas affecté par la bise, ce qui acheva de pétrifier les gardes. À quelques pas de la porte, il s'arrêta et leva les yeux vers les fourrures casquées.

—Elveblas m'a ordonné de me présenter. Je m'exécute.

Un soldat hurla de prévenir le seigneur. Il n'adressa pas un mot au visiteur et se contenta de le garder à vue. Arkès resta impassible. Les pas frénétiques sur la courtine en bois confirmaient la panique. Un long moment s'écoula avant le bruit sourd de la lourde poutre. Arkès était demeuré immobile durant tout ce temps, le vent et le froid ne le mordaient en aucune façon. La porte s'ouvrit avec une lenteur extrême et deux gardes sortirent, peu confiants, des chaines à la main.

Il les laissa lui passer les fers sans broncher et le guider jusqu'à la demeure du seigneur. Lorsqu'il gravit les premières marches, la double porte s'ouvrit sur une série de gardes armés répartis sur deux lignes. Au bout de ce couloir humain, Elveblas et Nora affichaient une profonde inquiétude.

Lorsque les soldats l'amenèrent devant eux, il ne vit aucun sourire sur leur visage, mais il put y déceler la peur... et le regret. Nora pleurait. Ses yeux, si sûrs d'eux et calmes lors de leur première rencontre, affichaient aujourd'hui une profonde douleur... et un grain de folie. Elle avait maigri et son teint anciennement si lumineux avait blêmi. Il s'attendait à trouver deux seigneurs satisfaits et arrogants de s'être emparés d'un domaine rival, il constata l'inverse... Mais cela ne changerait rien.

— Arkès, dit Elveblas, je pense que nous devons t'expliquer certaines choses.

— Oui, poursuivit frénétiquement Nora en se tordant les mains, ce n'est pas nous. Enfin, si, c'est nous, mais nous n'avons fait que suivre les ordres du roi. Et cette cruauté... (Ses yeux se brouillèrent à ce souvenir) Oh ! Mon Dieu, nous ne comprenons pas ce qu'il s'est passé. C'est... C'est moi qui les ai torturés, mais je n'étais plus moi-même. Je n'étais plus maîtresse de mon esprit. (Elle regardait ses mains tremblantes comme pour les désigner responsables à sa place) Je ne voulais pas... Mais quelque chose avait pris le contrôle de mes actes. Je n'en dors plus depuis, je suis en train de perdre l'esprit.

Au travers de ses cheveux hirsutes, Arkès la toisa. Ses vêtements étaient froissés. Depuis combien de temps ne s'était-elle plus changée ? Elle avait rongé ses ongles jusqu'au sang.

Mais ses dires n'avaient pas de sens aux yeux d'Arkès et il sentait la rage l'envahir.

— C'est la vérité, confirma Elveblas. Ce n'était pas elle. Je ne la reconnaissais pas. Comme si une autre personne commandait son corps. Depuis, elle ne mange plus. Je t'en prie Arkès, tu dois nous pardonner…

Elveblas s'avança de quelques pas, mais resta à distance raisonnable. Il tendait les bras vers Arkès pour quémander son pardon. Le jeune homme garda le silence et ne lui renvoya qu'un regard plus froid qu'un hiver warkan.

» Nous voulions la seigneurie de Lacneol, nous ne le nions pas. Mais pas comme cela. Anthelme nous a obligés à massacrer les villageois, nous n'avions pas le choix. Nous l'avons donc fait et étalé les corps à même la rue pour que les espions du roi soient satisfaits, mais nous en avons quand même sauvé quelques-uns. Nous n'avons pas pu faire mieux.

Arkès fixait Nora avec insistance. Elle avait torturé Marine au-delà du nécessaire. Il revit le sourire si chaleureux de l'épouse de son seigneur lors de leurs discussions, et sa gentillesse à l'égard des Gallimais. Elle ne rirait plus… plus jamais.

Elveblas remarqua son regard figé et tenta à nouveau de le raisonner.

» Pardonne-lui, je t'en prie, ce n'est pas sa faute comme nous te l'expliquons. Pourras-tu un jour le comprendre ? Je te promets que nous ferons tout pour que la population se sente aussi bien qu'avec Lacneol. Nous regrettons ce qu'il s'est passé. C'était un ordre du roi. Je…

Arkès tendit les mains pour signifier aux seigneurs d'ôter ses chaines. Elveblas hésita un instant puis…

— Excuse-nous de te traiter ainsi, mais nous ne connaissons pas tes intentions. Je ne peux donc pas autoriser ta libération. (Arkès leva un peu plus les poignets) Non, ce n'est pas possible… Et en plus (Elveblas déglutit), nous devons te livrer au roi comme prisonnier.

Arkès fixait toujours Nora, aucune émotion ne transparaissait si ce n'est une colère glaciale, implacable. Son regard d'une noirceur sans pareille s'illumina d'un éclat d'argent.

À une vitesse hallucinante, il se jeta sur le garde qui lui avait passé les chaines, s'empara des clés et se libéra avant le premier mouvement de cils des soldats. Il le saisit par la tête et lui brisa la nuque. Le malheureux s'effondra tel un pantin désarticulé.

Les seigneurs sursautèrent d'effroi. L'instant d'après, avant que quiconque ait pu réagir, il fonça sur Elveblas et le frappa au ventre. Son ennemi plia. Il le redressa par les cheveux dans un râle de douleur. D'un violent coup à la gorge, il lui arracha la trachée et le regarda lentement s'affaler devant lui.

Les gardes reprirent enfin leurs esprits et foncèrent sur lui, la lance tenue fermement. Instantanément, il se retrouva à côté d'un des soldats et le projeta à plusieurs mètres d'un violent coup à la gorge. Dans le même mouvement, il s'était emparé de son épée. Avec une maitrise absolue, il se débarrassa de tous les gardes présents. Pris de court, aucun d'eux n'avait pensé à appeler des renforts.

Le souffle lourd, il s'immobilisa au milieu de la salle, une vingtaine de soldats morts dans une mare de sang à ses pieds. Ne restait que Nora vers qui il se tourna avec une lenteur exagérée. Il s'avança, terrifiant, ses vêtements remplis de liquide vital. Pétrifiée, elle était incapable de réagir, incapable du moindre mouvement. Un mince ru d'urine s'écoulait le long de sa jambe. Sans émotion, avec une froideur infinie, il la saisit à la gorge…

Quelques instants plus tard, il ouvrait les grandes portes de la maison et s'arrêtait sur le porche. Il prit une intense respiration pour chasser de ses poumons l'air vicié par le sang. Un garde cria l'alerte et une foule de soldats s'agglutina. Arkès les regardait, inexpressif, l'épée à la main.

— Vous avez le choix. Me laisser sortir ou finir comme eux.

Leur chef étant à l'intérieur, ils ne surent pas comment réagir et tous se dévisagèrent incertains sans pouvoir prendre de décision. L'ordre d'Arkès semblait provenir du fin fond des ténèbres. Face à ce démon couvert de sang des pieds à la tête, sans la moindre blessure apparente, les soldats choisirent de s'écarter. Il s'avança au milieu d'eux sans leur prêter attention.

Un garde entra dans la maison et s'arrêta devant les cadavres constatant la barbarie d'Arkès. Le cœur soulevé de dégoût, il dut enjamber les morceaux de corps pour ne pas trébucher. Son espoir de retrouver des survivants s'amenuisait au fur et à mesure de son avancée. Beaucoup d'entre eux avaient la tête tranchée ou le ventre éviscéré. Le vengeur ne leur avait laissé aucune chance.

— Mais qui est-il? se demandait le garde, éberlué.

Le soldat leva les yeux vers les fauteuils de ses maîtres, plus proches de lui à présent. À la vue de Nora... il se retourna pour vomir.

— Comment ça, massacrés? jura Anthelme.

— Oui, Majesté, le dénommé Arkès s'est présenté comme ordonné, mais il a assassiné tous les gardes ainsi que le seigneur et sa femme.

— Mais pourquoi? Alors que je l'ai laissé partir.

— Il s'agit de toute évidence d'une vengeance. Il a... (le soldat dégluti) Il a...

— ET BIEN QUOI?! hurla le roi en frappant l'accoudoir de son trône.

— Il... Il ne s'est pas contenté de tuer la femme du seigneur, il lui a infligé des tortures atroces. Elle était méconnaissable. Et elle n'est pas morte tout de suite. Il lui a sûrement fallu un long moment. C'était horrible.

— Par tous les ribauds de Warbeline! jura Anthelme qui ne prêtait déjà plus attention à son récit. Il est vraiment révolté.

Les soldats marquèrent leur surprise. En pays warkan, les jurons dans la bouche des nobles étaient signe de malheurs à venir. Chez le roi lui-même, les désastres n'en seraient que plus importants. Mais Anthelme prêtait peu foi à ces adages populaires et ne releva pas.

» Dépêchez quelqu'un à Viadolve et informez Huldrack que la seigneurie Solskirt lui appartient désormais. Quant aux Engeraux, c'est toi qui l'administreras Ork...

Le roi bascula dans son siège, sa phrase mourut dans sa gorge. Quelque chose se produisait en lui, son visage s'assombrit. Il luttait contre cette force qui s'emparait à nouveau de lui. Il sentit la transpiration couler dans son dos et sur son front. Un vif sentiment de malaise le gagna rapidement. Il essaya de bouger, mais son corps tout entier pesait une tonne et il se retrouvait collé au siège.

—*Que diantre m'arrive-t-il ?* pensa-t-il. *Zahirdena est morte, elle ne peut plus rien, et le dragon aussi... Mais alors qui ?*

Les mains serrées sur les accoudoirs du trône à faire blanchir ses articulations, il luttait de toutes ses forces... en vain. Cette puissance incoercible s'emparait de lui régulièrement. Dans son esprit, il entendit résonner un lointain rire sardonique.

Orkaf remarqua le changement.

D'un mouvement sec, Anthelme releva la tête et fixa Orkaf de ses yeux sombres d'où des veines noires descendaient jusqu'à sur ses joues.

— Je vais briser Arkès. Le torturer… lentement, jusqu'à ce qu'il pleure et supplie de l'épargner, lui enlever toute raison de vivre. Orkaf, je veux que tu prépares l'armée à envahir le pays kNaline le plus vite possible.

— Les kNalines ! s'étonna Orkaf. Mais qu'ont-ils à voir avec Arkès ? D'après ce que nous savons, ils sont tous morts.

— C'est pourtant leur destination avec les survivants de Gallim.

— Mais il n'y en a aucun. Elveblas et Nora ont massacré le village sur vos ordres.

— Ils ne les ont manifestement pas suivis à la lettre.

— Comment diantre pouvez-vous…?

Le regard du roi marqua une hésitation.

— Je le sais, c'est tout. Et tu n'as pas besoin d'en connaitre plus. Arkès est en route pour le pays kNaline. Il longe actuellement le lac Solskirt. Veille à ce que personne ne se mette en travers de leur chemin. Ils *doivent* arriver à destination.

Orkaf n'y comprenait plus rien. Le roi ne pouvait être si précisément au fait des déplacements d'Arkès, même avec ses espions disséminés dans tout le pays. Tout dans son attitude inquiétait le chef d'armée : son regard sombre, les gouttes de transpiration sur son visage, la manière dont il se tenait sur le trône, sa main qui s'arcboutait à l'accoudoir.

— *La magie maldore n'y est certainement pas étrangère. Ses expériences vont se retourner contre lui, un jour ou l'autre.*

Le roi s'enfonça dans son siège et prit une profonde inspiration. La force qui le maîtrisait le quitta subitement et ses yeux retrouvèrent leur couleur habituelle. Il était épuisé. Une telle lutte exigeait d'intenses efforts pourtant vains.

Les soldats remarquèrent au même moment la lumière diffusée par les bougies devenir plus brillante l'espace d'un instant.

— *Serait-ce la magie maldore qui développe cette autre personnalité en moi ? Même si elle est très efficace, je n'aime pas perdre ainsi le contrôle. Mais j'admets volontiers son utilité. Jamais je n'aurais imaginé un tel plan de moi-même. Ce sera encore plus facile que prévu.*

Il s'adressa ensuite à Orkaf.

» Envoie un groupe à la Forêt-Frontière du pays kNaline et dis-leur d'observer l'arrivée du convoi. Quand ils traverseront, tes hommes devront repérer l'endroit de leur passage. Dès que nous serons informés, l'armée pourra se mettre en route et nous donnerons le coup fatal à Arkès et aux kNalines. Plus rien ne pourra nous empêcher de nous emparer du pays tout entier.

Orkaf était abasourdi de l'ingéniosité du roi. Avait-il mûri ce plan depuis le départ ? Aurait-il laissé Arkès en vie, tué la dragonne et fait massacrer tout un village dans ce seul but ? Il voulait le démunir pour l'inciter à se réfugier chez ses derniers amis. Et pour s'en assurer, il l'avait prévenu qu'il allait s'en prendre à eux. L'esprit diabolique d'Anthelme le terrorisa. Il pensa alors à sa liaison avec la reine. Et s'il savait ? Peut-être ne montrait-il rien aujourd'hui... pour leur faire payer leur secret plus fort, plus tard. Cette perspective lui noua l'estomac.

Il opina du chef et quitta la salle du trône pour lancer ses ordres aux troupes.

Anthelme sourit puis cria après Ieneta.

Enfin Livend était en vue !

Les imposants murs d'enceinte de la ville se dessinaient à l'horizon. Le convoi pourrait profiter d'une nuit de repos bien au chaud, prendre un bain, manger à satiété... Se ressourcer. Le moral de la troupe grandissait à vue d'œil et les conversations animées fusaient. Dans quelques heures ils arriveraient à destination et Arkès serrerait la main du maire pour quêter son hospitalité.

Il freina son cheval et se positionna à hauteur du chariot de Dolcina. Son état s'était stabilisé et Medil ne restait plus avec eux afin de soulager les montures. Il souleva la bâche :

— Comment se porte-t-elle ?

— Elle dort beaucoup depuis... ça, répondit Lucal qui ne savait trop le nom à donner à la carapace d'Arkès. Mais elle a l'air d'aller mieux. Elle paraît sereine.

— C'est une bonne nouvelle, se réjouit Arkès.

— Oui, merci encore.

— De rien, vous êtes mes amis, je ne vous laisserai jamais tomber, comme *vous* avez toujours été là pour moi… surtout ces derniers temps.

— Avec plaisir, lui renvoya Lucal.

— Nous serons à Livend en fin de journée, affirma-t-il.

Soudain, Dialène fit arrêter le convoi et remonta la colonne pour rejoindre Arkès.

— Tu devrais venir voir.

— Je te suis, confirma le jeune homme en réponse au regard inquiet de son ami.

Dialène pointa l'est. On pouvait apercevoir un petit groupe de soldats du roi avancer vers la ville, leur grand étendard tenu bien haut. Le visage d'Arkès s'assombrit.

— On ne sera décidément jamais tranquilles, dit-il d'un ton si froid qu'il glaça Dialène.

Il jeta un regard circulaire aux autres membres du convoi. Tous avaient remarqué la troupe précédée du drapeau royal. Il réfléchit un instant, mais une nuit de repos et de la bonne nourriture leur seraient plus que salutaires.

— On continue, confirma-t-il en endossant une fois de plus le rôle de chef bien malgré lui.

Il se tourna vers Lynhéa avec qui aucune parole n'était nécessaire, elle acquiesça.

— C'est nous que le roi veut persécuter, dit-il au groupe. Vous, il ne vous connait pas. Attendez une heure ici. Je vais avec Lynhéa évaluer la situation et contacter le maire pour vous héberger... En toute discrétion.

— NON ! cria Lucal à travers la bâche.

Tous se retournèrent brusquement, surpris de cette soudaine et bruyante interruption. Lucal sauta hors du chariot et s'avança.

— Ce n'est pas vous qui devez toujours mettre vos vies en danger pour nous.

Arkès voulut intervenir, mais son ami le lui refusa.

» Allez-vous encore le laisser prendre tous les risques ? Allez-vous rester bien à l'écart alors qu'il joue sa peau pour nous ?... Pardon, qu'ils jouent *leur* peau pour nous, compléta-t-il à l'attention de Lynhéa qui acquiesça fièrement.

Mais aucun des villageois ne réagit, les yeux résignés baissés vers le sol. Face au malaise général, Arkès s'adressa à son ami.

— Ce ne sont pas des combattants comme nous, ne leur demande pas de risquer leur vie. Ils en ont déjà trop vu. Ils sont effrayés et fatigués.

— Comme nous, répondit Lucal. Alors que si on y va tous ensemble, les soldats n'oseront pas intervenir.

Arkès le regarda du coin de l'œil. Lucal comprit le message.

» Bon, peut-être que si, mais quand même !

— Non, l'interrompit Arkès, ils ont déjà beaucoup marché et sont épuisés. Lynhéa et moi, ce sera suffisant. Tout se passera bien et tout sera prêt pour votre arrivée.

— Alors, je viens avec vous ! insista Lucal.

— Tu dois rester auprès de Dolcina, s'opposa Arkès, elle a besoin de toi.

— C'est vrai, confirma son ami, mais je suis un soldat moi aussi et s'il vous arrivait quelque chose, je ne pourrais plus jamais me respecter... et Dolcina non plus. Surtout avec tout ce que vous faites pour nous. Donc, je viens !

Arkès marqua une courte pause puis capitula.

— Albote, pouvez-vous rester avec le convoi ?

— Bien sûr, c'est le moins que je puisse faire. Mon utilité est très limitée dans ces régions que je ne connais pas. Et c'est à contrecœur que je dois te laisser endosser seul toutes les responsabilités. Alors, ne t'inquiète pas. Va.

— Merci.

Sans plus attendre, il prit son arme et l'attacha autour de sa grosse veste en peau de Labnidem.

L'accueillante pancarte de l'entrée principale était toujours là, ce qui réchauffa le cœur du jeune couple. Lucal qui y venait pour la première fois se laissa impressionner par la taille des murs.

Sachant les soldats du roi à l'intérieur de la ville, ils se faufilèrent vers la grande place. Mais…

— Arkès ? Lynhéa ? C'est bien vous ? les apostropha un villageois, en se dirigeant vers eux, le sourire aux lèvres.

— Oui, répondit Arkès, mais ne faites pas trop de bruit, on ne veut pas être…

— Hé ! Venez voir qui nous revient ! cria le Livendais.

Il était trop tard… et sans doute inévitable. Tout le monde se retourna sur eux et les salua avec enthousiasme. Les accolades et autres mains tendues se succédèrent. Les présentations faites, Arkès interrompit cet élan de gentillesse :

— Nous sommes tout un convoi, une vingtaine de personnes en tout et nous cherchons à passer la nuit et nous ravitailler. Nous avons eu une longue route, nous sommes fourbus et affamés.

— Alors vous êtes au bon endroit, beugla un des villageois. Chacun d'entre nous hébergera l'un d'entre vous.

— Pouvez-vous également prendre soin de nos chevaux ? demanda Arkès.

— Bien entendu, Bertrand s'occupera d'eux et vous êtes mes invités à l'auberge, pour un festin dont vous me direz des nouvelles.

— Je ne sais comment vous remercier, dit Arkès.

— Pas la peine, vous serez toujours les bienvenus ici.

— Pourrait-on voir Monsieur le M… ?

Soudain, des cris de détresse l'interrompirent. Les trois amis s'interrogèrent, mais, à leur grande surprise, un Livendais s'interposa pour détourner leur attention. Curieux cependant, ils le repoussèrent doucement et avancèrent en direction du bruit. Au bord de la place, deux soldats malmenaient une villageoise.

— Nooon ! Laissez-nous ! Par pitié, pas mon enfant !

Arkès s'approcha, un homme le retint fermement par le bras.

— Non, n'y allez pas !

— Pourquoi ? demanda Arkès.

— Ils font toujours ça avec les gamins… différents.

— Que voulez-vous dire ? insista Lynhéa.

— Sa tête n'est pas comme la nôtre et à quinze ans il parle encore comme un bébé.

— Il est un peu retardé, s'offusqua Lynhéa, et alors ?

Aussitôt, elle se rappela sa conversation avec le boulanger de Tanim. Elle n'avait pas trop prêté attention à cela à l'époque et l'avait presque oublié. Mais elle se remémorait à présent la peur de l'homme et l'air sévère de Ruhpart lors de son insistance à ne pas intervenir.

— Ils l'emmènent ! s'exclama-t-elle.

— Où ? demanda Lucal.

— Personne ne le sait, répondit le villageois. On ne les revoit jamais.

— On ne peut pas enlever un fils à sa mère ainsi ! s'indigna Lynhéa qui refusait, une seconde fois, de fermer les yeux. Qui exige de telles pratiques ?

— Le roi.

— *C'est vrai*, pensa-t-elle. *Ils tenaient le même discours à Tanim.* Ben voyons, reprit-elle à haute voix, comme par hasard. Et vous aussi, vous les laissez faire ? poursuivit-elle.

— Nous aussi ? se demanda le villageois.

—Ils n'ont pas le choix, intervint Arkès. S'ils bougent, ils seront exécutés tout simplement.

—Tu sais pour ces pratiques ?

—Non. À Gallim, on n'a jamais eu le cas. Et comme tu as pu le remarquer, on ne voyage pas beaucoup en temps normal. Mais je les comprends de ne pas vouloir s'opposer au roi.

Elle s'approcha de lui et déposa ses mains sur son torse. Les yeux tristes, elle le supplia :

—On ne peut pas les laisser faire. On doit faire quelque chose pour ce fils et sa mère.

Arkès réfléchit. Ignorer de telles pratiques était inconcevable, mais il devait trouver une solution pour garder ses amis de Livend hors de danger, un moyen de se débarrasser de ces soldats... si heureux d'exécuter leur immonde travail. Au moins, sa conscience demeurerait en paix. Le roi devait penser qu'ils n'étaient jamais arrivés à Livend... Il sut dès lors que faire.

—Allons-y, dit-il à l'adresse de Lynhéa et Lucal.

Il décrocha son épée et la laissa tomber sur le sol. Peu confiants de la suite, Lynhéa et Lucal ne l'imitèrent pas. Les deux bras tendus vers l'arrière, il signifiait à ses deux amis de rester en retrait. Ils obtempérèrent sans poser de question et échangèrent un regard inquiet. Lynhéa prit conscience que le jeune soldat un peu perdu lors de leur première rencontre s'était bien aguerri. Elle l'admirait d'autant plus et se sentait tout émoustillée de le voir ainsi. Arkès s'approcha des deux tortionnaires et les apostropha.

— Bonjour messieurs, peut-on connaitre la raison de votre venue ? demanda-t-il d'un ton désinvolte.

— Ne te mêle pas de ça villageois, répondit l'un des deux soldats. Retourne à tes guenilles, sinon…

— Sinon quoi ? l'interrompit Arkès toujours sur le même ton.

Le garde jeta la femme dans les mains de son binôme. Sûr de lui, il s'approcha d'Arkès. Il voulait l'impressionner, mais sa petite taille face à la stature d'Arkès bloqua sa démarche.

— Sinon, je serai obligé de te faire goûter à ma lame.

— Oh ! Je vois. Le problème est que vous maltraitez ma très chère sœur. Vous comprendrez donc le désaccord qui nous anime.

Son attitude perturba le soldat. Ce n'était pas une réaction habituelle. Avant qu'il ne poursuive sa mise en garde, son chef intervint.

— Tu n'es pas son frère ! lança l'homme. Juste un traitre de Gallim. N'est-ce pas… Arkès ?

Suivi de ses sous-fifres, il brandissait son épée. Ils avançaient calmement vers les trois compagnons. Lynhéa et Lucal entourèrent leur ami pour lui prêter main-forte. Malgré la tension montante, Arkès ne se décontenança pas.

— Ainsi, tu me connais ?

— Oui, je t'ai vu au château quand le roi t'y a fait enfermer.

— Alors tu as assisté à la démonstration de mes capacités.

— En effet. Malheureusement, j'étais trop loin pour t'en empêcher. Aujourd'hui j'ai enfin l'occasion de réparer cette lacune. La vie est quand même bien faite, ricana-t-il.

— Mais, si tu as réellement entendu parler de moi et si tu m'as vu, tu te rends bien compte que ce n'est pas ta petite dizaine d'hommes qui pourra s'opposer à moi.

Sans sa carapace, il n'en était pas convaincu, malgré le massacre de Lockermin. Il ne connaissait pas son adversaire. Raison supplémentaire pour les désarçonner le plus possible avant l'affrontement. Il garda dès lors sa visible assurance en souriant.

— Peut-être... Ou pas, répondit le chef. Tu n'étais pas toi-même la dernière fois. Peux-tu toujours en faire autant ? En plus, tu as bénéficié à l'époque de l'effet de surprise. Aujourd'hui, c'est différent.

— Allons, mes amis, continua Arkès sur le même ton, tant de fébrilité rassemblée en un seul endroit. Ce n'est pas bon. Il faut vous détendre.

— Ne t'inquiète pas pour nous. Nous nous sentirons très détendus quand nous t'aurons tué.

— Tué ?! s'exclama Arkès, simulant un sentiment d'indignation.

— *Il est vraiment mauvais acteur*, pensa Lynhéa un léger sourire au coin des lèvres.

— Non, je vous en prie, poursuivit Arkès, c'est le roi qui ne serait pas content. S'il voulait me voir mort, il l'aurait déjà fait.

— Peut-être, continua le sergent, mais il s'en remettra très bien. Alors maintenant, fais-moi plaisir. Arrête de parler, prends une arme et défends-toi. Je trouverais dommage de passer pour un lâche.

Arkès effaça son sourire pour afficher une mine sévère et froide. L'effet escompté fut porteur, certains soldats hésitèrent d'avancer.

— Ça, c'est déjà fait, à partir du moment où tu maltraites une pauvre femme et son enfant. Mais tu as raison, arrêtons de parler. Relâchez ces deux personnes et quittez Livend. Vous ne les avez pas trouvées, c'est ce que vous direz au roi. Sinon, c'est moi qui serai obligé de vous tuer.

— Ah, quand même ! s'exclama Lynhéa, énervée de ces discussions de coqs prétentieux.

Les soldats se mirent en garde. Arkès resta immobile, mais son visage s'assombrit et ses yeux rougirent à en devenir incandescents. À des lieues de là, Kerlua entendit la voix de son maître et démarra à toute vitesse vers la ville sous le regard interloqué du reste du convoi. Lynhéa l'avait vu et ne comprenait pas trop la raison de ce geste. Elle ne les rejoindrait pas à temps. Mais elle devait agir et abandonner ses réflexions.

Les gardes foncèrent, hurlant à pleins poumons. À chaque coup d'épée, Arkès évitait ou bloquait avec une extraordinaire dextérité. À chaque parade, il répondait par une frappe à la tempe ou à l'oreille ou par un coup de pied au niveau du genou ou des côtes pour occasionner le plus de dégâts possible en un minimum de mouvements. Sa rapidité était impressionnante pour passer d'un soldat à l'autre, les désarmer et les mettre hors de combat.

Derrière lui, Lynhéa et Lucal voulurent l'aider, mais face à l'aisance de leur ami, ils prirent une position décontractée.

— Frimeur, sourit Lynhéa.

Arrivé à hauteur du chef, ce dernier avait perdu toute sa prestance et reculait lentement. Terrorisé, il tenta de fuir. Instantanément Arkès le rejoignit. Il lui balaya les jambes d'un coup de pied pour le faire tomber sur le dos. Le souffle coupé, le soldat gémissait. Le regard sombre, Arkès mit un genou en terre à côté de lui et lui asséna un violent coup de coude entre les deux omoplates. Son cri de douleur accompagna ceux de ses hommes.

Arkès se dirigea ensuite vers le chariot, grimpa à l'intérieur et s'accroupit devant le garçon. Les soldats ne représentaient plus une menace. À ce moment, son visage s'adoucit.

Le petit était terrorisé, pieds et poings liés dans un coin, les genoux prisonniers de ses bras. Le regard figé, il se balançait d'avant en arrière. Arkès plaça sa main sur l'épaule de l'enfant qui hurla.

— Tu ne dois pas avoir peur. Les soldats ne te feront plus de mal. Je vais te ramener à ta maman.

Mais le petit s'époumona de plus belle. Sa mère rejoignit le chariot et apostropha Arkès.

— Ce n'est pas la peine, il ne répond à personne et moi seule peux le toucher.

— Excusez-moi, dit Arkès, je ne savais pas.

Elle grimpa et prit son fils dans ses bras.

— Merci, lui dit-elle, les yeux mouillés de larmes.

Arkès lui sourit.

Il remarqua les villageois qui le fixaient et aucun d'eux ne réagissait favorablement. Lynhéa s'approcha, sortit son couteau de combat et coupa les liens qui immobilisaient l'enfant.

— Merci, dit la mère avant de s'éloigner rapidement avec son fils.

Arkès se retourna vers les Livendais qui affichaient plus de crainte que de gratitude. Ils appréhendaient la réaction du roi. Leur village serait brûlé et ils seraient massacrés à la prochaine arrivée de soldats. Arkès tenta de les rassurer.

— Ne vous inquiétez pas, je vais les emmener. Il n'y aura pas de représailles. Par contre, je ne pourrai pas empêcher d'autres de venir chercher l'enfant.

Pourtant ils restaient sceptiques. Alors une voix s'éleva dans la foule.

— Nous te faisons confiance, intervint le maire. Nous savons que tu feras ce qui est bien pour nous.

— Merci, répondit Arkès.

Tandis que Lynhéa se dirigeait vers leur hôte pour le saluer, Arkès jeta sans ménagement les soldats blessés dans le chariot avec l'aide de Lucal.

— Accueillez le convoi, dit-il à ses deux amis, et préparez déjà le ravitaillement pour repartir demain à l'aube. Je reviens d'ici quelques heures.

— Je viens avec toi, protesta Lynhéa.

— Non. Je préfère que tu restes ici. Un de nous deux doit être présent pour les arrangements avec le maire.

— D'accord, si tu veux. Mais toi, que vas-tu faire des soldats ?

— J'ai mon idée, dit-il d'un ton glacial.

Il fouetta les rênes aux oreilles des chevaux et le chariot s'ébranla sous les regards inquiets. À la sortie de la ville, il vit Kerlua accourir. Ses yeux rougirent pour la faire grimper à côté de lui.

Quelques lieues plus loin en direction de Warbeline d'où viendraient les prochains soldats, il arrêta les chevaux. Les troupes du roi devaient aisément tomber sur les corps qu'Arkès allait laisser à leur attention. Mais afin que Livend ne soit l'objet d'aucunes représailles, il devait faire croire à une attaque antérieure à leur arrivée dans la petite ville. Il descendit du chariot à la suite de Kerlua et en sortit les soldats, un à un.

Ses yeux perdirent toute âme. Ils étaient effrayants de froideur. Puis ils devinrent incandescents, illuminant presque son visage assombri de rage. Kerlua fonça sur les hommes à terre. La panique s'inscrivit sur leurs figures et aucun d'eux n'osa bouger. Leurs tentatives de défense furent vaines, le hognar était trop puissant. Sans difficulté, sa mâchoire se referma sur la chair et les os dans d'horribles cris de douleur et de désespoir. À la vue des premières victimes, certains soldats trouvèrent la force de fuir. Blessés, ils furent vite rattrapés et immobilisés par Kerlua.

Arkès ne tenta même pas de les en empêcher. Sur son ordre, Kerlua épargna le chef, puis revint vers son maître. Le coup d'Arkès lui avait brisé la moelle épinière et l'homme se retrouvait paralysé. Il ne pouvait qu'observer la mort approcher. Lorsque ses yeux rougirent, Kerlua bondit à sa gorge et arracha la chair d'un coup ferme. Le sang gicla et quelques instants plus tard le regard du soldat s'éteignait.

Le visage d'Arkès restait impassible et froid. Aucune émotion, aucun sentiment de culpabilité ne le traversait. Kerlua vint bientôt s'asseoir à ses côtés et releva la tête vers son maître pour confirmer son approbation. Elle était couverte de sang.

Il abandonna tout sur place et se remit en route pour Livend. En chemin, il s'arrêta au bord d'un ruisseau pour nettoyer les crocs, les écailles et la fourrure rougie de Kerlua afin que personne ne pose de question. Plusieurs heures lui furent nécessaires pour rejoindre ses amis et il n'arriva à la ville qu'à la tombée de la nuit.

Les Livendais avaient accueilli et installé confortablement les voyageurs. La joie et l'espoir renaissaient dans leurs yeux. L'espace d'un instant, la voie sans issue de leur périple se transforma en un chemin praticable. Lucal, Dolcina, Lynhéa, Dialène et Medil guettaient le retour d'Arkès chez le maire.

— Alors ? demanda Lynhéa à son entrée dans la grande demeure.

— Tout va bien, répondit-il froidement.

— Et les soldats ? s'enquit Lucal.

— Livend ne craint plus rien, Monsieur le Maire, continua-t-il pour changer de sujet. J'ai pu constater que vous aviez bien reconstruit la ville après notre passage.

— Oui, confirma l'homme d'un air enjoué. Bien sûr ! Tout est en ordre aujourd'hui. Mais ne parlons plus de tous ces évènements tragiques, profitons plutôt de votre visite.

— C'est vrai, dit Dialène. Je pense d'ailleurs que les autres nous attendent à l'auberge pour un bon repas.

Dialène avait bien remarqué le changement d'attitude chez son ami. Ils avaient passé tant de temps à discuter et partager les moments importants de la vie d'Arkès que le vieil homme lisait en lui comme dans un livre ouvert.

Il avait déjà vu ce visage...

Les Joutes Inter-Seigneuries, si elles se voulaient amicales, n'empêchaient pas certains débordements. Les soldats se laissaient de temps à autre emporter dans leur élan et les blessés n'étaient pas rares... voire les morts. Cette année-là, Huldrack, seigneur du Tmorg, avait entraîné un guerrier impitoyable, d'une force démesurée. Sa taille incitait ses opposants à déposer les armes sans combattre et les balafres sur son visage n'amélioraient en rien leur sentiment. Remporter les jeux n'était pas le seul but de ce barbare, il voulait démontrer son invincibilité. Lors d'un affrontement où il demanda deux adversaires de la seigneurie des Engeraux, il les massacra sans la moindre pitié. L'effroi se répandit parmi les spectateurs. Les joutes amicales venaient de prendre une tout autre tournure.

À l'époque, Lacneol était conscient de la provocation d'Huldrack envers sa seigneurie. Il déplora le décès de ses hommes et son ventre se serra face au sourire narquois du seigneur du Tmorg. Cela aurait pu suffire, mais le barbare en décida autrement. Vexé de la passivité de la foule, il fonça sur les gradins, l'épée en avant pointée sur les soldats des Engeraux. Par chance, Lucal, qui n'était pas encore entré en lice, dévia la lame au dernier moment. Le géant s'affala sur le bord de la tribune. Le bois cassa sous son poids. Sans la moindre hésitation, il sauta dans l'arène et provoqua le mastodonte. Les gradins lui répondirent par des vivats. Ce fut suffisant pour y trouver une motivation supplémentaire. Lorsque le géant du Tmorg se releva, il fonça sur Lucal et frappa violemment à plusieurs reprises. À chaque fois, il se heurtait à l'épée d'un jeune homme dont l'habileté était bien connue. Son adversaire perdait patience tandis qu'il gardait le sourire en signe de provocation. Pourtant la force déployée par son vis-à-vis le fatiguait à chaque assaut et la pression imposée l'empêchait de placer le moindre estoc. Finalement un coup puissant porté de côté fit voler son épée à plusieurs mètres. Le soldat des Engeraux se retrouvait assis sur le sol... désarmé. Il reculait à quatre pattes, gardant le molosse à vue, et sentait sa dernière heure approcher.

Huldrack riait de plus belle et ne se fatiguait même plus de tenir les convenances de son rang. Sa grosse voix rauque résonnait dans l'enceinte et brisait le silence qui avait à nouveau rempli les gradins.

À ce moment, Arkès revenait des sous-sols où il avait enlevé son équipement de combat après l'affrontement remporté haut la main face à un soldat du Solskirt. Les deux hommes avaient été se désaltérer. Les cris de la foule l'incitèrent à regarder vers l'arène. À voir son ami en mauvaise posture et deux cadavres sur le sol, il comprit que cette mêlée ne se déroulait pas selon la tradition des joutes. Il hurla pour attirer l'attention du molosse et fonça en direction d'une épée qui traînait. Encore échauffé de son combat précédent, il approcha avec assurance.

— Est-ce là ta vision d'un face à face amical ? le narrua-t-il, sa lame pointée vers les corps.

— Il n'y a pas d'affrontement amical, il n'y a que des combats.

— Je vois que tu y as mûrement réfléchi.

Tout en discutant avec son adversaire, il analysait la situation. Lucal était meilleur bretteur que lui et avait perdu. Mais son ami attaquait toujours de front... Et face à une telle montagne ce n'était que folie. Lorsque le barbare abattit pour la première fois son épée, Arkès fit un léger écart sur le côté et frappa à son tour... Il n'était pas seulement fort, il était également rapide. Il piqua en direction de l'épaule de son rival, mais sa lame fut déviée et tomba à plat sur son front, entaillant le cuir chevelu sur plusieurs centimètres. Il s'essuya et, légèrement sonné, son regard se posa sur les deux cadavres, Nemet et Rioctelane, deux valeureux soldats de Kulhpa. Il ne les connaissait pas bien, mais ils n'avaient pas mérité cette mort inutile. Son visage s'assombrit. Le jeune et enjoué Arkès venait de céder la place à une arme impitoyable, sans reddition possible. Il fonça sur le géant occupé à faire tournoyer son épée pour annoncer fièrement sa victoire à toute l'arène. Feignant une attaque droite, le mouvement d'esquive de son adversaire se termina dans le vide et il lui planta sa lame en pleine bouche dans un cri de rage. Le métal toujours en travers de la gorge, le géant s'écroula tandis qu'Arkès restait debout, immobile, le regard sévère...

Le même regard qu'aujourd'hui.

Dialène n'osait imaginer les sévices infligés aux soldats du roi et douta de leur survie. Il se tut pour l'instant. Tout cela trouverait un jour ou l'autre une explication. Et au plus tard en pays kNaline où il pourrait compter sur les pouvoirs de ses amis.

Lynhéa se leva et s'approcha pour prendre son compagnon dans ses bras. Il se laissa faire et ne lui rendit que mollement son élan de tendresse.

— Tu es sûr que tout va bien ?

— Oui.

— On ne peut pas emmener Kerlua, tu t'en doutes.

— Je sais.

Il se pencha vers elle, ses yeux rougirent et elle alla se coucher dans un coin de la pièce.

— Elle ne fera aucun dégât dans votre maison, rassura-t-il le maire.

— Si tu le dis, répondit ce dernier l'air sceptique. Allons-y, tout le monde doit avoir faim et ils doivent nous attendre.

Le convoi prit une dizaine de jours pour rejoindre le pays kNaline, et la traversée du désert du Ksilm fut difficile. Grâce à la générosité des Livendais, ils disposaient d'assez de nourriture et d'eau pour affronter cette épreuve.

À la Torie, le manque de discrétion des soldats dépêchés par Orkaf les fit vite repérer. Arkès les enterra dans le sable.

L'accueil des kNalines fut très amical et c'est avec beaucoup d'émotions que Lynhéa les serra dans ses bras. Arkès restait très distant et témoignait son contentement avec modération. Dialène le pensait plus affecté étant donné la culpabilité qui le rongeait. Pourtant il demeurait impassible.

Même si les villageois s'étaient habitués à l'apparence si particulière de Medil, voir autant de kNalines fut malgré tout un choc pour eux. Comme le voulait la coutume, les voyageurs demandèrent l'asile et ce fut avec honneur que les montagnards leur offrirent ce plaisir. La joie était palpable dans les deux camps et si les contacts restaient encore timides, l'avenir se présentait serein.

Malheureusement, tous ne partageaient pas cette liesse. Lucal s'inquiétait toujours pour Dolcina, même si Arkès était parvenu à stabiliser son état. C'est donc en s'immisçant au beau milieu de ce brouhaha qu'il retrouva Medil.

— Mille pardons de t'ennuyer alors que cela fait si longtemps que tu es parti de chez toi, mais je m'inquiète toujours pour Dolcina. Pourrais-tu… ?

— Mais oui, bien sûr ! l'interrompit-il un peu gêné. C'est moi qui devrais m'excuser. Nous nous réjouissons alors que l'un d'entre nous n'est pas encore tiré d'affaire. Viens avec moi !

Medil pressa le pas vers un autre kNaline… Ou plutôt une kNaline. C'était une femme de grande taille, aux longs cheveux noirs lisses et soyeux. Un visage fin entourait ses yeux émeraude qui ressortaient admirablement au milieu de sa peau d'écorce sombre.

— Pourrais-tu venir voir une personne du convoi ? lui demanda-t-il. Elle est très malade et mes connaissances ne sont pas suffisantes pour la soigner.

— Je te suis, répondit-elle d'une voix tendre et mélodieuse.

Sur place, Lucal écarta la bâche pour laisser la kNaline grimper. Mais une fois à l'intérieur, elle s'immobilisa.

— Oh ! Mais que…

— Quoi ? demanda Lucal paniqué. Ah ! Oui, c'est vrai. Arkès lui a donné sa... Bref, cela a permis de calmer son état pendant le voyage. Attendez un instant, je vais le chercher.

Elphline observa Dolcina, s'interrogeant sur cette matière étrange, tandis que Lucal trouvait Arkès parmi la foule. Une main sur l'épaule, il lui parla discrètement pour éviter les curieux. Arkès acquiesça et le suivit. Mais Lynhéa s'inquiéta.

— Où allez-vous ?

— On va voir Dolcina, répondit Arkès les yeux grands ouverts pour l'inciter à la retenue.

— Bonne idée, confirma-t-elle tout bas, le sourire aux lèvres. Je viens avec vous.

En chemin, Lucal expliqua la réaction de la kNaline. Lynhéa eut un sourire, mais Arkès resta impassible. Elle le regarda et s'inquiéta à nouveau de son attitude si froide et désintéressée depuis leur dispute. Combien de temps cela allait-il encore durer avant un éventuel pardon ? Une telle distance ne lui ressemblait pas.

Arrivés au chariot, Arkès grimpa et Lynhéa passa la tête dans la bâche pour assouvir sa curiosité.

— Elphline ? C'est toi ?

— Bonjour Lynhéa, je suis contente de voir que tout va bien pour toi.

— Vous vous connaissez ? demanda Medil.

— Oui, bien sûr ! répondit Lynhéa. Elle m'a soignée quand Lamynthe m'a libérée de mon lien avec l'autre fou. Oh, bon Dieu ! Alors tu as survécu, c'est une excellente nouvelle. Je suis heureuse de te revoir.

— Ça me fait plaisir à moi aussi. Mais il faudra que tu m'expliques ce qu'il s'est passé la dernière fois.

— Comment ça ?

— Tu ne te souviens pas ? Je n'étais pas arrivée à déterminer ton âge et tu m'avais répondu que tu n'avais que quelques jours. Je suis restée un peu sur ma faim.

— C'est promis, je t'expliquerai tout à la prochaine occasion.

— Parfait. Occupons-nous de cette jeune personne.

Pendant la discussion, Arkès s'était agenouillé près de Dolcina. Une main sur son front pour la rassurer, il lui avait d'abord parlé.

— Je vais reprendre…

— Je sais, l'interrompit-elle d'une voix fatiguée. Je vais avoir mal ?

— J'en ai peur, répondit-il froidement.

Elle accusa le coup du ton si abrupt chez son ami. Une larme coula sur sa joue. Arkès posa la main sur son ventre et interrogea sa carapace.

— *Tu es prête à me revenir ?* demanda-t-il.

— *Oui.*

— *Merci pour ce que tu as fait pour elle.*

— *J'ai fait mon possible, mais j'ai peur qu'il ne soit trop tard.*

À ces mots, Arkès eut un mouvement de recul et fixa involontairement Dolcina.

— Que se passe-t-il ? demanda-t-elle bouleversée face au regard inquiet d'Arkès.

— Rien du tout, répondit ce dernier après une brève hésitation.

Il s'adressa de nouveau à sa carapace.

— *Va-t-elle mourir si je te reprends ?*

— *Pas dans l'immédiat, mais si les kNalines ne trouvent pas une solution, elle ne verra plus deux levers de soleil.*

— *Tout ça pour rien,* pensa-t-il alors sans la moindre émotion.

— *Qui peut le savoir ?*

— Reviens, dit-il ensuite à voix haute.

Dolcina hurla de douleur. Lucal serra le bord du chariot et sa force décuplée par la peur fit trembler le bois. Doucement la carapace retournait à son propriétaire. Arkès sentait une chaleur intense s'emparer de lui, beaucoup plus puissante qu'à l'habitude. Un véritable volcan d'émotions explosait en lui. Il faillit s'affaler à côté de Dolcina, mais parvint malgré tout à garder le contact avec son amie jusqu'à la fin du transfert.

Une vive tristesse l'envahit. Son cœur s'emballa à lui faire mal. Pourtant à genoux, il perdit l'équilibre et tomba assis. Il recula contre la paroi pour se prendre la tête entre les mains. Les larmes le submergèrent tant le sentiment était puissant. Lucal appela Lynhéa puis se jeta auprès de Dolcina qui hurlait toujours de douleur.

Lynhéa accourut et embarqua précipitamment. Elle s'agenouilla près de son compagnon. Elle ne savait quoi dire, ne l'ayant jamais vu dans un pareil état. Il pleurait à en abandonner son souffle, comme s'il perdait la tête. Tous ses gestes commis ces derniers jours remontaient à son esprit. Leur gravité… et leur cruauté… lui sautèrent alors aux yeux.

— Mais que… Que m'est-il arrivé ? dit-il en sanglotant.

— Qu'y a-t-il ? demanda Lynhéa.

— *Tu viens de récupérer ton humanité*, dit sa carapace.

— Que veux-tu dire ?

— Ben, je ne vois pas de quoi tu parles, répondit Lynhéa pensant qu'Arkès s'adressait à elle.

— *Pour atténuer la douleur de Dolcina et la maintenir en vie, j'ai eu besoin de prendre quelque chose chez toi. Et seule ton humanité pouvait m'aider.*

— Voici donc la raison de mon insensibilité tandis que j'accomplissais tout ce mal, comprit Arkès.

— Arkès ? intervint Lynhéa qui croyait discuter avec son compagnon. Tu me fais peur. Que t'arrive-t-il ?

— *Oui*, poursuivit sa carapace. *Ce vif sentiment t'étant rendu, tu te sens submergé par la culpabilité. Je suis désolé, mais je n'avais pas le choix.*

— Non, tu as bien fait, Dolcina passait avant tout le reste.

— Quoi ?! s'énerva Lynhéa. Mais avec qui tu…

Elle comprit soudain. Pourtant, cette fois, face à l'état d'Arkès, elle retint son envie de le houspiller et attendit la fin de leur conversation.

— *Il te faudra apprendre à vivre avec ce que tu as fait.*

— Je suis un monstre.

— *Tu l'as été pendant quelques jours, en effet. Mais aujourd'hui, c'est fini. Essaie de te convaincre qu'ils le méritaient tous.*

— Ai-je le choix ?

— *Ça ira ?*

— Il faudra bien. Comme tu le dis, ils l'avaient bien cherché de toute façon.

— *Tu le crois vraiment ?*

— *Non, certainement pas avec une telle cruauté,* continua-t-il en pensée pour ne pas alerter les autres, *mais en même temps, pour Livend, ce fut une aubaine. Sinon, il n'y aurait eu aucune issue pour eux, le roi les aurait fait massacrer. Il me sera plus facile d'apprendre à vivre avec ce souvenir qu'à nos amis de vivre en exil.*

— *C'est bien si tu le prends comme ça.*

— *Non, ce n'est pas bien, mais c'est la seule chose à faire. Je dois à présent rassurer les autres. Merci pour ton aide.*

— *Je suis là pour ça.*

— Désolé, dit Arkès en se tournant vers ses compagnons, je crois que je dois vous expliquer ce qu'il vient de se passer.

— En effet, dit Lynhéa, contente qu'il s'adresse enfin à elle.

Il leur raconta tout et s'excusa en priorité auprès de Lynhéa pour son comportement des dernières semaines. Elle fut bien entendu soulagée de ne pas en avoir été la cause et ne montra que peu de compassion pour les morts laissés dans le sillage d'Arkès.

— Ils l'avaient mérité.

— Oui, sans doute, mais peut-être pas de cette manière. Ce n'étaient que des actes purement gratuits… des assassinats !

— N'exagère pas, ils étaient tous pourris jusqu'à la moelle.

— Ça n'en reste pas moins des exécutions, et il faudra que j'apprenne à vivre avec ce souvenir.

— Ne t'inquiète pas, le réconforta Lucal. Nous savons tous qui tu es. Personne ne te jugera mal… par contre, ajouta-t-il en souriant, on devra faire attention la prochaine fois qu'on voudra te chercher des poux.

Arkès lui rendit son sourire, son ami trouvait souvent les mots, même si sa femme n'était pas encore tirée d'affaire. Toujours assis dans le chariot, il remarqua qu'Elphline attendait pour examiner Dolcina. Il descendit sans tarder. Le regard triste et inquiet, Lynhéa l'accueillit. Il la prit dans ses bras et s'excusa à nouveau. Heureuse de le retrouver, elle le serra chaleureusement en retour.

Elphline s'agenouilla à côté de Dolcina et lui saisit délicatement le poignet. Celle-ci se sentit rassurée par l'inconnue qui prendrait désormais soin d'elle. Elle adressa un sourire à son mari qui relâcha quelque peu la tension présente depuis tant de temps.

À un rythme régulier et lent, Elphline dessinait des allers-retours sur le bras de la jeune femme. À chaque mouvement, les veines enflaient et se détendaient. Dolcina sentit une vive chaleur s'emparer d'elle. À chaque gonflement, les vaisseaux se tintaient d'un gris sombre inquiétant. Sans mot dire, la kNaline quitta le chariot et referma la bâche. Lucal la regarda partir, mais ne protesta pas malgré son anxiété.

Elle avait besoin des conseils du seul qui pouvait lui en prodiguer : l'arbre-source. Ce monument séculaire où ils opéraient leur transformation revêtait une forte valeur symbolique. Elle y médita un long moment avant de revenir. Elle souleva la chemise de Dolcina, mit sa poitrine à nu et l'entoura d'une aura contre le froid. Aucune trace extérieure n'expliquait son triste état. Elle dessina à nouveau des mouvements lents et réguliers, effleurant ses seins et son ventre. Le même phénomène se produisit, son abdomen gonflait et se relâchait périodiquement. Le visage d'Elphline se raidit encore plus.

— Je ne peux rien faire ici. Il faut l'emmener chez moi.

Lucal prit cela comme un coup de poignard. Il espérait tant de leur arrivée chez les kNalines. Arkès lui avait vanté leurs qualités et leurs connaissances médicales. Pourtant, si Elphline refusait de se prononcer, il lut sur son visage de bois une inquiétude grandissante. Il ne posa aucune question malgré son envie de savoir et, avec l'aide de Dialène, ils la transportèrent chez la guérisseuse knaline.

Fidèle à sa promesse, Medil s'occupa avec entrain de l'installation des réfugiés. Arkès put abandonner son rôle de chef et, pour une fois, se contenter de suivre le mouvement. Cela le soulagea et cette soudaine diminution de tension fut perceptible... par Lynhéa en premier lieu.

Une maison fut attribuée à chaque voyageur ou couple et chacune d'elle disposait de tout le confort nécessaire. Les villageois de feu Gallim se sentirent rapidement chez eux et pourraient de la sorte entreprendre leur deuil de tout ce qui les rongeait depuis plusieurs semaines.

Medil conduisit Arkès et Lynhéa vers une maison à l'écart. En bordure de la forêt, un jardin s'étendait jusqu'à la falaise. C'était l'une des seules bâtie hors de la montagne à l'aide de gros blocs de roche et de bois, soigneusement agencés en une construction spacieuse et accueillante. Bordant le précipice, une barrière protégeait des chutes ; sécurité nécessaire pour l'arrivée prochaine de l'enfant.

— Je reste sans voix, dit Arkès avec beaucoup d'émotion.

— Tu es ici chez toi. J'espère que Dialène a bien choisi.

— C'est lui qui a opté pour cette maison ? demanda Arkès.

— Mieux que cela. C'est lui qui, il y a un certain temps déjà, a envisagé de la construire pour vous, ici. Il trouvait l'endroit magnifique.

— Il ne s'est pas trompé, dit Lynhéa.

— Nous l'avons donc bâtie en pensant à vous.

— Je ne sais quoi dire, avoua Arkès. Merci infiniment.

— Il y a tout le nécessaire à l'intérieur pour une vie normale. Vous vous y installez et vous vous laissez vivre jusqu'à l'arrivée de votre enfant.

— Vous ne m'obligez pas à m'isoler avec les autres femmes enceintes ? demanda respectueusement Lynhéa pour s'intégrer à leurs habitudes.

— Ce n'est pas la période de grossesse, on ne peut donc pas te mettre seule à l'écart.

— C'est très gentil, mais si nous vivons avec vous, il serait de bon ton d'appliquer vos coutumes. Enfin... je crois.

— C'est noble de ta part, dit Medil avec reconnaissance. Mais même pour nous il ne s'agit pas d'une obligation. Chacun est libre de son choix. Et en fait, quand j'y pense, seule la tradition de la grossesse est suivie par toutes les femmes, je me demande bien pourquoi d'ailleurs.

Lynhéa se souvint de sa discussion avec Elphline lorsqu'elle l'avait soignée et esquissa un petit sourire. Elle s'approcha d'Arkès et le prit par la taille avant de déposer un tendre baiser sur sa joue. Enfin, elle avait retrouvé son compagnon.

— Trêve de bavardages, dit Medil, il est temps de vous laisser votre d'intimité. Nous avons donné la même consigne à tout le monde. Restez chez vous ce soir pour un peu de sérénité après ce long voyage et demain, rejoignez-nous près du temple en milieu de journée pour partager un repas et fêter votre arrivée.

Le jeune couple acquiesça et regarda Medil s'éloigner. Ils firent un rapide tour du propriétaire puis partirent s'asseoir au bord de la falaise. Serrés l'un contre l'autre sous une épaisse couverture, ils profitaient du point de vue et sentaient la paix s'installer, enfin. Pour la première fois depuis longtemps, ils positivaient sur l'avenir, dissertant sur la nouvelle vie qui les attendait loin des conflits.

Il leur restait encore beaucoup de sujets à aborder : abandonner leurs idées de vengeance envers le roi et convaincre Lucal de faire de même ; préparer la venue prochaine de leur enfant ; exaucer l'envie d'Arkès d'apprendre des dons knalines ; tenter d'oublier leurs amis morts depuis le début de leur aventure, et bien d'autres encore. Ils avaient évité de parler de l'état de Dolcina, ils s'en inquièteraient à la première heure le lendemain.

Tard dans la soirée, ils rentrèrent *chez eux* et s'assirent un instant à table. Une table ! Quel confort par rapport à la case d'Arkès à Gallim !

Leur maison était sobrement décorée. Les kNalines avaient disposé le strict minimum nécessaire pour vivre et avaient laissé à chacun le soin de l'agencer à son goût. La pièce principale était spacieuse. Des bûches brûlaient dans un âtre du même type que celui d'Arkès. Appuyé contre deux gros rochers, la chaleur accumulée par la pierre rayonnait. Il y faisait bon en comparaison avec les températures hivernales de l'extérieur. Sur un des murs, un drap tendu séparait la pièce à vivre de la chambre. Après le confort étriqué de la case d'Arkès, cette maison semblait luxueuse... même à Lynhéa.

Ce soir-là, heureux de trouver un peu de repos, ils se firent l'amour comme il ne l'avait plus fait depuis longtemps. Arkès caressait tendrement le ventre de Lynhéa. Elle le laissait faire et souriait avec lui. Fourbus, ils finirent par s'endormir l'un contre l'autre.

— Arkès ?

Lynhéa ouvrit à peine les yeux et sentit la fraicheur marquant l'absence de son compagnon. S'attardant encore un peu dans un monde fantomatique, elle se lova dans la couverture, quitta le chaud du lit et entra dans la pièce de vie. Le silence était total, Arkès n'était pas là.

Un fin brouillard s'insinuait sous la porte, tel un nuage de soie. Avant de sortir pour le trouver, elle s'habilla et s'aspergea le visage d'eau fraîche. Au moment où elle posait la main contre la porte pour l'ouvrir, le nuage s'évada, aspiré comme une inspiration macabre. Elle s'immobilisa un instant puis poussa le bois qui grinça. Un tapis brumeux de quelques pouces recouvrait l'herbe. Tout était figé, sans une once de vent. Dans ce silence omniprésent, elle ressentit comme une main invisible posée sur son épaule... Mais personne. Sur le côté de la maison, une fillette vêtue d'une courte robe rouge la regardait immobile.

— Qui es-tu ? interrogea Lynhéa.

Sans répondre, la petite se retourna si lentement qu'elle donnait l'impression de flotter à quelques pouces du sol, puis s'engagea sur le chemin menant au village. Lorsque Lynhéa tourna le coin, elle était déjà plus loin et l'observait immobile. Elle affichait un sourire malicieux qui la glaça.

La jeune femme avança et après quelques mètres, jeta un coup d'œil en arrière vers la maison. Arkès n'était toujours pas là. Lorsqu'elle revint à la fillette, cette dernière disparaissait en direction de la forêt.

— Attends ! Que fais-tu ici toute seule ?

Un rire enfantin résonna dans la montagne alors même que l'apparition se contentait de sourire. Lynhéa regarda autour d'elle à la recherche d'une autre personne, en vain. L'instant d'après, la petite avait de nouveau disparu. Lynhéa s'aventura dans la forêt à sa suite puis, réalisant où elles se rendaient, son cœur se serra.

Arrivée à la falaise, elle vit l'enfant léviter entre la montagne et un imposant rocher lui aussi suspendu dans le vide. Une cascade d'eau s'en écoulait pour se perdre dans un brouillard épais.

Lynhéa était tendue. S'il se déroulait différemment à chaque fois, le rêve finissait toujours de la même manière. Elle s'attendait à ce que la fillette fonde sur elle, sa petite tête blonde transformée en un monstre effrayant. Et comme précédemment, elle ne dirait pas un mot. Pourtant, cette fois, une voix sinistre remonta du gouffre.

— Te souviens-tu de moi ?

Elle se réveilla en sursaut. Une fois rassurée par la présence d'Arkès, elle resta assise un instant, la tête dans les mains. Très vite, le froid piquant de l'hiver sur son corps en sueur la glaça et elle s'enfonça sous la couverture.

— Encore un cauchemar ? demanda Arkès.

— Oui.

— Tu veux en parler cette fois ?

Elle hésita puis, estimant le moment venu, lui expliqua tout. Ses rêves pouvaient s'avérer prémonitoires selon Zahirdena. Dès lors prirent-ils cela très au sérieux. Dans un premier temps, ils se concentrèrent sur la voix.

— L'as-tu reconnue ?

— Non, mais elle était effrayante.

— Et tu ne penses à personne en particulier ?

— Malheureusement non. Mais je n'ai plus jamais eu une telle peur depuis les rêves qu'**il** provoquait en moi.

— Tu sais bien que cela ne peut plus être lui.

— Bien sûr ! Ça ne me dit rien qui vaille. Sans doute un malade que j'ai connu dans le passé et dont je ne me souviens pas. J'ai fait tant d'horribles choses dans mon autre vie, qui peut dire les personnages odieux que j'ai côtoyés ? Si seulement la mémoire pouvait me revenir. Quelque chose va encore nous arriver. Et j'ai l'impression que ce sera terrible.

— Alors on devra redoubler d'attention. Mais il ne sert à rien de s'inquiéter à l'avance. Cela ne pourrait que nous empoisonner la vie.

— Tu as raison, dit-elle, blottie contre lui. Il est tôt, essayons de dormir encore un peu.

Les yeux toujours embrumés malgré la matinée déjà avancée, ils se surprirent à ne pas attendre un danger quelconque. Ils mangèrent en paix et de bonne humeur.

— Autant de sourires en si peu de temps, on n'a plus l'habitude, fit remarquer Arkès.

— C'est vrai, confirma Lynhéa. J'admets aimer l'action et espérer ne pas trop la regretter ici. Mais je dois avouer que pour l'instant, un peu de calme me convient parfaitement.

— Je suis d'accord. On a eu notre lot de déboires ces dernières années. Depuis que tu existes en fait si l'on y réfléchit bien, la taquina-t-il avec un large sourire.

Elle lui décocha un bon coup de poing dans l'épaule.

— Je te signale qu'on sait maintenant que je ne suis pas sortie de ta tête. Et même que je serais bien plus âgée que toi.

— C'est vrai, c'était mal formulé. J'aurais dû dire : depuis que je t'ai rencontrée. Mais à dire vrai, quand je te vois là près de moi, je ne regrette rien.

— Oooh ! Comme c'est mignon. Le guerrier qui fait dans le romantisme... Et dès le matin ! Bel effort soldat !

Arkès sourit.

Plus tard, ils se mirent en route pour retrouver Lucal et s'enquérir de l'état de Dolcina. Au fil des rues, ils se promenaient décontractés. Les chemins irréguliers suivaient les courbes de la montagne, le plus souvent aménagés à flanc de falaise où les maisons troglodytes étaient creusées. Une certaine habitude était nécessaire pour s'y sentir en sécurité. L'imposant rocher les surplombait de toute sa hauteur et narguait le vide. Le vertige qui en résultait, rabaissait la prétention de chacun à son juste niveau.

En route, le jeune couple dut demander où logeaient leurs amis. Arrivés devant leur demeure, ils poussèrent la barrière et entrèrent dans la cour intérieure creusée à même la roche. Cette maison orientée au sud, mais bien enfoncée dans la montagne, restait fraîche en toute circonstance. Les kNalines ne lésinaient pas sur les efforts pour s'assurer un confort de vie suffisant.

Au moment où Arkès frappa, avant même que Lucal ne vienne ouvrir, un vif sentiment de tristesse émanant de sa carapace l'envahit.

— *Que se passe-t-il ?* lui demanda-t-il.

— *Quelque chose de grave derrière cette porte*, confirma-t-elle.

— *En sais-tu plus ?*

— *Non, mais je le ressens.*

— Arkès ? s'inquiéta Lynhéa face à son changement d'attitude.

— Ça va mal ! répondit-il au moment où Lucal ouvrait.

Ce dernier avait encore les yeux rouges de larmes. Arkès et Lynhéa s'attendirent au pire.

— Lucal ? demanda Lynhéa. Que se passe-t-il ?

— Ils ne trouvent pas. Mais entrez, ils sont trois autour d'elle et cela me fera du bien de ne pas être seul à regarder.

Dans la spacieuse pièce centrale, Elphline vint à leur rencontre. Son visage à l'apparence d'écorce ne laissait transparaitre aucune émotion. Arkès ressentit une telle inquiétude qu'il comprit la gravité de la situation. Il préféra garder le silence, mais très vite, ils furent tous fixés.

— Je suis désolée, nous avons fait tout ce que nous pouvions. Nous ne trouvons pas quel est ce mal étrange qui l'habite... Et nous n'en connaissons pas la provenance.

— Le roi pourrait-il l'avoir empoisonnée ? demanda Lynhéa.

— On y a déjà pensé, intervint Lucal, mais dans ce cas, pourquoi uniquement elle.

— De plus, poursuivit Elphline, s'il s'agissait d'un aliment quelconque, nous aurions pu la soigner.

— Pourrait-il avoir utilisé un objet maldor pour lui jeter un sort ? demanda Arkès.

— C'est possible, répondit Elphline... Et nous sommes alors impuissants.

— C'est peu probable, contesta Lucal, on y avait pensé aussi. À ce que l'on sait, le roi n'avait pas ces objets quand il s'en est pris au village. Et quand bien même, il ne pouvait pas encore les utiliser.

— En effet, acquiesça Arkès. Alors quoi ?

— C'est la question qu'on se pose, répondit Lucal. On a même pensé à toi.

— À moi ? interrogea Arkès.

— Oui, poursuivit Lucal. Ta carapace est bien parvenue à la stabiliser.

— C'est vrai, malheureusement, elle ne connait pas ce mal. Sinon, elle l'aurait déjà soignée. Je suis désolé.

— Ah ! Parce que tu parles avec elle ! s'exclama Lucal.

— Ce n'est pas le problème ici.

Pendant cette discussion, Lynhéa s'était rapprochée de Dolcina et des deux kNalines qui lui tenaient compagnie. Elle lui adressa un sourire empreint de peur et de tristesse, lorsque Dolcina l'aperçut. Elle ne pouvait pas cacher son inquiétude. Sentant les larmes lui monter aux yeux, elle se retourna et rejoignit Arkès.

— C'est horrible de rester là et de ne rien pouvoir faire, dit-elle.

— Oui, confirma Lucal. On est dans une impasse.

Arkès venait de porter la main à son front et se frottait vigoureusement les tempes.

— Arkès, que se passe-t-il ? demanda Elphline.

— Je... Oh ! Et puis... Je pourrais lui redonner ma carapace.

— Merci, dit Lucal, mais ça ne la soignera pas.

— Mais cela ralentira la progression du mal dans l'attente d'une autre solution.

— Ça ne ferait que prolonger son calvaire et elle a déjà dit ne plus vouloir souffrir autant.

— En plus, poursuivit Lynhéa, tu sais ce qu'il t'arrivera.

Arkès monta le ton, n'acceptant pas sa résignation.

— Tu souhaites la voir vivre ou pas ?

— Oui, bien sûr.

— Dans ce cas, ne lui demande pas son avis, et moi, je prends le risque. Sans mes pouvoirs, les kNalines seront assez forts pour m'arrêter si je recommence à...

— Tu ne peux pas faire ça ! intervint Lynhéa. C'est encore elle qui décide pour elle-même.

— Et alors, elle nous en voudra peut-être, soit ! Mais au moins sera-t-elle en vie et sa rancœur finira bien par disparaitre.

— Ce n'est pas à nous d'imposer la marche à suivre, insista Lynhéa.

— Je sais, répondit Arkès. (Il se tourna vers Lucal) Je n'oblige à rien, mais c'est ce que tu devrais faire.

Lucal ne dit rien. Bien sûr, il voulait sauver sa femme, sans prolonger sa souffrance inutilement. Et pas question pour lui ne pas tenir compte de ses dernières volontés.

Elphline restait un peu à l'écart. Elle ne savait plus comment les aider. Malgré son visage d'écorce, sa tristesse était bien visible. Arkès lui demanda :

— Combien de temps peut-elle encore tenir ?

— Je l'ignore. Une nuit, peut-être deux.

— Sang de reil ! s'énerva Arkès pour lui-même. Quelle maladie peut être si terrible qu'on ne puisse pas la trouver et la combattre ?

Elphline ne répondit rien. Même Lucal resta silencieux. Alors qu'Arkès rageait et faisait les cent pas, Lynhéa fixait Elphline, pensive. Le temps s'écoulait et cela finit par mettre la kNaline mal à l'aise.

— Que se passe-t-il, Lynhéa ? demanda-t-elle.

— Je crois savoir ce que nous pouvons faire, la seule chose que nous n'avons pas encore évoquée et qui pourtant reste notre unique espoir.

Tous la dévisagèrent interloqués, dans l'attente de son explication.

» Arkès, tu as trouvé la solution, commença-t-elle par dire à la surprise générale.

Tous se tournèrent alors vers lui.

— Hé ! Ne me regardez pas comme ça, je ne sais pas du tout de quoi elle parle. Tu veux que je lui donne ma carapace ? C'est ça ?

— Non, gros bêta, ça, on l'a déjà envisagé. On doit l'immuniser !

Un silence suivit l'affirmation de Lynhéa.

» Allo ! Debout les morts ! Personne ne voit ?

Face au mutisme général et aux interrogations diverses imprimées sur les visages, elle poursuivit.

» Bon, d'accord. Quelles sont les seules personnes ici à être immunisées contre les maladies ?

C'est alors que tous les regards se portèrent sur Elphline.

— Les kNalines ! s'exclama Lucal.

Une lueur d'espoir s'alluma en lui… bientôt éteinte par Elphline.

— Ce n'est pas possible.

— Parce qu'elle n'est pas kNaline ? demanda Arkès.

— Bien sûr que non. Nous ne naissons pas ainsi comme tu le sais et nous serions heureux de pouvoir faire cela pour elle. Elle ne survivrait pas au rite de passage. Elle est beaucoup trop faible.

Lucal perdit courage et, cédant à la colère, frappa la lourde table de bois de son poing.

— Ne peux-tu lui redonner des forces, comme Medil l'a fait avec Arkès à plusieurs reprises ? demanda Lynhéa.

— Non, il n'était pas malade, juste fatigué. Et tous nos essais pour la fortifier se sont soldés par des échecs. Ce qui est incompréhensible en soi. Je suis désolée, dit-elle à Lucal.

Il salua les efforts réalisés par ses nouveaux amis et retrouva son calme. Il s'approcha de la kNaline et déposa délicatement une main sur son épaule.

— Ce n'est pas grave, vous avez déjà fait plus que quiconque pour nous. Merci, dit-il, résigné.

— NON ! pesta Arkès. Ne laisse pas tomber. Je peux la soulager... avec ma carapace.

— Encore ! s'interposa Lynhéa. Mais tu sais ce que tu risques.

— Pas cette fois, dit-il.

Il fit quelques pas comme pour aider sa réflexion.

» Pas cette fois, répéta-t-il. Je m'explique. Elle avait pris mon humanité pour disposer d'assez de moyens pour la maintenir en vie... ou quelque chose comme cela. Ici, elle aura besoin de ma force. Donc, en théorie, le seul résultat sera de m'affaiblir.

— Oui, intervint Lynhéa, mais jusqu'à quel point ?

— Peu importe, répondit Arkès. Une simple fatigue physique peut aisément se soigner.

Personne ne pipa mot, mais un espoir absent depuis longtemps les envahit.

— Lucal ? s'enquit Arkès.

— C'est d'accord. Mais je veux d'abord voir avec elle et Elphline, pour savoir dans quoi on s'engage… et aussi pour la suite. Et nous devrons prendre la décision à deux.

— Je comprends, dit Arkès. Nous allons vous laisser. On attend dehors. Mais, poursuivit-il avant de quitter la pièce, vous *devez* le faire !

Un instant plus tard, Lucal sortit. Son attitude témoignait d'un regain de confiance. Même si Elphline ne put lui donner aucune certitude, au moins avait-il un dernier espoir.

La décision prise, ils se mirent immédiatement à l'ouvrage car Dolcina perdait de l'énergie à chaque instant. La soigneuse traça les runes traditionnelles sur le visage et le corps de Dolcina mis à nu, puis ils l'emmenèrent. Une dizaine de kNalines les attendaient déjà en robe d'apparat. Ils la déposèrent sur un autel simple en pierre à proximité d'un grand arbre tordu à mi-hauteur et marqué par les années. Malgré l'hiver, il n'avait perdu aucune feuille. Les arcades sculptées et usées offraient une certaine magnificence à l'endroit. Les blocs de roche y étaient bien plus abîmés que dans le reste de l'enceinte du temple. Le vent glacial qui s'engouffrait sous les arches recroquevillait chacun dans son épais manteau de fourrure. Dolcina, dévêtue, était gardée au chaud par une aura magique.

Arkès avait convaincu sa carapace avec difficulté. Elle devrait lui prendre toute son énergie même si cela devait le laisser à l'article de la mort.

Les kNalines se mirent en place en un cercle parfait autour de l'autel. Au signe d'Elphline, Arkès s'avança jusqu'à Dolcina. Il la regarda avec un grand sourire d'encouragement et posa la main sur son front et son ventre comme il l'avait fait dans le chariot auparavant. Malgré la douleur, le transfert s'opéra une fois de plus avec succès. Lorsque le contact fut rompu entre les deux amis, Arkès s'écroula sur le sol. Deux kNalines l'emmenèrent suivis de Lynhéa inquiète.

Elphline s'approcha de Dolcina pour évaluer son état. Lucal attendait sa décision. Cela prit quelques instants, puis elle ouvrit les yeux et acquiesça en direction de Lucal. Il fit à son tour un signe de la tête pour marquer son accord définitif.

Deux kNalines rejoignirent l'autel et tendirent les mains au-dessus de Dolcina. Une aura lumineuse bleuâtre apparut. Ce nuage phosphorescent atteignit l'arbre, puis établit la connexion avec Dolcina. Elle s'éleva et commença à léviter. Lucal regardait... Il était à deux doigts de s'évanouir. Même si les kNalines lui avaient bien expliqué la transformation, ses craintes n'étaient pas apaisées. Avait-elle récupéré assez d'énergie pour ne pas succomber ?

Lentement, le corps pivota et se redressa avant de continuer sa progression vers l'arbre. Plus elle approchait, plus la montagne grondait et tremblait.

La nature se préparait à faire don de sa force à cette femme. Cet énorme feuillu, servant habituellement de trait d'union entre le ciel et la terre pour absorber l'énergie du soleil, allait restituer une partie de cette énergie. Tout le temple vibra lorsque Dolcina entra en contact avec l'arbre. À cet instant, une intense lumière jaillit. Le rayonnement saphir fut accompagné d'un bruit strident suivi d'un autre plus sourd et d'une violente onde de choc qui pourtant ne renversa personne. Seuls quelques morceaux de pierre se détachèrent des arcades. La terre gronda à nouveau et l'arbre émit un craquement sec qui fit sursauter même les kNalines. Lucas s'en aperçut.

— Que se passe-t-il ? Est-ce normal ?

— Cela ne fait pas partie du rituel, avoua Elphline. Mais nous nous y attendions.

— Que veux-tu dire ?

— Le mal qui la ronge est d'origine occulte. Notre magie doit l'annihiler. (Son visage s'attrista) J'espère seulement que la nature sera la plus forte. Tout est entre les mains de notre arbre sacré à présent. Nous ne pouvons qu'attendre.

Le corps de Dolcina se tordit en arrière à tel point que tous crurent entendre ses os se briser. Lucal fit un pas en avant… puis se ravisa, impuissant.

Le feuillu se plaignait et l'aura qui l'entourait grandit en intensité pour devenir aveuglante. L'atmosphère ondula comme si elle était liquide et s'alourdit considérablement. Les Warkans présents eurent du mal à se tenir debout, les kNalines semblaient moins affectés.

Dans un bruit de succion, l'arbre aspira brutalement l'air ainsi que l'aura étincelante. Un claquement retentit lorsqu'il se fendit sur toute sa hauteur puis tout redevint silencieux. Elphline se couvrit la bouche pour ne pas crier et des larmes envahirent ses yeux. Leur arbre était sérieusement blessé.

La faible aura lumineuse qui persistait disparut lorsque Dolcina revint en planant jusqu'à l'autel. Sa peau fonça et prit peu à peu l'apparence d'écorce typique aux kNalines. Lucal ignorait si elle avait survécu et la forte tension provoqua chez lui un étourdissement.

Au signal, il s'approcha lentement et constata que le buste de sa bien-aimée se soulevait par vagues.

Elle respirait !

Elphline le rejoignit et prit le bras de Dolcina dans ses mains. Elle effectua son va-et-vient typique à un pouce des veines. Ces dernières gonflèrent en cadence sous sa peau d'écorce. Elle releva la tête, regarda Lucal et lui adressa un sourire. Submergé par une émotion trop forte, il tomba à genoux et pleura sur le bras d'Elphline. Il n'arrivait pas à parler même pour la remercier. Elle lui caressa la main et la déposa sur celle de Dolcina.

— Elle vivra, mais il faudra lui laisser quelques jours pour récupérer.

Lucal acquiesça fébrilement sans un mot.

La kNaline se tourna vers ceux de son peuple, le regard triste. Klener'sal, l'un deux, était déjà auprès de l'arbre, les deux mains sur son tronc. Les yeux fermés, il semblait communiquer avec lui. Un instant plus tard, qui parut pourtant une éternité, il se prononça.

—Il se rétablira, mais il faudra attendre avant d'opérer une nouvelle transformation.

Arkès vint reprendre sa carapace le lendemain lorsqu'ils eurent tous les deux regagné assez de forces. Quelques jours plus tard, Lucal demanda et subit la même transformation que celle de son épouse. Il ne voulait pas du moindre obstacle entre eux. Une vie normale et calme commença enfin... Pour *tous* cette fois.

Recroquevillé sur lui-même, Viteric se serrait le ventre couché en chien de fusil à même les feuilles. Les sorciers bannis l'avaient laissé partir après l'avoir sauvé des fisn-ox-soëmis. Ce fut un énorme soulagement pour lui, car il était conscient d'avoir risqué sa vie. Mais si ces incroyables soldats avaient mis Fisn-Hog en garde, il n'était pas persuadé d'être en paix pour autant. Par précaution, il évitait les chemins pour privilégier les forêts et les marais où il restait à couvert. Plus de jours seraient nécessaires pour rejoindre son temple et retrouver Sylvia, mais c'était le prix à payer pour une vie sauve.

Il n'avait pas vu sa bien-aimée depuis longtemps et elle lui manquait. Malgré la peur et la douleur, il n'abandonnerait pas... Elle méritait tous ces efforts. De plus, elle attendait son retour pour quitter ce village où tous lui imposaient une vie qu'elle rejetait. Leur fuite ne serait pas aisée. À présent, tout le pays le recherchait, les hommes comme ceux de sa « race ».

Il avait espéré que les fisn-ox-soëmis leur offriraient une porte de sortie discrète, mais leur désir était tout autre. Ils le voulaient lui, le *né-matr*. Boire du sang humain l'avait fortifié bien plus que n'importe quel matr-ox-soëmis, ces êtres normaux transformés en monstres par les fisn-ox-soëmis. Et plus fort également que ces derniers pourtant créés de la main de leur déesse Edox. Cette supériorité les avait regroupés en une caste qui s'estimait au-dessus des autres. Mais, cet élitisme était en train de causer leur perte. Avec la disparition d'Edox depuis plusieurs générations, ils n'avaient plus aucun moyen d'assurer la survie de leur race. Le fait que Viteric soit *né-matr* leur offrait une opportunité unique. Mais il refusait de leur faire ce cadeau, car des humains en souffriraient par sa faute. Il ne leur avait pas expliqué comment cela lui était arrivé… Et cette décision avait bien failli être sa dernière. S'il ne s'était aventuré sur le territoire des sorciers bannis, il serait mort à cet instant. Heureux d'être encore en vie, il ressassait à chaque pas les révélations qu'ils lui avaient faites. Pourquoi irait-il un jour demander leur aide s'il s'enfuyait avec Sylvia et ne revenait jamais en Horipan ?

Il était à mi-chemin et sa progression s'avérait de plus en plus difficile. Si le sang humain l'avait fortifié, plus question pour lui de garder cette force, pas au prix à payer. Pour la sauvegarde de Sylvia, il devait y renoncer et se nourrir de la faune environnante. Le sevrage était douloureux. Ce qu'il était devenu réclamait ce qu'il rejetait de tout son être. Et son corps le lui faisait amèrement regretter. Depuis quelques jours, la faim le taraudait et les animaux attrapés n'avaient pas assouvi son besoin de nourriture.

Couché dans la forêt, son organisme le torturait au point de l'empêcher d'avancer. L'endroit où il campait lui assurait la tranquillité pour cette nuit. Le temps d'une lune qui serait peut-être sa dernière, il le sentait sans trop savoir pourquoi. Le lendemain matin, il serait mort... ou sevré. Mais il allait souffrir, de cela il était conscient.

Non loin de lui, les feuilles d'un *pugdène* se refermaient lentement sur leur proie. Un jeune lapin s'était laissé piéger par les solides filaments de la plante carnivore. Les gouttelettes brillantes étaient une colle imparable doublée d'un puissant paralysant. Le rongeur s'en était rendu compte trop tard. À présent, les grandes feuilles l'enfermaient et le compressaient jusqu'à l'étouffement. Une chance s'offrit pourtant à lui car, si Viteric s'était arrêté à cet endroit, c'était précisément pour profiter du poison de cette plante carnivore. Il saisit son couteau et coupa un des nerfs à la base des feuilles. L'instant d'après, elles s'ouvraient. Les filaments entaillaient la chair de l'animal, rougissant la fourrure blanche et le pauvre lapin se mourait. Lorsque les feuilles s'allongèrent, les lianes mortelles se desserrèrent et il put les couper sans le blesser. Il extirpa délicatement le rongeur et le déposa sur le sol. Compatissant, il lui adressa quelques mots réconfortants, s'attendant à le voir déguerpir… Mais celui-ci resta un instant à le regarder.

Viteric sourit. Il n'avait plus éprouvé la moindre émotion positive depuis si longtemps qu'il accueillit cette dernière avec allégresse. Devant ce minuscule rongeur qui semblait ne pas avoir peur de lui, il plongea la main dans son sac à dos et y récupéra quelques extraits d'horxa. Il en connaissait les vertus antiseptiques et se demanda si l'animal les accepterait. Sans mouvement brusque, il s'assit ; le lapin ne s'enfuit pas. D'un geste calme, il lui tendit une feuille. La boule de poils renifla avant d'y goûter puis la grignota avec appétit. Viteric pressa les autres dans sa main pour en extraire le liquide.

— Même si je te soigne, tu ne seras pas très beau avec toutes ces lacérations.

Le lapin se laissa saisir et ne détala pas lorsque Viteric le déposa sur ses jambes. Le né-matr appliqua le sérum sur les blessures les plus profondes. L'animal tressaillait à chaque contact avec sa chair à nu, mais ne bougeait pas.

— Tu as vraiment confiance en moi, murmura Viteric en souriant.

Le rongeur releva la tête un instant, puis se remit à grignoter les feuilles d'horxa.

— Voilà, c'est tout ce que je peux faire pour toi. Tu peux t'en aller à présent, mais fais attention à l'avenir.

Le lapin se tourna vers lui, lui adressa un regard triste puis sauta pour se replacer au creux de ses jambes.

— Décidément, tu n'es pas farouche. (Il le caressa) C'est d'accord, tu peux rester avec moi.

À cet instant, Viteric prit conscience d'avoir oublié sa propre douleur grâce aux soins apportés à son nouvel ami.

— Merci, dit-il à l'animal qui s'endormait déjà.

Il coupa une des grandes feuilles du pugdène et l'étala sur le sol pour en faire un récipient. Il y versa un peu d'eau de sa gourde puis y déposa quelques filaments imprégnés de poison. Il mélangea le tout avec soin puis but le liquide qui apaiserait ses douleurs. La nuit promettait de s'éterniser, et si sa souffrance s'atténuait quelque peu, l'obscurité lui paraîtrait moins étouffante.

Quelques instants plus tard, le sérum agit et il ressentit un intense soulagement. Il s'allongea en chien de fusil, posa son sac en guise d'oreiller, tira la couverture sur lui puis ferma les yeux. Au creux de son ventre, il sentait le lapin se caler puis s'immobiliser. Du bout des doigts, il le caressa. La douceur de son pelage l'apaisa et il s'endormit.

Lorsque les premiers rayons de soleil percèrent la canopée en d'étroites lames de lumière, il se réveilla. Quelque chose le perturbait. Sa respiration était forte et rauque, ses muscles le faisaient souffrir. Sa vision d'abord trouble s'affina peu à peu. Les couleurs étaient différentes, chaque feuille éclairée par le soleil scintillait de mille feux. Il savait ce que cela signifiait... Il s'était transformé en matr-ox-soëmis. Au creux de sa main, il sentait le lapin s'agiter, paniqué, mais l'infortuné rongeur était enfermé dans la poigne solide de Viteric. À l'approche de son visage, la terreur se grava dans les yeux de l'animal. Il ne reconnaissait pas son sauveur. Face à lui, un monstre plus effroyable encore que la plante carnivore le maintenait prisonnier.

Viteric ouvrit une grande gueule. De ses immenses dents acérées comme des lames de rasoir, il mordit brutalement dans l'animal captif. Le lapin couina un bref instant puis ses yeux se révulsèrent. Le sang frais coula dans la gorge du né-matr. Sa douleur lancinante s'estompa et il récupéra peu à peu ses forces. Un moment plus tard, il reprit forme humaine. Toute souffrance envolée, il se sentait beaucoup mieux... Il avait échappé à la mort une fois de plus.

Il était enfin libéré.

—Je suis désolé, dit-il tristement. Je ne me contrôlais plus. Je n'ai pas souhaité que tu finisses ainsi.

Il s'en voulait d'avoir pris la vie d'un être qui lui avait accordé sa confiance et de cela il devait tirer une importante leçon. Si un jour il buvait à nouveau du sang humain, Sylvia devait être loin de lui durant son sevrage sans quoi il se jetterait sur elle comme sur le lapin.

Il essuya le liquide vital qui tapissait sa bouche puis enterra l'animal avec un vif sentiment de regret. À présent, il pouvait rejoindre son temple, retrouver Sylvia et lui raconter son périple.

Lorsqu'Anthelme franchit la porte qui séparait la salle du trône du local où il entreposait les artefacts maldors, il affichait un large sourire. Le nouveau scientifique qui venait d'arriver semblait très prometteur. En quelques semaines, il en avait découvert plus sur le pouvoir des objets que les autres sur plusieurs mois.

Anthelme le félicita, mais la grimace qui déformait les lèvres du prisonnier s'évanouit lorsque le roi pointa un de ses compagnons du doigt. Les deux soldats en faction brisèrent leur immobilité pour se diriger droit sur l'homme désigné. Un sbire lui saisit les bras par-derrière tandis que l'autre dégainait son couteau. D'un geste assuré, il lui trancha la gorge sans autre forme de procès. Le sang gicla au point d'éclabousser certains artefacts.

— Ne vous croyez jamais à l'abri, dit Anthelme en quittant la pièce. Et faites venir Orkaf ! ordonna-t-il à l'attention des soldats.

Il s'installa sur son trône et attendit l'arrivée de son chef d'armée. La magie maldore livrait petit à petit ses secrets et il entrevoyait déjà toute l'étendue des possibilités.

Soudain une sensation trop connue s'empara de lui. Cette force froide qui prenait le contrôle de son esprit l'envahissait à nouveau comme lors de sa conversation avec Elveblas. Ce puissant esprit avait commandé le massacre de Gallim contre sa volonté. Malgré ses efforts, Anthelme n'avait pu empêcher son corps de donner cet ordre… Et il détestait qu'une telle chose se produise sans sa préalable approbation. Il décida que, cette fois, son hôte indésirable ne parviendrait pas à l'asservir. Il serrait les accoudoirs du trône à se meurtrir les doigts jusqu'à les briser. Il transpirait et sa vision se brouilla. Le combat était perdu d'avance, il aurait dû s'y résigner pour moins souffrir, mais ce n'était pas dans son caractère. Un court instant plus tard, il baissait sa garde, contraint et forcé.

— *Je n'ai pas beaucoup de temps*, dit la voix dans sa tête. *Alors tu vas m'écouter très attentivement.*

— Qui… Qui es-tu ? bégaya le roi.

— *Tu n'as pas besoin de me connaitre. Sache seulement que tu fais partie d'un plan bien plus grand que le tien.*

— Je suis mon unique maître.

Anthelme-le-Blanc s'énervait. Il perdait une fois de plus le contrôle et cette impotence le mettait hors de lui. Mais il n'avait pas le choix. Cette force était trop puissante.

— *Oui, bien sûr. Cela s'est vu précédemment. Alors, tais-toi et écoute. C'est la dernière fois que je prends contact avec toi. Après, cela ne me sera plus possible. C'est pourquoi je vais te donner ce que tu veux.*

— Je suis tout ouïe.

— *Parfait. Il est temps pour toi de reprendre le contrôle du pays kNaline. Et pour anticiper ta prochaine stupide réaction, je sais que les rois précédents s'y sont déjà essayés en vain et que tes espions nourrissent à présent le sable du désert du Ksilm. Mais il y a d'autres moyens, tu as les objets maldors.*

— Vont-ils me permettre de traverser la Forêt-Frontière ?

— *Dans un sens. Mais tu devras d'abord attirer Arkès à toi, car je ne te donnerai pas la solution de but en blanc.*

— C'est risqué, non ?

— *Oui, mais nécessaire. Voici donc ce que tu vas faire.*

Le soldat envoyé par le roi rejoignit les appartements d'Orkaf au pas de course. Pas question pour lui de se faire battre à nouveau pour avoir mis trop longtemps à remplir sa mission. Il courrait ensuite en sens inverse prévenir Anthelme. Dès lors, si son chef s'éternisait, Anthelme ne pourrait pas le lui reprocher.

Au troisième coup, Orkaf répondit et entrebâilla la porte de quelques centimètres. Le soldat l'informa sans traîner.

— Que t'arrive-t-il ? Tu es en sueur.

— J'ai couru.

Orkaf marqua une courte pause (trop longue au goût de son subordonné) puis le rassura.

— Je comprends. Va. J'arrive.

Le chef d'armée et seigneur du Domaine Royal ferma la porte, puis termina de lacer son pantalon. Il se dirigea ensuite vers un tabouret où il prit sa chemise rapidement.

— Je présume que tu as entendu.

— Oui, répondit la reine. Qu'a-t-il trouvé cette fois ?

— Je l'ignore. Sans doute rien, comme d'habitude. Il s'ennuie et cherche peut-être à combler sa solitude.

— Alors va vite, dit Adrehilde en se redressant, la couverture tenue d'une main sur son corps nu. Sinon, il va de nouveau s'en prendre à Ieneta.

— Je sais, la rassura-t-il. Je me dépêche.

Un instant plus tard, il parvenait dans la salle du trône. Anthelme était prostré comme un malade souffrant le martyre. Comme aucun des soldats de garde ne s'inquiétait auprès de lui, il ne pressa pas le pas. Pourtant, il entendait son souffle lourd et apercevait les gouttes de sueur tomber sur la pierre claire du sol.

— Majesté, vous allez bien ?

Anthelme releva si brusquement la tête qu'Orkaf eut un mouvement de recul. Son faciès était terrifiant.

— On ne peut mieux ! s'exclama diaboliquement le roi.

L'espace d'un instant, Orkaf crut distinguer une lueur argentée dans ses yeux. Les cheveux humides de transpiration collés sur son visage, il avait l'air plus dément encore qu'à l'accoutumée. Vu son état, Orkaf décida de ne pas approfondir... Et de toute manière, il s'en moquait. Il ne souhaitait qu'une chose, la mort de ce tyran.

À cause de lui et de ses lubies, des milliers de gens souffraient dont des proches d'Orkaf. La reine pour commencer, errant dans les couloirs telle une âme en peine. Au début de leur mariage, elle n'avait servi à son époux que d'objet sexuel et il la frappait sans raison aucune. Quand il se lassa de son apathie, il la délaissa. Elle n'avait plus rien... Et pas question pour elle de rentrer dans sa famille, on l'aurait pendue. Elle se retrouva seule jusqu'au jour où un amour réciproque naquit peu à peu avec Orkaf. Aujourd'hui, dans une certaine mesure, elle était heureuse. Le roi, quant à lui, s'était tourné vers des filles dans la fleur de l'âge. Beaucoup passèrent entre ses mains pour en ressortir la plupart du temps brisées, dans un état lamentable. Un jour, lors d'une visite chez Elveblas, il avait vu Ieneta, une de ses domestiques. Une jeune fille timide d'une incroyable beauté. Il exigea aussitôt la mise à son service de cette perle. Le seigneur accepta sans pouvoir refuser. Depuis ce jour, elle avait pris la place de la reine dans son lit... et dans ses délires sadiques. Une seule lumière restait à la jeune esclave : Amolaric, l'ami d'Orkaf. Ils s'étaient rapprochés l'un de l'autre quelques mois après son arrivée au château, mais, tout comme Orkaf et Adrehilde, leur amour devait demeurer secret.

— Vous m'avez fait mander ? demanda Orkaf.

— Oui. Il est temps pour nous de reprendre ce qui nous revient de droit.

Orkaf ne voyait pas de quoi il parlait. Tout le royaume lui appartenait sans condition ni rumeur de rébellion. Orkaf ne pensait pas à ce peuple qui, des centaines d'années auparavant, s'était affranchi des Warkans et contre qui les souverains successifs n'avaient rien pu faire.

— Nous allons reprendre le pays kNaline.

Le chef d'armée marqua sa surprise et mit un certain temps à rassembler ses esprits. Il connaissait ces projets, mais il avait espéré que le roi laisserait quelques pleines lunes à son peuple pour se ressaisir ou qu'il avait abandonné suite à l'assassinat de ses espions.

— Le pays kNaline ? Mais nous n'avons aucun moyen de franchir leur Forêt-Frontière et comme vos prédécesseurs nous ne pourrons que perdre des milliers d'hommes en vain.

— Oui, autrefois, mais j'ai un avantage sur eux. Jamais je n'ai sous-estimé la magie maldore. Et aujourd'hui, elle m'offre le pays tout entier. Bientôt, les kNalines ne seront plus.

— Vous oubliez Arkès. Il s'est réfugié chez eux d'après ce que l'on sait. Que ferons-nous contre lui ?

— Arkès est faible. Il ne s'en prendra pas à ses amis. Il préférera mourir. Et de toute manière, sa présence y est nécessaire pour que mon plan fonctionne. Nous nous mettrons en route au début de l'été, entraîne tes hommes.

Orkaf baissa la tête. Argumenter ne servirait à rien. Les Warkans avaient déjà perdu beaucoup de soldats lors de la bataille contre la magistrelle... Et il allait en sacrifier autant, si pas plus. Le chef n'avait jamais douté de l'intelligence du roi, mais cette fois, la magie maldore le rendait fou. Tout comme Rublac-le-Grand jadis, Anthelme-le-Blanc perdait la raison dans une vaine recherche d'un pouvoir absolu.

Plusieurs mois s'étaient écoulés depuis l'arrivée du groupe en pays kNaline. Ils s'étaient bien habitués à leur nouvelle vie et profitaient du calme et de la sérénité inspirée par l'endroit. Même si l'hiver avait été particulièrement rude dans les montagnes, les dons knalines avaient permis de cultiver à même la neige et le gel. Cela leur avait assuré une nourriture riche et variée, la forêt se chargeant de fournir le gibier.

Pour les anciens habitants de Gallim, assister pour la première fois à l'extraction d'un livreh fut un spectacle hors du commun. L'arbre sembla souffrir lorsque son écorce se déchira pour en sortir l'animal. Le livreh se releva au prix d'un effort colossal... puis disparut. Il était invisible. Une fois en mouvement pour fuir, une déformation de la lumière s'éloigna d'eux.

Les kNalines expliquèrent à nouveau leur cycle de vie. Les Warkans apprenaient ainsi à respecter la nature qui leur fournissait de quoi vivre : les morts donnaient naissance aux arbres et ces derniers une fois adultes créaient les animaux pour les nourrir.

Mais pour autant n'était-ce pas toujours évident surtout durant l'hiver. Ils devaient abattre la forêt avec parcimonie pour se chauffer, fabriquer leurs outils et leurs meubles afin de ne pas provoquer de famine. Car dans cette région, seul le livreh leur servait de nourriture.

Cette année pourtant, aucun rationnement ne fut nécessaire. L'extermination quasi complète du peuple des montagnes empêcha implicitement un abattage trop important.

Aujourd'hui, tout cela était loin derrière eux, l'été avait repris ses droits et le temps était redevenu clément et agréable.

Arkès avait commencé son entrainement avec les kNalines pour acquérir quelques-uns de leurs dons, mais l'apprentissage était ardu. Il maîtrisait déjà les éléments les plus simples tels que déplacer des objets par la pensée ou survoler le sol de quelques centimètres. Il s'exerçait à présent à déformer à distance de fines branches ou des gourdes d'eau. Cela nécessitait beaucoup d'énergie et même si sa carapace compensait en partie son effort, il revenait souvent épuisé alors que le ciel rougissait. Cela provoquait la colère de Lynhéa qui avait du mal à se déplacer en fin de grossesse.

Lucal s'était joint à lui. Sa nouvelle résistance physique résultant de sa transformation lui avait permis d'apprendre également ces dons. C'est dans une ambiance décontractée que les deux amis se retrouvaient tous les jours pour s'entraîner encadrés par des kNalines. Ils passaient beaucoup de temps ensemble ce qui renforçait encore leur complicité.

Malgré la fatigue, plus ils s'exerçaient, plus l'énergie interne d'Arkès augmentait ainsi que ses facultés... même les plus anciennes. Sa vitesse de course que l'on savait déjà élevée avait doublé et la résistance de sa carapace au choc s'était améliorée.

Mais un revers à cette brillante médaille se manifesta. Parfois les objets qu'il créait étaient surdimensionnés par rapport à ses pensées. Il devait alors reprendre son calme et recommencer pour obtenir l'effet désiré. Au début, il n'y prêta guère attention jusqu'à ce que cela devint plus régulier. Il s'interrogea... sans trouver de réponse.

Il plaisantait à propos de ces essais malencontreux, mais s'inquiétait malgré tout de ses pertes de contrôle. Et le silence de sa carapace depuis plusieurs semaines alimentait encore son désarroi.

Et ce n'était pas tout. Si vivre en paix leur était très agréable, ils n'étaient pas à l'abri d'évènements étranges. Peu de temps après leur arrivée, le ventre de Lynhéa s'arrondit... Le bébé avait repris sa croissance. Grâce aux dons knalines, le jeune couple fut rassuré sur l'état de santé du fœtus. Puis, bien des jours plus tard, une nouvelle interrogation naquit. Il grandissait plus rapidement qu'escompté, comme s'il voulait rattraper le temps durant lequel il s'était stabilisé. Au vu de l'évolution, les kNalines estimaient son arrivée à l'été… d'ici quelques jours.

Au réveil, Lynhéa n'était plus à ses côtés. À en juger par la lumière ambiante, il était encore tôt et il s'étonna de la constater si matinale. Assise à la table, elle lisait le livre maldor trouvé chez Zahirdena. À ce moment, il se rendit compte à quel point il l'avait délaissée au profit de son entrainement. De plus, il ne l'avait jamais vue parcourir ce document jusqu'ici et s'en étonna.

— Je ne savais pas que tu examinais ce livre avec autant d'intérêt ?

Elle releva la tête et lui adressa un sourire.

— Bonjour, chéri.

— 'Jour, dit-il en l'embrassant.

Il s'assit à côté d'elle.

— Si, depuis quelque temps déjà.

— Tu recherches toujours des réponses ?

Elle ressentit son inquiétude.

— Je suis très heureuse, n'en doute pas, mais j'ai quand même envie de savoir. Alors comme Zahirdena et Daïa sont mortes, je n'ai pas d'autres moyens pour trouver des indices. Hier, je suis tombée sur quelque chose.

— Et ça t'a empêchée de dormir au point de te lever tôt.

— Non, dit-elle en souriant. Ce sont mes cauchemars. Ils sont de plus en plus forts et violents. J'ai le sentiment que quelque chose va se produire.

— Pourquoi ?

— Avant cela m'arrivait une fois par semaine environ. Maintenant c'est presque toutes les nuits. Ça ne me dit rien qui vaille.

— Tu ne crois pas que ce serait plutôt lié à l'approche de l'accouchement.

— À quoi penses-tu ?

— Au fait que tu dois être inquiète. Le bébé est pour bientôt. Et pour l'instant tu ne peux plus t'entraîner. Le manque d'exercices physiques peut également jouer.

— Oui, tu as peut-être raison, confirma-t-elle sans conviction. Mais laissons cela. Regarde plutôt ce que j'ai découvert, c'est assez perturbant.

Elle tourna le livre pour lui montrer les enluminures. Toutes les formes de tortures que la magistrelle avait infligées y étaient représentées. Et ces dessins étaient d'une précision remarquable. Quelques pages plus loin, elle désigna un portrait à Arkès. Il eut l'impression que son sang venait d'arrêter de circuler. C'était le visage de Lynhéa !

— Elle a dit la vérité, constata-t-il à regret.

— Oui, cela ne peut pas être une coïncidence, confirma-t-elle. Tout s'y retrouve. Mon enlèvement de Toucombe, les tortures... Et même l'évolution de ma santé mentale. J'ai fait des recoupements avec les dates mentionnées pour divers évènements, car son calendrier ne correspond à rien de connu. Mais, si je ne me trompe pas, elle n'a pas menti. Je serais âgée de près de deux cents ans. (Arkès ne releva pas, abasourdi par une telle conclusion) Écoute, je vais te lire quelques passages.

— Crois-tu que ce soit une bonne idée de t'infliger tout cela ? Si de toute manière tu vis ici avec moi et que nous n'avons plus aucun moyen de retourner à Toucombe, ne risques-tu pas d'apprendre d'horribles choses qui ne pourraient que te gâcher la vie ?

— C'est trop tard. Écoute.

Elle réagit très bien aux potions, mais semble souffrir beaucoup plus que je ne l'avais prévu. Son temps de douleur augmente à chaque dose, elle en est à quatre jours de supplice avant une accalmie. Elle a atteint sa limite, j'en ai peur. Je vais espacer le traitement à une fois par semaine.

— Ce n'est pas tout.

Elle tourna quelques pages.

Aujourd'hui, je lui ai fait sa trois-cent-treizième injection sur le même dosage. Il y a une heure, les cris se sont arrêtés. Elle s'est évanouie. Au moins ne ressent-elle plus la douleur. Mais les spasmes provoqués par la potion ne sont pas moins violents. J'ai dû la libérer de ses liens avant que les sangles n'entaillent ses poignets et ses chevilles. Je la maintiens aujourd'hui prisonnière par un sort.

Son pouvoir mental augmente sans cesse, je le sens. Je suis proche du but, cependant les résultats restent assez approximatifs.

Elle tourna encore quelques pages pour ne pas détailler toutes les tortures subies.

Sa cure est finie, c'est une réussite totale. Plus qu'une injection, la dernière, pour fixer son pouvoir... la quatre-cent-vingt-septième !

Elle releva la tête de son livre. Arkès la regardait tristement en pensant à tous ces sévices endurés. En fin de compte, sa perte de mémoire se révélait une bénédiction. Dès lors voyait-il d'un œil encore plus mauvais son envie de redécouvrir tout cela.

Déjà plus de huit ans depuis son arrivée.

— Elle pourrait au moins appeler cela par son nom : un enlèvement. Soit !

Elle est physiquement très forte. Je dois maintenant commencer son évolution mentale. Mais je vais d'abord lui laisser quelques semaines de repos.
...
Edox a enfin compris ma mission et accepté de se joindre à moi. C'est une réelle victoire. Aujourd'hui, je peux dire sans hésitation que les Warkans vivent leurs dernières années. Avec les fisn-ox-soëmis et Edox, j'ai une armée d'extermination sans pareille. Ajoutons à cela

quelques chasseurs, quelques murcafs et quelques morts-marchants et je serai enfin prête.

—Elle fait le lien entre moi et ces... fisn-ox-soëmis. Malheureusement, je ne sais pas ce que c'est.

—Elle parle bien de toi, tu en es certaine ? Elle a dit que tu t'appelais comme ça, mais rien ne prouve que c'était bien toi.

—Elle n'a menti sur rien... pourquoi le ferait-elle sur ce point spécifique ?

—Je ne sais pas.

—C'est pourquoi je pars du principe qu'il s'agit bien de moi. D'après ce que je peux lire, ces fisn-ox-soëmis sont des sortes de guerriers. Mais où sont-ils dans ce cas ? La seule chose qui est sure, c'est que je suis partie avec eux.

—Que veux-tu dire ?

—Écoute.

Edox s'est enfuie ! Et elle a emmené ses créatures avec elle. Elle s'est bien jouée de moi. Pendant tous ces mois, elle préparait son évasion et je n'ai rien vu venir.

Je dois lui mettre la main dessus. Si elle monte une armée contre moi, je ne pourrai pas gagner.

... (Quelques pages plus loin)

Je l'ai enfin retrouvée. Heureusement pour moi, elle ne comptait pas se venger, car le nombre de fisn-ox-soëmis n'a que très peu augmenté. Elle voulait, je pense, juste être libre.

Lorsque je l'aurai récupérée, je devrai reprendre la torture pour la soumettre définitivement sous mon contrôle. Plus question d'en faire une alliée. Elle sera une esclave comme les autres.

La lecture de ces lignes n'était pas une première pour la jeune femme, et pourtant une larme coula le long de sa joue. Arkès voulut l'essuyer, mais elle repoussa sa main.

Elle a réussi à m'échapper à nouveau. Ses soldats sont devenus très puissants. Ils sont même parvenus à me bloquer, moi ! Je crois cette fois que je ne la reverrai jamais. Elle a peut-être trouvé le moyen de retourner dans son monde et elle ne fera pas la bêtise de lire le *Livre de Gwendegarde*.

Arkès lui caressa le dos.
— Je suis désolé.
— Je suis au moins sure d'une chose.
— Laquelle ?
— Je n'étais pas le monstre qu'elle désirait tant. Je me suis échappée. Et ça, c'est déjà très important. Mais je ne connais toujours pas mon histoire, ni comment **il** m'a découverte, ni ce qu'il est advenu de ma mémoire. Et ces fisn-ox-soëmis, que sont-ils ? Où sont-ils ?
— Doit-on encore s'en inquiéter aujourd'hui ?

— Non, plus vraiment. Je ne les retrouverai probablement jamais. Mais il y a autre chose. Elle dit ici que j'avais trouvé un moyen de retourner dans mon monde. Cela veut sans doute dire que c'est toujours possible. Malheureusement, elle n'est pas plus explicite, et me voilà dans une nouvelle impasse.

Arkès avait bien son idée sur la question. Mais il décida de ne pas lui en faire part. Il ne participerait pas à ce qui pourrait encore apporter des tragédies sur elle. Il supposait que toute chose née de la magie maldore était liée aux autres. Or, **il** avait pris forme humaine par cette magie. Dès lors avait-il été connecté à Zahirdena d'une manière ou d'une autre. En plus, Dialène l'imaginait comme l'être le plus puissant au monde, connaissant tout sur tout. La statue l'avait donc peut-être créé avec ces atouts. Il lui aura suffi de faire le rapport entre Zahirdena et Lynhéa. La retrouver à partir de cet instant ne devait pas être très compliqué pour lui... Aussi facile en tout cas que de l'envoyer lui dans son monde pour les faire se rencontrer.

Soudain, Lynhéa se courba de douleur. Cela lui arrivait pour la première fois et Arkès ne sut comment réagir.

— Une contraction, dit-elle. Ce n'est qu'une contraction.

— Une quoi ?

— C'est le bébé !

— Quoi ? Maintenant ?

— Peut-être pas. Mais ça ne va plus tarder. Quelques jours au plus. Mais ça peut être quelques heures aussi.

— Et on fait quoi ? dit-il paniqué.

Il pouvait encaisser bien des horreurs et pourtant, l'idée de devenir père le terrorisa soudain.

— Toi, rien, rétorqua Lynhéa. Pas pour l'instant en tout cas.

Mais les heures s'écoulèrent et les contractions s'intensifièrent.

— Je t'emmène chez Elphline, dit-il en voulant la soulever.

— Va la chercher, je ne peux plus bouger.

— Ne dis pas de bêtises, laisse-moi f...

— NON ! Tu as vu mes jambes... Aaah... Et mes chevilles ?

— Euh, il y a une différence ?

— NON, JUSTEMENT !

Arkès leva les yeux au ciel et se baissa pour la soulever quand même.

— Si tu t'approches de moi, je t'assomme, le menaça-t-elle. VA LA CHERCHER !!!

En un instant, Arkès fut près d'Elphline. Malgré son état fébrile, il parvint à lui expliquer la situation. Elle prépara quelques objets nécessaires, puis ordonna à Arkès de la rejoindre chez lui. Il s'exécuta. En un éclair, essoufflé, il était là. À son grand étonnement, Elphline y était aussi. Il se fit incendier.

— C'EST QUAND MÊME PAS POSSIBLE D'ÊTRE LENT À CE POINT ! MÊME ELLE, EST ARRIVÉE AVANT TOI !

— Désolé mon amour, répondit-il en souriant.

Elphline installa Lynhéa sur une couverture propre à même le sol et lui enleva son pantalon. Elle lui écarta les jambes et constata :

— La tête se présente.

— Tu vois comme t'as traîné !

— Reste calme chérie, ça va bien se passer.

— Rester calme ! Comment veux-tu que je reste calme ?

Il n'ajouta rien. Elphline se lava soigneusement les mains. Elle demanda à Arkès de soulever le buste de Lynhéa pendant qu'elle poussait avant de reprendre son souffle et de recommencer. Bien vite, la tête apparut entièrement et la sage-femme la tira délicatement vers elle : une petite fille était née. Elle saisit un couteau dont elle rougit la lame en y apposant deux doigts, puis coupa le cordon ombilical. Elle pressa quelquefois sur le ventre du bébé pour expulser le liquide amniotique qui s'attardait dans les voies respiratoires et tendit la petite en pleurs à Lynhéa. Arkès les regardait, émerveillé.

— Une fille... Elle est magnifique.

— Oui, elle l'est, répondit Lynhéa qui retrouva le sourire en même temps que le soulagement de ne plus souffrir.

— Ce n'est pas un garçon, fit remarquer Elphline à Arkès. N'es-tu pas trop déçu ?

— Loin de là. Je suis ravi. J'ai toujours eu des opinions différentes des autres Warkans. Je suis heureux d'avoir un enfant, peu importe son sexe.

Arkès s'assit puis remercia chaleureusement la kNaline. Cette dernière s'occupa des soins à la jeune maman tandis qu'Arkès tenant délicatement sa fille dans ses bras l'observait avec fierté. Comme elle se lavait les mains à genou devant la bassine, l'accoucheuse s'enquit :

— Comment allez-vous l'appeler ?

— Daïa, répondit Lynhéa, fatiguée, mais heureuse.

— Oui... Daïa, confirma Arkès.

— C'est un très joli prénom, dit Elphline avec un sourire.

— Merci, salua le couple d'une seule voix.

Arkès les porta toutes les deux dans ses bras jusqu'à la chambre et les déposa sur le lit. Il les embrassa puis alla chercher la gourde souple remplie de lait frais. D'un morceau de drap propre, il en recouvrit l'ouverture pour permettre à Daïa de téter. Elphline s'inquiéta de ce geste inhabituel.

— C'est Lynhéa qui m'a appris cela.

— Elle ne lui donnera pas le sein ?

— NON ! cria celle-ci depuis la chambre. Ça les ramollit et ça file des vergetures.

Elphline sourit et n'insista pas. Arkès fit de même en levant les yeux au ciel. Il tendit le « biberon » à Lynhéa puis revint près de la sage-femme.

— Puis-je te poser une question ? demanda-t-il.

— Bien sûr, répondit Elphline.

— Comment as-tu fait pour arriver ici avant moi ? Je pensais pourtant être rapide.

— J'ai fait la même chose que toi. (Face au regard dubitatif d'Arkès, elle poursuivit) Si tu continues à exercer ton don, tu pourras aussi le faire un jour. En fait, je peux me déplacer si vite que j'arrive presque instantanément où je le désire… Si ce n'est pas trop loin bien sûr.

— Je comprends, mais comment… ?

Soudain, un cri extérieur interrompit Arkès. Quelqu'un de familier venait de hurler son nom.

— Lucal ? pensa-t-il.

Il sortit pour accueillir son ami. Lucal ne savait pas encore qu'une petite fille était née, et il n'était pas là pour les féliciter. De plus, l'énervement perceptible dans sa voix l'inquiéta.

— Que se passe-t-il ?

— Le roi…, tenta de répondre Lucal à bout de souffle.

— Et bien quoi, le roi ?

Lucal tendit une main pour qu'Arkès lui permette de reprendre sa respiration puis continua.

— Il est à l'entrée de la Torie… Avec toute son armée !

— Sang de reil ! C'est pas vrai ! Il ne nous laissera décidément jamais tranquilles !

— Non, répondit Lucal, j'en ai peur.

— Alors une bonne leçon s'impose, dit Arkès en faisant demi-tour pour rentrer prévenir Lynhéa de ce qu'il se passait.

— Attends, l'arrêta Lucal. Les kNalines sont sur le promontoire sud. Ils les observent et ont demandé que tu les rejoignes.

— Très bien. J'avertis Lynhéa et j'y vais.

— Je pars déjà, ajouta Lucal. Tu seras de toute façon sur place avant moi.

Arkès lui sourit.

— Elphline ? Peux-tu rester auprès d'elle pendant ce temps ?

— Oui, bien sûr, répondit la kNaline.

Après avoir reçu la permission enthousiaste de Lynhéa de donner une bonne leçon au roi, Arkès se retrouva au promontoire sud. Il s'approcha de la falaise et contempla l'horizon. Anthelme et toute son armée étaient en effet aux portes de la Torie, accompagnés d'un immense nuage de poussière couvrant le désert.

Pour l'instant, les kNalines étaient en sécurité, mais pour combien de temps ? Une tempête n'aurait pas soulevé plus de sable, Arkès s'étonna de la folie d'Anthelme pour trouver encore autant d'hommes à enrôler.

— Nous ne craignons rien, dit Arkès. Ils n'arriveront pas à traverser la Torie.

Medil le regarda le visage neutre, puis se tourna vers l'horizon et pointa le doigt vers l'extrême gauche de l'armée. Arkès n'avait pas développé la capacité de voir au loin et dut se fier aux descriptions de son ami. Le roi savait ne pas pouvoir traverser la Torie. Bien des souverains l'avaient tenté par le passé et tous avaient échoué. Aussi Anthelme avait-il eu recours à une autre méthode. Des dizaines de bucherons étaient à l'œuvre pour ouvrir un couloir à travers la mystérieuse Forêt-Frontière.

Medil sourit avant de poursuivre son explication. Chaque fois qu'un arbre était coupé et s'effondrait sur le sol, il était absorbé… Mais cela, Arkès le savait déjà. Par contre, il ignorait qu'un nouveau repoussait sur la racine meurtrie en quelques instants. Les bucherons étaient interloqués. Ils n'avaient jamais vu pareil phénomène. Mais face aux menaces du roi, ils abattaient droit devant, sans se soucier du couloir se refermant derrière eux. Le soleil avait continué sa course dans le ciel lorsqu'ils arrivèrent à la lisière.

— Ça y est ! On y est !

Un instant plus tard, c'était la déconvenue. Face à eux, le désert et, quelques centaines de mètres plus loin sur leur droite, l'armée patientait. Ils avaient tourné en rond.

Depuis le promontoire Arkès et ses amis profitaient du spectacle. Aucun d'eux n'avait bougé pendant toutes ces heures pour s'assurer qu'ils ne traverseraient pas. Et nul besoin de la vision de Medil pour suivre la progression de l'armée royale.

Le mouvement des feuillages se voyait de loin. C'est avec un large sourire que leur attente se termina.

— Rentrons, dit Medil. Nous ne craignons rien.

— Medil ? demanda Lucal. Si les arbres repoussent si vite, pourquoi pas les nôtres et pourquoi avoir imposé un rationnement du bois en hiver ?

— Seuls ceux de la Forêt-Frontière ont reçu un tel enchantement. Car cela appauvrit le sol. Il y a des centaines d'années, lorsque les Warkans attaquaient sans relâche la forêt, ils avaient presque épuisé toutes les ressources. Ils cessèrent juste à temps pour s'en prendre à quelqu'un d'autre : les Maldors. Entre temps, la Torie a retrouvé son énergie et se porte à nouveau bien. Mais si le roi continue son harcèlement durant plusieurs années, les arbres finiront par ne plus repousser et elle disparaitra. Ils pourront alors parvenir sans problème jusqu'à nous.

— Dans ce cas, dit Arkès, je pense que c'est le bon moment pour aller les saluer et essayer de me montrer persuasif.

— Tu ne vas tout de même pas les massacrer, dit Lucal.

— Non, ils sont trop nombreux. Mais j'ai envie de m'expliquer avec eux.

— Et s'ils tentent de t'arrêter ? demanda Lucal.

— Alors tant pis pour les inconscients, dit-il avant de disparaitre tel un courant d'air.

Quelques instants plus tard, Arkès patientait à l'abri des regards pour reprendre son souffle avant d'aller les provoquer. Puis il s'approcha lentement à découvert. Rapidement les soldats l'aperçurent et donnèrent l'alerte. Formant un mur devant le chariot royal, ils tendirent leurs lances dans sa direction. Le jeune guerrier avançait avec la même attitude assurée et un sourire discret sur les lèvres. Intérieurement, il enrageait de se retrouver face à son bourreau et il voulait tant lui faire payer les horreurs commises au nom de son pouvoir absolu. Mais la paix des kNalines et de son enfant restait sa priorité. Il ne montrerait rien de ses sentiments.

Les soldats étaient nerveux et alimentaient cette anxiété à son approche. Anthelme sortit de son chariot et s'avança vers lui malgré les mises en garde répétées de ses fidèles conseillers. Seul Orkaf n'avait rien dit, intrigué par la situation. Comme le roi l'avait souhaité, Arkès était là, devant eux. Son plan semblait se dérouler comme prévu. Aux yeux du chef d'armée, cela ne présageait rien de bon pour la suite.

Arkès et le souverain se faisaient face, à quelques mètres l'un de l'autre. Le jeune homme pensa comme il serait aisé de le tuer, là, maintenant. Personne ne pourrait l'en empêcher. Mais il n'était pas un meurtrier. Même après tout ce que le roi lui avait fait endurer, il refusait de s'en débarrasser de cette manière. Dans un sens, il regrettait que son humanité lui fût rendue. Cela aurait sauvé beaucoup de monde.

— Que viens-tu faire ici ? s'enquit Anthelme avec dédain.

— Pourquoi me harcelez-vous ?

— Mais qui parle de toi. Bien qu'en y réfléchissant, tu as quand même assassiné un seigneur. Ce serait suffisant pour te faire abattre sur place. Mais ne crois pas que tout tourne autour de toi, je suis venu envahir les kNalines et reprendre ainsi ce qui me revient de droit. Si tu te rappelles bien, je l'avais dit en territoire maldor. Et maintenant que je suis un peu plus tranquille depuis la mort de Zahirdena et que leur magie me livre enfin ses secrets, je n'ai plus de raison d'attendre. Et tout cela, c'est grâce à toi, je ne te remercierai jamais assez, termina-t-il d'un ton ironique.

Arkès fronça les sourcils tandis qu'Anthelme éclatait d'un rire tonitruant. Le roi l'avait piqué au vif, et ce dernier en profita.

» Dis-moi, comment arrives-tu à vivre avec tous tes souvenirs ? Les kNalines se sont fait massacrer par ce *diable*, car tu es venu les voir. Et aujourd'hui, c'est encore en partie à cause de toi si nous les envahissons. Ce doit être difficile de ne pas cauchemarder.

— Je me conforte dans l'idée que ce n'est pas ma faute. Je ne voulais que protéger les Warkans... à l'inverse de vous. C'est vous qui avez joué un peu trop avec la statue-dragon. C'est vous qui n'avez rien fait pour renforcer les Warkans quand ils en avaient besoin. Et c'est encore *vous*, les rois, qui avez provoqué la haine et les morts en pays maldor. *Vous* êtes responsables, pas moi. Et j'espère qu'un jour quelqu'un d'assez proche de vous s'en rendra compte et vous fera disparaitre.

— Pourquoi ne le fais-tu pas dès maintenant ?

— Je ne suis pas un assassin... Et vous devriez vous en réjouir.

— En effet, là est ta faiblesse. Tu n'as pas le cran de faire le nécessaire. Et c'est pour cela que je ne peux pas perdre.

— Partez ! ordonna sèchement Arkès.

— Il n'en est pas question, dit le roi. Tu en es bien conscient ?

— Et vous ? Êtes-vous conscient que vous n'arriverez jamais à traverser la Torie ?

— Quelle naïveté de croire cela ! affirma Anthelme-le-Blanc.

Arkès tourna la tête vers la gauche. Deux hommes couraient dans leur direction. Essoufflés, ils s'arrêtèrent auprès d'Orkaf et discutèrent un instant. Le visage du chef changea.

— Majesté, les bucherons sont de retour.

— Ah ! Ah ! Tu vois, Arkès le prétentieux. Nous y sommes parvenus.

Arkès sourit... à la surprise d'Anthelme. Orkaf continua son explication.

— Ils ont tourné en rond et sont ressortis à quelques centaines de mètres d'ici, plus à l'est.

Le roi fixa le jeune homme et resta un moment silencieux. Profitant de cet instant de déstabilisation, Arkès renchérit.

— Nous voulons que vous partiez. Nous ne demandons rien, si ce n'est de pouvoir vivre en paix et que vous nous oubliiez.

— Je n'abandonne jamais, sache-le bien.

— La Torie vous a déjà rejetés. Ne m'obligez pas à faire de même.

— Je croyais que tu n'étais pas un assassin.

— C'est vrai, confirma-t-il avant de hausser la voix à l'attention des soldats. Ne mourront que ceux qui nous attaqueront. Il est encore temps de sauver votre vie. Refusez de vous battre pour de mauvaises raisons.

Le roi ne disait rien et souriait. Arkès continua.

» Que peut-il bien contre vous tous ? Il est seul et ce n'est qu'un homme.

Anthelme éclata de rire.

— Mon jeune ami si naïf ! Ce n'est pas comme cela que ça fonctionne. Tous ces hommes feront ce que je dis… Comme toi jadis. Et ce ne sont pas tes pouvoirs et la crainte que tu leur inspires qui changeront quoi que ce soit.

En un geste du roi, une trentaine de soldats foncèrent sur Arkès. Surpris, il ne savait comment réagir pour ne tuer personne. La décision tardant trop longtemps, quelqu'un la prit pour lui.

Une intense chaleur l'envahit jusqu'à le tordre de douleur. C'était bien plus fort que d'habitude. Il se concentra pour contenir cette montée de haine qui explosait en lui. À la surprise du roi et de ses chefs, il tomba à genou. Alors que les soldats étaient presque sur lui, il se redressa brutalement, les bras écartés au moment où sa carapace se déployait. Une violente onde de choc les balaya plusieurs mètres en arrière. Arkès luttait. La douleur s'intensifiait et le sentiment de haine augmentait encore.

— *Non, ne fais pas cela !*

Ses yeux blanchirent et se mirent à briller. Il avait trop d'énergie en lui qui réagissait au danger, comme elle l'avait toujours fait, mais de manière disproportionnée. Le débordement de puissance qui exacerbait ses sentiments intensifiait son développement qu'il ne contrôlait plus.

Dans un sifflement aigu, des dizaines d'épais filaments s'échappèrent de son torse pour aller déchiqueter les soldats. Le massacre était inévitable. En un grondement sourd, un grand disque de sang se dessina sur le sol. Des morceaux de corps jonchaient le sable à l'entrée de la Torie. Dans un effort démesuré, il parvint à rappeler les filaments… Trop tard. Le groupe était décimé. Le roi s'écarta, emmené par Orkaf. Les autres reculèrent de plusieurs pas, impressionnés, paniqués.

Le calme revenu, Arkès se releva lentement. Malgré son profond sentiment de culpabilité, il profita de cet effet involontaire et les toisa.

— Partez ! Et ne revenez plus jamais.

Il se tourna vers Orkaf et se souvint de ce que Daïa lui avait dit avant de mourir. En quoi pouvait-il lui faire confiance ? Le bras droit d'Anthelme, c'était pure folie ! Ils se regardèrent un instant, puis Arkès disparut dans les bois. Il venait de jeter un tel sentiment de panique parmi les soldats qu'un espoir dérisoire naquit en lui. Le rêve illusoire d'avoir convaincu le roi de les laisser en paix... Pourtant, il doutait. À l'abri des regards, il reprit une marche normale, il était épuisé.

De retour dans les montagnes, il ne retrouva pas ses compagnons qui ne l'avaient pas attendu. Il rentra chez lui et raconta tout à Lynhéa, même ses inquiétudes quant au pouvoir de sa carapace. Elle commença par le houspiller de lui avoir de nouveau caché quelque chose puis, revenant à des sentiments plus raisonnables, lui conseilla d'aller voir Medil. Il refusa d'abord, mais elle le convainquit de l'aide précieuse que pouvaient lui apporter les kNalines. Gérer cela seul lui serait difficile, il en prenait conscience.

Il s'assit un instant à côté d'elle. Daïa dormait paisiblement dans les bras de sa maman.

— Elle vient de boire, dit-elle tout bas.

Face aux hésitations d'Arkès de se confier à Medil, elle lui tendit leur fille. Il l'accueillit avec beaucoup de tendresse et s'allongea à côté de sa compagne. Il regardait l'enfant somnoler, à l'abri des malheurs de ce monde... Et il veillerait à ce que cela reste ainsi !

Du bout du doigt, il lui caressa la joue provoquant un froncement de sourcils. Il sourit. Pourquoi devait-il se tracasser du problème warkan ? Pourquoi, cette fois, ne laisserait-il pas les autres se débrouiller sans lui ? Il pourrait les aider de ses conseils sans pour autant prendre les choses en main. Il pourrait alors profiter plus sereinement de la vie en famille.

Au plus profond de lui, il sentait ne pas pouvoir rester passif. Encore une des conséquences du cadeau de la statue-dragon.

Il rendit Daïa à Lynhéa et se leva. Il ramassa le biberon à côté du lit et le lava dans la vasque de pierre sous la fenêtre. Il repensait aux paroles du roi. Bien sûr, elles n'avaient pour but que de le blesser. Bien sûr, ces affirmations n'avaient aucun fondement si ce n'était celui de le culpabiliser. Mais avait-il tort ?

La maison de Medil était incrustée dans la montagne comme la plupart des habitations knalines. De forme arrondie, la porte était finement sculptée et des fleurs abondantes ornaient la paroi. Il hésita un instant, n'osant entrer. Il ne savait trop comment expliquer ses pertes de contrôle et surtout les sentiments ressentis face aux soldats warkans quelques heures plus tôt.

Lucal le sortit de ses pensées.

— Alors, le roi est reparti la queue entre les jambes ?

Arkès prit un certain temps à identifier son ami sous sa peau d'écorce.

Il reconnaissait les kNalines malgré leur apparence identique. C'était une sensation plus qu'une distinction visuelle.

— Il est vexé.

— Il reviendra, tu crois ?

— Oui, j'en ai peur. Et il finira bien par trouver un moyen d'entrer dans le pays.

— Que va-t-on faire ?

— Je n'y ai pas encore réfléchi, mais nous devons organiser nos défenses et ce ne sera pas facile.

— Pourquoi ? C'est l'endroit rêvé ici même s'ils sont très nombreux.

— Oui, mais ce n'est pas l'emplacement qui va poser problème.

—...

— Ce sont les kNalines. Ils refusent toute forme de violence et je ne suis pas sûr de leur implication pour agir.

— Alors tu dois les convaincre ! l'encouragea Lucal.

— Eh oui, souffla Arkès, sur les épaules de qui pesait à nouveau le fardeau d'un combat. Je sais, c'est pour ça que je suis ici, mentit-il.

— Je viens avec toi si tu...

— Ce n'est pas la peine, rentre chez toi. Et au fait, ça y est, elle est arrivée.

— Qui ? demanda son ami sans comprendre.

— Notre fille, elle est née. Nous l'appelons Daïa.

— Comme...

Il ne termina pas sa remarque. Elle portait le nom du dragon qui les avait aidés contre la magistrelle. Cela en disait long sur leur attachement.

— Oui.

Lucal le prit dans ses bras et le félicita. Il oublia même le début de leur conversation et Arkès s'en réjouit. Il courut chez lui l'annoncer à Dolcina en hurlant qu'ils iraient ensuite voir Lynhéa.

— Cela lui fera très plaisir, cria Arkès à son tour alors que Lucal s'éloignait déjà.

Il attendit que son ami disparaisse avant de se décider à frapper à la porte. Medil vint ouvrir après un court instant et l'invita à entrer.

L'intérieur était chaleureux et admirablement aménagé par la femme du kNaline. La décoration était riche, mais restait simple et légère. Une fois les présentations faites, Medil demanda à Arkès comment s'était passée son entrevue avec le roi… ainsi que les soucis avec sa carapace. Plus Arkès avançait dans ses explications, plus Medil se renfrognait.

— C'est très inquiétant, en effet.

— Je le crois aussi. Et je pense de plus en plus que je devrais m'en séparer.

— Et Lynhéa ? demanda Medil.

— Je lui en ai déjà parlé. Elle comprend tout à fait et si telle est ma volonté, elle ne s'y opposera pas. Elle dit que je parviendrais pourtant à la contrôler si je faisais un gros effort sur moi-même pour maîtriser mes émotions… Et que je laisse tomber mon entrainement avec vous.

— Pourquoi ?

— Je pense que c'est de là que viennent mon regain d'énergie et mes sentiments exacerbés. Si je continue, ma carapace et moi risquons de devenir incontrôlables à la moindre contrariété. C'est dangereux... pour mon entourage également.

Medil réfléchissait en servant délicatement une tasse d'eau bien fraîche à Arkès. Chacun de ses mouvements était précis et mesuré. Chaque action, aussi anodine soit-elle, s'exécutait avec beaucoup de minutie. Les deux tasses étaient remplies au même niveau. Il déposa la cruche sur la table sans provoquer le moindre bruit. Il s'assit en gardant le dos bien droit. Il donnait l'impression de bouger au ralenti.

— Elle a raison, nous devons changer ton entrainement.

— Comment ?

— Nous n'allons plus développer tes capacités, mais plutôt ton mental. Si nous le renforçons, tu pourras peut-être mieux te contrôler.

— C'est d'accord. Je veux bien essayer. Mais si je n'obtiens pas de résultats d'ici un an, je ne prendrai pas de risque et je m'en séparerai.

— Et comment feras-tu ? s'enquit Medil.

— J'ai mon idée, ne t'inquiète pas.

— Très bien, nous commencerons dès demain.

— C'est d'accord.

Medil se dirigea vers une étagère placée à hauteur d'épaule et ouvrit une grande boite avec délicatesse. Elle semblait très ancienne, mais parfaitement entretenue. Il glissa la main à l'intérieur et en sortit un objet brillant. Arkès ne put voir ce qu'il en était.

— À présent, parle-moi de ce que nous devrons faire si le roi franchit la Torie.

Cette demande surprit Arkès puis il se souvint que le kNaline lisait dans ses pensées. Quoiqu'à cet instant, ce ne devait pas être très compliqué. Il réfléchissait tant à la manière d'aborder ce sujet que même s'il ne l'avait pas fait, il les aurait entendues.

— Préparons-nous à nous défendre... Et à nous battre, ajouta Arkès.

— Dans ce cas, nous allons ressortir nos vieilles armes, dit le kNaline en se retournant.

Il tenait une dague brillante en parfait état. Malgré les années le métal n'était pas altéré et semblait toujours affuté. Elle scintillait à la lumière des bougies. Arkès fut surpris de voir une lame dans les mains d'un kNaline.

— Nous avons dû nous battre jadis. Mais nous avons oublié comment faire. Vous devrez nous réapprendre.

Subjugué, Arkès n'aurait jamais pensé que ce pouvait être aussi facile. Il en fut soulagé.

— Très bien, dit-il alors sans vouloir insister et risquer de le faire changer d'avis. Nous commencerons dès demain. Pourrais-tu réunir tout le monde au temple à la première heure pour que nous leur expliquions ?

Medil sourit puis se dirigea vers la porte pour l'ouvrir en grand. L'imposant rayon de lumière qui pénétra dans la pièce éblouit Arkès. La main tendue vers lui, il enjoignit à son ami de le rejoindre.

— Ce ne sera pas nécessaire, dit-il. Ils savent déjà.

Arkès se leva, étonné. Lorsque ses yeux furent habitués à la clarté, il vit les kNalines rassemblés devant la maison, chacun tenant une dague identique à celle de Medil dans la main.

— Vous êtes vraiment un peuple surprenant, dit Arkès avec beaucoup de respect.

— Nous te remercions.

— Nous allons devoir imaginer de sérieuses défenses, car nous ne sommes qu'une centaine face à une armée de près de cinq mille hommes et...

— Demain, l'interrompit Medil d'un signe de la main. Pour l'heure, retourne auprès de ta fille nouvellement arrivée et de Lynhéa. Profite de leur compagnie.

— Merci, répondit Arkès le sourire aux lèvres.

Se frayant un chemin parmi les kNalines qui lui adressaient un sourire réconfortant, il aperçut Dialène.

— Bonjour, vieux prêtre. Alors, comment se passent tes médiations au temple ?

— Elles m'aident à oublier et diminuent la tension qui m'habite.

— J'aurais bien besoin d'en faire autant.

— Tu peux te joindre à moi quand tu veux, tu seras toujours le bienvenu.

Arkès marqua un court silence.

— Nos conversations me manquent.

— À moi aussi.

— Auparavant, au moindre doute, je venais te consulter et tu trouvais les mots justes. Quand j'y pense aujourd'hui, je ne te dérangeais que pour des broutilles. Et ces derniers temps, alors que j'avais des questions importantes à résoudre, nous n'avons pas eu l'occasion de parler.

— Je le regrette aussi. Entre ma mort et mon départ dans ces montagnes, il n'était pas facile de se voir.

— Non, en effet, dit Arkès en souriant. Voudrais-tu faire quelques pas avec moi?

— Bien sûr, volontiers. En fait, je n'osais trop venir te trouver. Tu es tellement occupé.

— Oui, je suis désolé, mais je t'assure que c'est bien malgré moi.

— Je sais. Regarde-toi aujourd'hui. D'un jeune soldat perdu dans ce monde, tu y es devenu l'un des hommes les plus importants. C'est plutôt moi qui devrais venir te voir pour des conseils, dit Dialène en souriant.

— Ne dis pas n'importe quoi. J'ai de plus en plus de questions en tête. La différence, c'est qu'aujourd'hui, je dois me débrouiller seul.

— Et tu y parviens très bien.

— Je ne suis pas tout à fait de ton avis. As-tu compté les vies détruites ?

Dialène posa une main sur son épaule.

— Cette sempiternelle culpabilité. Combien y aurait-il eu de morts si tu n'avais pas été là ?

— Peut-être pas autant.

— Sornettes que cela ! Sans toi, Il aurait massacré tous les Warkans et sans doute aussi le reste du monde. Cela en aurait fait combien à ton avis ? (Arkès ne dit rien) Nous sommes d'accord, je pense.

» Et puis, tu nous as tous sauvés une deuxième fois contre Zahirdena. Alors le roi s'est retourné contre toi et t'a torturé. Tu pouvais t'enfuir avec Lynhéa et vivre en paix, même si cela signifiait abandonner les Warkans à leur triste sort. Et pourtant, tu n'en as rien fait. Tu es resté... Au péril de ta vie.

» Et comme ce n'était pas encore assez, tu as fait traverser tout le pays au convoi, malgré les risques et le temps pourri, pour l'amener jusqu'ici où les rescapés peuvent enfin jouir d'une vie paisible et oublier les atrocités commises sur ordre du roi.

» Alors oui, je trouve que tu t'en sors très bien.

Arkès afficha un léger sourire.

— C'est étonnant comme les mêmes mots peuvent avoir des valeurs différentes selon la personne qui les prononce.

— Que veux-tu dire ?

— On m'a déjà dit toutes ces choses. Lacneol, paix à son âme, Albote, Lucal et Lynhéa. Et pourtant, seules tes paroles m'apportent du réconfort.

Les deux hommes approchaient de la maison d'Arkès. Il était impatient de lui présenter Daïa.

— Lynhéa sera heureuse de te voir.

— Et moi, je serai ravi de tenir la petite Daïa.

Arkès hoqueta de surprise.

» Tous ces longs mois passés en compagnie des kNalines ont encore accru notre lien mental. Et aujourd'hui, tout comme ils savent pour le combat à mener contre le roi, l'arrivée de Daïa n'est déjà plus un secret pour personne.

Arkès s'étonna une fois de plus de la particularité de ce peuple. Il caressa Kerlua qui venait gambader et sauter autour de lui.

» Et de toute façon, même sans ce lien, avec Lucal qui l'a crié dans toute la montagne, il est désormais difficile de ne rien en savoir.

Lynhéa accueillit les deux hommes à leur arrivée.

— Je peux ? demanda Dialène les mains tendues vers Daïa.

— Bien sûr.

Il la regardait dormir en caressant sa petite joue du bout du doigt. Il esquissa un sourire vers Lynhéa qui le lui rendit tendrement.

À voix semi-étouffée pour ne pas réveiller le bébé, Arkès expliqua tout à Lynhéa puis prit Daïa dans ses bras. Un long moment plus tard, après le départ de Dialène, ils discutèrent des nécessités à venir, mais d'abord…

— Ne la mettrais-tu pas dormir ? suggéra Lynhéa.

— Si, mais j'aime bien l'avoir près de moi.

— Oh, comme c'est mignon ! Il a même un cœur le guerrier !

Arkès se leva et déposa Daïa dans leur lit. Fixant Kerlua, ses yeux rougirent et le hognar vint s'allonger à côté d'elle.

Leur maison était confortable, mais pour l'heure, une seule couche composait leur chambre. Ils y remédieraient dans les mois à venir. De retour dans la pièce principale, il vit Lynhéa occupée à la vaisselle.

Arkès sourit.

— *L'assassin-ménagère*, pensa-t-il. *Qui aurait pu croire une chose pareille?* Tu pourras t'y faire? demanda-t-il à Lynhéa.

— À quoi?

— À rester à la maison pour t'occuper de notre fille, répondit-il en toute innocence.

Il entendit la gourde tomber dans la bassine d'eau et elle se retourna d'un bond.

— QUOI?! hurla-t-elle à voix basse pour ne pas réveiller leur enfant. Non, mais ça va pas!

Arkès fut surpris de sa réaction, car il ne voyait pas où était l'insolite dans sa question.

— Euh, c'est normal. Les autres femmes font cela. Ça a toujours été comme ça.

— Et j'ai l'air comme *les autres femmes*?

— Euh, non... Ce n'est pas ce que je voulais dire. C'est juste que...

— Alors, laisse-moi t'expliquer une chose, l'interrompit-elle. Hors de question que je reste enfermée à m'occuper d'une maison toute la journée. Tu n'as qu'à le faire, toi!

— Hé ! Je deviendrais fou ! C'est le rôle des femmes.

— Arrête avec tes idées moyenâgeuses ! Si toi tu ne le supporterais pas, pourquoi le devrais-je ?

Il n'avait jamais vu les choses sous cet angle.

— C'est vrai, avoua-t-il.

Leurs mondes étaient bien différents, leurs mentalités aussi. Les tensions étaient inévitables. Heureusement, grâce au don de la statue-dragon, Arkès manifestait une plus grande ouverture d'esprit que la plupart des Warkans. Il pouvait concevoir que leurs coutumes n'étaient pas toujours adéquates, mais trouver une solution était une autre affaire.

— Mais comment va-t-on faire alors ? On ne peut pas laisser Daïa seule.

— Pour le moment, je resterai avec elle. Je dois de toute façon me reposer. Mais d'ici quelques semaines, on devra aviser.

— C'est d'accord. Et que dirais-tu de demander à Dolcina de s'en occuper ?

— Vendu ! Elle sera parfaite avec la petite, conclut Lynhéa.

— Je suis désolé d'avoir voulu t'imposer ça. Je ne pensais pas à mal… Pour moi, c'était normal.

— Oui, ben, réfléchis la prochaine fois. Je n'ai pas tout à fait le même esprit que les gens d'ici, tu le sais bien.

— Ça, c'est sûr ! ironisa-t-il.

Ce point réglé, ils se mirent à discuter d'un plan pour organiser leurs défenses contre le roi.

Plusieurs points de vue étaient à prendre en considération : réapprendre le combat aux kNalines, attribuer un rôle à chacun, installer une série de pièges. Tout cela pour canaliser les forces ennemies afin que leur nombre compte moins et... travailler au contrôle des sentiments d'Arkès.

L'année qui suivit fut consacrée à cette préparation. Un entrainement intensif avait commencé pour tous, chacun dans son domaine. Leur système de défense prenait forme, mais ils n'avaient eu que trop peu d'occasions de le tester. L'été s'annonçait et Arkès s'étonnait de ne pas avoir revu le roi.

Lynhéa et lui s'entraînaient quotidiennement tout en s'octroyant un maximum de temps libre pour jouer avec Daïa. Ils prenaient de plus en plus de plaisir avec elle. Elle balbutiait ses premiers mots et montrait avec fierté son habileté à tenir debout toute seule. Ils étaient très reconnaissants envers Dolcina qui s'occupait si bien d'elle.

Ce matin-là, Arkès et Lynhéa se promenaient avec Daïa avant de la déposer chez Lucal et rejoindre Medil. La journée était belle, la température agréable, aucun nuage à l'horizon sur le bleu immaculé du ciel. Les premiers rayons de soleil éclairaient les rues, leur donnant un aspect intemporel et magnifique. Le jeune couple profitait chaque matin de ce moment et Daïa observait comme à son habitude les hauts rochers qui les surplombaient de toute leur masse. La fillette s'émerveillait des oiseaux et autres insectes volants qui tournoyaient au-dessus des montagnes knalines.

Alors qu'ils contemplaient le soleil profilant des ombres mouvantes sur les pics avoisinants, le regard de la petite s'assombrit. Une bécasse des bois s'écrasa subitement à côté d'eux. Ils s'arrêtèrent net.

Lynhéa s'agenouilla et prit la bête inanimée dans ses mains.

— Raide morte ! s'exclama-t-elle.

— Comment ça ? s'inquiéta Arkès. En plein vol ?

— Pourquoi dis-tu cela ?

Arkès releva Daïa assise dans ses bras puis regarda vers le ciel.

— Aucun arbre ne nous surplombe et si l'oiseau provenait d'un rocher il serait tombé droit. Or, ici, il a rebondi sur près de vingt pouces. Il était donc en plein vol.

— En effet, confirma Lynhéa. C'est d'autant plus bizarre.

— Oui, je suis d'accord. Mais bon… Les mystères de la nature. Poursuivons.

Arkès regarda Daïa et lui adressa un large sourire.

» C'est comme ça, lui dit-il alors, fataliste. On n'y peut rien.

Ils reprirent leur marche au moment où Medil surgit de nulle part. L'air grave, il fixa Arkès, d'abord silencieux, puis…

— Nous y sommes !

Arkès et Lynhéa ne dirent pas un mot. Ils accélérèrent le pas, déposèrent Daïa chez Dolcina et partirent avec Lucal rejoindre Medil sur le promontoire sud. L'armée du roi était réunie au grand complet, et ils avaient franchi la Torie par la ligne de sapins apparemment sans difficulté.

— Cette fois, plus d'alternative, confirma Arkès avec dépit. Ils seront là demain. Mettons-nous en place et que les femmes et les enfants se réfugient à l'arrière vers les montagnes.

Lynhéa le fusilla du regard.

» Sauf toi, bien sûr, ma chérie.

Elle sautilla de satisfaction. Arkès sourit de tant de puérilité.

Chez Lucal, ils restèrent un instant avec leur fille dans la cour. Ils lui expliquèrent leur absence durant un ou deux jours. Même si la petite ne comprenait pas, elle ressentait la tension de ses parents et se mit à pleurer. Serrée dans les bras de Lynhéa dont les yeux se mouillaient, aucun mot ne put la réconforter.

Elle regarda Arkès, l'implorant de trouver une solution pour consoler leur fille. Cela lui fendait le cœur de la voir si triste. Arkès la prit et la fit tourner à bout de bras. Il la lança plusieurs fois en l'air pour la rattraper de plus en plus près du sol. Elle adorait cela. Très vite, un sourire puis de larges éclats de rire vinrent égayer la cour.

Le chagrin enfin étouffé, il lui proposa de rejoindre Dolcina. Elle se jeta dans ses bras.

— Est-ce que tu crois que tout cela en vaut la peine ? demanda Lynhéa.

— Non, sans doute pas. Je préfèrerais aussi partir avec elle et nous isoler quelque part. Mais on ne peut pas abandonner les autres.

— Oui… Je sais.

Lynhéa prit son katana et ils rejoignirent les kNalines. Les groupes s'étaient formés parmi les hommes et ils se répartirent dans la montagne. Depuis un an, ils se préparaient à une guerre non conventionnelle. Ils devaient tirer parti au mieux de leur environnement car, bientôt, ils se battraient à un contre cent. Ils avaient tout mis en place pour occasionner le plus de pertes possibles chez leur ennemi. La majorité de leurs pièges briseraient le moral des troupes du roi et leur enlèveraient toute envie de combattre.

L'armée warkanne envahit la plaine et au coucher du soleil ils étaient au pied de la montagne. Orkaf avait pris le commandement. Les soldats remplissaient leur gourde dans l'eau du fleuve tandis que le roi demeurait en retrait. Arkès choisit ce moment pour apparaître, seul et d'un air décidé, comme il l'avait fait un an auparavant. Il voulait leur porter un coup au moral avant même leur arrivée dans les montagnes. Et cela fonctionna. Les soldats chuchotaient et un certain brouhaha s'empara des troupes. Il s'approcha du roi.

— C'est la dernière fois que je vous le demande. Partez! Laissez-nous en paix. Ou aucun d'entre vous ne sortira vivant de ces montagnes.

— Rendez-vous, renchérit Anthelme sans prêter attention à la menace d'Arkès, ou aucun d'entre VOUS ne fêtera un nouvel anniversaire. Femmes, enfants, tous seront massacrés sans hésitation.

Arkès se tenait face au roi, bien déterminé. Ce dernier fit un geste de la main vers Orkaf qui voulut s'interposer. Le chef de la garde s'arrêta net.

— Vous savez que vous n'avez aucune chance, alors pourquoi vous obstiner ? tenta Arkès.

— Tu avais dit aussi que nous ne traverserions jamais la Forêt-Frontière. Or, nous voici. Et vous n'êtes qu'une centaine, deux cents, tout au plus. Même dans les montagnes, vous ne parviendrez pas à vaincre cinq mille hommes.

Arkès jeta un regard circulaire sur les troupes puis déploya une demi-sphère autour de lui et du roi, les plongeant tous deux dans le noir. Les chefs d'armée vinrent frapper de leurs épées et de leurs haches, mais rien n'y fit, ils ne purent entamer l'étrange matière. À chaque coup sur le « mur », Arkès ressentait une vive douleur transmise par sa carapace qui luttait. Il saisit le roi à la gorge et le souleva de terre d'un bras. Anthelme s'accrocha à son poignet pour respirer.

— Je pourrais vous tuer, ici et maintenant, personne ne m'en empêcherait.

— Oui, dit Anthelme au bord de l'étouffement, mais tu ne le feras pas. Tu n'es pas un assassin. Et c'est pour cela que tu ne peux pas gagner contre moi.

— N'en soyez pas si sûr, dit Arkès d'un ton sec.

Il le laissa tomber sur le sol et rappela sa carapace. Lorsque les soldats bondirent sur lui, il expulsa une onde de choc qui les renversa.

— Rangez vos armes, dit-il ensuite. J'ai proposé au roi d'épargner vos vies et de vous permettre de rentrer chez vous vivants. Il a refusé. Allez-vous une fois de plus obéir aveuglément à ses ordres ? (Il ne reçut que le silence en retour) Alors dans ce cas, vous mourrez tous ! conclut-il froidement en faisant à nouveau rougir ses yeux.

En un battement de cils il avait disparu.

Le brouhaha s'était tu subitement. Loin de s'en réjouir, Orkaf était plus inquiet que jamais. Une telle débauche de pouvoir tétanisait les soldats.

Une unique route, large et praticable, s'enfonçait dans la forêt. Orkaf attendait le roi au pied de la montagne. Les troupes en profitaient pour s'asseoir un instant et se reposer après plusieurs heures de marche. Lorsqu'Anthelme arriva près de lui, Orkaf lui fit part de ses inquiétudes.

— Majesté, un seul chemin s'offre à nous.

— Oui, allons-y !

— Je ne crois pas que ce soit une bonne idée, il doit être truffé de pièges et nous serons désavantagés car nous ne nous sommes jamais battus que dans des plaines.

— Tu as raison, mais nous disposons de plus de cinq mille hommes.

— En effet, poursuivit Orkaf, mais nos adversaires évoluent sur leur terrain ce qui n'est pas négligeable.

— Qu'en sais-tu ? Ce n'est pas différent de nos autres batailles. Nous avons un ennemi et nous devons le vaincre. Je ne vois pas de quoi tergiverser. Que proposes-tu ? Que nous fassions demi-tour ?

— Je ne propose rien, Majesté, je constate.

— Dis-moi Orkaf, Arkès t'aurait-il fait peur ?

— Oui, répondit-il sans hésiter, et vous ne devriez pas le sous-estimer.

— C'est la deuxième fois que je viens pour envahir ce pays. Je n'abandonnerai pas cette fois-ci, même si je dois y perdre tous nos hommes.

— Bien Majesté, mais puis-je au moins vous conseiller d'attendre demain. La nuit tombe, ce qui serait un avantage supplémentaire pour un ennemi connaissant parfaitement son territoire et nous devons nous reposer avant de combattre.

— Hum, je vois. Et bien qu'il en soit ainsi. Envoie donc un groupe d'éclaireurs. Cela nous fera gagner du temps pour demain et peut-être éviter certains pièges.

— À vos ordres.

Orkaf organisa l'installation du campement puis, avant la tombée de la nuit, forma une escouade d'une cinquantaine d'hommes.

— Orkaf ! héla le roi en le voyant prendre la tête du groupe. Que fais-tu ?

— Je pars en éclaireur selon votre volonté.

— Mais tu dois rester près de moi.

— Que Votre Majesté me pardonne, mais je ne laisserai pas mes hommes y aller seul.

Le roi comprit qu'Orkaf ne reviendrait pas sur sa décision… Même si cela impliquait de lui désobéir. Il aurait voulu l'obliger, mais connaissant son chef d'armée, c'était inutile. Dès lors, pour ne pas perdre la face devant ses sujets, il choisit une approche différente.

— Je vois, mon fidèle ami. Sois prudent !

— *Mon fidèle ami !* pensa Orkaf en s'éloignant. *Espèce d'ordure prétentieuse et égoïste. Mon Dieu, faites que mes hommes s'en sortent. Faites que je revienne en vie de cette nouvelle bataille et pouvoir encore serrer Adrehilde dans mes bras. Elle ne doit sous aucun prétexte se retrouver seule avec lui.*

Alors que le soleil s'effaçait derrière les pics, le groupe des éclaireurs s'enfonça dans une partie densément boisée de la montagne. L'obscurité assombrissait la piste. Orkaf restait sur ses gardes, la main sur son épée toujours au fourreau, à l'affut du moindre bruit, lorsqu'une dispute éclata à l'arrière de la colonne.

— Espèce d'ordure warkanne, vous êtes ici pour nous envahir, criait l'un des soldats vers son compagnon.

— Non, mais ça va pas ! C'est l'air de la montagne qui te fait perdre la tête ?

À côté d'eux, d'autres ressentaient d'étranges sensations et pressaient leurs tempes pour en chasser les idées farfelues qui y germaient. Mais ces pensées étaient trop fortes. Déjà une demi-douzaine d'hommes semblait contaminée lorsqu'Orkaf arriva à l'endroit de la dispute. Il leur cria d'arrêter, en vain. Ils sortirent leur épée, et, à la surprise générale, embrochèrent chacun un autre soldat. Pour s'assurer qu'aucun de leurs amis n'allait les attaquer par-derrière ils s'observaient avec méfiance. Mais seuls les six premiers se rebellaient. Un combat s'engagea contre lequel Orkaf ne pouvait rien. Une dizaine d'hommes y perdirent la vie. Le bilan était lourd, mais ils n'avaient d'autre choix que de poursuivre leur marche.

Caché plus haut dans les fourrés, un kNaline portait son ami épuisé pour le ramener au village.

La colonne s'était reformée un peu plus loin et le calme était revenu. Ils avançaient dans la nuit, à flanc de montagne sous la lumière blafarde de la lune. Arrivés enfin sur une partie plane plus accessible que le bord de la falaise, une étrange sensation les envahit. Quelques instants plus tard, tous les soldats se frottaient vigoureusement les yeux.

— Mais que se passe-t-il ? demanda l'un d'entre eux.

— Je ne sais pas, dit son compagnon paniqué, je vois le sol en haut. Tout est à l'envers !

Les bras tendus comme des aveugles, ils avaient perdu leurs repères visuels. Chaque pas était une contradiction en soi, chaque mouvement une incohérence. Soudain, les kNalines aidés d'Arkès,

Lynhéa et Lucal, foncèrent en hurlant à pleins poumons. Le combat fut inégal, les soldats rapidement massacrés... Sauf Orkaf. Sa vision se rétablit progressivement.

Face à lui se tenait Arkès.

— Si je t'ai laissé la vie sauve, c'est pour te permettre de raconter au roi qui sont ses adversaires. Fais-lui comprendre que nos pouvoirs sont bien supérieurs à votre grande armée. Vous n'avez aucune chance. Partez et ne revenez plus jamais.

Orkaf ne dit rien tandis qu'ils s'éloignaient. Fou de rage, il frappa contre un arbre et ne s'arrêta que les deux mains en sang. Dépité, il rebroussa chemin. Lorsque le roi le vit arriver seul, il comprit. Il vint à la rencontre de son chef d'armée et remarqua la tristesse sur son visage :

— Que s'est-il passé, mon ami ?

— Ils sont trop forts.

— Mais toi tu n'as rien, c'est le principal. Tu vas m'expliquer tout cela et demain nous les envahirons, dit le roi comme s'il ne prêtait aucune attention aux dires d'Orkaf.

— Majesté, vous ne m'avez pas écouté. Nous avons été massacrés par une poignée d'hommes. D'abord, ils nous ont retournés les uns contre les autres. Puis, par je ne sais quel prodige, le monde s'est... renversé et ils nous ont exterminés. Arkès ne m'a laissé en vie que pour vous supplier de partir.

— Mais tu ne vas pas le faire. Tu n'es pas comme ça.

— VOUS N'ÉTIEZ PAS LÀ ! s'énerva Orkaf malgré le risque encouru d'une telle insubordination. Vous ne savez pas de quoi ils sont capables ! Alors si, Majesté, je vous supplie d'oublier cette folie.

— PAS QUESTION ! hurla le roi. Et si tu t'opposes à moi, je te tue sur-le-champ !

Puis il se calma et s'approcha d'Orkaf. Il lui saisit les épaules et affirma, sûr de lui.

— Mon ami, tu dois mener mes hommes à la victoire. Toi seul en es capable.

— Il sera fait selon vos ordres, Majesté, acquiesça Orkaf avec lassitude.

— Dans ce cas, demain à l'aube, nous nous mettrons en route, reprit le roi, tout guilleret.

Orkaf se tourna vers ses soldats, les regarda sans dire un mot puis baissa la tête et rejoignit sa tente.

— *Nous allons tous mourir*, pensa-t-il.

Aux premières lueurs du jour, Orkaf observait intensément les montagnes. Dormir lui avait été impossible. Persuadé de périr le lendemain, il avait pleuré Adrehilde.

— *Adieu, mon amour. Puisse le ciel te préserver de lui.*

Il avait pris une ultime décision. S'il devait rejoindre le désert du Ksilm à l'issue de cette bataille... il emporterait Anthelme avec lui.

Il passa parmi ses hommes pour les encourager, mais ils n'étaient pas dupes. Ils connaissaient leur chef autant qu'ils le vénéraient et sa peur ne leur était pas étrangère.

— Ils ne sont que quelques centaines, répétait-il sans cesse, comme pour s'en convaincre.

Par respect pour lui, ils ne montrèrent rien de leurs sentiments alors que son attitude ne trompait personne. Ils l'auraient suivi en enfer s'il avait fallu, pas par peur du roi... pas uniquement... mais pour lui.

Dans les rangs, un silence mortel régnait. On entendait à peine le cliquetis des épées et des armures. De son côté, Anthelme bouillonnait comme un enfant en attendant qu'Orkaf finisse la revue de ses hommes. Mais ce dernier n'écourta pas son inspection pour la cause. Il pensait de toute façon ne pas s'en sortir. Il avait mené nombre de batailles ou l'ennemi était parfois surnuméraire... Mais jamais il n'avait eu aussi peur qu'aujourd'hui. Jamais il n'avait eu cette certitude que son heure était arrivée. Il allait rejoindre les Warkans morts dans les montagnes du Ksilm, cela ne faisait aucun doute. Dès lors contrarier le roi n'avait plus d'importance.

— Majesté, vos troupes sont prêtes au combat.

— Bonjour Orkaf, peut-on lancer l'assaut ?

— Vos troupes sont prêtes pour le combat, se contenta-t-il de répéter.

Son souverain comprit le message et n'insista pas. Il commanda la mise en marche. L'ordre se répercuta par le biais de ses chefs d'armée et les hommes se répartirent en une immense colonne étroite pour suivre le seul chemin praticable dans la montagne.

Quelques heures plus tard, Orkaf en tête, ils arrivaient à la plateforme où sa troupe d'éclaireurs s'était fait massacrer la veille.

Pour éviter toute embuscade, il leur demanda de se répartir dans les bois, hors du chemin et de bien observer leurs flancs. Ils continueraient à avancer en s'étirant sur une bonne centaine de mètres.

Les nerfs à vif, l'arme à la main, il savait que le moindre incident ferait exploser la situation. Les soldats zigzaguaient entre les arbres immenses sans jamais perdre les autres de vue. Alors que la plateforme était loin derrière eux, Orkaf demanda de garder le même dispositif. Si une attaque devait survenir ses hommes ne devaient pas être regroupés pour ne pas tous subir les sorts knalines.

Soudain, loin derrière lui, il entendit des cris et des râles. D'un bond, il se retourna et ne comprit pas de suite les images imposées à ses yeux, car jamais il ne se serait attendu à cela.

Les arbres fouettaient de leurs branches pour couper l'armée warkanne en deux. Leurs puissantes frappes lacéraient les soldats ou les soulevaient pour les jeter dans le vide. Orkaf était perdu. Que pouvait-il faire contre cette magie ? Un homme faillit le renverser. Le pauvre était traîné sur le sol, s'écorchant sur les pierres saillantes au milieu des feuilles. Une racine l'attirait inexorablement vers un tronc massif. Persuadé d'un choc fatal, Orkaf eut un sursaut lorsqu'il vit le soldat disparaitre dans l'arbre, dans un bruit sourd. Il ne laissa derrière lui qu'une trainée sanguinolente.

La panique s'empara de ses hommes.

Le massacre avait commencé.

Ils couraient dans tous les sens et donnaient des coups d'épée à l'aveugle devant eux. Dans cette épaisse forêt, ces mouvements désordonnés étaient pure futilité. Des hurlements de douleur et d'agonie résonnaient dans les montagnes et parvinrent jusqu'au roi.

— Nous y sommes enfin, dit-il, pensant avoir trouvé le village.

D'où il était, Orkaf se rendit compte qu'une seule partie de la forêt attaquait ses hommes. Il leur ordonna de courir sans chercher à se battre pour traverser cet enfer et venir le rejoindre. Au milieu des voix brisées et de la panique, son cri ne perça pas. Ceux qui l'avaient entendu essayaient de passer le message... avant de se faire massacrer.

— COUREZ ! COUREZ SANS VOUS RETOURNER !

À chaque bruit de fouet, à chaque hurlement, son ventre se serrait. Il était habitué aux combats bien rangés dans une grande plaine... Pas à cela !

Il assistait impuissant au passage des quelques hommes, trop peu nombreux, issus de la forêt. Beaucoup étaient mal en point. Des bras arrachés, des jambes sectionnées à hauteur du genou, peu d'entre eux demeuraient en état de se battre.

Et ils n'avaient même pas encore affronté les kNalines !

Il n'y avait aucune échappatoire. Une partie de l'armée était prise dans un filet aux mailles bien serrées. Une véritable hécatombe. Dans cet étroit corridor, avec d'un côté la forêt et de l'autre un précipice, ils se faisaient décimer. Plus d'un tiers des valeureux soldats moururent à cet endroit.

Une fois le dernier survivant arraché à cet enfer, Orkaf passa le message d'arrêter la progression en attendant son arrivée en tête de la colonne. Remontant ses hommes, il entendit le brouhaha s'intensifier. Il accéléra le pas devant un mur formé par ses soldats.

— Que faites-vous ? Ne reculez pas ! Battez-vous !

Mais au-delà de ce mur, il déboucha sur une grande zone découverte.

— Par tous les… ?

Ses yeux le trompaient une fois de plus, il ne pouvait en être autrement. Des… ombres ?… les attaquaient. Ils frappaient dans le vide avant de voir leur gorge, leur ventre ou un de leurs membres déchiquetés dans une douleur atroce. Dans cette multitude de mouvements désordonnés, un coup porta malgré tout et blessa un livreh. L'animal perdit son invisibilité. Les épaules d'Orkaf s'affaissèrent en comprenant que même la faune knaline défendait son pays.

— EN AVANT ! hurla-t-il à ses hommes pour cacher son découragement.

Malgré leur maladresse à frapper ces ombres, les soldats avançaient dans la montagne. Leur efficacité se révélait très limitée face à l'agilité et la rapidité de leurs ennemis. Leurs pertes ne cessaient de croitre.

Lorsque les attaques se raréfièrent sans raison apparente, Orkaf marqua un temps pour reprendre son souffle. Les cadavres s'amoncelaient sur un sol rougi de sang. L'odeur des morts envahissait les lieux.

— *Et on n'a pas encore affronté les kNalines*, pensa-t-il à nouveau. *Personne n'en réchappera.*

Il jeta un regard éperdu à ses hommes paniqués. Ils ne s'étaient jamais mesurés à pareille armée invisible. La moitié de leurs effectifs s'était fait décimer avant même le premier combat.

— BATTEZ-VOUS, BANDE DE LÂCHES ! hurla-t-il au désespoir vers la montagne en lançant son poing vers l'horizon.

Mais il savait avoir tort. Les couards n'étaient pas les kNalines. Eux n'étaient pas venus avec plusieurs milliers d'hommes aguerris pour s'en prendre à quelques centaines d'innocents dans un pays qui n'était pas le leur.

— *Adrehilde, pardonne-moi, car nous ne nous reverrons pas. Je t'aime tant*, pensa-t-il tristement.

À plat ventre sur un promontoire, Arkès assistait avec Lucal, Lynhéa et des kNalines à ce spectacle macabre. Malgré leur évident avantage dans ce conflit aucun d'eux ne se réjouissait. Arkès et Lucal admiraient ces hommes qui furent leurs compagnons. Leur cœur s'alourdit d'un remords intense.

Jusqu'ici leur plan s'était déroulé sans anicroche. L'effet porté au moral ennemi était aussi important que leurs pertes.

À présent c'était à Arkès d'entrer en jeu.

En un instant il parcourut la distance vers Orkaf. Impressionné par sa vitesse le chef fit un pas en arrière et faillit tomber avant de saisir son épée.

— Pas la peine, dit Arkès.

Orkaf repoussa son arme dans son fourreau.

— Je te laisse cette dernière chance de faire demi-tour et de sauver le peu d'hommes encore à tes côtés.

— C'est impossible et tu le sais.

— Si, ça l'est. Si tous, ensemble, vous refusez de vous battre, il ne pourra rien faire contre vous.

— Et l'un après l'autre, il nous fera assassiner chez nous, avec nos familles. Il apprend un peu plus chaque jour de la magie maldore. Comment a-t-il franchi la forêt à ton avis ?

— Je ne sais pas et je m'en moque, rétorqua Arkès en déployant sa carapace et une arme bizarre à deux grandes lames. Partez... Ou mourez ici !

Orkaf ferma les yeux et baissa la tête.

— Je suis désolé...

À la vitesse d'une attaque de serpent, Arkès était passé parmi une cinquantaine de soldats qui n'eurent même pas le temps de bouger. Il s'arrêta devant le roi, le toisa tel un démon puis disparut dans la montagne. Orkaf ne comprit pas tout de suite le but de sa manœuvre. Mais un instant plus tard, lorsque ses hommes s'affalèrent sur le sol, coupés en deux au niveau de la taille, il recula de plusieurs pas, les yeux grands ouverts d'effroi. Les autres soldats se tournèrent vers lui ne sachant s'ils devaient prendre leurs jambes à leur cou, se battre envers et contre tout... ou se suicider.

Anthelme était figé sur place. Plus aucune arrogance ne suintait de son attitude, juste une peur sournoise et l'acceptation de la défaite. Et pourtant...

— Apportez-moi sa tête! ordonna-t-il avant de faire demi-tour pour quitter les lieux avec son escorte.

Orkaf se retourna pour échapper au regard de ses hommes et fixa la montagne. Quelques instants plus tard il reprit la marche en silence... aucun mot ne pouvant décrire une telle situation. Quoi qu'il dise, il ne pourrait jamais remotiver ces hommes à gagner un combat perdu d'avance.

Arkès était entretemps revenu auprès de ses amis. Produire l'effet désiré parmi l'armée adverse l'avait épuisé. Il espérait encore avoir assez d'énergie pour l'inévitable affrontement final.

— Ça n'a pas marché ? demanda Lynhéa.

— On s'en doutait, répondit Lucal.

— Comment ça ? s'étonna Lynhéa.

— Ils ne peuvent pas faire demi-tour, poursuivit Lucal. Ils n'ont pas le choix.

— Alors quand pourront-ils s'arrêter ?

— Il faudra en tuer encore au moins la moitié. Un millier, c'est le chiffre nécessaire à Orkaf pour sonner la retraite.

— C'est stupide ! vociféra Lynhéa.

— Tâche quand même de les respecter, dit froidement Lucal avant de s'éloigner.

Lynhéa se figea sur place.

— Mais qu'est-ce qui lui prend ? demanda-t-elle sans réfléchir. Ils veulent notre mort, bon sang !

— Oui, répondit Arkès, mais ils n'en restent pas moins d'anciens compagnons.

— Qu'est-ce qu'on fait alors ?

— On s'en tient au plan…

Arkès et Lucal étaient partagés face au pire combat de leur vie. Tuer des ennemis, monstres ou humains, n'avait jamais été un problème pour eux. Ils tentaient même parfois de considérer cela comme une distraction malgré le danger. Mais là, c'était différent, ils se battaient contre leurs anciens compagnons. Le cœur n'y était pas… mais ils devaient survivre.

Pour que l'effet démoralisateur de leurs attaques soit le plus efficace, ils devaient ménager des moments de calme. De cette manière, ils pouvaient laisser retomber la tension chez les soldats et leur faire mieux prendre conscience de la situation. C'est comme cela que la peur s'ancrerait au plus profond de leur être. Toujours à l'affut d'une menace inconnue, à la frontière de la folie, ils perdraient la majeure partie de leurs moyens lors du combat final et les kNalines prendraient l'avantage.

Depuis près de deux heures, les soldats progressaient dans la montagne suivant l'unique chemin tracé.

Le soleil venait d'entamer sa course descendante. Fatigués et à bout de nerfs, ils ne surveillaient même plus leurs flancs. Conscient de la situation, Orkaf imposa une halte pour se désaltérer et se reposer un peu. Il passait auprès d'eux pour leur redonner courage et cette fois encore, aucun n'était dupe. Toutes leurs craintes s'étaient vérifiées et s'avéraient pires que leurs prévisions les plus pessimistes. Ils avaient perdu le plus gros de leurs compagnons d'armes... et n'avaient vu aucun ennemi. Qu'allait-il se passer à présent ? À quoi devaient-ils s'attendre de la part de la montagne ? Allaient-ils tous périr sans affronter quiconque ?

Soudain le sol trembla. Dans une panique générale les soldats récupérèrent leurs armes. Le cœur prêt à exploser tant la peur les tenaillait, ils regardaient frénétiquement tout autour d'eux... Rien. Puis, en un instant, un immense mur sombre jaillit et scinda les troupes en deux. La paroi était hérissée de piques acérées empêchant toute escalade. À peine le temps de s'en étonner, Orkaf fut isolé avec la moitié de ses hommes. De l'autre côté, il entendait les cris d'une bataille brutale. L'assaut venait de commencer et il ne pouvait y prendre part. Contourner le mur était impossible, son groupe était emprisonné à l'intérieur d'un immense cylindre. Impuissant, il était condamné à écouter les arbres, les animaux et les kNalines combattre ses compagnons. Mais ces derniers étaient trop affaiblis, moralement et physiquement, pour opposer une réelle résistance.

Orkaf enrageait de se retrouver isolé de la sorte. Les larmes aux yeux, il tournait en rond dans son enclos. Ses hommes se faisaient massacrer sans pouvoir les aider. Il frappait le mur sans relâche avec son épée, en vain. Il tomba à genoux hurlant à pleins poumons son impuissance et son désespoir.

— ARKÈS ! SOIS MAUDIT DE M'EMPÊCHER DE ME BATTRE !

— Ta vie pour l'histoire que tu raconteras au roi, répondit Arkès assis sur le haut mur. En tant que son *conseiller*, toi seul pourras désormais le convaincre de nous laisser en paix.

— Et tu ne prends même pas part au combat, tu n'es qu'un lâche ! cracha le chef.

— Pense ce que tu veux.

En réalité, la création de l'obstacle l'avait épuisé. Il aurait été incapable de porter encore le moindre coup d'estoc. Toutes ses cartes avaient été abattues.

», Mais tu sais que tes paroles n'ont pas de sens, car tu me connais bien.

— LAISSE-MOI MOURIR AVEC MES HOMMES !

— Non, tu dois vivre... pour expliquer au roi. Je suis désolé de t'imposer cela, mais je n'ai pas le choix. (Orkaf hurlait sa rage dans ses mains qui cachaient son visage en pleurs) C'est le seul moyen.

Si tu meurs ici, nous devrons *tous* vous tuer. Tu as permis de sauver un millier d'hommes, garde bien cela en mémoire. Tout ce qui est arrivé n'est que la faute du roi. Tu es un chef respecté. Aucun ne t'en voudra. Surtout après ce que vous avez subi. J'aurais aimé qu'il en soit autrement. Avec honneur, je me serais battu à tes côtés.

— Anthelme va nous tuer, dit Orkaf, dépité.

— Non, et tu le sais parfaitement bien. Plusieurs générations d'hommes seront nécessaires pour reformer une armée. J'espère que d'ici là, Outre-Monde ne vous attaquera pas... Et que tu auras pu le convaincre de nous laisser en paix. C'est tout ce que nous demandons. Je n'ai pas voulu tout cela. (Il marqua une pause) À la fin du combat, vous pourrez ramasser les cadavres et leur offrir un enterrement digne dans les montagnes du Ksilm. Vous ne serez plus inquiétés jusqu'à ce que vous quittiez le pays. Adieu. J'aurais préféré qu'on se revoie dans de plus honorables circonstances.

Il disparut du mur. De l'autre côté, les cris des combats s'assourdissaient. Le silence qui s'installa lourdement ne fut troublé que par un bruit sec. La paroi s'évapora en une multitude de particules. Seul restait un kNaline. Dans sa main, un bâton tendu indiquait la vingtaine de chariots mis à disposition d'Orkaf pour emmener les victimes. Il s'éloigna... sans se retourner.

Plusieurs jours furent nécessaires à Orkaf et ses hommes pour récupérer tous les corps... et morceaux de corps. Et des jours encore pour quitter le pays. C'est le moral dans les talons qu'ils regagnèrent leurs foyers et assistèrent au désespoir de milliers de familles.

Le roi, quant à lui, souriait malgré cette cuisante défaite. Il ne se souciait pas du coût humain de son action. Il semblait avoir atteint son but... Mais lequel ?

Les kNalines étaient soulagés de n'avoir subi aucune perte et assurés à présent de vivre en paix pour de longues années. Ils ne se réjouirent pas de l'hécatombe et restaient solidaires du chagrin d'Arkès et de Lucal face à la mort de leurs anciens compagnons. Seule Lynhéa, en retrait par rapport à ces considérations, montrait quelque enthousiasme. Fidèle à elle-même, elle ne cacha pas son plaisir d'avoir pu un peu se défouler. Lucal réagit vivement.

— Tu n'as donc de respect pour rien ! la houspilla-t-il.

Mais cette fois, elle n'était pas prête à se laisser critiquer.

— Si ! Mais moi, je ne connaissais que les hommes de Gallim et ils n'en faisaient pas partie, on sait tous pourquoi et à cause de qui. Donc, pour moi, et d'autant plus avec ce que le roi nous a fait subir, ils n'étaient que des ennemis comme les autres, comme tous ceux que nous avons combattus ces dernières années. Tu te réjouissais également de tes victoires il n'y a pas si longtemps et pourtant, ceux que tu as tués avaient aussi des familles et des amis. Alors ma réaction n'est pas du tout anormale. Ne me reproche pas de ne pas tenir compte de *ton* état. Je le respecte, car je ne te fais aucune remarque. Mais toi, en fais-tu autant ? Non. Je suis triste pour vous deux, mais ça ne veut pas dire que je doive tout cacher à cause de cela. Si tu me le demandes, c'est que c'est toi, l'égoïste.

Lucal fulminait. Il n'arrivait pas à placer le moindre mot. Énervé, il s'avança vers Lynhéa comme pour la frapper tant elle l'exaspérait, Arkès le retint en s'interposant.

— Ça suffit, vous deux. Vous avez tous les deux tort… Et tous les deux raison. On a besoin de repos. Demain, vous vous excuserez en réalisant votre stupidité… Et vous vous embrasserez.

— Ça, réagit Lynhéa, tu peux toujours compter dessus.

— C'était une façon de parler, souffla Arkès.

Il prit Lynhéa par le bras et ils retournèrent chez eux après être passés chercher Daïa auprès de Dolcina.

Étrangement, comprenant la tristesse de ses parents, Daïa les combla de sourires. Le cœur n'y était pas, mais les éclats de rire de leur enfant leur apportaient le réconfort dont ils avaient besoin. Ils multiplièrent dès lors les jeux dans le jardin.

Lorsque le soleil s'effondra trop vite derrière les montagnes et que l'air se rafraîchit, ils rentrèrent. Ils avaient beaucoup appris des kNalines sur l'art de faire la cuisine. La viande bouillie accompagnée de légumes et de champignons leur sembla succulente. Même Daïa se régalait et Lynhéa ne suivait pas assez rapidement ses demandes. Assise aux côtés d'Arkès, Kerlua quêtait un morceau de temps à autre, en le regardant fixement.

Fourbus de cette journée de forte tension, ils n'eurent guère d'entrain à la discussion et le repas se passa dans une ambiance silencieuse. Pendant que Lynhéa faisait voler Daïa à travers la pièce grâce à son don, Arkès nettoyait les quelques assiettes en terre cuite et les couverts de bois dans la bassine d'eau. La petite riait aux éclats. Par la fenêtre, au-delà du jardin et de la falaise, il apercevait les autres sommets des montagnes knalines. Pour les années à venir, plus rien ne pourrait troubler leur quiétude. Ils allaient enfin vivre en paix... Le prix à payer avait été énorme.

Arkès repensa à l'enfer provoqué depuis l'instant où il avait pris la statue. Il évaluait cet instant fatal à presque quatre ans. Et à part ces derniers mois, ils n'avaient guère eu de moments calmes. Il remontait le temps au fil de ses souvenirs. Leur périple avec les chariots à travers le pays warkan. Ce pays qui fut le sien et qui lui était à présent hostile. Gallim, son village natal, devenu un cimetière pour âmes perdues. Son combat contre Zahirdena, le décès de leur chère Daïa, les tortures du roi pendant des semaines pour le faire dévoiler ses pouvoirs. Et celui avec qui leur course effrénée avait débuté : **Il,** qui ne leur avait rien épargné et avait causé de nombreux morts. Arkès se rappela les cauchemars de Lynhéa qui la hantaient quotidiennement à l'époque. Il réalisa subitement que depuis leur arrivée en pays kNaline, il y avait plus d'un an, elle n'en faisait plus et n'en avait plus jamais parlé.

— Tes rêves sont-ils finis ?

— Quoi ?

Elle libéra Daïa du sort qui la maintenait en lévitation et l'accueillit dans ses bras. La fillette gémit pour continuer. Lynhéa la posa par terre et la poussa des fesses pour l'inciter à jouer un peu seule. Elle se leva et vint se placer à côté d'Arkès qui regardait toujours au loin.

— Tu ne fais plus de cauchemars, il me semble.

— C'est vrai. Et ça fait bien longtemps. Je n'y ai plus réfléchi, mais cela doit faire presque un an.

— Depuis la naissance de Daïa, affirma Arkès dans le vide.

— Oui, à peu près,… Tu crois que…

— Non, sans doute pas, dit-il d'un ton monotone, l'air absent.

Lynhéa s'approcha un peu plus et lui déposa une main sur l'épaule.

— Que se passe-t-il ?

— Je ne sais pas. C'est étrange. Tout ce qui nous est arrivé n'est pas ma faute. Et pourtant, de temps à autre, j'ai des souvenirs qui resurgissent et me donnent un fort sentiment de culpabilité. J'ai l'impression que ces images ne réapparaissent pas de manière naturelle. De ce fait, je ne parviens pas à trouver la quiétude.

— Ça finira par disparaitre. Aujourd'hui c'est normal que tu repenses à tout cela. Tu viens de te battre contre tes anciens compagnons.

— Oui, tu as sans doute raison.

— Bien sûr ! On a renvoyé le roi chez lui avec un bon coup de pied au cul, il n'est pas près de revenir. On va pouvoir vivre un peu pour nous et tu finiras par accepter.

— Je préfèrerais oublier.

Elle l'incita à déposer la vaisselle et se tourner vers elle. Elle saisit ses mains et les attira contre sa poitrine.

— Je comprends, mais je ne crois pas que de tels évènements s'effacent si facilement.

— Je sais.

Elle le serra très fort dans ses bras.

— Et si tu laissais cela pour demain et que nous allions nous coucher. On en a bien besoin.

Daïa était allongée à même le sol appuyée contre Kerlua et s'était endormie. Les parents sourirent du spectacle.

De retour au château, Anthelme fit convoquer Orkaf et lui ordonna d'amener ses *scientifiques*. Orkaf s'exécuta sans mot dire, encore trop affecté par sa défaite cuisante contre Arkès. La première fois que le roi avait demandé ces personnes, il n'avait pas saisi le sens de sa question. Il ne savait pas ce qu'étaient des *scientifiques*. Le souverain s'était dévoilé juste assez pour se faire comprendre.

À deux reprises déjà, il avait interrogé Anthelme sur la provenance de ces hommes et femmes habillés de manière étrange. Mais la réponse avait été inlassablement la même : ne pose pas trop de questions. Il finit par abandonner.

Dès leur arrivée, le roi les guida vers la pièce jouxtant la salle du trône puis referma la porte derrière lui.

Orkaf profita de cette mise à l'écart pour rejoindre Adrehilde. Après plus d'une heure de recherche vaine, il ne l'avait trouvée dans aucun de ses refuges habituels. Puis au détour d'un couloir…

— Adrehilde ?

À cet instant, elle lui tournait le dos. Elle avait entendu l'appel d'Orkaf, mais n'avait pas réagi. Dans ce long couloir sombre, il s'approcha et insista après avoir contrôlé leur isolement.

» Adrehilde ?

Elle se retourna enfin. Dans son regard se mélangeaient la peur, la tristesse et la soumission. Il tendit les bras pour l'embrasser, mais, craintive, elle fit un pas en arrière.

— Que t'arrive-t-il ? Cela fait longtemps que nous ne nous sommes pas vus. Je pensais que tu serais plus enthousiaste.

— Je…, hésita-t-elle. Je ne suis pas la reine, finit-elle par dire d'une toute petite voix, le regard plongé vers le sol.

— Tu n'es pas… Mais… Pas aujourd'hui s'il te plait, je ne suis pas d'humeur à jouer.

— Vous pouvez m'en croire, seigneur, répondit la femme, je suis loin de me réjouir.

Elle hésita à poser la question qui lui brûlait les lèvres. Elle ne savait trop à quelle réaction s'attendre. Puis elle se jeta à l'eau.

— Alors, vous avez une liaison avec elle ?

Orkaf accusa le coup, ne comprenant rien à cette situation alambiquée. Pourtant, dans les yeux de la reine, il ne voyait aucun jeu.

— Suivez-moi, ordonna-t-il. L'endroit n'est point propice aux discussions de ce genre.

Ils marchèrent jusqu'aux cuisines où Adelive s'affairait à préparer le repas. À leur entrée, elle salua Orkaf et s'approcha de la jeune femme. Elle lui posa la main sur l'épaule à la surprise d'Orkaf. Jamais elle ne s'était permise une telle familiarité. Car si Adelive et la reine entretenaient une relation presque amicale, jamais celle-ci ne se serait laissé aller à ce geste.

— Ma petite, tu peux lui faire confiance. Il est ton seul espoir... S'il t'en reste encore un.

— Mais que se passe-t-il ici ?

— Elle va tout vous raconter, dit Adelive. Mais asseyez-vous, vous en aurez besoin.

Orkaf et la « reine » s'exécutèrent. Cette dernière n'osait pas prendre la parole puis face au silence et au regard insistant d'Orkaf, elle se jeta à l'eau.

— Je m'appelle Yselda. Je vis à Warbeline. Je ne vais pas pouvoir vous dire grand-chose car je ne comprends pas vraiment ce qu'il s'est passé... il y a quelques semaines. Mais je vais essayer.

Orkaf restait silencieux. La femme qui lui parlait était bien la reine, mais ses paroles semblaient celles d'une étrangère. Cela n'avait aucun sens.

» Il y a un mois, le jour du départ des soldats, je m'occupais de ma fille lorsqu'un violent mal de ventre me tordit. Mon mari attrapa de justesse la petite avant ma chute. L'instant d'après, je me suis réveillée dans le château... (Ses yeux se brouillèrent) allongée sur le lit royal... dans le corps...

Sa phrase mourut d'elle-même.

Orkaf se serra la tête pour empêcher les larmes de traverser la barrière qu'il érigeait.

» Le roi s'est jeté sur moi et m'a aidée à me relever. Il me dit alors que j'étais devenue la nouvelle reine. Je n'osais parler tant j'étais terrifiée. Je me contentai de l'écouter. Son histoire me semblait incohérente et encore aujourd'hui, je ne peux promettre que mes souvenirs soient intacts. Il m'expliqua qu'elle n'était pas assez docile à son goût. Et que c'était la raison pour laquelle il avait... échangé nos âmes.

— Une pareille chose est impos…, s'énerva-t-il avant de penser à la magie maldore. Oh ! Sang de reil !

Il se frappa plusieurs fois la tête contre la lourde table en bois pour… pourquoi finalement ? Il n'en savait trop rien.

— Je faillis m'évanouir, continua la jeune femme, mais les gifles qui suivirent me tinrent éveillée. Ensuite il me menaça de mort si j'essayais de m'enfuir. Il était terrifiant et son regard effaçait toute possibilité de plaisanterie. Depuis j'erre dans le château et… je dois répondre aux moindres de ses *désirs*, conclut-elle en pleurs.

Orkaf s'effondra.

— *Espèce d'ordure*, pensa-t-il.

Des milliers d'images lui passèrent devant les yeux. Il se voyait battre le roi à mort… tout en réfléchissant à un moyen de ramener la situation à la normale. Trop d'idées germaient simultanément dans son esprit et il ne parvenait pas à faire le tri. C'est alors qu'Adelive prit part à la conversation.

— Vous devez la retrouver, dit-elle assurée à Orkaf.

— Quoi ?... Oui... Mais....

— Reprenez-vous ! l'apostropha-t-elle sèchement. C'est la vie de la reine et de cette femme qui sont en jeu. Vous n'avez pas le droit de rester les bras croisés.

— Non, bien sûr, rétorqua-t-il. Mais que faire ?

Il était désemparé. Tous ses efforts pour se concentrer étaient vains.

— Ça fait des jours que j'y pense, poursuivit Adelive. La reine ne peut pas quitter le château, il s'en apercevrait. Tu vas donc devoir rester ici, dit-elle à Yselda, et continuer à... Bref, faire semblant de rien pendant qu'Orkaf ira chercher la reine. Enfin, toi, je veux dire, ton corps... Oh ! Vous m'avez comprise. Mais avant cela, ajouta-t-elle à l'attention d'Orkaf, vous devrez découvrir comment il a échangé les deux femmes.

— Il ne laisse personne approcher la salle aux objets maldors. Et il est évident que seule leur magie peut réaliser une telle chose...

— Vous devez trouver un moyen. À vous d'avoir la motivation nécessaire pour y arriver.

— Cela n'en sera pas facilité pour autant.

— Vous aurez tout le temps d'y réfléchir, car pour l'instant, vous avez une autre priorité.

— Laquelle ? demanda Orkaf dépité de devoir encore penser à autre chose.

— N'avez-vous pas oublié Amolaric ?

— Amolaric ! Sang de reil ! Il m'attend pour l'emmener à Livend rejoindre Ieneta. Je dois partir sur-le-champ. Je suis désolé Adreh'… Euh… Yselda. Vous devrez patienter jusqu'à mon retour d'ici une semaine. Je ferai aussi vite que possible. Adelive sera là pour vous aider.

Orkaf regarda la cuisinière puis…

» Vous ne m'avez pas attendu pour cela, j'ai compris. Au revoir.

Orkaf courut rejoindre son ami et le chariot qui l'emmènerait. Grâce à Adelive, Ieneta avait été évacuée vers Livend en l'absence du roi. Orkaf et Amolaric avaient mis la suite du plan au point ensemble. Si Amolaric en sortait vivant Orkaf ferait croire à sa mort lors de la bataille contre les kNalines. Personne ne s'inquièterait de sa disparition.

Anthelme s'affairait à torturer les scientifiques pour découvrir le fonctionnement des objets maldors. Il avait trouvé le moyen de les enlever comme l'avait fait la magistrelle avant eux. D'une grande intelligence, le roi s'entoura de personnes de connaissance. Des idées qu'aucun Warkan ne pouvait émettre.

Pour ces infortunés, arrachés à un monde où la violence était condamnée, les coups de bâton et de fouet étaient d'autant plus douloureux. Malheureusement, ces êtres pragmatiques, sceptiques quant à la magie, n'obtenaient que peu de résultats. Un seul objet semblait fonctionner et le roi ne le quittait plus.

Sur une grande carte des trois pays il disposait une large pierre plate. Au contact du parchemin elle devenait translucide et de faibles lueurs apparaissaient en son sein. Elle lui permettait d'observer l'emplacement de chaque individu. Un point représentait un être humain.

La voix dans sa tête lui avait donné la marche à suivre.

Quelques provocations avaient suffi pour obliger Arkès à les rejoindre. Une fois ce dernier pointé sur la pierre, il lui indiquerait à son insu le chemin à travers la Forêt-Frontière. Mais cela n'avait pas fonctionné avec le guerrier, protégé par sa carapace. Il avait attendu des mois durant que quelqu'un traverse. Il avait failli perdre patience et maudit maintes fois ce démon avare d'indices qui avait pris à plusieurs reprises possession de son corps. Il fut récompensé lorsque deux kNalines quittèrent enfin leur pays : le chemin venait d'apparaître sur la carte.

Lorsque la porte s'ouvrit dans son dos, il vociféra sans même se retourner.

— Qui ose ! J'avais pourtant dit de ne pas être dérangé.

— Pardon, Majesté, répondit l'un des deux gardes. Nous amenons deux nouvelles personnes selon vos ordres.

— Des mages, cette fois ?

— C'est ce que nous avons trouvé de plus proche dans ces mondes étranges.

— Ils ne sont pas étranges, le contredit Anthelme, ils sont en avance sur nous. Quels furent vos critères ?

— Ils étaient dans une sorte de boutique où les gens se rendaient pour connaitre leur avenir. C'est ce qu'il nous a semblé le plus proche des mages.

— Excellent ! dit le roi avec beaucoup de satisfaction. Faites-les entrer !

Les deux prisonnières furent jetées sans ménagement au milieu de la pièce. Terrorisées par le voyage effectué et par le monde où elles se trouvaient les deux femmes pleuraient à chaudes larmes. Anthelme-le-Blanc ne prêta aucune attention à leurs supplications. Sans dire un mot il souleva l'une d'elles par le dos et la lança contre une table. Il fit ensuite signe à la seconde d'aller la rejoindre. Elle s'exécuta en toute hâte.

Devant elles trônait un vase banal constitué d'argile et de métal. Le roi prit un livre et leur fit part de ses attentes. Il lut en leur expliquant le rôle de l'objet et leur ordonna de découvrir son fonctionnement. Ce vase possédait la propriété de transformer l'eau en un remède contre les maladies. L'une des deux prisonnières tenta d'exprimer son opinion.

— Mais comment voulez-vous que nous…

Une puissante gifle lui coupa la parole. Elle se retrouva assise par terre, le nez ensanglanté.

— Pas de plaintes, vociféra le roi, des résultats. Et pour vous motiver j'ai une excellente méthode.

Il prit la pierre placée sur la carte des trois pays et la déposa sur un plan du château. La *pierre-carte* devint translucide et des dizaines de lumières dansèrent à sa surface. Il repéra les deux points représentant les prisonnières et, simultanément, les toucha du bout des doigts.

Les femmes se tordirent de douleur et tombèrent à genoux. Sur la pierre un éclair relia les deux lueurs puis disparut l'instant d'après. Lorsqu'elles se relevèrent elles poussèrent un cri d'effroi. Tendant les bras l'une vers l'autre, elles se mirent à pleurer.

— Mais, qu'avez-vous fait ?

— J'ai échangé vos corps... Ou plutôt vos âmes. Maintenant je présume que vous avez une bonne motivation pour obtenir des résultats. Alors, au travail. Je rétablirai la situation quand vous aurez trouvé.

Le roi se retourna vers les autres prisonniers et aperçut les gardes encore présents dans l'entrebâillement de la porte. Ils attendaient calmement, le regard vide.

— Que faites-vous encore là ? hurla-t-il.

— Majesté, répondit l'un d'eux, excusez-nous, mais nous pensons que vous devriez venir voir quelque chose.

— Quoi ? Quel malheur pourrait bien mériter plus d'attention que ceci ?

— Un phénomène étrange, Majesté.

— Ah bon ? dit-il avec un intérêt soudain. Je vous suis.

Arrivés à l'enceinte intérieure du château, les gardes pointèrent les nuages.

» Par toutes les catins de Warbeline ! Mais qu'est-ce donc ?

Les deux hommes restèrent muets. Dans le ciel bleu de ce magnifique après-midi d'été, une forme noire se dessinait au nord du château, à la verticale du désert du Ksilm. L'œil encore à demi-fermé ondulait sous les émanations de la chaleur intense. Il jetait une ombre inquiétante sur le pays.

Devant l'air absent des deux gardes, le roi leur demanda :

— Avez-vous une idée ?

— En fait, oui, Majesté. Lors de notre dernier passage vers d'autres mondes, nous avons entendu un bruit violent, comme un éclair déchirant le ciel.

— Et ? Allez-y, racontez-moi ! insista Anthelme impatient.

— Quand nous avons levé la tête, l'œil était là. Nous pensons que ce sont nos voyages qui ont créé… cela.

— Et de quoi s'agit-il, selon vous ?

Le silence des gardes suffit comme réponse pour le roi. Il détourna son regard du ciel et rentra dans le château en ajoutant :

— Ce n'est pas cela qui m'arrêtera !

Sous le balcon, au pied des remparts, Amolaric encapuchonné montait discrètement dans un chariot. Orkaf s'était entouré de ses plus fidèles compagnons. À vrai dire, après la déculottée face aux kNalines, trouver des soldats de confiance avait été facile. Agrippant la selle de son cheval, il regarda par habitude vers les remparts supérieurs pour y apercevoir la reine, mais ne vit que l'œil noir dans le ciel. Il l'observa un instant puis reprit ses esprits et donna l'ordre au convoi d'avancer. Le temps n'était pas une denrée dont ils jouissaient pleinement pour l'instant.

Les grilles se levèrent à son approche et le pont-levis s'abaissa. Il salua la garde tout en restant méfiant. Ces soldats faisaient partie d'une équipe spécifique qui n'avait pas pris part aux combats récents. Même s'ils le connaissaient, il ne devait rien trahir de son intention.

Lorsqu'enfin le pont se releva derrière eux, ils se surent hors de danger. Rien à présent ne les empêcherait d'arriver à Livend. À l'arrière du chariot, Orkaf entendit Amolaric pousser un cri de joie. Il sourit.

Le seigneur faillit tomber de cheval lorsque l'image de l'œil lui apparut à l'esprit comme un flash. Un profond malaise l'envahit. Un instant plus tard, il fit faire demi-tour à son destrier. Son inquiétude grandit encore à la vue de cet œil qui semblait s'être ouvert depuis leur départ. N'était-ce qu'une impression ? Lorsque le convoi le dépassa, Amolaric l'aperçut derrière le chariot et se dressa.

— Sais-tu quelle est cette nouvelle sorcellerie ?

— Non, je l'ignore. Sans doute rien d'important, mais avec toutes les expériences du roi, je m'attends à tout. Ne t'inquiète pas de tout cela. Tu retrouveras bientôt les bras aimants de Ieneta. Le reste ne doit plus t'atteindre.

— Tu as raison, et toi ?

— Oh ! s'esclaffa Orkaf. Pour moi, c'est sans espoir. Tu me vois m'enfuir avec la reine ! (Son cœur se pinça à la pensée de la souveraine perdue dans Warbeline, mais n'en dit rien à Amolaric pour ne pas l'alarmer davantage) Je vais continuer d'agir comme d'habitude jusqu'au jour où le roi l'apprendra... et où tout s'arrêtera.

— Je suis désolé, dit Amolaric avec tristesse.

— Ne le sois pas. Sans toi, rien n'aurait été possible. Je ne te remercierai jamais assez.

Loin de là en pays kNaline, Arkès et Medil s'étaient retrouvés et observaient eux aussi l'œil dans le ciel. Arkès s'attendait au pire après les évènements de ces dernières années. De son côté, Medil y captait une énergie maléfique intense.

— Tu penses à quoi ? demanda Arkès.

— C'est de la magie maldore, je la ressens jusqu'ici.

— Mais ils sont tous morts.

— C'est vrai, mais pas leurs objets.

— Et le roi s'en est emparé…, réalisa le jeune homme.

— Oui, en effet.

— Peut-il les utiliser ?

— Lors de notre combat contre eux, expliqua Medil, j'ai senti l'un de ces objets à proximité.

— Il aura profité de la bataille pour le tester.

— Il semblerait. Et c'est la raison pour laquelle tu dois agir.

— Moi ? dit Arkès surpris. Mais dans quel but ?

— Toi seul en es capable. Et tu es protégé.

— Je refuse de perdre ce que j'ai eu tant de mal à obtenir : vivre en paix.

— Tu ne vivras jamais en paix… si le roi reste en vie.

— Non ! insista Arkès catégorique. Nous ne risquons plus rien ici.

— Pour l'instant, mais s'il apprend à utiliser les objets, rien ne dit que nous pourrons encore le repousser.

Passant à proximité avec Daïa dans les bras, Lynhéa avait entendu Arkès hausser le ton face à Medil. Cela ne lui ressemblait pas, pas avec les kNalines en tout cas.

— Que se passe-t-il ?

— Il veut que j'assassine le roi.

— Bonne idée, on sera tranquille comme ça.

— Non, la contredit Arkès. Si je perds le contrôle dans le château, je risque de tuer beaucoup de monde.

— Et alors, dit Lynhéa, les dommages collatéraux font partie de toutes les batailles. C'est pas si grave.

— Tant que ce n'est pas chez soi.

— Hum, c'est pas faux, avoua Lynhéa.

— La discussion est close, je refuse… Tant que j'ai d'autres possibilités. Je ne risquerai pas de vous perdre toutes les deux.

— Oooh ! C'est trop mignon, ironisa-t-elle. Medil n'insiste pas, je suis d'accord avec lui.

Medil s'inclina pour les saluer avant de les quitter. Sur le chemin du retour Arkès restait songeur. Medil avait raison sur un point. Si le roi apprenait à se servir des objets maldors rien ne garantissait plus leur victoire lors d'un autre affrontement. Mais cela justifiait-il de se transformer en assassin ? Il voulait de toutes ses forces écarter cette idée et espérait au plus profond de lui-même ne jamais en arriver là. Le souvenir d'Elveblas et de sa femme était encore bien présent dans sa mémoire. Il n'ajouterait pas à ce traumatisme.

Pour l'instant il voulait oublier et profiter un peu de la vie en compagnie de sa famille. Chez eux, Lynhéa déposa Daïa dans leur lit, elle tombait de fatigue et s'était déjà endormie dans ses bras avant même d'arriver.

— Daïa n'est pas bien, dit-elle de retour dans la pièce à vivre.

— Qu'est-ce qui te fait penser cela ? Elle semblait juste épuisée.

— C'est autre chose. Elle est très pâle et ne dit presque rien. Elle qui rit en permanence et parle beaucoup d'habitude, aujourd'hui, elle est restée silencieuse. Et d'après Dolcina, elle a dormi presque tout le temps.

— Je n'avais rien remarqué. Je suis trop absorbé par nos ennuis et je manque à mes devoirs envers vous deux. Je suis désolé.

— Oui, ben, ce serait bien si tu oubliais un peu la mythomanie du roi pour revenir parmi nous.

— Tu as raison. Si demain elle ne va pas mieux, on l'emmènera voir Elphline.

— Ça me rassurerait.

— En attendant, si tu venais ici que je puisse faire plus attention à toi, dit-il un large sourire aux lèvres.

Elle s'assit sur ses genoux.

— Et alors, soldat, aurait-on des pensées…?

Arkès ne la laissa pas terminer sa phrase.

Plusieurs semaines s'étaient écoulées et le pays kNaline vivait en paix. Arkès et Lucal poursuivaient leur entrainement avec leurs amis sur de nouveaux sorts et acquéraient une meilleure maitrise de leurs pouvoirs.

Pour Arkès, l'opposition avec sa carapace lui causait de plus en plus de soucis. Malgré les séances de méditation avec Medil auxquelles il se pliait volontiers, les choses continuaient d'empirer. Il se sentait beaucoup plus calme à l'intérieur et, lors de ces séances, le contrôle de sa carapace était bon. Mais au combat, les réactions de cette dernière étaient parfois démesurées selon son degré de tension.

À plusieurs reprises, il en discuta avec Medil. L'augmentation d'énergie interne suite aux entrainements avec les kNalines, qui paradoxalement n'était possible que grâce à sa carapace, lui faisait perdre le contrôle de cette dernière. Une seule conclusion s'imposait s'ils ne trouvaient aucune autre solution : Arkès devait choisir entre progresser ou la garder.

Medil le convainquit de patienter avant de prendre cette décision irrévocable. Pour contrer ces problèmes, il ne ferait plus que des exercices de contrôle de soi. À terme cela devrait lui permettre de profiter du regain d'énergie tout en maîtrisant mieux sa carapace. Il était cependant conscient du travail long et difficile qui l'attendait.

Ce jour-là, Arkès assistait à l'enterrement d'une kNaline. La famille transportait la défunte enroulée dans un linceul blanc. Entouré d'une aura bleuâtre, le corps flottait dans l'air suivi de tout le village. Un proche quitta le groupe un peu plus loin. Il s'avança, posa la main sur le sol, et soudain, une onde de choc creusa un trou dans la terre. L'homme se releva et recula solennellement de quelques pas. Lorsque la défunte y fut descendue, la famille ôta le drap sous lequel elle était nue.

Cette coutume surprit Arkès, mais il n'interrompit pas la cérémonie. C'est Elphline qui leva le doute.

— Tu te souviens que ce sont nos morts qui font pousser les arbres qui nous fourniront plus tard les animaux, dit-elle à voix basse.

— Oui.

— Il ne grandira pas librement et en bonne santé s'il doit d'abord traverser des vêtements ou un linceul.

Arkès approuva et suivit la fin de la cérémonie en silence. D'un geste de la main l'homme repoussa la terre qui ensevelit le corps. Le temps de s'en étonner, l'herbe avait envahi la tombe qui disparut devant les yeux ébahis des anciens Warkans. Toute trace de la cause de leur tristesse fut effacée en un instant. D'ici quelques semaines à peine, un nouvel arbre aurait poussé. Aucun chagrin ne s'affichait sur les visages sereins des kNalines. Troublé, Arkès rentra chez lui sans poser d'autres questions.

Dans la grande pièce, Daïa flottait dans l'air un large sourire aux lèvres suivie de Kerlua, bondissant joyeusement autour d'elle. Dans un coin, Lynhéa salait quelques morceaux de viande pour les stocker.

— Tu n'es pas obligée de faire ça, dit Arkès. Je t'avais dit que je m'en occuperais à mon retour.

— Je sais, je n'avais rien d'urgent à faire, j'ai donc pris un peu d'avance pour qu'on soit tranquilles cet après-midi.

— Et... Ça ? demanda Arkès en pointant Daïa du doigt.

— Ça ? Ben, c'est ta fille.

Arkès sourit.

» Elle adore ça et, pendant ce temps, je peux faire autre chose.

— Tu maîtrises de mieux en mieux ton don, constata-t-il. Tu n'es même plus obligée de regarder.

— Je m'entraîne, dit Lynhéa, satisfaite du compliment. Et l'enterrement ?

— Particulier.

— Ah bon ?

Arkès expliqua la cérémonie.

— Dommage que la coutume veuille que les enfants n'y assistent pas, j'aurais bien aimé voir ça.

— Oui, c'était quand même troublant. Aucun ne semblait éprouver de tristesse.

— C'est vrai, acquiesça Lynhéa. Elphline m'en a parlé. Ils ne considèrent pas la mort comme une fin puisqu'ils revivent sous la forme d'arbres. Dès lors, ne s'agit-il que d'un passage. Un peu comme un enfant lorsqu'il devient adulte.

— C'est une façon de voir les choses.

— C'est bien, non ? Au moins ne sont-ils jamais trop tristes.

— Oui, si on veut, clôtura Arkès en s'attablant.

Lorsque Lynhéa se redressa, elle dirigea Daïa vers les bras de son père. La petite fille lui adressa un large sourire et tendit la main pour lui attraper le nez. Il joua le jeu. Elle éclata de rire.

— Je vais arrêter les entrainements avec les kNalines, dit-il subitement.

— Pourquoi ?

— J'acquiers trop d'énergie et j'ai de plus en plus de difficulté à contrôler ma carapace. J'ai peur de faire un jour du mal à quelqu'un. Déjà aujourd'hui, cela devenait risqué. C'est pourquoi je vais consacrer tout mon temps à apprendre à me contenir.

Lynhéa vint s'asseoir sur ses genoux. Elle caressa Daïa puis embrassa Arkès.

— Tu es sûr que c'est ce que tu veux ?

— Oui. Votre sécurité à toutes les deux est ma plus grande priorité. Et comme ça, je pourrai rester plus souvent avec vous. On pourrait passer nos journées à s'entraîner au combat tous les deux. De ce côté-là, ça ne risque rien.

— Ce n'est pas moi... ni la petite d'ailleurs... qui nous en plaindrons.

— Je pense aussi.

— Bon, c'est pas tout ça, je vais aller chercher des fruits dans la forêt. Elle en raffole. Tu peux rester avec elle pendant ce temps.

— Oui, bien sûr. Si tu veux, on peut venir avec toi, proposa Arkès.

— Elle va bientôt s'endormir. Je reviens vite. Je vous aime fort tous les deux, conclut-elle en l'embrassant.

— Nous aussi, répondit-il.

Elle quitta la maison, un panier tressé au bras. Arkès regardait la petite qui se frottait les paupières.

— En effet, tu vas rejoindre le pays des rêves, pensa-t-il.

Il se promena en la balançant. Elle le fixait avec admiration. Sa voix la rassurait. Elle sombra doucement dans le sommeil un sourire aux lèvres.

Soudain, elle ouvrit grands les yeux et pleura rageusement.

— Maman ! hurla-t-elle en gesticulant.

Arkès ne comprenait rien à ce qui lui arrivait. Il accéléra le pas et la berça plus intensément pour la calmer. Rien n'y fit. Elle sanglotait de plus belle. Puis Arkès sentit une chaleur l'envahir. Sa carapace se déployait.

— *Que se passe-t-il ?* demanda-t-il à cette dernière.

Elle resta muette. La petite faisait un bruit d'enfer en se tortillant contre lui. Soudainement, il eut un flash.

— Lynhéa ! cria-t-il, paniqué.

Il déposa vivement Daïa sur le lit, demanda à Kerlua de veiller sur elle et sortit précipitamment.

Elle était là, à quelques pas, allongée sur l'herbe. Inerte. Le panier se balançait encore non loin d'elle.

— Lynhéa ! LYNHÉA !

En un instant il était à genoux à ses côtés et la prenait contre lui. La tête de Lynhéa versa en arrière et ses bras s'abandonnèrent. Il la secoua plusieurs fois en criant son nom, éperdu.

— Lynhéa, que t'arrive-t-il ? Réponds-moi, je t'en supplie. Que se passe-t-il ?

Il sentit les larmes le submerger. Il ne pouvait y croire. Elle allait se réveiller, il le fallait. Il la gifla. Sa tête accusa le coup comme un vulgaire pantin.

— NOOOOON ! Reviens, je t'en prie, ne me laisse pas comme ça !

Il eut beau la secouer, la serrer contre lui, elle demeurait inerte.

— *Medil* ! pensa-t-il intensément. *Viens vite, Lynhéa... Elle...*

Mais il ne parvint pas à terminer sa phrase. Il refusait d'admettre l'inacceptable. Les larmes coulaient à flots sur ses joues et tombaient sur le visage fermé de Lynhéa. Dans la maison il entendait Daïa hurler.

Soudain Medil était là. Il l'ausculta. Son diagnostic fut sans appel. Il fit un signe résigné de la tête.

Arkès la reprit dans ses bras et se redressa. Elle pendait devant lui sans la moindre réaction.

— Ne nous laisse pas ! criait-il, éploré. Tu n'as pas le droit ! On a encore tant de choses à faire ensemble. Tant de projets tous les deux... tous les trois. Réponds-moi ! Je te l'ordonne !

Rien.

La tête abandonnée vers l'arrière, les bras ballants, elle s'affalait comme une vieille poupée désarticulée. Il regarda vers le ciel... et hurla avec une puissance effrayante.

La tristesse qui s'échappait de ce cri fut telle qu'une onde visible se propagea à travers les montagnes. Tous les kNalines purent ressentir le désarroi et la colère qui l'animaient. Sur son passage, toutes les personnes frappées cessèrent leur activité pour regarder en direction de la demeure du couple. Bouleversés par cette vague d'anéantissement, ils portèrent la main à leur ventre tordu d'émotion. L'onde se propagea ensuite aux pays warkan et maldore et provoqua la même réaction chez tous les êtres vivants.

Au moment où elle s'échappait de lui, Arkès entendit un bruit dans le bois proche. Quelque chose venait de s'abattre dans les feuilles et les branches mortes. Il se retourna et aperçut trois soldats du roi. Il déposa Lynhéa sur le sol tout en invoquant sa carapace et s'avança vers eux. Une protection sombre et terrifiante se déploya, qui fit reculer Medil. Maléfique, elle dégageait une aura effroyable.

Les espions tentèrent de fuir. En quelques pas, Arkès se retrouva face à eux. Surpris par cette apparition démoniaque, ils s'affalèrent à nouveau sur le sol. L'aura de démence s'échappant d'Arkès les transperçait au plus profond de leur être. Ils sentaient chaque parcelle de leur corps vibrer de panique. Des gouttes de sueur perlèrent sur leur front plissé par la terreur. Ils auraient voulu détourner le regard face à cette vision à glacer le sang, mais, paralysés, ils demeuraient impuissants et se laissaient envahir par la mort qui avançait sur eux, inexorablement.

— Ce... Ce n'est pas nous, pitié, parvint à balbutier un des soldats, les bras tremblants tendus vers lui.

Arkès resta sourd à ses supplications. Ses yeux rougirent et devinrent incandescents, ce qui arrêta net l'espion dans son ultime tentative de le convaincre. Kerlua accourait en grognant. Arkès sentit une chaleur intense s'emparer de lui au point de le consumer. Jamais il n'avait ressenti pareil feu intérieur. Il perdait le contrôle de sa carapace. Sans même bouger, une série de filaments noirs s'en échappèrent, s'enflammant au contact de l'air et se plantèrent dans les deux autres soldats. Pendus au bout de ces lianes, ils hurlaient en se consumant. Le visage assombri, Arkès n'entendait plus rien même pas les cris de Medil qui le suppliait d'arrêter et de se calmer.

— Allez en enfer ! dit-il d'une voix comme sortie d'outre-tombe.

Les filaments se tendirent et les deux hommes furent déchiquetés en morceaux qui explosèrent sur plusieurs mètres. Il s'immobilisa tandis que Kerlua s'acharnait sur le troisième soldat.

Il aperçut Medil à genoux à côté de Lynhéa. Il lui posait doucement les bras en croix sur la poitrine. Daïa s'était arrêtée de pleurer. Un silence pesant s'imposa dans la montagne. La carapace d'Arkès se replia, dévoilant son visage empli de larmes et les yeux rougis par la tristesse et la colère. Il fit un signe de la main et Kerlua retourna auprès de sa fille.

Tandis qu'Arkès quittait l'orée du bois et revenait près de Lynhéa, Lucal arrivait à bout de souffle avec d'autres villageois. Tous s'arrêtèrent à quelques mètres, stupéfaits de son allure. Seul Lucal osa approcher son ami. Arkès restait debout à côté de sa compagne, immobile, muet. Des larmes abondantes coulaient sur ses joues et son visage était d'une froideur de glace, effrayant. C'est Arkès le premier qui rompit le silence.

— Dolcina peut-elle s'occuper de Daïa ? dit-il d'une voix métallique.

— Oui, bien sûr, répondit Lucal. Que comptes-tu faire ?

— Je dois l'enterrer, ajouta-t-il d'un ton atone.

— Déjà ? N'attendrais-tu pas un peu pour…

Sa phrase se bloqua net dans sa gorge comme Arkès le fusillait du regard. L'amant meurtri ne se soumettrait pas aux hommages de rigueur, il lui dirait adieu… Seul.

Il s'agenouilla et souleva son amour inerte. Il l'emmena vers la falaise où ils s'asseyaient habituellement pour profiter de la vue et du calme. Il déposa le corps léger sur le sol. L'air frais montant du précipice l'envahit de sa douce odeur familière et son ventre se serra plus encore. Lorsque ses yeux s'arrêtèrent sur elle, imperceptiblement attirés, elle le regardait… Son cœur bondit dans sa poitrine.

Très vite la réalité le rattrapa tant elle restait inexpressive. Il ôta sa chemise et commença à creuser le sol de ses mains.

— Ici, tu auras au moins une belle vue, dit-il les larmes aux yeux. Et quand je viendrai, on en profitera ensemble.

Cette sépulture, dernier endroit de repos de sa compagne, allait exiger des heures de labeur. Il prendrait le temps nécessaire et ce travail mécanique annihilerait peut-être une partie de sa profonde douleur.

» Que vais-je devenir sans toi ? Toute ma vie, je me suis posé des questions sur mon existence.

Dialène porta maintes fois ce fardeau avec moi. Un vide m'emplissait sans que je puisse en trouver la raison. Malgré mes nombreuses discussions avec lui aucune réponse valable ne s'est jamais offerte à moi, soliloquait-il doucement.

Il s'immobilisa un instant, les doigts enfoncés dans la terre dure et rocailleuse de la montagne. Sa tête tomba vers l'avant dans un geste de dépit. Il avait du mal à respirer tant il pleurait. Son estomac se tordait et lui renvoyait une douleur atroce. Son cœur battait à tout rompre. Malgré ses ongles ensanglantés, il rappelait sa carapace à chacune de ses tentatives pour protéger ses mains. Il continua à creuser au-delà la souffrance physique exacerbée par le chagrin et un fort sentiment d'abandon.

», Mais c'était toi. Tu étais la présence qui comblait ce gouffre. Avec toi mes interrogations mouraient dès leur apparition. Et aujourd'hui, à peine ai-je pu te connaitre que tu me quittes déjà. Que vais-je devenir sans toi ? Je maudis le jour où j'ai trouvé cette statue.

Il s'essuya les yeux du revers de la main et marqua une pause. Son regard s'évadait dans ses souvenirs.

» Non, c'est faux, bien sûr. Je n'échangerais pour rien au monde ces moments en ta compagnie, même si je dois à présent apprendre à vivre sans ta chaleur à mes côtés.

» Mon amour, si tu étais là, dit-il avec un sourire forcé, tu me secouerais encore car je n'ai jamais autant parlé avec toi... Et tu aurais raison. Je suis désolé de ne pas avoir été plus loquace quand nous étions ensemble. Tu me manques tant. Que vais-je devenir sans toi ? Je ressens un tel vide... répétait-il sans cesse.

Un nouveau sanglot lui bloqua la respiration. La tête dressée vers le ciel, il lança un autre cri qui fendit le calme de la montagne. Ses deux bras pesaient une tonne. Il se sentait privé de toute énergie et avait perdu toute envie de vivre. De temps en temps, il relevait les yeux et voyait Lynhéa étendue sur le sol... Inerte, tellement belle.

» Même en ce moment, tu restes adorable. Mais ce n'est pas toi... Tu ne peux pas être aussi calme. Je n'ai pas eu le temps de te dire au revoir... bon voyage. Si l'occasion m'en avait été donnée jamais je n'aurais eu le courage de te laisser partir sans me battre.

Lorsque le trou fut assez profond, il s'assit sur le bord de la fosse et reprit Lynhéa dans ses bras. Il ne pouvait pas se résigner à l'y déposer. Il ne pouvait pas se séparer d'elle. Il ne pouvait pas l'abandonner. Des larmes incessantes coulaient le long de ses joues, l'air lui manquait, il suffoquait de chagrin. Tout en l'étreignant contre lui il se balançait d'avant en arrière lentement. Il resta là, prostré, sans bien comprendre ce qui lui arrivait, rivé sur l'horizon montagneux. De temps à autre, son regard se reportait sur elle, et cette vue lui était insupportable tant ses yeux, pleins de vie autrefois, étaient vides et froids à présent. Son cœur étouffait dans sa poitrine et ses larmes redoublèrent d'intensité.

Après plusieurs heures d'attente tandis que la nuit tombait, il se résigna à lui fermer les yeux et cacher son regard à jamais. Il la posa délicatement sur le sol retourné et de ses mains, ramena la terre sur elle, lentement, comme s'il plantait une fleur rare. Sur son visage figé, il déposa sa chemise, achetée dans son monde à elle.

» Elle te protègera... mieux que moi. Pardon, mon amour.

À contrecœur, il la recouvrit complètement.

» Adieu, ma femme venue d'un autre monde... murmura-t-il doucement.

La lune, extraordinairement brillante cette nuit, éclairait de reflets d'argent les montagnes environnantes. Longtemps il resta assis à contempler ce spectacle, comme il le faisait si souvent avec elle. Partout où se posait son regard, il la voyait encore. Image fantomatique de souvenirs merveilleux. Mais la vision s'évanouissait en fumée quand il tendait le bras pour caresser son si doux visage.

La fraicheur de la nuit n'eut aucun effet sur lui. Il ne pouvait se résoudre à la quitter, ce serait admettre sa disparition... et il s'y refusait. La main posée sur la terre remuée, il voulait sentir jusqu'au dernier instant la moindre parcelle d'aura qui pourrait encore émaner d'elle.

Aux premières lueurs de l'aube, lorsque les rayons du soleil naissant vinrent caresser la sépulture, il accepta sa mort, enfin. Il se leva, les muscles endoloris d'une position inconfortable tenue des heures durant. Cette souffrance le rappela à la réalité. Il était en vie et son cauchemar… n'en était pas un.

Le cœur déchiré, le corps meurtri, il la laissa derrière lui, non sans jeter un dernier regard sur la sépulture.

En se dirigeant vers leur maison, il avait la sensation de traîner un tronc d'arbre. Chaque pas exigeait un effort considérable. Plus il s'éloignait d'elle, plus le poids de sa peine augmentait et son cœur se déchirait.

Dans la grande pièce, un silence plus lourd que jamais s'abattit sur ses épaules. Il s'assit un instant. Tout autour de lui, il ne voyait que des images de Lynhéa affairée à une occupation ou l'autre. Il avait l'impression de devenir fou. Mais il était condamné à vivre… sans elle. Il ne s'était jamais senti aussi perdu. Il marchait telle une âme en peine à travers la maison sans rien voir. Il tenta de s'allonger, toujours il la voyait à ses côtés, à peine vêtue, si belle. Il était épuisé, incapable de trouver le repos. Ses yeux cernés refusaient de se fermer comme pour éviter à une foule d'images de le submerger de douleur.

Quelques heures plus tard, Lucal et Dolcina vinrent frapper à sa porte. Ils entrèrent malgré le silence. Il était assis à table, le regard dans le vide, absent, plus mort que vivant.

— Arkès, c'est nous, osa Lucal d'une voix neutre.

Il tourna la tête, les yeux rougis et gonflés par des larmes anciennes.

— Peut-on faire quelque chose pour toi ? demanda Dolcina avec beaucoup de tristesse.

Il fronça les sourcils. Un nouveau sanglot l'envahit quand il tenta de répondre. Les mots s'étouffaient dans sa gorge. C'est en hoquetant qu'il y parvint.

— Que vais-je... devenir... sans elle ?

Lucal se précipita et le prit dans ses bras au moment où il éclatait en sanglots. La tristesse qui émanait de son ami meurtri le transperçait de part en part comme un aiguillon. Cette perception l'empêcha un instant de trouver les mots pour le réconforter.

— Ça va aller, dit-il sans conviction. On est là pour t'aider à supporter son absence.

Mais Arkès ne réussissait pas à entrevoir l'avenir et il poursuivit difficilement, entre deux respirations saccadées.

— Je ne sais pas. Je ne crois pas... que je le pourrai.

Lucal s'écarta et s'assit en face de lui.

— Si ! Tu y parviendras. Tu dois le faire, pour Daïa. Et on sera là pour te soutenir.

— Oui, bien sûr, pour Daïa, dit Arkès, en fixant le vide.

Intrigué, Lucal jeta un coup d'œil circulaire.

— Où est Kerlua ? demanda-t-il.

— Elle est auprès de Lynhéa.

Lucal n'insista pas et observa son ami. Il ne l'avait jamais vu dans un pareil état. Tout se mélangeait dans la tête d'Arkès. Il devait évidemment se reprendre, pour sa fille, mais comment allait-il l'élever seul, sans Lynhéa ? Il n'était pas préparé à ça, lui, le guerrier.

— Je peux vous laisser Daïa encore quelque temps ?

— Bien sûr, répondit Dolcina. Ce qu'il faudra, ne t'inquiète pas pour elle.

— Merci.

Le couple le quitta. Il viendrait reprendre sa fille... quand il serait prêt. Ils ne voulaient pas lui imposer leur aide, il la solliciterait le moment opportun. D'ici là, ils prendraient soin de Daïa. La petite était une enfant très calme pour son âge.

Les jours passèrent.

Arkès s'enfermait dans un cocon, rythmant ses journées entre la maison et la tombe de Lynhéa. Une tristesse immense avait envahi toute cette partie de la montagne. On eut dit que toute âme l'avait quittée pour faire place à un calme qui repoussait même les animaux. Plus aucun oiseau ne venait égayer de son chant les matinées jadis si bruissantes de vie. Seul le silence de la mort persistait.

Arkès s'affaiblissait de jour en jour. Il mangeait à peine, dormait peu, totalement isolé du monde. Sa fille aurait pu lui apporter du réconfort et l'aider à passer le cap, mais il ne se sentait pas la force de s'occuper d'elle. Daïa ne devait pas le voir dans cet état.

Au fil des jours, les images dans sa tête évoluaient et modifiaient ses sentiments. Le roi se confrontait à Lynhéa. La colère se mêlait à la tristesse. Il entrevoyait pourtant une solution qui impliquait de quitter Lynhéa... Et pour l'instant, c'était inconcevable.

Son projet insensé lui fournit un but. Il se força à manger et reprit peu à peu des forces. Daïa lui manquait. Un matin, au réveil, il découvrit de la terre sous ses ongles. Devant le miroir, il constata qu'une barbe de plusieurs semaines envahissait ses joues.

— *Cela fait donc si longtemps*, pensa-t-il.

Il se rasa, se changea, remit des vêtements de son époque puis roula sa tenue en une boule compacte avant de sortir. Avec patience et minutie, il alluma un feu pour brûler cette ultime trace d'un autre monde. Les flammes attaquèrent lentement le cuir et le coton.

— Encore une partie de toi qui s'en va, dit-il résigné en pensant à elle.

Lorsque tout fut consumé, il rentra préparer un sac à dos et appela Kerlua qui, pour la première fois depuis des jours, quitta la tombe de Lynhéa. Sur le chemin pour rejoindre Lucal, les kNalines le regardaient avec compassion. Il n'adressa la parole à aucun d'eux. À chaque pas qui l'éloignait de sa maison, la tristesse s'atténuait, emprisonnée dans son âme. En revanche, la colère s'imposait sur les mille et une façons imaginées de tuer le roi. Ses idées se restructuraient. Il sentait les choses reprendre leur place.

Quelques instants plus tard il arrivait chez Lucal. Il pénétra dans la cour puis, hésitant, abattit sa main sur le bois solide. Lucal ouvrit et remarqua le sac à dos.

— Où vas-tu ?

— Je peux voir Daïa ? demanda Arkès sans répondre.

— Oui, bien sûr. Entre !

Dolcina lui amena Daïa qui dormait profondément. Il la prit dans ses bras, et, sans la réveiller, lui glissa quelques mots.

— Je pars pour un long voyage pour accomplir quelque chose d'important, mais je reviendrai, je t'en fais la promesse. En attendant, Dolcina et Lucal s'occuperont bien de toi et ta fidèle Kerlua restera auprès de toi pour te protéger et jouer avec toi.

Après ces mots, il leva la tête vers ses amis. Ils opinèrent du chef. Aucun des trois ne vit la petite fille s'éveiller. Son regard s'assombrit et un imperceptible sourire déforma ses lèvres. Dès qu'il reposa les yeux sur elle, elle simula à nouveau un profond sommeil. Au signe d'Arkès, Kerlua vint s'asseoir entre Lucal et Dolcina et chacun la caressa.

— Tu ne sauras pas où je pars, et personne ne te le dira. C'est mieux.

Arkès l'embrassa sur le front et la rendit à Dolcina qui la déposa dans son lit. Sans mot dire, il se dirigea vers la porte, suivi de Lucal. Medil et Dialène l'attendaient à l'extérieur.

— Que vas-tu faire ? demanda Medil.

— Tu souhaitais la mort du roi. Qu'il en soit ainsi. Il ne fera plus jamais de mal à personne.

— Et les innocents qui périront dans ta quête de vengeance, tu n'y penses plus à présent ? demanda Lucal.

— Aucun innocent ne mourra. Il sera le seul... de ma main en tout cas.

— Ne fais pas cela..., intervint Dialène, mais Arkès finit sa phrase à sa place.

— ... ça ne te calmera pas. Merci, mais j'en suis conscient. Peu m'importe désormais. Il ne s'en sortira pas... pas cette fois. Quel qu'en soit le prix. Et n'essaie pas de m'en empêcher.

— Quel qu'en soit le prix ? demanda Medil pensant à la possibilité qu'Arkès ne revoie jamais Daïa.

— Oui, répondit-il en connaissance de cause. Au revoir. À bientôt.

Ses amis restèrent silencieux et le regardèrent s'éloigner le cœur lourd.

Il marcha quasiment sans prendre de repos. En six jours, il était à Warbeline.

Le vent sifflait dans l'ancien temple à l'écart d'Aprehende son village natal. Une tempête rugissait au dehors mais Viteric était bien à l'abri profondément enfoncé dans le labyrinthe de couloirs et de salles. Il s'assit sur la paillasse qui lui servait de lit. Faite de lianes et de feuilles, elle lui offrait un confort rudimentaire, mais suffisant.

Du bout des doigts, il s'ébouriffa les cheveux pour se réveiller. Trop longs, ils lui tombaient devant les yeux. Il décida de les couper sommairement, au couteau, comme les fois précédentes. Cela lui rappelait une fois de plus le temps écoulé depuis son retour. Les montagnes menant aux *Terres Oubliées* où il avait rencontré les sorciers bannis étaient déjà loin dans son souvenir.

Des mois de solitude et d'isolement ponctués par les visites sporadiques de Sylvia... son dernier lien avec la réalité et le monde extérieur. C'est elle qui lui rappelait involontairement la durée de son exil. Cinq ans s'étaient écoulés, l'adolescente était devenue une femme.

Lui aussi avait bien changé. Le plus clair de son temps, il s'entraînait, transformant son corps de manière spectaculaire. Le garçon chétif d'autrefois avait fait place à un homme musclé duquel émanait une incroyable puissance, taillé pour le combat. Seuls son visage et ses longs cheveux charbon rappelaient le jeune exilé de force par les villageois.

Paradoxalement, ce n'était pas son souhait, il n'avait aucun goût pour l'affrontement. Il aspirait simplement à une vie normale avec Sylvia… Mais sa malédiction en avait décidé autrement. Pourquoi était-il comme cela ? Pourquoi était-il ce monstre assoiffé de sang, état non désiré qui l'éloignait de son amour ?

Il se frotta les yeux et regarda la flamme accrochée au mur. La dernière torche allumée rythmait ses heures de repos. Aucune lumière ne pénétrait dans le temple. Il devait toujours veiller à garder au moins un flambeau à proximité. Toutes les quatre heures environ, il se réveillait pour en embraser une nouvelle. Il dormait ainsi par à-coups durant la journée et la nuit.

…Le jour et la nuit…

Deux notions qui n'avaient que peu d'importance pour lui. Dans son temple la lumière du jour ne pénétrait pas et il attendait toujours la lune pour sortir chasser… et se nourrir. Il devait éviter à tout prix d'être repéré par quelqu'un qui finirait par trouver sa cachette. Il était devenu la créature de la nuit que tout le pays redoutait même s'il n'avait jamais fait de mal à quiconque au village.

Il passait une bonne partie de son temps à ramasser des lianes et autres plantes pour fabriquer les torches. Il disposait ses récoltes dans une pièce écartée dans le temple. Quatre tas alignés lui permettaient d'en suivre l'assèchement. Posées sur le dernier monticule, elles étaient prêtes à être ficelées au bout d'un bâton de bois et stockées à leur tour.

La nature lui fournissait l'eau dont il avait besoin. Un habile système d'écoulement fabriqué d'écorces récoltait la pluie au milieu d'un fourré et la dirigeait, à l'insu de tous, vers une grande bassine tissée avec des lianes et tapissée d'argile.

Les leçons de sa mère lui avaient été profitables pour tisser des paniers. Mais celle-ci lui manquait à un point jamais imaginé, et il réalisait qu'elle était perdue pour toujours. Lui avait-il confirmé son amour de vive voix quand il était encore temps? Il n'en était plus sûr et le regrettait amèrement. Le devinait-elle en son for intérieur ?

Lorsque la pluie ne suffisait pas, il partait la nuit vers la rivière à une lieue de là. Plusieurs allers-retours avec une cruche d'argile fabriquée de ses mains étaient nécessaires. L'aspect rudimentaire de ses créations ne l'inquiétait pas, elles étaient fonctionnelles c'était cela l'important.

Pour l'heure, il devait allumer une autre torche. La dernière était sur le point de s'éteindre et il ne pouvait pas perdre sa seule source de lumière. Au début de son exil, cela lui était arrivé souvent. Un sommeil trop profond et il se réveillait dans le noir. Sa connaissance du temple étant à ce moment très approximative s'y diriger n'était pas chose aisée dans le labyrinthe de couloirs et de salles. Une véritable panique le gagnait parfois. Il imaginait abandonner l'endroit... Puis renonçait vite à cette idée, il n'en avait pas d'autre où se cacher, proche de Sylvia. Il s'y habitua donc peu à peu.

Lorsqu'enfin il trouvait la seule sortie, il se plaçait à l'abri des regards, allumait un feu et embrasait une torche. Il promettait à chaque fois que cela ne lui arriverait plus. Mais la précarité de l'endroit rendait son sommeil incertain et parfois, gagné par la fatigue, il tombait plusieurs heures dans l'inconscience.

Aujourd'hui, après plusieurs années de solitude, son corps s'était habitué et le réveillait à temps pour préserver sa source de lumière.

Il se leva, empoigna la nouvelle torche et la présenta contre la flamme. Celle en bout de vie finissait dans un bac d'eau afin de ne pas consumer le bois au-delà des plantes séchées. Il grattait les couches noircies et replaçait le bâton près des autres.

Il marcha jusqu'à la pièce adjacente où il avait construit une table et deux tabourets. Il y alluma deux torches pour s'offrir un peu plus de clarté. Les yeux encore brumeux, il s'assit. Il souleva un tissu, en chassa les quelques insectes qui s'y promenaient, et mangea sans appétit un biscuit sec. Même si la nourriture ne lui était plus nécessaire il la consommait par habitude... et pour ne pas perdre la dernière part d'humanité encore en lui.

Il empoigna un bol d'eau, en souffla la poussière et les petits morceaux de pierre tombés du plafond et le but d'une traite.

Il pensait à sa mère qui ne s'était jamais remise de son départ et surtout de la nouvelle : son fils était un monstre, le même qui avait tué son mari des années auparavant. Il se risquait parfois le soir aux abords du village, tapi dans l'ombre à l'observer. Il la regardait s'asseoir à table et manger... seule. Même après toutes ces années, il la voyait pleurer certains jours. Était-ce à cause de lui ? Sans doute, oui. *Je suis désolé, je n'ai jamais voulu cela*, pensait-il souvent. Mais elle ne pouvait l'entendre.

Cinq ans s'étaient écoulés depuis sa fuite. Cinq années d'isolement, et pourtant, il ne pouvait se résoudre à partir. Il n'avait jamais quitté le village et ses environs depuis sa naissance. Aujourd'hui encore le monde l'effrayait même s'il était devenu un adulte. Il vivait dans la crainte d'être retrouvé et de devoir se défendre voire de tuer les gens qu'il connaissait. En réalité, il redoutait cette option-là plus que toute autre.

Il réfléchissait souvent à une alternative. Et s'ils n'avaient pas peur de lui ? Il n'était pas le même que l'assassin de son père, il n'attaquait pas les humains. Il aurait très bien pu vivre parmi eux et se nourrir d'animaux... comme eux. Mais voilà, les légendes sur les matr-ox-soëmis les dépeignaient comme des monstres sanguinaires. Et celles-ci avaient la peau dure en Horipan.

C'est pourquoi il s'entraînait quotidiennement. Si un jour il était forcé de défendre sa vie, il ne se laisserait pas faire. Il était innocent. Il était né ainsi. Il était né… monstre sanguinaire.

Un jour, il réussit à trouver le courage de se regarder dans un miroir lors de sa transformation.

Sylvia avait accepté de lui en apporter un après qu'il eût insisté longuement et qu'il fût parvenu à la convaincre sans l'inquiéter plus encore… Mais elle avait si peur de le voir partir. C'était un peu égoïste de sa part de lui demander de vivre dans de telles conditions, elle en était consciente. C'était plus fort qu'elle. Elle refusait de le perdre, même s'ils n'étaient que si peu de temps ensemble.

Ce jour-là, il plaça le miroir sur la table et se pencha. La peur s'insinua en lui tel un serpent. Allait-il accepter son reflet ? Pour le rassurer et lui montrer son indifférence, elle s'approcha et déposa délicatement une main sur son dos. Il déclencha sa transformation d'une simple pensée et regarda son visage évoluer dans le miroir. Ses paupières disparurent et ses iris, d'habitude vert-gris, virèrent à l'orange cerclé d'une ligne rouge brillante. Le contour de ses yeux s'assombrit de veines noires qui progressèrent jusqu'à envahir ses deux arcades sourcilières comme un pied de vigne vénéneux sur un mur de pierre. Sa bouche s'ouvrit, ses dents grandirent et devinrent des armes mortelles. Elles doublèrent de taille puis s'affinèrent dans une croissance irrégulière. Toutes n'avaient pas la même taille ni la même direction et elles jaunirent, ce qui accentua encore son aspect monstrueux. Il sortit une langue énorme, de l'épaisseur de ses poignets, longue de plusieurs pouces. Elle se terminait par de petites ventouses par lesquelles il aspirait le sang qui s'écoulait des plaies occasionnées par ses morsures mortelles.

Ce souvenir le hantait en permanence. D'un mouvement du bras, il balaya les objets posés sur la table et frappa le bois des deux poings.

Avant de quitter la pièce de vie, il prit soin d'éteindre les deux torches pour les réutiliser plus tard. Il se dirigea vers sa salle d'entrainement profondément enfoncée dans le temple. Le bruit de ses exercices ne pouvait trouer la surface et risquer de le faire découvrir.

De nombreux sacs remplis de terre pendaient çà et là au plafond à des hauteurs différentes. Pour frapper certains, il devait bondir sur un morceau de tronc ou sur une grosse pierre et parfois passer de l'un à l'autre avec beaucoup d'agilité. Il avait coincé d'épaisses branches dans les fissures ou les joints abîmés des murs. Elles lui permettaient de se muscler. Sa force et sa dextérité seraient ses seules armes si un jour il devait se battre... Et ses adversaires seraient sans aucun doute nombreux.

Même si sa capacité à contrôler l'esprit des autres s'améliorait avec le temps ce ne serait peut-être pas suffisant.

C'est pourquoi il s'entraînait régulièrement.

Lors de ses visites, trop espacées à son goût, Sylvia lui apportait quelques biens utiles comme de la vaisselle ou du savon. Elle lui permettait aussi d'exercer son don de contrôle de l'esprit. La jeune femme lui accordait une confiance aveugle et savait que c'était nécessaire à sa survie. Et depuis quelques mois, il n'avait plus besoin d'elle. Sa maitrise était telle qu'il pouvait se perfectionner seul avec les villageois d'Aprehende. Lorsqu'il s'y rendait, il profitait de l'obscurité pour se cacher et s'amusait à manipuler les passants.

Cependant, même s'il leur faisait tout oublier, il ne se risqua jamais à se montrer à sa mère. Il pensait lui faire plus de tort encore et se contentait de rester à bonne distance de sa demeure. Les villageois l'avaient chassé de chez lui, pourtant il ne nourrissait aucune rancœur à leur égard et ne cherche jamais à se venger. Sans doute aurait-il réagi de la même manière à leur place. Il se cantonnait à de petits jeux anodins avec eux et cela lui offrait quelques moments réconfortants.

Sylvia ne restait jamais très longtemps auprès de lui, quelques heures tout au plus afin que ses absences n'éveillent aucun soupçon dans le village. Mais elle essayait de venir au moins une fois par semaine. Ils profitaient au mieux de ces moments à deux. Au fil du temps, un lien profond les unit, bien plus fort qu'une simple amitié.

Ils avaient souvent envisagé de s'enfuir tous les deux dans une région où personne ne les connaitrait, où ils pourraient vivre en paix. Cependant ils craignaient de s'éloigner d'Aprehende, le monde les effarouchait. Ils l'imaginaient comme un immense village surpeuplé où les gens volent et assassinent pour un oui pour un non. Ils se représentaient le pays... comme leurs parents le leur avaient décrit.

Aujourd'hui Viteric se défoulait plus que jamais dans la salle d'entrainement. Il frappait si fort les sacs que plus d'un se déchira.

Un mois s'était écoulé depuis la dernière visite de Sylvia, jamais le temps ne lui avait paru aussi long. Alors il s'exerçait encore plus. Il se donnait deux semaines pour oser s'aventurer plus profondément dans le village et aller la voir dans sa chambre pendant la nuit. Il devait savoir ce qu'il se passait, il avait peur pour elle.

Deux heures plus tard, il marqua une pause. Il avait depuis longtemps laissé tomber sa chemise. Sans sa seule protection contre la roche et le bois grossier, il portait les traces de nombreux coups et même quelques blessures légères. Sa musculature était fine, dense et parfaitement dessinée.

Il s'assit sur un gros bloc de pierre et se versa un peu d'eau sur la tête. Puis il prit un bol et le but d'une traite.

L'impatience le gagnait et ses entrainements ne le calmaient plus. Il alla remplir les deux bols dans la grande bassine de la salle à vivre et les posa sur une étagère de pierre. Il se plongea la tête dans l'eau froide qui dégoulina sur ses muscles saillants, le rafraichissant agréablement.

— Allez, on y retourne ! dit-il.

Mais à peine eut-il fait un pas qu'un feu ardent lui consuma le ventre. Il se courba de douleur et eut l'impression de manquer d'air comme s'il était sous un monceau de terre. Une vive lumière l'aveugla et un paysage, d'abord flou, se dessina progressivement dans son esprit, sans pour autant devenir très net. Il se sentait dans le corps d'une autre personne. S'approchant de l'eau il se regarda dans le miroir liquide et fut pris d'effroi. Ce visage horrible et difforme semblait ne pas être le sien. Sa vue imprécise se brouilla plus encore avec une montée de larmes.

Tout devint noir autour de lui et son ventre évacua peu à peu la douleur. Il mit un instant à récupérer ses esprits et hésita à ouvrir les yeux... Il était revenu chez lui. Déboussolé, il se releva péniblement et entreprit d'aller se rincer à nouveau le visage quand il se figea sur place. Une silhouette se dessinait dans l'entrebâillement de la porte. Son cœur n'eut pas le temps d'un battement supplémentaire qu'il perdit toute notion de retenue et se transforma. Dans un hurlement animal, il bondit sur l'ombre, la fit chuter et faillit lui arracher la gorge d'un coup de dents. Un cri de douleur et de panique fendit le temple.

— Viteric, c'est moi !

Il aida Sylvia à se relever en reprenant un visage normal et s'excusa une fois dans ses bras.

— Oh, pardieu, j'ai failli te tuer ! Pourquoi ne t'es-tu pas annoncée ?

Puis il discerna les larmes... vieillies et déjà sèches sur ses joues. Elles ne provenaient pas de la peur. Ses yeux étaient trop rouges, il pouvait le voir dans la lumière des torches. D'une voix encore tremblante, elle marmonna :

— Je suis désolée.

— De quoi ?

— De ne pas avoir pu venir plus tôt.

— Ce n'est pas grave, tu es là, c'est la seule chose qui compte. Je suis à présent rassuré. Je suis désolé de t'avoir imposé une nouvelle fois ce facies hideux.

— Arrête avec ça ! (Elle prit son visage entre ses mains) Je sais ce que tu es. Tu vaux mieux que la plupart des gens que je connais. D'ailleurs, c'est le but de ma visite, ajouta-t-elle, ennuyée. Il faut que nous discutions.

Viteric eut l'impression que son cœur allait s'arrêter de battre. Voulait-elle lui parler d'autres hommes ? Il n'y avait qu'eux, il n'y avait jamais eu qu'eux. Comment pourrait-elle avoir changé d'avis ?

Pourtant, il aurait dû s'y attendre. Elle n'allait pas continuer ainsi et se contenter d'une relation épisodique et secrète. Se réveiller chaque matin dans la crainte de le voir découvert et tué n'était pas une vie. Et le pire serait ce sentiment de culpabilité si elle les amenait à lui.

C'était sans doute la raison de son absence prolongée. Elle devait lui annoncer une triste nouvelle et ne savait comment s'y prendre. Il comprenait très bien, elle voulait vivre sa vie et faire disparaitre cette menace accrochée au-dessus de sa tête. Et sa présence à proximité du village l'en empêchait. Devait-il lui proposer de fuir au risque de se voir rechercher dans tout le pays... ou devait-il la laisser ?

— Qu'y a-t-il ? l'interrompit-elle dans ses pensées. Tu as soudain l'air absent.

Il demeura songeur un instant.

— Rien d'important, j'imagine sans doute le pire. Ne t'inquiète pas, qu'allais-tu me dire ?

— Mon père veut me marier.

Viteric ne réagit pas, il attendait d'abord son sentiment.

— Bien sûr, je vais refuser, je veux rester avec toi.

À ces mots, le visage du jeune homme s'illumina d'un large sourire. Il se leva d'un bond, fou de joie.

— Mais c'est une excellente nouvelle !

Sylvia ne comprit pas sa réaction et afficha soudain une mine déconfite. Il réalisa alors que son engouement était inapproprié.

— Oh ! Pardon. Je ne suis pas content que ton père veuille te marier, bien sûr que non. Mais j'imaginais le pire.

— Pire que ça ? s'offusqua-t-elle.

— Oui... que tu ne viendrais plus me voir. Donc tu comprends que, dans un sens, je me sens soulagé.

— Je suis désolée de ma si longue absence, mais depuis l'annonce de mon père à tout le village, les habitants ne me quittent plus et j'ai eu beaucoup de mal à inventer un prétexte pour m'isoler.

— Je comprends mieux à présent.

— Maintenant que tu es rassuré, lui dit-elle, pourrait-on discuter de ce problème qui me paraît énorme à moi ? Nous devons trouver une solution, car je ne veux épouser personne... à part toi.

— Et qui est l'heureux élu ?

— Algulf.

— Ton père a bien choisi.

— Sois un peu sérieux, s'il te plait.

— Je le suis ! Il travaille bien, il est beau garçon, il te traitera correctement et crois-moi, il est suffisamment équipé, dit-il avec un large sourire.

— Oh, espèce de monstre ! ironisa-t-elle avant de se rendre compte de sa phrase. Oh ! Pardon, je ne voulais pas.

— Pas d'offense.

— Bon, sérieusement à présent. Que pouvons-nous faire ?

— On va s'enfuir.

— Où ?

— Peu importe. On n'est pas obligés de se fixer dans un endroit au début, on peut attendre de trouver une région qui nous plaise. Est-ce que tu serais prête à cela ?

— Je n'ai pas le choix. C'est ça ou accepter de me marier et ne plus jamais te voir.

— Tu peux encore changer d'avis. Tu pourrais avoir une vie meilleure sans te cacher ni courir, auprès de tes parents qui t'aiment.

Il s'arrachait le cœur à prononcer de tels mots et s'étonnait lui-même de trouver la force de les dire. Mais elle devait prendre sa décision avec tous les éléments en main et non sur un coup de tête.

— Ne dis pas ça ! C'est avec toi que je veux être.

— J'ai perdu ma mère il y a cinq ans et c'est très dur, j'en souffre tous les jours. On n'abandonne pas sa famille si facilement. Fuir et se cacher en permanence, craindre sans cesse d'être découvert, cela t'empêchera longtemps de dormir, crois-moi. Risquer de se faire attaquer et de devoir se défendre… Voire tuer.

— Arrête, pourquoi dis-tu cela ? (Des larmes mouillèrent ses yeux.)

— Es-tu prête à vivre en paria ? (Il haussait le ton, la rabrouant presque) À te battre si nécessaire ? À assassiner quelqu'un pour sauver ta vie ? Car partout où nous irons, si les gens apprennent ce que je suis, notre avenir sera en danger. Et s'ils m'attrapent un jour, pourras-tu vivre seule, loin de ta famille qui t'aura reniée et auprès de qui tu ne pourras plus jamais te réfugier ?

— Arrête, je t'en supplie. (Les larmes coulaient à présent le long de ses joues) Ne veux-tu donc plus de moi ?

— Bien sûr que si ! Plus que tout au monde. Mais pas au prix d'une vie errante que tu regretterais.

Sylvia regarda un instant vers le sol puis releva la tête. Elle prit son visage dans ses mains si douces. Viteric sentit son cœur s'accélérer. Il n'avait plus éprouvé cette sensation depuis leur premier baiser. À présent, la peur de la perdre fit resurgir ce sentiment et voler en éclat la prison qui le retenait au plus profond de son être.

— Alors, écoute-moi bien. Je ne dors déjà plus. Les journées et les nuits me semblent interminables dans l'attente de m'échapper pour venir te rejoindre. Et même si cela me met en danger et toi aussi, je me sens bien et en sécurité quand je suis dans tes bras. Loin de toi, je ne suis qu'une coquille vide. J'erre dans le village, essayant d'adopter une attitude normale pour ne pas éveiller les soupçons.

» Je ne trouve plus le sommeil et la nuit je ne rêve que de venir te rejoindre. J'ai froid, seule dans mon lit, et je sais que toi, tu pourrais me réchauffer.

» Les gens, et même ma famille, me paraissent insipides. Ils peuvent me rejeter, cela n'a pas la moindre importance. Si nous ne pouvons être ensemble du fait de croyances ridicules, je ne pourrai jamais le leur pardonner.

» Je veux vivre avec toi, fuir avec toi. On en a déjà souvent parlé, mais notre peur d'affronter le monde dominait mes sentiments. Aujourd'hui, c'est différent. Nous n'avons plus le choix. Et plutôt le vaste enfer avec toi que notre village sans toi.

Viteric resta un instant sans voix. Il ne s'attendait pas à cela. Elle y avait beaucoup réfléchi, sa décision était prise… à sa grande joie. Il n'insisterait donc pas.

— Alors, nous allons nous enfuir.

— MERCI ! hurla-t-elle en lui sautant au cou. J'espérais que tu serais d'accord.

— Quand le mariage est-il prévu?

— Dans moins de six mois, à la fin de l'été après les moissons et les récoltes.

— Parfait, cela nous laisse du temps.

— Pour faire quoi ? Ne peut-on partir tout de suite ?

— Non, ce serait trop risqué.

Les mains posées sur ses épaules, il l'assit sur une grosse pierre puis s'agenouilla devant elle.

» Écoute. Je dois préparer notre fuite et tu ne dois pas m'aider. Si tu changes ton comportement au village, cela éveillera les soupçons… Et ce n'est pas le moment. Tu vas même devoir faire pire : leur faire croire que tu acceptes ce mariage. (Viteric interrompit sa tentative de protestation) Et tu devras en plus les convaincre que tu en es très fière. Ce sera le meilleur moyen pour éloigner les soupçons. Ils seront si heureux qu'ils ne penseront plus à rien d'autre.

» De mon côté, je vais préparer notre chemin et les endroits par lesquels nous passerons pour éviter les villages et même toute rencontre insolite. Personne ne pourra témoigner de nous avoir vus. Mais pour découvrir ces grottes, ces forêts, ces temples abandonnés qui seront nos refuges, cela demandera du temps. L'itinéraire que nous allons suivre devra être incohérent pour brouiller les pistes.

» Je sèmerai de fausses traces à différents endroits pour que, même s'ils devaient nous retrouver, nous puissions disparaitre. Des échappatoires en nombre pour ne rien laisser au hasard. Et tout cela sur une longue distance, trente lieues au moins, dans différentes directions.

— Tu sembles y avoir déjà bien réfléchi.

— J'y pense en effet depuis un certain temps. Maintenant je vais passer à l'acte. Et ce sera moins évident qu'en paroles. Je devrai me rendre dans des villages voisins pour y voler des armes, des sacs, des gourdes et tout le nécessaire à notre voyage. Par petites quantités dans chacun d'eux pour ne pas attirer l'attention.

— Pour cela, je pourrais t'aider.

— Non, surtout pas. Et n'oublie pas, tu devras être heureuse de te marier. J'irai donc seul pour nous équiper.

— Prends soin de toi.

— Ne t'inquiète pas, je m'exerce depuis longtemps dans notre village. Aujourd'hui, je suis presque invisible.

— Et moi, je ne peux rien faire ?

— Non, tu dois rester aussi naturelle que possible et ne rien changer à tes habitudes à l'exception de deux choses.

— Lesquelles ?

— La première est de ne plus venir me voir.

— Mais...

— Nous ne pouvons plus prendre de risques, pas si près de ta disparition. En plus, je ne serai pas là, je serai en train de sillonner les routes pour préparer notre fuite. Nous nous retrouverons d'ici deux mois, à la fête des blés. Comme tout le monde passe son temps à boire, personne ne remarquera ton absence pendant une heure ou deux. À ce moment, je t'expliquerai notre chemin avec une carte.

— D'accord. Ce ne sera pas facile, mais tu as raison, nous ne devons prendre aucun risque. Et la deuxième chose ?

— Nous aurons une longue marche, ou plutôt devrais-je dire une longue course. Et nous serons chargés de sacs et d'armes. Si tu veux tenir et assurer ainsi notre réussite, tu devras t'entraîner sérieusement.

— Je n'ai pas une salle comme la tienne, objecta-t-elle.

— Ce ne sera pas nécessaire. Dès que tu en auras l'occasion, que tu seras seule dans ta chambre, le soir ou même durant la journée, tu feras quelques exercices pour te muscler. Je te montrerai ce que tu peux faire. Ça, c'est la partie facile. L'autre est plus difficile. Tu devras courir, sans attirer l'attention.

—Je pense savoir comment procéder. C'est toujours moi qui vais cueillir les fruits en forêt et ramasser du bois. Une fois que je ne suis plus en vue du village je peux tout faire en courant. Comme cela me prend généralement deux à trois heures, je pourrai déjà parcourir une grande distance.

—C'est parfait, prévois quand même de cacher des vêtements pour te changer avant de regagner le village. Si tu arrives dégoulinante avec tes habits mouillés, ils vont se poser des questions.

—Tu penses que nous réussirons ?

—Bien sûr ! assura-t-il pour lever les doutes dans l'esprit de Sylvia, alors que lui-même n'en était pas convaincu. Je les ai semés une fois, sans préparation. Nous disparaitrons tel le brouillard un matin de printemps. Ne t'inquiète plus de cela, je m'occupe de tout.

—C'est d'accord. À présent, je voudrais arrêter de parler et profiter du peu de temps que nous avons à passer ensemble. Certaines activités sont bien plus intéressantes.

Elle le prit dans ses bras pour l'embrasser.

Warbeline, la ville fortifiée, capitale du pays warkan, s'était développée autour du château. Le premier monarque l'avait voulue resplendissante et avait poussé les marchands à s'y installer. Pour les encourager, monts et merveilles avaient été promis aux villageois en plus de la protection royale. Beaucoup avaient répondu à l'appel. En quelques dizaines d'années, le fort isolé était devenu le centre d'une impressionnante métropole.

Arkès se faufilait, sapé d'une grande pèlerine pour passer inaperçu. Il n'avait jamais mis les pieds de sa propre initiative dans la capitale. Et au milieu des maisons entassées les unes sur les autres, des rues étroites remplies d'échoppes qui rendaient tout déplacement hasardeux, il progressait péniblement. L'animation permanente lui procurait un vif sentiment d'oppression. Les habitants se croisaient et ne s'adressaient même pas la parole. Ils vivaient ensemble, sans se connaitre. Toute convivialité était abolie entre eux.

Au détour des ruelles, d'autres ruelles encore moins sécurisantes l'attendaient. Au pied du château, mêlé à la foule, il observait les hautes murailles, invisible aux yeux des gardes. Plusieurs fois il en fit le tour à la recherche d'un moyen de se faufiler. Il devait trouver le chemin le plus sûr pour éliminer le roi sans blesser quiconque. Sa vengeance ne souffrirait pas de dommages collatéraux.

La nuit tomba sur Warbeline, mais pas question pour lui de chercher une chambre au risque d'être reconnu. Un endroit calme où il pourrait s'appuyer contre un mur serait amplement suffisant. Déambulant, il désespérait de trouver.

— *Ne dorment-ils donc jamais ici ?*

Il déboucha sur une rue sombre et déserte. A peine avait-il parcouru quelques mètres qu'un grondement attira son attention. Il ne voyait encore rien et, méfiant, restait sur ses gardes. Soudain un énorme chien sortit de l'ombre, les babines retroussées, dégoulinantes de bave. Même s'il espérait ne pas en arriver là, il développa sa carapace sur son bras et créa cinq griffes acérées. L'animal avança en grognant.

— Tout doux, tout doux, répétait-il.

Le molosse bondit ! D'un mouvement rapide Arkès se plaça sur le côté et frappa les doigts tendus à hauteur du cou. Ses phalanges pénétrèrent aisément la chair de l'animal qui poussa un cri de douleur et retomba lourdement sur le sol. Puis ses plaintes cessèrent en même temps que sa respiration.

Arkès s'approcha et le regarda froidement. Il entendit derrière lui :

— Tu as tué mon chien ! affirma une voix rauque.

Arkès se retourna toujours encapuchonné.

— Tu aurais dû l'empêcher d'attaquer. Lui n'en peut rien. Il n'a fait qu'obéir à son stupide maître.

— Hé, les gars ! Vous entendez ça ?

Arkès ne broncha pas alors qu'une dizaine d'hommes surgissaient de l'ombre, armés de bâtons, de barres de fer ou de vieilles épées. Ses agresseurs affichaient un évident manque d'hygiène ainsi que de nombreuses cicatrices au visage et aux bras. Ils se voulaient impressionnants, mais Arkès ne fut pas sensible à leur bravade. Ils avançaient sur lui, menaçants. Il ne bougea pas, bien décidé à passer sa rage sur ces imbéciles. Il rappela sa carapace. Les tuer ne serait pas nécessaire juste leur donner une bonne correction. Lorsque le premier fonça sur lui, il l'envoya brutalement contre un mur d'un coup de pied et immobilisa le suivant d'un coup de poing au sternum. À sa droite, dans un sifflement aigu, une barre de fer s'abattit sur lui. À une vitesse fulgurante, il évita la frappe, saisit le poignet de l'individu et dans un pivot, le fit valser dans un bruit d'os brisé. L'homme s'effondra dans des caisses de bois qui traînaient là. Il s'avança pour terminer le travail comme ses trois compagnons se relevaient déjà. Par de petits déplacements, il passa de l'un à l'autre, évitant les coups avec aisance. Ses frappes étaient précises et brutales.

Occupé à cette bagarre il n'entendit pas le cri poussé par un inconnu à l'entrée de la rue.

— Hé, là-bas ! Que se passe-t-il ?

L'étranger vint lui prêter main-forte. Aussi habile qu'Arkès au combat, il participa à une conclusion rapide de l'affrontement. Après s'être assuré que les bandits ne se relèveraient plus, l'homme se tourna vers Arkès.

— Vous allez bien ?

— Je m'en serais sorti seul, répondit Arkès. Mais tu me facilites la tâche. C'est toi que je cherchais... Orkaf.

— Moi ? Mais qui êtes-vous ?

D'un geste lent, Arkès abaissa la capuche de sa pèlerine. Stupéfait, le seigneur fit un pas en arrière et se mit en garde.

— Du calme. Si j'avais voulu ta mort, ce serait déjà fait et tu le sais.

— Que veux-tu alors ?

— Si je t'ai laissé en vie dans les montagnes knalines, c'est parce que j'ai encore besoin de toi. Daïa m'a dit que...

— Daïa ? Le dragon ?

— Oui. Elle m'a confié avant de mourir que tu pourrais m'aider.

— T'aider... à quoi ? demanda Orkaf.

— À tuer le roi !

Le chef d'armée marqua sa surprise et, d'une certaine manière, parut soulagé. Après un rapide coup d'œil pour s'assurer de leur isolement, il proposa à Arkès de le suivre. Sans un mot, celui-ci remonta sa capuche pour dissimuler son visage. Il n'avait plus rien à perdre et plus aucune raison d'hésiter. Quelques rues plus loin, ils s'arrêtèrent devant une maison faiblement éclairée par une petite lanterne. Orkaf frappa à la porte. Une femme vint ouvrir.

— Orkaf ? Aurais-tu oublié quelque chose ?

— Non. Les choses se compliquent.

Inquiète, elle les laissa entrer. Dans la pièce principale, quelques bougies fournissaient une lumière chiche. Un homme au visage triste était attablé. Dans ce lieu régnait une ambiance étrange qu'Arkès n'arrivait pas à identifier. Orkaf lui indiqua de s'asseoir.

Il ôta sa pèlerine.

— Ma reine, je vous présente Arkès.

Stupéfait, il se leva vivement pour la saluer en soldat qu'il fut pendant tant d'années... même si cela n'avait plus la moindre signification pour lui aujourd'hui. Orkaf le retint par le bras.

— Ce n'est plus nécessaire à présent.

Il ne connaissait pas la reine et s'étonnait de la voir dans une maison si modeste hors du château.

Adrehilde et Arkès se saluèrent avec respect.

— Et voici Olald.

— Pourquoi m'avoir amené ici ? demanda Arkès.

— Pour t'empêcher de tuer Anthelme !

Arkès se leva, empoigna sa pèlerine, et prit la direction de la sortie.

— Non, attends ! le bloqua Orkaf. Je veux t'en dissuader… pour le moment.

Arkès s'immobilisa puis vint se rasseoir. L'amant de la reine lui raconta toute l'histoire. Olald, le mari d'Yselda qui n'avait que trop entendu cette histoire et n'y voyait pas d'alternative, se leva, prit sa petite fille dans les bras et partit s'isoler dans une autre pièce.

— Tu comprends à présent pourquoi je te demande d'attendre avant de le tuer, dit Orkaf. Nous devons d'abord leur rendre leur corps. Après, tu as ma parole que je n'interviendrai plus… Je t'offrirai même mon aide ainsi que l'avait très justement évalué la dragonne.

— Je vous en prie, supplia Adrehilde. Sans votre concours nous restons dans une impasse. Cela fait des jours que nous y réfléchissons sans résultat. J'ai vu de quoi vous êtes capable et ce sera nécessaire contre le roi.

— Malgré tout, une chose m'échappe, dit Orkaf. Pourquoi ne pas forcer le passage et le tuer ? Avec tes pouvoirs, personne ne pourrait t'arrêter.

— Je ne veux pas que des innocents paient encore pour lui. Il sera seul à subir cette fois.

— Je peux t'amener à lui. Aidons-nous ! Nous aurons alors chacun ce que nous désirons.

Arkès hésita un instant puis se rappela les derniers mots de Daïa.

— C'est d'accord.

Un court silence s'installa alors que la pièce s'imprégnait à nouveau d'espoir. Orkaf reprit la parole.

—Dis-moi une chose. Tu avais cent fois l'occasion de le tuer lorsque nous tentions d'envahir le pays kNaline. Pourquoi maintenant ?

Arkès mit un certain temps à répondre. Son visage s'assombrit pour empêcher les larmes de franchir les yeux.

—Il a fait assassiner Lynhéa.

Un silence pesant s'installa. Personne n'osait plus prendre la parole. La reine dans le corps d'Yselda se leva pour aller chercher de l'eau. Les deux hommes la suivirent du regard. Orkaf y voyait son amour emprisonné et réalisait le désarroi d'Arkès bien supérieur au sien. Ce dernier, quant à lui, décelait une femme résignée en qui perçait un ultime espoir.

Lorsque la porte de la chambre s'ouvrit, le mari d'Yselda entra et regarda les deux hommes.

—Elle s'est endormie, dit-il en s'approchant de la reine.

Elle remplissait des tasses d'eau. Il posa une main sur son bras et la pria.

—Laissez, Majesté, je vais m'en occuper.

—Merci, Olald. Mais vous subissez déjà assez de malheurs par notre faute. Je ne veux pas que vous nous serviez en plus.

—Que ferez-vous à la mort du roi ? demanda-t-il pour changer de sujet.

— Euh… Je ne sais pas. Je ne me pose pas la question, car nous ne sommes pas encore sûrs d'y arriver.

— Vous réussirez, dit-il alors gentiment.

— Qu'est-ce qui vous fait dire ça ?

— C'est la seule solution pour que je puisse revoir… enfin… retrouver ma femme. Sans offense.

— Il n'y a pas d'offense. Et je le souhaite de tout cœur également.

— Puis-je vous poser une question ? demanda Olald un peu gêné. Je ne veux pas vous paraître…

— Ne vous inquiétez pas, mon ami. Avec tout ce que vous endurez à cause de moi, vous pouvez oublier tout ce cérémonial. Parlez sans crainte.

— Le roi et vous n'avez pas de descendance.

Adrehilde marqua sa surprise. Elle ne s'attendait pas à une approche aussi intime. Mais elle venait implicitement de lui en donner l'autorisation.

» Il n'a donc pas d'héritier direct et il a fait assassiner depuis longtemps tous les membres de sa famille qui pouvaient prétendre au trône. Ainsi était-il certain que personne ne tenterait de le lui prendre.

» Vous êtes quelqu'un de bien… et Orkaf aussi. Le fait qu'Anthelme l'ait anobli peut jouer en votre faveur. Si vous parvenez à le tuer, et selon nos coutumes, si vous épousez Orkaf…

Il marqua une pause pensant qu'elle comprendrait. Elle parut plus mal à l'aise qu'avisée.

» Il deviendra roi, conclut-il.

Elle rougit et replongea fort maladroitement ses mains dans l'eau. Olald préféra détendre l'atmosphère.

» Vous êtes très douée pour la gentillesse, mais pas pour la vaisselle, dit-il en souriant. Laissez-moi faire, je vous en prie. Cela me gêne de vous voir ainsi occupée.

Cette fois elle n'insista pas. Orkaf et Arkès les regardaient. Aucun ne releva le raisonnement de leur hôte. Pour briser ce moment suspendu Arkès changea de sujet.

— Comment allons-nous procéder ?

— Nous devons d'abord quitter Warbeline. Rester ici est trop risqué.

— Où irons-nous ? demanda Adrehilde.

— À Sagahaner. Un ami y tient une auberge. Nous y serons en sécurité et loin du château. Pendant ce temps, des soldats fidèles espionneront Anthelme et viendront nous faire des rapports réguliers. De la sorte, nous en apprendrons davantage. Si je le fais personnellement, il se doutera de quelque chose. Quand nous serons suffisamment informés, nous pourrons alors décider. Le roi fait beaucoup d'expériences sur les objets maldors mais je n'ai pas la moindre idée de leur utilité. La seule chose certaine aujourd'hui est sa capacité à échanger les âmes. Une fois mes hommes en place, je vous rejoindrai à l'auberge de Sagahaner.

— Le roi ne va pas s'inquiéter de ta disparition ? s'enquit Adrehilde.

— J'irai le voir demain matin et j'inventerai une histoire pour m'absenter quelques semaines. Espérons qu'il soit dans un bon jour.

— Pourquoi ? demanda Arkès. Qu'est-ce que cela pourrait changer ?

— Certains jours, il n'est pas lui-même. Quelqu'un semble parler pour lui. Puis lorsqu'il reprend ses esprits il s'isole.

— Il est juste fou, dit Arkès. Ne cherche pas d'autres phénomènes étranges.

— Non, le contredit posément Orkaf. Je connais bien le roi. Ce n'est pas cela. Il n'est pas ignorant et tu serais inconscient de le considérer comme tel. Il ne fait rien d'irréfléchi. Mais depuis près de deux ans, il a de temps en temps des changements d'attitude et donne des ordres qui ne lui ressemblent pas.

— Que veux-tu dire ?

Orkaf le regarda tristement. De très mauvais souvenirs allaient resurgir avec son exemple.

— Lorsqu'il offrit la seigneurie des Engeraux à Elveblas, ce dernier devait seulement prendre possession de Gallim. Il m'en avait beaucoup parlé. Mais à son arrivée chez Elveblas, il a changé d'avis. Il s'est tendu et transpirait abondamment… avant d'ordonner à Elveblas de massacrer le village. Des soldats me l'ont rapporté, car je n'y étais pas. Ce n'était plus lui. Jamais il n'aurait donné pareille consigne dans un état normal. Non pas qu'il en soit incapable, je ne suis pas naïf à ce point, mais il n'en aurait retiré aucun bénéfice, au contraire. Et il ne ferait jamais rien sciemment contre ses intérêts personnels.

Arkès se renfrogna. Anthelme avait ordonné le massacre de Gallim. Elveblas et sa femme n'en pouvaient rien, ils avaient simplement obéi... Et il les avait assassinés d'une atroce manière. Sa rage envers le roi décupla avec sa culpabilité.

» Il se passe des choses étranges, continua Orkaf, et depuis longtemps. Je sais qu'une partie de ces phénomènes émanaient de Zahirdena. Mais elle est morte. Alors aujourd'hui j'en ignore la cause. Des objets maldors probablement. Avec toutes ses expériences le roi a peut-être déclenché certaines choses à son insu. Des forces invisibles incontrôlables. Mais laissons cela pour l'instant, ce ne sont que des suppositions.

» Vous partirez demain. En attendant je dois envoyer quelqu'un à Livend pour prévenir Amolaric. S'il apprend ce que nous faisons, il voudra en faire partie. Il risque alors de se faire intercepter par les soldats du roi.

— Amolaric est à Livend ? demanda Arkès.

Orkaf expliqua les derniers évènements ce qui permit à Arkès de mieux appréhender la situation. Il comprit que le seigneur était en réalité prisonnier du souverain. Sa confiance en lui n'en fut que décuplée.

— *Daïa avait raison, c'est un homme bien*, pensa-t-il avant de prendre la parole. Je vous rejoindrai à Sagahaner. Nous aurons besoin des kNalines pour le faire parler s'il s'obstine. Et ce sera certainement le cas. Je passerai donc par Livend pour prévenir Amolaric.

— Merci, dit Orkaf. Olald, je voudrais que la reine ne voyage pas seule. Pourriez-vous l'escorter jusqu'à Sagahaner ? (Olald opina du chef) Là-bas, vous pourrez la laisser à l'auberge, elle y sera en sécurité. Mais ne dis pas qui tu es, ajouta-t-il, les yeux fixés dans ceux de la reine, je préfère ne courir aucun risque.

— Quant à moi, je pars tout de suite, dit Arkès, impatient. J'ai une longue route et je ne veux pas perdre de temps.

Il se leva, prit sa pèlerine et sortit. Personne n'essaya de l'en dissuader.

La nuit tombait sur le pays kNaline et plus encore dans la chambre de Daïa. Lucal et Dolcina avaient tout fait pour la rendre confortable. La jeune femme avait fabriqué de nombreuses poupées de chiffon disposées partout dans son lit.

— Ces poupées sont magiques, avait-elle dit rassurante, elles ont le pouvoir de chasser les monstres. Ils n'oseront jamais entrer ici, tu peux dormir tranquille.

Daïa n'avait qu'un an et pourtant elle comprit les paroles de la jeune femme. Comment était-ce possible au vu de son incapacité à les utiliser ?

Les mots de Dolcina se voulaient apaisants, mais ce soir-là, la petite fille ne trouvait pas le sommeil. Des yeux la guettaient dans le noir, rouges, effrayants, soulignés par un énorme sourire aux dents blanches acérées.

Était-ce un loup ? Non, bien sûr, ils ne vivaient pas dans ces montagnes.

Comment savait-elle tout cela ? Elle était si petite. Tant de choses connues et comprises qu'elle n'arrivait pas à exprimer. Quelque chose l'en empêchait. Était-ce son jeune âge ? Elle n'aurait pu le dire, bien sûr.

Était-ce un lapin ? Dans ce cas elle ne devait pas avoir peur. Mais ces petits animaux si doux n'ont pas des dents aussi effrayantes.

Lovée dans sa courtepointe remontée jusqu'au cou, elle s'enfonça au plus profond de son lit. Au moins les monstres ne pourraient-ils pas trouver sa gorge pour l'étouffer comme dans ses cauchemars.

Elle aurait voulu crier après Lucal pour qu'il chasse le démon, mais elle craignait de les décevoir. Ils lui disaient si souvent à quel point elle était courageuse. Que penseraient-ils d'elle si elle avouait ses peurs ? Et puis le monstre n'était pas là, elle le savait, sinon Kerlua aurait déjà bondi pour la protéger. Sa fidèle compagne était couchée à côté du lit et dormait paisiblement.

Elle ne pouvait faire qu'une seule chose, lui parler, à lui qui ne la quittait jamais. Pourtant, elle n'en avait pas envie, sa voix la terrifiait.

Les yeux la fixaient toujours et semblaient se rapprocher dans un balancement calme et souple presque félin. Il serait bientôt sur elle, elle devait le chasser.

— *Es-tu là ?* interrogea-t-elle mentalement, ne pouvant formuler une telle phrase.

— *Bien sûr*, répondit la voix dans sa tête. *Je ne te quitte jamais.*

— *Le monstre...*

— *Tu ne dois pas avoir peur. Je suis près de toi même si tu ne me vois pas.*

— *Je sais, mais que peux-tu faire contre lui ? Il s'approche si près de moi.*

— *Veux-tu que je le fasse disparaitre ?*

— *Oh, oui !* répondit-elle enjouée. *Chasse-le, il me fait trop peur.*

— *C'est d'accord.*

L'instant d'après, les yeux s'évaporèrent avec l'énorme bouche.

— *Voilà, ce n'est pas plus compliqué que cela.*

— *Comment fais-tu cela ?*

— *Ah ! C'est un secret. Si je te le dis, tu n'auras plus besoin de moi. Et moi, j'aime bien quand tu m'appelles pour t'aider.*

— *Je le ferais quand même.*

— *Ah ! Ah ! Ah ! Tu es si gentille ! Mais ce n'est malheureusement pas la vérité. Tu m'oublierais vite.*

— *Pourquoi ?*

— *Tout le monde finit par oublier les disparus.*

— *Pourquoi ?*

— *Je ne sais pas, c'est comme ça.*

— *Et bien moi, je ne t'oublierai jamais.*

Rassurée, elle osa retirer la couverture de sa tête.

—Je t'adore. N'insiste pas, je ne prendrai pas ce risque. Puis-je te poser une question ?

— Oui, bien sûr.

— Pourquoi avoir tué cet oiseau le jour de ton anniversaire ?

— Je ne sais pas, ce n'est pas moi.

— Allons, ne me raconte pas de bêtises. Je suis avec toi tout le temps, n'oublie pas. Tu l'as regardé et tu as pensé à sa mort. Il s'est écroulé tout de suite après.

— Oui, mais ce n'était pas moi. Enfin, c'était moi, mais je ne voulais pas. J'étais dans un rêve... mais réveillée.

— Je comprends.

— Tu es sûr ?

— Bien entendu.

— Tu n'en parleras à personne ? s'inquiéta Daïa. *Tu promets ?*

— Ce sera notre secret. Mais ne crois-tu pas que ton papa le sait ?

— Euh, non, pourquoi tu dis cela ?

— Ben, il est parti en t'abandonnant ici. Et il va faire de vilaines choses.

— De vilaines choses ?

— Oui, très vilaines. Il veut assassiner le roi.

— Et c'est mal ?

— Bien sûr. Tu en doutes ?

— Ben, il a fait mourir maman et elle me manque beaucoup.

— Je te crois, mais penses-tu que c'est bien de tuer quelqu'un ?

Elle réfléchit un instant en regardant le plafond.

— Oui, s'il nous a fait beaucoup de mal.

— Ah, si tu savais comme tu as raison. Moi aussi quelqu'un m'a fait beaucoup souffrir jadis. Et un jour, je me vengerai.

— Pourquoi ne le fais-tu pas maintenant ?

— Le temps n'est pas encore venu. Mais bientôt… bientôt.

— Ta voix me fait peur quand tu parles ainsi, frissonna la petite.

— Oh, pardon, je ne voulais pas t'effrayer. Elle n'est pas très rassurante, je te l'accorde, mais je ne la choisis pas, tu sais.

— Oui, mais quand même.

— Alors tu devrais aller voir Lucal et Dolcina. Eux pourront te réconforter et t'aider à mieux dormir.

— Mais ils vont croire que je ne suis pas courageuse.

— Ne t'inquiète pas, ils ne penseront jamais cela de toi. Ils savent à quel point tu es une petite fille exceptionnelle.

— Alors, d'accord.

— Va, ma chérie, va les voir… Maintenant.

Daïa se leva silencieusement pour ne pas réveiller Kerlua. Dans la pièce à vivre, Lucal et Dolcina discutaient. Elle entendit le prénom de son père au moment où un ricanement sinistre résonnait dans sa tête avant de disparaitre dans un écho.

— C'est toi qui ris ainsi ? interrogea-t-elle son ami.

Le silence fut la seule réponse.

— Espères-tu encore son retour ? demanda Dolcina.

— Oui, bien sûr ! confirma Lucal. Pourquoi doutes-tu ?

— Il avait l'air tellement anéanti.

— Qui ne le serait pas à sa place ?

— Il n'a pas vu Daïa pendant des jours et quand il passe enfin, il ne reste que quelques instants avant de repartir pour des semaines.

— Je sais, confirma Lucal. Cela peut paraître étrange et sa réaction n'est peut-être pas adéquate en tant que père. Mais il n'y était pas préparé. C'est un soldat, ne l'oublie pas. Et les épreuves ne l'ont pas épargné jusqu'ici. Il est perdu, je crois.

— Peut-être, mais de là à abandonner sa fille.

— Laisse-lui du temps.

— Et tuer le roi l'aidera ?

— Non. Seuls les jours qui passent le pourront. Et il en aura peut-être plus besoin qu'un autre. Mais peu importe, nous serons présents pour lui et pour veiller sur Daïa.

— Bien sûr, là n'est pas la question. J'ai pourtant très peur. Et s'il ne s'en remettait pas. S'il abandonnait la gamine.

— Ne pensons pas à cela maintenant. Laissons-lui du temps, je suis sûr que cela s'arrangera

— J'espère que tu as raison.

— Moi aussi, dit-il en soupirant.

Daïa referma la porte sans bruit et rejoignit son lit en pleurant. Elle posa sa tête sur l'oreiller, se roula en boule et tira la couverture comme pour disparaitre aux yeux de tous.

Comment pouvait-elle comprendre cette discussion et en éprouver tant de tristesse à son âge ? Quelqu'un semblait penser à sa place et traduire tous les mots et les sentiments pour lui en faire saisir le sens.

Son papa allait-il l'abandonner ? N'allait-il plus jamais jouer avec elle ? Sa maman lui manquait beaucoup… En silence, les larmes coulèrent le long de ses joues pour s'écraser sur l'oreiller. Elle se recroquevilla plus encore.

Un rire sinistre remplit à nouveau sa tête.

Pendant son voyage à travers les régions peu peuplées du pays warkan, Arkès s'entraîna à augmenter sa vitesse de déplacement. La décision de se séparer de sa carapace pouvait lui faire perdre tous ses dons et il en acceptait le risque. Entretemps toute progression pouvait lui être utile. Mais sa rapidité n'évolua pas de manière significative. Au mieux parvenait-il à parcourir plusieurs lieues en une seule respiration. Quelque chose le limitait dont il ne comprenait pas la raison… Jusqu'à ce que sa carapace se manifeste. Cela faisait si longtemps qu'il fut d'abord surpris avant de répondre.

— Qu'entends-tu par « je ne dois pas penser à courir » ?

— *Tu réfléchis à tes mouvements plutôt qu'au but. Mais cela te ralentit car ton cerveau ne peut travailler aussi vite.*

— Merci, tu me flattes.

— *Ce n'est pas péjoratif, c'est humain. Concentre-toi sur l'endroit où tu veux aller, sans te demander comment. Tes capacités feront le reste.*

Arkès se mit en position et fixa le sommet d'une dune. Sa destination était visible à l'horizon. Il focalisa son attention puis…

— Maintenant !

L'instant d'après il était sur place propulsant du sable tout autour de lui. Surpris, il géra mal son arrivée, perdit l'équilibre et tomba la tête la première. Se relevant il recracha les grains avalés et but un peu d'eau.

— Waw ! Ça, c'est rapide ! s'exclama-t-il.

— *En effet, pas mal.*

— Merci… Mais c'est épuisant.

— *Oui, parce que tu dois trop te concentrer pour y parvenir. Au fur et à mesure de tes exercices, tu le feras plus naturellement et tu te fatigueras moins. Plus tard, sans que tu y réfléchisses ton corps sera même capable d'éviter les obstacles.*

— Que veux-tu dire ?

— *Ici, tu t'es déplacé en ligne droite. Mais imagine que tu sois dans un village. Tu devras louvoyer entre les gens, les maisons, les chariots, tourner dans les rues pour atteindre ta destination sans même y réfléchir. Il faudra du temps et de l'entrainement et cela te fatiguera encore. Et d'ailleurs, là, tu vas t'exténuer un peu plus.*

— Pourquoi ? Qu'y a-t-il ?

— *Tu dois aller rechercher ton sac que tu as oublié.*

— Oh ! Non !

Cette fois, il maintint presque l'équilibre, mais se retrouva malgré tout à genoux. Il se redressa et scruta le sable à la recherche de son paquetage avant de l'apercevoir quelques dizaines de mètres plus à l'est. Épuisé par les deux exercices, il marcha puis reprit la direction de Livend.

— Au fait, merci pour tes conseils.

— *De rien, je suis là pour ça.*

— Pourquoi m'aides-tu encore sachant que je vais t'abandonner ? demanda Arkès.

— *Tu te sépares de moi pour de bonnes raisons. Je ne peux pas t'en vouloir. Si je pouvais contrôler mes développements malgré ton énergie cela résoudrait le problème. Ce n'est pas le cas puisque c'est précisément celle-ci qui me permet d'exister.*

— Tu m'as appris beaucoup, la remercia Arkès.

— *Ce n'est pas fini. Nous devons encore remettre les choses en ordre à Warbeline et tuer le roi. Ce ne sera peut-être pas si aisé.*

— Non, en effet.

— *Je suis désolé pour Lynhéa,* dit ensuite la carapace.

— Merci. Mais dis-moi, pourquoi es-tu resté si longtemps sans te manifester ? Et pourquoi ne rien avoir tenté pour elle ?

— *Je ne pouvais rien faire, elle était déjà morte quand tu es arrivé. Ce que je ne comprends pas en revanche, c'est la raison pour laquelle je n'ai ressenti aucun danger malgré les soldats tout proches. C'est comme s'ils ne représentaient aucune menace. Or, on sait à présent que ce n'était pas le cas. Je m'en veux un peu.*

— Ce n'est pas ta faute. Ce n'est pas toi qui l'as tuée.

— *Non, bien sûr, mais quand même...*

— Et... continua Arkès. Pourquoi être resté si longtemps sans te manifester ?

— *J'étais trop occupée.*

— Je te demande pardon ? dit Arkès abasourdi.

— *Mais oui ! répondit-elle un peu vexée. Je suis constamment accaparée par la recharge d'énergie. Surtout ces derniers mois pour éviter que ton regain de pouvoir nous submerge.*

— Ah ! s'exclama Arkès. Je n'avais pas pensé à cela. Et y parviens-tu ?

— *Pas vraiment, puisque chaque fois que tu fais appel à moi, j'ai du mal à contrôler tes créations. Et tu ne peux rien y faire... même en apprenant à te maîtriser. C'est ton énergie interne qui pose problème pas le fait que tu te domines ou non. Tu n'as donc pas le choix. Tu DOIS te séparer de moi.*

— Mais pourquoi ne pas l'avoir dit plus tôt?

— *J'espérais toujours gérer la situation. Malgré mes efforts, jour après jour, nuit après nuit, tu as trop gagné grâce à ton apprentissage auprès des kNalines. Et maintenant, il est trop tard, on ne peut plus revenir en arrière. J'aurais dû réagir, j'en suis consciente.*

— Et j'aurais dû te consulter, ne te fais pas de reproches. C'est dommage, je m'étais habitué à toi.

— *C'est réciproque.*

Pour la première fois depuis des jours, Arkès parvint à détacher son esprit de la mort de Lynhéa. Il ne s'en sentait pas mieux pour autant, mais le retour de sa carapace lui ferait un peu de compagnie et lui éviterait de céder à la folie.

Il empoigna quelques brindilles épaisses, maigre butin amassé dans cette région semi-désertique, et les jeta dans le feu. Le soleil était depuis longtemps tombé derrière l'horizon et la fraicheur s'était emparée du paysage. Bientôt le froid le saisirait de sa poigne paralysante. La faible lueur de ce feu éphémère lui procura un sentiment d'isolement encore plus profond.

Ses rêveries s'évadaient avec les étincelles vers le ciel rejoignant les étoiles. La lune dispensait une lumière argent intense, plus qu'à l'habitude, lui semblait-il.

— *Que vais-je devenir sans toi ?* pensa-t-il en s'imaginant le visage de Lynhéa dans les flammes. *J'ai bien un but pour l'instant même s'il n'est pas des plus louables... Mais après ? Pourrais-je encore rester chez les kNalines où tout te rappelle à moi ? Pourtant je ne peux partir pour errer sans raison, il y a Daïa. Elle me manque beaucoup, mais je ne serais pas capable de m'en occuper pour l'instant.*

Un vif sentiment de culpabilité l'envahit. Il abandonnait Daïa. Était-ce pour prendre le temps d'accepter la mort de celle qu'il aimait ? Il n'avait pas la réponse et sentait ne pouvoir faire autrement. Une larme s'écoula le long de sa joue, mélange de tristesse et de culpabilité. Il l'essuya du dos de la main avant de mordre dans les turbacks qui, faute d'animaux, constituaient son repas du soir. Cela réveilla encore l'image de Lynhéa.

— *C'est avec toi que j'entreprenais de tels voyages... et de telles aventures. Celle-ci est bien différente. Seul, je m'abandonne à la vengeance. Je sais pourtant qu'Orkaf et Adrehilde feront de bien meilleurs souverains pour notre peuple. Mais cela ne me console en rien. Je suis conscient d'agir par pur égoïsme. Malgré cela, pas question de faire demi-tour... Et personne ne m'arrêtera.*

Il jeta un coup d'œil sur la droite, là où Lynhéa s'allongeait d'habitude pendant leurs voyages. Car, il s'en rendait compte aujourd'hui, ils s'installaient toujours de la même manière autour du feu. Il sourit au souvenir des jours où il soignait ses cloques et ses crevasses pour l'entendre se plaindre... Il la regardait dormir profondément après une marche épuisante. Peu après, il se lova dans sa couverture pour garder un peu de chaleur et s'abandonna au sommeil.

Ses rêves s'agitèrent d'images de sa bien-aimée dans leur jardin. Elle dansait au bord de la falaise. Lorsqu'il jeta un regard circulaire, ils étaient seuls. Un léger courant d'air frais pencha l'herbe et remua la cime des arbres le faisant frissonner. Elle était ravissante à tourner sur elle-même et rire de bon cœur. Une larme coula sur sa joue en même temps qu'un sourire déformait ses lèvres dans son rêve... et dans la réalité.

— *Tu es si belle.*

— *Merci*, répondit-elle. *Je ne sais pas si tu me l'as déjà dit dans la vie réelle.*

— *Donc tu n'es pas vraiment là ?* demanda-t-il tristement.

— *En effet.*

— *Je suis désolé.*

— *De quoi ?*

— *De ne t'avoir jamais dit à quel point je te trouve magnifique. Tu me manques tant. Que vais-je devenir sans toi ?*

— *Tu continueras à vivre… car tu le dois.*

— *Pourquoi ?*

— *Pour toi… Pour Daïa. Elle a besoin de toi, aujourd'hui plus que jamais.*

— *Je ne suis pas persuadé d'y parvenir sans toi.*

— *Tu es fort. Tu le pourras, je le sais.*

— *Comment ?*

— *Fie-toi à ton instinct. N'essaie pas d'être un bon père, tu ferais plus d'erreurs encore. Contente-toi d'être toi-même et tu seras aussi parfait qu'on peut l'être.*

Elle s'était approchée de lui et l'avait pris dans ses bras. Son cœur allait exploser. Il l'avait serré tant de fois et malgré cela il n'avait jamais mesuré à quel point il aurait dû le faire plus souvent encore. Il pleura en l'enfermant contre lui avec plus d'intensité que jamais.

— *Pourquoi doit-on perdre quelqu'un pour se rendre compte à quel point on ne peut vivre sans lui ?* demanda-t-il.

— *C'est vrai, c'est étrange.*

—*Je ne veux plus jamais partir. Ne jamais me réveiller. Rester ici avec toi pour toujours.*

— *Ce* pour toujours *serait bien éphémère car d'ici quelques jours tu serais mort de faim.*

—*Peut-être, mais au moins je serais heureux et c'est mieux que de vivre malheureux.*

—*Ne dis pas n'importe quoi. Tu auras des jours merveilleux avec Daïa qui compenseront largement tous les jours de tristesse.*

—*C'est difficile à admettre.*

—*Aie confiance.*

—*Se reverra-t-on ?*

—*Tu sais bien que non.*

—*Je veux dire, dans mes rêves comme maintenant.*

—*Je suis désolée. Mais ce ne serait pas sain. Comment espères-tu tourner la page si tu me retrouves chaque nuit ?*

—*Cela ne ferait qu'inverser les choses. Nous serions ensemble avec la lune plutôt qu'avec le soleil.*

—*Je ne suis venue que pour te prévenir de te réveiller.*

—*Pardon ?*

—*Tu dois te lever.*

—*Pourquoi ?*

— *Ta vie est en danger. Debout… MAINTENANT !*

Arkès ouvrit les yeux et s'assit d'un bond. Un grondement sourd emplissait l'air froid du désert. Il déploya sa carapace et scruta les environs. Une meute de hognars fonçait sur lui, babines retroussées et dégoulinantes. Il créa un sabre dans sa main. À une vitesse prodigieuse, il traversa les charognards pour les décapiter avec une précision mortelle. En un battement de cils, les animaux gisaient sur le sol. Le souffle lourd, il resta un instant immobile à contempler le carnage et rappela son sabre.

— Merci, ma chérie, dit-il le cœur accablé.

Au deuxième jour du voyage, il parvint à Livend. L'accueil des villageois s'avéra mitigé ce qui l'étonna vivement. Leurs regards étaient lourds et leur attitude avait changé. Le maire feinta un bonjour enthousiaste, mais le jeune homme ne fut pas dupe.

— Que se passe-t-il ? demanda Arkès.

— Mais rien mon ami, sois le bienvenu.

— Ne vous moquez pas de moi, je ressens votre malaise.

— Hum, en effet, corrigea-t-il, ennuyé. Tu sais que tu resteras toujours haut dans notre estime car tu as déjà fait plus que quiconque pour nous. Mais pour être honnête, je dois dire que nous avons un peu peur.

— De qui ?

— De toi, avoua le maire, après une courte hésitation.

— DE MOI ?! cria-t-il. Mais pourquoi ?

Un silence pesant s'installa sur la place tandis que le responsable du village regardait ses amis à tour de rôle.

— Nous avons découvert les soldats que tu as emmenés il y a quelque temps. Ceux qui avaient voulu enlever l'un de nos enfants.

— Oh ! Je vois, comprit Arkès. Je saisis mieux votre méfiance. Laissez-moi vous expliquer…

Arkès détailla la situation à ce moment précis et pourquoi il avait perdu son humanité. Puis d'un air plus sérieux encore il leur promit de ne jamais leur faire de mal. Désormais toute sa bienveillance s'en était allée… en même temps que Lynhéa. À cette nouvelle, les villageois firent amende honorable d'avoir jugé leur ami dans de telles circonstances.

— Merci pour votre sollicitude, rien ne pourra plus me rendre le sourire… Jusqu'à retrouver Daïa, ma fille.

Un léger brouhaha s'installa dans la foule.

— Et en plus, il a une petite fille !

— Pauvre homme !

— Comment va-t-il faire pour s'en sortir ?

Ses amis y allaient de leurs commentaires. Puis une voix moqueuse traversa le bourdonnement…

— J'espère au moins qu'elle ressemble plus à sa mère qu'à son père.

La rumeur de l'arrivée d'Arkès était déjà parvenue jusqu'à Amolaric. Ce dernier s'empressa de venir le saluer. Son intervention détendit Arkès.

— Heureusement pour elle, répondit-il. Tu n'as pas l'air effrayé de me voir. Pourtant, il y a peu, tu avais pour ordre de me tuer et tu as assisté à l'extermination de la plupart de tes compagnons chez les kNalines.

— Tes amis m'ont ouvert les yeux sur toi... Et je connais Anthelme. Personne ne voulait envahir ce territoire... sauf le roi naturellement. Nous n'avions rien contre vous. Nous n'avons fait que suivre en bons soldats obéissant aux ordres... Quelle folie quand j'y repense. Aujourd'hui, je sais que tu es ici en paix même envers moi... Je suis désolé pour Lynhéa.

— Merci.

— Et ta fille ?

— Elle est délicieuse. Je dois te parler, dit Arkès d'un ton sérieux. On peut aller chez toi.

— Oui, bien sûr, « *sois le bienvenu à Livend étranger* ».

Arkès sourit à l'énoncé de l'enseigne fixée à l'entrée du village. En quelques phrases Amolaric était parvenu à lui remonter un peu le moral. C'était un exploit remarquable. Les deux hommes ne se connaissaient pas pourtant ils se sentirent immédiatement à l'aise l'un avec l'autre. Arrivé chez lui, Arkès salua Ieneta qu'il voyait pour la première fois.

— Quand vous aurez des enfants, j'espère qu'eux aussi ressembleront à leur mère, ironisa Arkès devant la beauté de la jeune femme.

En quelques semaines, elle avait retrouvé des couleurs et repris un peu de poids. Aujourd'hui elle resplendissait d'un bonheur bien mérité.

— C'est de bonne guerre, sourit Amolaric.

Arkès leur exposa la situation à Warbeline. Pour ne pas faire mentir Orkaf, Amolaric voulut être du voyage, Arkès l'en dissuada. Il put le convaincre de rester auprès de Ieneta. Il lui expliqua leur plan et les interrogations à élucider avant de pouvoir passer à l'action.

— Il fait cela avec une pierre, intervint Ieneta d'une petite voix mal assurée.

— Quoi ! s'exclama Arkès. Comment sais-tu cela ?

— Disons que j'étais obligée d'être *très* proche de lui, dit-elle avec une mine dégoûtée. Et il racontait beaucoup de choses.

Arkès réalisa ce qu'avait été sa vie et celle de la reine au château et en fut écœuré.

» Le roi enlève des *scientifiques* dans d'autres mondes à l'aide des objets maldors. Ces gens étranges ont pour mission de comprendre leur fonctionnement. Jusqu'à mon départ ils n'avaient pas trouvé grand-chose. Un artefact provoqua chez Anthelme un vif enthousiasme : une pierre. Posée sur une carte elle montre tous les Warkans. Par hasard Anthelme découvrit son autre pouvoir : échanger des âmes. Alors il se débarrassa de l'homme... pour rester le seul à l'utiliser. Si vous voulez rendre son corps à la reine, vous aurez besoin de la pierre... mais également du roi.

— Peut-être pas, rétorqua Arkès. Mes amis knalines ont des dons assez particuliers. Ils pourront le faire parler. Merci infiniment Ieneta, tu n'as pas idée de l'aide inestimable que tu nous as apportée.

—C'est le moins que je puisse faire pour Adrehilde et Orkaf.

—Je repars sur le champ, dit Arkès. Je dois aller trouver les kNalines, puis rejoindre Orkaf à Sagahaner pour mettre fin à ce cauchemar. Merci encore à tous les deux.

Orkaf arrivait chez le roi. Il avait préparé l'histoire qui devait justifier son absence de quelques semaines. La discussion prit toutefois une autre tournure. Au moment où il pénétrait dans la salle du trône, Anthelme-le-Blanc était occupé à battre Adelive à grand renfort d'insultes. Orkaf courut vers eux, retint le poing fermé du roi et l'implora de cesser. Une fois assis, il se calma et ordonna qu'on la renvoie en cuisine.

—Que s'est-il passé, Majesté ? demanda Orkaf.

—Cette chienne a aidé Ieneta à s'enfuir et elle refuse de me dire où elle se cache.

—Qui vous a dit cela ?

—Je sais tout ce qui se passe dans mon palais. Comment ont-ils pu imaginer que je ne l'apprendrais pas ?

Le ventre d'Orkaf se serra. Pour insinuer le doute dans l'esprit du roi, il tenta d'émettre une autre histoire.

—Vos sources se trompent malheureusement. Ieneta est morte, il y a quelques jours, à notre retour de campagne.

—Tout comme Amolaric comme c'est commode.

— Que voulez-vous dire ?

— Allons, ne fais pas l'innocent.

À ces mots, Orkaf sentit la colère lui nouer le ventre. Il parvint cependant à se contrôler et poursuivit.

— Ce n'est pas le but. Amolaric est mort au combat contre les kNalines, et Ieneta s'est suicidée à notre retour en apprenant la nouvelle. Amolaric était le seul homme à qui elle tenait. Je ne suis donc pas surpris.

— C'est très dommage pour moi, dit le roi avec un sourire sadique qui augmenta encore la colère d'Orkaf. Bon, tant pis. Ce n'est pas si grave à présent que ma chère et tendre épouse est revenue… à de meilleurs sentiments.

Orkaf faillit perdre tout contrôle. Car même s'il connaissait l'absence de respect du roi pour les autres, il parvenait difficilement à museler ses émotions. Tous les jours, l'inhumanité et la cruauté du souverain dégoûtaient un peu plus le seigneur. Il devrait se contenir encore, jouer son rôle le temps de mettre leur plan à exécution.

— Qu'allez-vous faire d'Adelive ? demanda-t-il pour changer de sujet.

— Oh, rien. Maintenant que je sais la vérité, grâce à toi, je vais la laisser tranquille. Les cuisinières compétentes sont difficiles à trouver. Merci à toi, mon ami.

Si Orkaf devait solliciter une autorisation c'était maintenant ou jamais. Le roi s'était calmé et le seigneur était dans ses bonnes grâces.

— Majesté, osa-t-il, j'aurais besoin d'une faveur. Après les pertes élevées de notre dernière bataille, j'aurais une requête.

— Je t'écoute, demande ce que tu veux.

— Je désirerais m'absenter quelque temps. Pour me reposer et oublier. Je ne pense pas que vous aurez besoin de moi dans les semaines qui viennent.

— En effet, je vais me consacrer à l'étude des objets maldors. Va ! Reviens quand tu te sentiras prêt, mon ami.

— Merci, Majesté.

Trois jours plus tard, Arkès entrait dans le village knaline. Il se rendit chez Lucal et Dolcina pour voir Daïa. Comme il semblait mieux, le couple l'accueillit chaleureusement.

Daïa en revanche restait en retrait. Elle se souvenait des paroles de son ami : « *Ton père t'a abandonné pour assassiner le roi* ». Elle ne savait trop que penser. C'est pourquoi elle ne se jeta pas dans ses bras et attendit qu'il s'approche. Elle ne lui adressa pas un seul sourire.

— Bonjour, ma chérie. Je suis heureux de te revoir, dit-il en la prenant.

— Toi tuer roi ? demanda-t-elle d'emblée.

Arkès marqua un mouvement de recul. Comment pouvait-elle être consciente de cela ? À un an ! C'était inconcevable. Il lança un regard interrogateur à ses compagnons qui haussèrent les épaules en guise de réponse. Il reposa la petite sur le sol et s'accroupit.

— Qui t'a dit cela, mon cœur ?

— Mon ami.

— *Non, tu ne dois pas lui parler de moi*, intervint la voix dans sa tête. *Tu te souviens, tu as promis, c'est notre secret.*

— *Mais c'est mon papa. À lui, je peux le dire. Ça ne risque rien.*

— Quel ami ? demanda Arkès en regardant Dolcina qui haussa les épaules d'étonnement.

— *Tu ne dois rien dire. Même à lui... Surtout à lui ! Si tu le fais, je ne chasserai plus les monstres qui viennent la nuit.*

— *D'accord, pardon. Mais que dois-je faire à présent ?*

— *Dis-lui qu'il ne peut pas tuer le roi.*

— *Mais comment ? Les mots ne veulent pas sortir quand je parle.*

— *Je sais ma puce, mais même si je développe tes capacités plus rapidement qu'un autre enfant, je suis obligé de limiter tes facultés d'expression sinon, ils se poseraient des questions. Ce serait trop risqué de t'autoriser plus. Vas-y ! N'aie pas peur. Je suis avec toi.*

— Toi encore partir ? demanda-t-elle tristement. Toi, laisser Daïa?

— Je suis désolé, ma chérie, répondit Arkès les larmes aux yeux. Mais je te promets que ce ne sera pas long.

Daïa fit mine de tourner les talons, fâchée qu'Arkès veuille l'abandonner une fois de plus... La voix résonna à nouveau dans sa tête.

—*Non, tu ne dois pas partir.*

—*Pourquoi ?*

—*Il le fera, quelle que soit ta réaction, alors tu dois te montrer gentille avec lui pour lui donner du courage. Il se sent mal depuis la mort de ta maman. Il a besoin d'aller mieux. Il doit savoir que tu es de son côté.*

—*Et comment dois-je dire cela ?*

—*Prends-le dans tes bras. Il comprendra.*

Daïa s'exécuta, ce qui provoqua une nouvelle montée de larmes chez Arkès. Il la tint étroitement serrée.

Elle lui adressa un sourire et rentra dans la maison avec Dolcina. Lucal s'approcha de lui.

— Tu n'es pas obligé de le faire. Tu peux rester ici. On est prêt à le recevoir.

— Il ne s'agit pas de cela. Il ne s'agit *plus* de cela. N'insiste pas.

— D'accord.

— Sang de reil ! J'aurais préféré la savoir fâchée contre moi. Maintenant ce sera encore plus difficile de la quitter, dit-il les yeux brouillés et la respiration saccadée.

Dans la maison, Daïa était restée à proximité de la porte ouverte pour écouter... à la demande de son ami. Devant la souffrance d'Arkès la petite fille éprouva un grand chagrin. Dans sa tête elle entendit un rire sadique profond, le même que les fois précédentes.

— *Tu vois*, pensa-t-elle, *il est encore plus triste.*

— *Ne t'inquiète pas, ce sont des paroles d'adulte. Tu ne peux pas tout saisir, mais il est heureux que tu l'aies pris dans tes bras.*

— *Tu es sûr ?*

— *Absolument !* conclut la voix avant de s'éteindre à nouveau dans un rire démoniaque.

Daïa ne comprenait pas ces rires. Était-ce lui, son ami, ou un écho dans sa tête ? Elle savait ne pas être comme les autres petites filles. Ses pensées étaient celles de grandes personnes et elle parlait à quelqu'un par l'esprit. Bien que ce ricanement la troublât un peu, elle décida de l'ignorer.

— Au fait, réalisa-t-il. Je ne vois pas Kerlua. Je m'étonne qu'elle ne m'ait pas encore renversé de joie.

Lucal hésita avant de répondre.

— Elle n'est pas bien. Elle reste toute la journée enfermée dans la chambre de Daïa et refuse d'en sortir. Elle ne mange plus rien. À part la petite, personne ne peut entrer. J'ai failli me faire mordre en voulant la forcer à prendre l'air.

— C'est vraiment étrange, constata Arkès.

Il se concentra et ses yeux rougirent. Il ne parvint à établir aucun contact avec l'animal. Inquiet, il entreprit d'aller la voir. Derrière la porte de la pièce décorée avec soin par Dolcina pour sa fille, la hognar se leva péniblement, très affaiblie… et montra les dents. Il s'agenouilla dans l'entrebâillement et l'appela. Malgré son asthénie elle bondit sur lui tous crocs dehors. Il eut juste le temps de la frapper au cou pour dévier son attaque et la faire choir sur le côté.

Il lui ordonna de se calmer, sans résultat. L'animal se relevait déjà. Il la nomma à plusieurs reprises espérant que le son de sa voix lui rappelle des souvenirs, en vain. Une immense tristesse l'envahit. Il devait parvenir à la maîtriser et la contenir sans quoi, il en était bien conscient, elle ne pourrait demeurer auprès de Daïa.

Au moment de frapper, la petite entra en trombe dans la chambre en hurlant et se jeta sur Kerlua pour la prendre dans ses bras.

— Non ! Laisse-là. Pourquoi faire mal à Ke'lua ?

— Ma chérie. Elle n'est pas elle-même, tu le vois bien.

— Avec moi, si !

Arkès s'étonna de la facilité avec laquelle elle s'était exprimée, mais, à cet instant, cela ne le préoccupa nullement. Comme il s'avançait, elle se mit à hurler et Kerlua grogna de plus belle.

— C'est chaque fois la même chose, intervint Lucal. Impossible de les séparer. Et je n'ai pas voulu forcer, car Kerlua reste toujours calme en sa présence.

— Que me conseilles-tu ?

— Pour l'instant elle ne semble pas représenter un danger pour la petite. C'est pourquoi j'ai laissé faire. Mais nous sommes vigilants. Au moindre signe, j'interviendrai… définitivement.

— Je ne sais pas si un tel risque est raisonnable.
Je vous fais confiance, je pense que vous êtes à
même de juger. Très bien, dit-il alors à Daïa, elle
peut rester avec toi. Mais si elle devient étrange, tu
devras tout de suite avertir Lucal et Dolcina. C'est
d'accord ?

La petite opina du chef.

— Puis-je venir t'embrasser ? demanda-t-il.

Elle acquiesça et il s'avança. Dans les bras l'un
de l'autre, Arkès regardait l'animal. Une fois de
plus, elle ne réagit pas à ses tentatives de
communiquer avec elle. Il eut l'impression que
quelque chose bloquait leur télépathie. Il
n'entendait dans sa tête qu'un bourdonnement
sourd. Il espérait du fond du cœur avoir pris la
bonne décision. Il se détacha de sa fille après un
long baiser.

Il salua Lucal, lui demanda d'embrasser Dolcina
de sa part et s'en alla discuter avec Medil. Il
expliqua à son ami knaline leur plan et l'aide qu'il
requérait d'eux.

— J'ai besoin de quelqu'un qui puisse contrôler
les pensées des autres ou lire dans leur esprit.

— C'est très grave ce que tu demandes là. Ce
processus ne peut se faire sans une intense douleur
chez la personne scrutée.

— Ça, on s'en moque. Le roi n'est pas en droit
qu'on s'attarde à ces considérations.

— Tout le monde le mérite.

— Pense ce que tu veux. Quelqu'un peut-il
m'aider ?

— Oui, mais il ne le fera pas.

— QUOI !? s'énerva Arkès. Mais pourquoi ?

— C'est de la torture.

— Ah bon ! s'offusqua Arkès. Alors vous me demandez de l'assassiner et vous ne trouvez pas ça grave. Mais lui arracher des informations, ça, ça ne va pas !

— Une grande différence existe entre tuer un criminel et le soumettre à la question. La maltraitance est un acte abominable et rabaissant. Nous nous y refusons.

Arkès s'approcha tout près de Medil, à quelques centimètres de son visage :

— Vous m'avez demandé de me salir les mains pour sauver votre monde et je l'ai fait. Alors vous allez, vous aussi, remplir votre part ! tenta d'ordonner Arkès.

— Garde tes menaces pour toi, Arkès, notre décision est prise. Ce qu'il a perpétré ne justifie pas de le torturer.

— Ah oui, et ça ! dit Arkès le doigt pointé vers le ciel.

L'œil noir s'était ouvert un peu plus depuis son apparition. Il restait figé dans l'espace telle une menace permanente.

» Tu as toi-même avoué que ce n'était pas bon signe. Et il grandit encore. Si ta crainte est fondée et que notre monde risque d'en souffrir, tu te DOIS d'intervenir.

— Nous aviserons le moment venu. Mais pour l'instant, c'est non.

— IL SERA PEUT-ÊTRE TROP TARD *AU MOMENT VENU* ! hurla Arkès.

— Je suis désolé.

Arkès eut un mouvement vers son ami et se ravisa avant de capituler. Face à cette détermination, il ne pouvait que rejoindre Orkaf.

Dépité par le refus des kNalines, il envisagea de torturer lui-même le roi pour le faire parler. Cette idée le tourmenta pendant tout son trajet vers Sagahaner. Il voulait sa mort, certes, mais à quel coût ?

Distrait par les noires pensées qui lui occupaient sans cesse l'esprit, trois semaines lui furent nécessaires pour arriver à destination. À l'auberge, il retrouva Orkaf et la reine, soulagés de le voir revenir. Il leur expliqua l'histoire de Ieneta et le refus des kNalines. Lorsqu'il aborda la question du roi Orkaf se montra sceptique.

— C'est un fou, Arkès. Tu dois en prendre conscience. Même sous la torture, il ne parlera pas. Et si c'est le cas, comment sauras-tu s'il dit réellement la vérité ? Comment pourras-tu déceler ses tentatives de manipulation pour faire empirer encore les choses ? Non, d'une manière ou d'une autre, nous aurons besoin des kNalines. À toi de les convaincre.

— Et toi, tu ne les connais pas. Une fois leur décision prise... Soit, nous devrons pour cela démontrer toutes les atrocités que le roi a perpétrées. (Il adopta un ton exagéré pour exprimer la suite), Mais il n'a que proclamé *quelques guerres*, il n'a pas exterminé des peuples entiers ! Et même le fait de m'avoir torturé ne leur semble pas suffisant pour agir. Il n'y a pas de preuve d'une monstruosité assez odieuse. C'est vraiment un comble !

Il était hors de lui. A peine avait-il terminé sa harangue qu'un profond regret l'envahit. Il s'en voulut et préféra garder le silence.

Durant la semaine suivante, les deux hommes et la reine imaginèrent une foule de solutions pour résoudre ce problème. Tous les soirs, ils se retrouvaient à l'auberge pour confronter leurs idées qui s'avéraient trop risquées ou ne menaient à aucun résultat.

Ce soir-là, ils discutaient depuis plus d'une heure quand la porte s'ouvrit. Une silhouette se dessina dans la lumière argentée de la lune et Amolaric pénétra dans cette ambiance sombre et étouffée. Lorsqu'Orkaf l'aperçut, il se leva et vint à sa rencontre.

— Tu es fou de te montrer ici ! Et si quelqu'un te reconnaissait et avertissait le roi. Je t'avais ordonné de ne pas bouger de Livend et Arkès te l'a...

Amolaric interrompit son ami d'un geste de la main.

— Tu devrais t'asseoir près des autres. J'ai quelque chose d'important à vous révéler.

Apostrophé par son sérieux, le chef d'armée du roi s'exécuta, perplexe. La tension était palpable et Amolaric, embarrassé, ne savait trop comment présenter la situation.

— Arkès, tu dois voir quelqu'un. Cette personne doit te parler et tu devras l'écouter jusqu'au bout avec beaucoup d'attention sans l'interrompre. C'est très important. Est-ce que je peux compter sur toi ?

Il hocha la tête d'un air sceptique. Amolaric jeta un regard sérieux à Orkaf et... à cette inconnue qu'il supposa être la reine. Puis il se dirigea vers la porte et l'ouvrit en grand. Deux ombres se dessinèrent dans l'embrasure, enveloppées par la pénombre de l'auberge. Les trois convives distinguèrent une femme maigre et difforme aidée dans sa marche par Ieneta. Elle boitait et semblait paniquée. Ses yeux exprimaient une profonde tristesse qui transperça le cœur d'Adrehilde. Jamais elle n'avait vu une telle détresse et une larme douloureuse perla.

D'allure repoussante, la jeune fille avançait vers eux en claudiquant. Le crâne difforme, quasi chauve, étiré vers l'arrière, les yeux globuleux, la bouche de travers et les marques de nombreux coups anciens sur son visage inspiraient un vif sentiment de pitié.

Arkès et Orkaf n'y comprenaient rien. Pourquoi Amolaric avait-il amené cette épave ? Que pouvait-elle bien avoir de si important à révéler pour que le jeune soldat se montre au grand jour risquant sa liberté et sa vie ainsi que celle de Ieneta ?

Amolaric avança trois chaises. Ieneta aida la femme à s'asseoir. Elle se tordait de douleur en maintenant sa hanche. L'inconnue serra les jambes autour de ses mains, timidement prostrée vers l'avant. Ieneta l'encouragea à raconter son histoire. Lorsqu'elle redressa la tête, ses yeux étaient brouillés et ses lèvres tremblaient. Adrehilde ne retenait plus ses larmes, la bouche couverte par ses doigts.

Les trois convives n'osaient rien dire tant ils se sentaient mal à l'aise. Amolaric finit par briser ce silence pesant.

— Arkès, tu vas avoir du mal à le croire, mais je t'assure que c'est la vérité et tu DOIS écouter son histoire jusqu'au bout sans l'interrompre. J'ai ta parole… je veux pouvoir m'y fier.

Une lourde pause suivit avant qu'il ne dise :

» Arkès… C'est Lynhéa !

Lorsque j'ouvris les yeux, tout était noir, j'avais du mal à respirer. Je me sentais écrasée. Je n'arrivais pas à bouger, mon corps tout entier semblait paralysé. Je crus d'abord à un cauchemar, mais je réalisai que j'étais bien éveillée.

Encore vaseuse, je voulus me relever, impossible. Quelque chose me maintenait couchée et m'oppressait. Inspirer exigeait de moi un effort de plus en plus douloureux. Aux premiers mots que je tentai, des morceaux de terre s'engouffrèrent dans ma bouche. Je les recrachai en toussant. Mon corps compressé se raidissait de douleur à chaque spasme. L'odeur fade autour de moi, le goût sur ma langue, tout me faisait penser à de la terre. En remuant les doigts, je me rendis enfin compte de ma situation : j'étais ensevelie vivante !

Je ne comprenais pas ce qu'il m'arrivait puisque l'instant d'avant j'étais dans notre jardin. Je fus d'abord prise de panique puis je me ressaisis. Pas question de rester là... et mourir étouffée. Dans une douleur atroce, je me débattais pour m'extraire et réfléchissais aux dernières choses dont je me souvenais.

Je me voyais encore chez les kNalines, vaquant à mes occupations avec Daïa.

Je bougeai les épaules pour m'octroyer plus de place dans mon cercueil naturel.

Je venais de sortir de notre maison.

Plus je fournissais d'efforts, plus mon espace augmentait et m'autorisait un peu d'optimisme. Mais l'air se raréfiait et la tête me tournait.

Je me souvenais des soldats warkans dissimulés dans les buissons devant chez nous puis plus rien, le noir.

Finalement, j'extirpai un bras hors de la terre. Je pus fournir assez de mouvements pour sortir de ma tombe. Ma hanche était douloureuse. À partir de là, j'étais hors de danger... ou du moins le pensais-je.

Je restai allongée pour récupérer mon souffle. Ma respiration était bruyante. Je crus que j'étais épuisée par les efforts que je venais de fournir quand autre chose attira mon attention : le son de chaque prise d'air me paraissait étranger et j'imputai cette sensation à la désorientation. En dehors de cela et d'une forte douleur à la hanche je semblais intacte bien qu'encore trop faible pour le vérifier.

Je décidai de me relever et pris appui sur mon bras pour me redresser. Ce n'est qu'au prix d'un effort considérable que j'y parvins.

Ma vision trouble me désorientait.

Une fois debout un vertige m'envahit. Mon corps hésitait à m'obéir et je n'arrivais pas à garder l'équilibre. Je me retrouvai brutalement assise. Un éclair de douleur me traversa le dos par l'intermédiaire de ma hanche.

J'étais affublée d'une longue robe droite à fleurs, plus guenille que vêtement confortable. Mes doigts étaient maigres, décharnés, mes mains tavelées de taches brunes, résultat de rudes épreuves. Mes pieds étaient chaussés, si l'on peut dire, de galoches sommairement rapiécées à plusieurs reprises.

Je voulus les atteindre... mais un lancement vif au bassin m'arrêta. Portant la main à hauteur de la douleur, je ne reconnus pas mon corps. La sensation était étrange. Ce n'était pas mon toucher habituel.

Mon cœur s'affola.

L'inquiétude puis la peur s'emparèrent de moi.

Lentement, je soulevai ma robe pour regarder mon corps. Mes jambes maigres et... abîmées, une culotte, vieille et sale, et mes hanches... anorexiques. Rien à voir avec ma musculature. *(Elle fondit en pleurs)* Mes bras étaient couverts de bleus anciens et plus récents, à l'instar de mes côtes.

Mon cœur s'emballa pour de bon cette fois.

Je paniquai.

Je sentis mes larmes prêtes à jaillir. Machinalement je laissai échapper quelques mots exprimant des dizaines de questions... mais ne terminai pas ma phrase. Ce n'était pas ma voix! Celle-là était rauque et meurtrie, celle que vous entendez à présent.

Mon corps, ma prononciation des mots, même l'endroit où je me trouvais, tout me semblait étranger. J'entendis un bruit de cascade non loin. Assoiffée, je décidai de m'y rendre. Ce n'est qu'à ce moment que mes yeux s'attardèrent sur ma tombe. La zone était fraichement remuée et de nombreuses traces de pas témoignaient de multiples passages. J'avais sciemment été ensevelie vivante ! Des milliers de questions m'assaillaient... sans attendre aucune réponse.

Que faisais-je là ? Et « là », où était-ce ? Où étais-tu Arkès ? *(La jeune femme hoqueta en larmes)* Pourquoi m'avais-tu abandonnée ? Pourquoi ? ... Pourquoi ?

Lorsqu'enfin je trouvai le courage de bouger, je dus lutter contre la douleur lancinante qui me paralysait la hanche et la difficulté que j'avais à garder l'équilibre dans ce corps qui m'échappait.

Boitillant, je rejoignis un petit lac où se jetait la cascade. La tête et les bras dans l'eau pour me désaltérer, je nettoyai en même temps une bonne partie de la tristesse et de la peur qui m'avaient envahie. La fraicheur me procurait un bien énorme. Le précieux liquide allait effacer ce corps immonde et me rendre le mien... et me réveiller enfin.

Quelques instants plus tard, je me redressai douloureusement sur mes bras chétifs. La curiosité, plus forte que la crainte, me fit patienter jusqu'à ce que la surface se lisse... et que je puisse voir mon visage. Un vif sentiment de peur m'envahissait...

Qu'allais-je découvrir ? Un frisson me parcourut le corps et mon cœur s'emballa une fois de plus.

Je sortis de l'eau dans un cri. Mes mains cachèrent ce faciès affreux reflété par l'onde et, en le scrutant de mes doigts, je ne fis que confirmer.

Des yeux globuleux, un visage trop fin et trop long, le crâne étiré vers l'arrière avec quelques cheveux épars. Une bouche aux dents difformes et la mâchoire lourde.

Ce n'était pas moi, c'était un monstre. Je fondis en larmes et restai assise, les genoux serrés dans mes bras chétifs.

J'allais me réveiller...

J'allais me réveiller...

Je voulais me réveiller.

À deux reprises, je réitérai l'expérience du miroir de l'eau pour me convaincre que ce n'était pas une hallucination. Hélas, non ! *(Un nouveau sanglot l'envahit. Arkès ne bronchait pas. Elle le fixa puis, face à son mutisme, poursuivit sa macabre histoire, le cœur lourd).* Mes larmes brouillant l'eau firent disparaitre cet horrible visage... Mais toujours il revenait.

J'étais paralysée d'effroi. Je regardai alentour, ma vue diminuée ne m'autorisait que peu d'espace. Je ne distinguai que le lac perdu dans un brouillard flou et, à l'opposé, la forêt d'où je venais sans doute et les arbres fondus les uns dans les autres un peu plus loin. J'étais isolée de tout et seule. Mon cœur battait la chamade et mon sang bouillonnait dans chaque parcelle de mon corps. Une panique sans nom s'empara de moi et je ne parvenais plus à respirer calmement.

Soudain, sur ma gauche, j'entendis du bruit. Des hommes approchaient, mais je ne distinguais que des ombres.

— Aidez-moi, balbutiai-je.

— Elvide ? C'est bien toi ! s'exclama l'un d'eux.

— Non, mon nom est... Lynhéa... Aidez-moi... Je vous en prie... Aidez-moi...

Ma voix... enfin... cette voix me perturbait et je ne pouvais pas m'exprimer clairement. Je baissai un instant la tête et toussai pour la retrouver. Très vite, les hommes reprirent la parole, sans même m'avoir écoutée, me semblait-il.

— Mais oui, c'est bien toi ! Ah ! Ah ! Ah ! C'est pas croyable ! Alors t'es sortie de ton trou. C'est Gaudry qui ne va pas en revenir. Tu lui as manqué, tu sais.

Il m'attrapa par le bras et me souleva sans peine. J'essayai de me défendre, mais le corps dont j'étais affublée ne pouvait rien contre la force bestiale de cet homme. Il me traîna à même le sol sur plusieurs dizaines de mètres, sans le moindre effort. Un vrai cheval. Mes tentatives pour me redresser restèrent infructueuses, ma hanche douloureuse m'en rendait incapable. Je crus bien que ce pourri allait me briser le bras tant il le serrait. Les deux hommes qui l'accompagnaient riaient à gorge déployée pendant que je me débattais, en vain.

J'étais faible... Si faible.

Et eux, des forces de la nature, de vrais immeubles.

J'étais tellement paniquée que je ne remarquais même pas leur apparence.

(Immeubles... Seul Arkès comprit ce terme venu d'un autre monde... À ce moment, à ce simple mot, un éclair lui frappa le cœur. Une larme coula le long de sa joue en même temps que les muscles de sa mâchoire trahissaient sa colère. Lynhéa le remarqua. Elle espéra un geste de sa part, mais c'était encore prématuré. Elle le comprenait très bien, elle aurait sans doute réagi de la même manière. Cela n'empêcha pas une nouvelle fois son cœur d'accuser le coup.)

Dans la rue poussiéreuse où ces brutes me traînaient, les badauds me regardaient, hilares. Aucun ne bougea pour m'aider. Ils profitaient du spectacle ! Mon bourreau bifurqua vers une maison délabrée en criant à pleins poumons.

— Gaudry !... Gaudry ! Viens voir, on a trouvé une revenante !

L'homme sortit en hurlant.

— Quel est ce bruit ? On ne peut plus dormir en paix ! Que voulez-v...

Il s'arrêta au beau milieu de sa phrase. Les yeux gonflés, une lourde barbe, le crâne disproportionné, semblable aux autres. Une excroissance lui déformait l'arcade sourcilière droite quasiment fermée. Il se pencha pour mieux voir ce que son ami traînait derrière lui.

— Oh ! Sang de reil ! Tu es vivante ! Et nous, on t'a ensevelie !

L'homme me lâcha, je m'écrasai sur le sol. Mes jambes étaient en sang d'avoir raclé la terre et les pierres sur une si longue distance. Une de mes chaussures s'était fait la malle et ma robe était encore plus déchirée, si c'était possible. Un picotement envahit mon bras endolori lorsque le sang se remit à y circuler jusqu'aux doigts.

Je tentai alors de leur expliquer leur erreur.

— Non, monsieur,... je ne suis pas... enfin, je suis...

Mais j'étais trop confuse. Je n'arrivai pas à formuler une phrase complète et m'abaissai à implorer qu'on m'écoute. C'est là que le nommé Gaudry s'adressa à moi.

— Allons, Elvide. N'essaie pas de parler, tu n'en es pas capable. Tu n'as jamais pu d'ailleurs. Tu dois...

— Non, monsieur, je vous... aidez-moi...

Il entra dans une rage folle et me gifla si fort que je m'écrasai à nouveau sur le sol. Ma tête heurta si violemment la terre que ma vision se troubla. Un fin filet de sang s'échappa par ma lèvre fendue.

— Tu n'as pas droit à la parole ici ! Et encore moins la permission de me la couper ! Tu ne parles pas. Quand ton père te dit quelque chose, tu dois...

Je n'entendis plus rien à partir de cet instant, car seul le coup de tonnerre qui bouscula mon cerveau résonnait encore.

Mon... père ?

Je relevai la tête, terrorisée et le regardai en pleurant. Une nouvelle gifle m'écrasa sur le sol et m'enleva toute envie de récidiver, les yeux figés sur la terre. Sans même prêter attention aux trois hommes, il me saisit par le bras, me souleva sans le moindre effort et me jeta dans sa maison. Je m'étalai lourdement. Lorsque je relevai la tête, une femme attendait sans rien dire. Je regardai ses nombreuses malformations physiques. J'avais l'impression d'évoluer dans autre monde, un cauchemar vivant. Gaudry fit irruption et beugla. La porte d'entrée sortit presque de ses gonds.

— Tu as vu qui nous revient !

— Ouaiiis, répondit-elle. Alors, t'as fait semblant de mourir pour t'enfuir ?

— Mais c'est vrai ça ! remarqua l'homme à son tour. Espèce de garce !

À cet instant, je n'eus d'autre choix que de me replier sur moi-même et accepter la pluie de coups qui s'abattirent sur chaque partie de mon corps. Ils frappaient avec une telle force, c'était impressionnant, que je m'étonnais que mes os ne se brisent pas. La faiblesse et l'impuissance que je ressentis firent resurgir les images atroces de mon cauchemar quand il était encore en vie. *(À nouveau, seul Arkès comprit et même s'il ne connaissait pas ses rêves, il se souvenait de l'état dans lequel elle se réveillait toutes les nuits)* C'est à toi, Arkès, que je pensais à ce moment. J'aurais voulu... *(Un nouveau sanglot la submergea, rendant son récit plus difficile encore à supporter pour Adrehilde... et les autres.)*

J'espérais que tu allais entrer en trombe dans la maison, les tuer tous les deux et m'emmener... Mais ce n'est pas arrivé. *(Arkès pleurait, immobile et silencieux, le regard sévère, la mâchoire serrée)* Dis quelque chose, je t'en prie... *(Il ne répondit pas. Même ses amis ne le firent pas bouger. Lynhéa se résigna et continua son histoire.)*

Quand ils eurent fini de frapper, ils me jetèrent dans une pièce fermée sans fenêtres. L'homme m'attacha les mains à un anneau de métal à moitié enfoncé dans les rondins du mur. La corde entailla ma peau *(Elle montra ses poignets)* et le sang n'y circulait plus qu'avec difficulté.

Quelques rayons de lumière perçaient à travers les troncs mal isolés. La poussière dansait de l'un à l'autre. Je me calai dans un coin pour pleurer silencieusement. Comment m'étais-je retrouvée dans ce corps ? Ce n'était pas moi, ce n'était pas possible. Je ne savais plus rien. Daïa, Arkès... Vous me manquiez tant. La douleur m'empêchait de réfléchir, mais au moins, enfermée ici, étais-je à l'abri des coups... Moi, Lynhéa, à l'abri des coups, c'est un comble, non ? Puis je revis le visage des hommes qui m'avaient traînée dans la rue, de mon père et de ma mère et ne comprenais plus rien. Était-ce encore un de ces voyages dans un autre monde ? Tant de questions... Tant de questions...

Quoi qu'il en soit, je devais trouver un moyen de m'échapper de cet enfer. Pour l'instant, c'était impossible. J'arrivais à peine à gérer mon nouveau corps que déjà il avait été broyé de toutes parts.

Non, je devais me tenir tranquille pendant quelques jours, maîtriser mieux ce corps inconnu et attendre de me soigner, puis j'aviserais.

Mes élucubrations fusaient dans tous les sens, quand quelques heures plus tard, la porte qui s'ouvrit à la volée interrompit mes pensées. Gaudry se présenta seul dans l'entrebâillement et aboya.

— Debout, fényasse ! Va nous préparer à manger. Thybald vient ce soir. Tu l'aimes bien lui, non ? Hein ? Petite catin, va !

J'envisageai le pire sur ce Thybald que je dus l'oublier pour me consacrer au repas et éviter ainsi d'autres coups. Ce qui leur servait de cuisine était dans un état lamentable. Je me déplaçai au milieu de coléoptères qui profitaient avant nous des aliments. J'eus plusieurs fois l'envie de vomir. Il était impossible de préparer quelque chose de mangeable avec cette nourriture avariée. Puis une voix grave et grasse se fit entendre devant la maison.

C'était lui !

Les mots de Gaudry m'avaient traumatisée. Je dissimulai un morceau de bois pointu dans ma culotte... au cas où. J'étais tellement paniquée à cet instant que je ne réagis même pas aux échardes pénétrant ma peau. Je maudissais ce sentiment que la faiblesse de mon corps m'imposait.

À peine était-il entré qu'il avala d'un trait le bol que j'avais dû leur servir. M'apercevant, un large sourire édenté et noirci déforma son visage. Eloignée de lui, j'avais quand même pu sentir son odeur repoussante. Je m'éclipsai... Il me suivit. Personne ne lui adressa la moindre remarque. Ce devait être habituel.

— Alors ? demanda-t-il sans doute pour la forme. J'ai vraiment cru ne pas te revoir, cette fois.

J'avais envie de dégueuler tant son apparence me révulsait. Et son odeur putride me provoqua un nouveau haut-le-cœur.

— Non, je vous en prie.

— Pourquoi ? Tu étais contente avant quand on se retrouvait.

— S'il vous plait...

Cela me rendait malade de garder un semblant de politesse. Face à eux, je me devais de ravaler ma fierté.

— Allons, laisse-toi faire.

Il me saisit la taille. Je tentai bien de le repousser, mais j'étais trop faible et lui bien trop fort. Il glissa sa main sous ma guenille et commença à me masser la cuisse. Je ne pouvais pas bouger tant il me serrait. *(La panique se lut dans les yeux de Lynhéa, ce qui provoqua un élan de tristesse chez ses amis et un vif sentiment de colère du côté d'Arkès. Adrehilde pleurait à chaudes larmes)* Il me terrifiait. Son odeur paralysait mes pensées et m'empêchait de réagir. Je n'avais jamais ressenti pareille frayeur.

Sa main calleuse qui caressait mon côté me fit enfin quitter ma torpeur. Je sortis vivement mon arme improvisée et la lui enfonçai dans la gorge. Ils étaient constitués de chair ! La pointe entra comme dans du beurre et une gerbe de sang poisseux jaillit lorsque je la retirai.

Sans attendre, je boitai vers l'extérieur et m'enfuis aussi vite que possible dans la rue. Handicapée par ma hanche, je ne pus aller loin et Gaudry me rattrapa aisément. Sans effort, sous un torrent d'insanités, il me ramena à l'intérieur avec une incroyable violence. Il m'enferma et me gratifia d'une nouvelle volée de coups. Puis, sans qu'ils s'inquiètent le moins du monde, je les entendis sortir le corps et partir l'enterrer dans les bois.

(Alors qu'on apportait à manger à leur table, personne ne toucha aux assiettes. Ils continuèrent à écouter avec beaucoup de tristesse le récit de cette jeune femme meurtrie… Lynhéa. Ils se contentaient de boire de temps en temps une gorgée d'eau ou de vin pour ne pas la déranger. L'ambiance était lourde de mésaise. Où était-elle tombée ? Et surtout, comment s'était-elle retrouvée là ? Pourquoi ? Cet enfer existait-il vraiment, et si oui, qui pouvait en être à l'origine ? C'était inhumain.)

Je me demandais qui étaient ces gens. Un ami meurt chez eux et ils restent indifférents, c'était aberrant. Un animal n'aurait pas eu moins de considération. Si tout le monde là-bas était à leur image, je ne pensais pas survivre bien longtemps. Ils ne tarderaient pas à s'occuper de moi, *(elle claqua des doigts)* comme ça, sans raison particulière, juste par envie.

Une chose était certaine, si je ne trouvais pas rapidement un moyen de quitter cet endroit, je préfèrerais mettre moi-même fin à mes jours. Avant d'arriver à cette extrémité, je voulais tout tenter. Vous revoir, toi et Daïa. Vous me manquiez tant... Vous me manquez tant.

(Elle s'effondra à nouveau et cette fois, Arkès réagit. Il se redressa et s'accouda la tête entre les mains. On devinait les pleurs cachés par ses cheveux sombres. Il ne pouvait pas encore imaginer la prendre dans ses bras. Cette femme, si... difforme, si enlaidie. Même si Lynhéa était enfermée dans ce corps ce n'était pas celle qu'il aimait. Lynhéa continua son récit.)

Trois jours plus tard, je fus enfin autorisée à sortir de la maison. Ils m'avaient envoyée chercher à manger. Mais je ne connaissais rien à leur mode de vie et ma question me valut une nouvelle gifle. Ils m'indiquèrent le bout de la rue et c'est alors que je compris.

Le village était cerclé de murs. C'était en réalité une prison. Je faillis tomber tandis que mes jambes tremblaient. Je repensai à ce qui m'attendait si je faiblissais et me focalisai sur ma promesse : tout tenter pour m'évader.

Une série de charrettes tirées par des chevaux était disposée en rangs. Dans chacune d'elle, de la nourriture à profusion. Étrangement, personne ne s'en approchait... à part moi. Un soldat arrêta mon élan. Je doutais encore à cet instant d'être dans votre monde même si je venais d'en avoir la confirmation. Il portait l'uniforme de l'armée d'Anthelme. *(Elle se tourna vers Orkaf et Amolaric. Orkaf affichait une mine triste et coupable. Il avait compris où elle se trouvait.*) Du bout de sa lance, il me frappa au ventre en m'insultant et m'ordonna de m'éloigner. Je me courbai en deux de douleur. Un coup de pied m'écarta. C'est à ce moment que je vis les villageois, bien en retrait, occupés à se moquer de moi. À quatre pattes, je reculai à une distance qui satisfasse les soldats. Ils déversèrent les denrées à même la rue, sans autre forme de précaution, puis fouettèrent les chevaux pour ébranler les chariots. Alors la foule se précipita pour emporter autant de nourriture que possible.

Je savais ce qui m'arriverait si je rentrais les mains vides. Donc, à l'instar de mes concurrents, je me battis avec acharnement. Quelques pommes de terre et à peine plus de légumes dans ma robe ne suffiraient pas, c'était tout ce que j'avais pu saisir.

Et en effet...

Enfermée dans ma petite pièce, j'attendais la disparition de la douleur... et repensais à ce que j'avais vu. Le village était muré. Un rempart de plusieurs mètres de hauteur garni de soldats et d'archers. Je tentai de me focaliser sur ma promesse et sur l'espoir de vous revoir un jour malgré la douleur intense. J'étais si faible et impuissante face à leur force herculéenne. Comment pouvais-je me soustraire à leur attention, enfermée toutes les nuits dans ce cagibi ? Comment allais-je passer les gardes armés ? Comment franchirais-je le mur ? Un profond désespoir m'envahit et je cédai à la pensée que j'étais condamnée. À cet instant, pour la première fois, je songeai réellement à la mort.

(Sur cette explication, Arkès jeta un regard accusateur vers Orkaf qui baissa la tête. Il savait ce qu'il en était et n'en était manifestement pas fier. Arkès lui demanderait plus tard des éclaircissements. Il tendit le bras pour couvrir la main de Lynhéa. Elle se redressa d'un coup, son cœur venait d'exploser. Elle fondit en pleurs, une fois de plus, de joie cette fois. Elle entrevoyait un dénouement possible. Cette marque d'affection d'Arkès était infime, mais représentait tant d'espoir pour elle.)

Les jours passèrent. Un matin, des soldats nombreux et lourdement armés pénétrèrent dans le village. Ils avaient avec eux un jeune garçon... retardé mentalement. Alors que je sortais observer, mon père m'arracha du palier et me jeta à l'intérieur.

— Pauvre folle ! dit-il avec un violent coup de pied dans le ventre. Tu veux qu'on nous le refile ?

Je ne répondis pas, c'était mieux, je ne voyais pas de quoi il parlait. Je me relevai et passai la tête par une fenêtre bien à l'abri des regards. Un soldat héla un homme qui rentrait de la pêche. Absorbé par son filet en mauvais état d'où débordaient quelques poissons gigotant, il ne les avait pas remarqués. Le villageois s'approcha d'eux, la tête basse et l'air grognon.

— Il est pour toi ! ordonna le soldat, hilare.

Puis ils partirent sans donner d'explication supplémentaire. L'homme s'empara de la corde attachée au cou du garçon en pleurs. Le pauvre était perdu et ne comprenait pas ce qui lui arrivait.

— Viens, fils ! cria-t-il en tirant sur sa laisse. Des corvées t'attendent à l'intérieur.

Le déclic se fit dans mon esprit et je réalisai la situation. Ce garçon avait été enlevé à sa famille parce que différent. Et on l'avait jeté ici pour s'en débarrasser. Je me souvins alors de Tanim et de ce que nous avions interrompu à Nomart.

(Du regard, elle interpela Arkès qui acquiesça.)

Oublie tout mon enfant, me dis-je alors. Ici, tes souvenirs, si beaux soient-ils, ne peuvent que te rendre la vie plus pénible, loin de l'affection des tiens.

Je continuai à m'enfoncer dans la dépression au fil des jours. Je n'avais plus goût à rien. Leurs coups répétés ne m'atteignaient plus. Constatant mon état de délabrement, ils ne prirent même plus la peine de m'attacher la nuit. Je préparai mon départ... définitivement. Tout espoir s'était envolé, j'avais oublié qui j'étais... et ceux que j'aimais *(Elle regarda tristement Arkès).* J'avais beau me torturer l'esprit pour trouver un moyen de quitter cet endroit, je n'entrevoyais aucune solution.

Un jour, j'aperçus par la fenêtre un voisin sortir un corps sans vie de chez lui... Et personne n'y prêtait attention. Une idée folle émergea et je résolus de la tenter. Un dernier espoir, une chance, enfin, de quitter cette prison à ciel ouvert. Comme ils m'avaient déjà enterrée une fois, ils pouvaient le refaire et, cette fois, je m'en sortirais encore.

Cette nuit-là, alors que mon père et ma mère dormaient, je pris un couteau que je gardais bien aiguisé au cas où un ami viendrait me rendre visite. Je me faufilai dans leur chambre, et commençai par Gaudry. Je leur ouvris la gorge et restai un instant immobile, debout à côté d'eux, silencieuse.

Je pleurais.

Étrangement, je n'éprouvais aucune satisfaction à ce geste... Plutôt de la tristesse. Sans doute n'avaient-ils été, eux aussi, que de jeunes enfants différents, mais les Warkans ne leur avait fait aucun cadeau. Peut-être, avec leur comportement, rendaient-ils à la vie la monnaie de sa pièce. Puis je m'infligeai une coupure superficielle à la gorge *(Elle releva le menton)* et m'allongeai sur le lit.

Quelqu'un ne s'inquiéta de notre sort que deux jours plus tard. Bien que s'inquiéter fut inapproprié. Comme pour l'ami de Gaudry, il n'y eut aucun sentiment manifesté. L'homme qui nous découvrit conclut à notre mort, sans vérifier quoi que ce soit. Déjà il s'attribuait la maison. Il appela deux autres personnes et sans ménagement ils nous transportèrent dans les bois. Jetée sur une épaule, je ne pouvais montrer aucun signe de vie aux badauds. Ce ne fut pas chose aisée tant l'odeur pestilentielle dégagée par mon porteur m'occasionnait des nausées. Je ne devais pas réagir aux puissantes gifles assénées sur mes fesses, accompagnées de réflexions grossières. Heureusement, il n'alla pas très loin. Arrivés au bois, il me lâcha et ses compagnons firent de même avec mes parents. Le bruit qui s'échappa malgré moi de ma gorge en heurtant le sol me troubla. Avait-il entendu quelque chose ? Ils creusèrent nos trois trous et nous jetèrent dedans pour nous recouvrir aussitôt sans aucun cérémonial.

Dès leur départ, je réalisai un petit orifice vers la surface qui me permettrait de respirer jusqu'à la nuit. Je ne voulais prendre aucun risque. Le sentiment d'oppression était grand et je suffoquai presque, mais je tins bon. Je devais réussir !

Estimer le coucher du soleil n'était pas évident. La journée me parut une éternité. Finalement, je m'extirpai de ma tombe et m'éloignai aussi vite que possible. Un rapide coup d'œil en arrière me fit découvrir... le même trou que la première fois !

Malheureusement, le seul chemin d'évasion m'imposait de traverser le village. Dans tout le reste du mur d'enceinte, il n'y avait aucune échappatoire et impossible de l'escalader. Je me faufilai par l'arrière des maisons, difficilement vu l'état de ma hanche douloureuse. Toujours dans l'ombre, je passai d'une bâtisse à l'autre, et ne m'attardais jamais dans la lumière de la lune. J'avais bien retenu tes leçons. *(Ses yeux se posèrent sur Arkès, accompagnés d'un sourire.)* Mon empressement à m'enfuir et ce corps difficile à manipuler me firent trébucher dans un seau de bois qui roula bruyamment sur le sol. Je me jetai à terre dans un coin d'ombre.

Un instant plus tard, une porte toute proche s'ouvrit à la volée. L'homme scruta les environs. Il avança de quelques pas pour se retrouver à moins de deux mètres de moi. Mon cœur s'emballa si fort que je le sentais battre violemment et je crus même que l'homme pouvait l'entendre aussi. Il resta planté-là un instant qui me parut une éternité. J'entendais sa respiration lourde. Puis non sans maudire toutes les sales bestioles du coin, il fit demi-tour. Quand seul persista le bruit des nombreux insectes nocturnes, je me risquai à reprendre ma route. Heureusement pour moi plus aucun incident ne vint troubler ma progression. Je crois que ce cœur fatigué ne l'aurait pas supporté une fois de plus.

Il me restait un obstacle de taille à franchir : le mur qui entourait tout le village. Je grimpai douloureusement les escaliers qui menaient aux gardes. J'étais à deux doigts de réussir... Et pourtant encore si loin. Je m'appuyai contre le bois dans l'ombre et fermai les yeux. Je ne pouvais pas échouer, une autre chance ne se représenterait pas. J'attendis qu'un vigile s'approche assez de moi pour être hors de vue de ses compagnons répartis sur toute la courtine. Je l'appelai discrètement. Face à une femme, il baissa sa garde. Pour achever de le mettre en confiance je soulevai légèrement mes guenilles. Et ça fonctionna... malgré mon apparence rebutante. Il posa sa lance et son épée contre le mur et s'approcha un rictus au bord des lèvres. J'eus peur que le bruit des armes n'alerte les autres soldats ; ce ne fut pas le cas. Lorsque sa tête fut presque contre moi je lui enfonçai le couteau dans la gorge pour l'empêcher de crier. Je voulus le retenir, mais trop faible, je m'écroulai avec lui. Au prix d'un effort considérable, je le basculai et constatai avec soulagement que mon corps avait servi à étouffer le bruit de la chute.

Maintenant il me fallait tomber de l'autre côté du mur. À plusieurs mètres de hauteur je risquai tout autant de me rompre le cou. Par chance je réussis ma chute et ne me tordis qu'une cheville... Le choc avait été si lourd que j'en eus le souffle coupé un bon moment. Je restai là, paralysée. Aurais-je encore le temps de m'enfuir avant que les autres gardes ne donnent l'alerte ? Je fixai le haut du mur en espérant ne pas voir dépasser une tête.

Le ciel était parfaitement clair, les étoiles scintillaient comme jamais. J'étais de plus en plus proche de la liberté. Une montée d'adrénaline me fit oublier le reste. Un instant plus tard, je me redressai et m'éloignai du mur en claudiquant, soulagée. Heureusement les patrouilles des gardes étaient mal organisées, sans doute à cause de la routine, car je n'entendis pas donner l'alerte. Je me retournai une dernière fois. Une pointe de tristesse m'envahit à la pensée du jeune garçon démuni dans cet enfer. Je me ressaisis vite pour ne pas me faire reprendre.

Grâce à nos nombreuses balades, *(Elle regarda Arkès)* je parvins à survivre malgré mon handicap et ma faible corpulence. Le corps dans lequel je suis enfermée est plus robuste qu'il n'y paraît. À moins que ce ne soit la force de l'espoir de vous revoir tous les deux. J'étais désorientée et me repérais au soleil ou aux étoiles comme tu me l'avais appris. Ignorant totalement où je me trouvais, je décidai arbitrairement de partir vers le nord. Après plusieurs jours de marche, les pieds douloureux, en sang, affamée et épuisée, je m'affalai au bord d'un lac. Des pêcheurs me trouvèrent et malgré mon apparence et mon état pitoyable, me soignèrent, me nourrirent, me fournirent de quoi me décrasser et des vêtements. Des habits d'homme bien entendu, très propres. Cela me fit beaucoup de bien, mon moral remonta d'un cran. Ils m'offrirent un chapeau pour me protéger le visage et m'emmenèrent avec eux. C'était la première marque d'attention que je recevais depuis... là-bas. Jamais je n'oublierai leur gentillesse.

J'avais RÉUSSI !

Au premier village que nous aperçûmes quelques jours plus tard j'allais déjà mieux. Je reconnus Livend avec soulagement. Après avoir remercié chaleureusement les pêcheurs, je m'avançai le cœur plus léger sachant les Livendais toujours sympathiques avec les étrangers. Discrètement, je déambulai dans les rues à la recherche d'un moyen de convaincre le maire de mon identité. Et je croisai Amolaric... et Ieneta que je ne connaissais pas encore. Je me souvenais de lui et de notre bataille commune contre Zahirdena. La suite, vous vous en doutez. Ils me prirent sous leur aile pour échapper aux soldats, qui sans hésiter, m'auraient remis dans leur village-prison, et m'amenèrent à vous.

Lynhéa venait de terminer son récit... Personne ne dit mot encore sous le choc de ces révélations. Arkès luttait entre tristesse et colère, sentiments trahis par des larmes et les muscles saillants de sa mâchoire. Le regard féroce, il se leva et s'approcha d'elle. Elle restait craintive, sur ses gardes. Il était si impressionnant, elle ne s'était pas vraiment rendu compte à quel point jusqu'ici. Il tendit les mains qu'elle saisit aussitôt, son cœur au bord de la rupture. Sentant les larmes la submerger elle ne savait pas trop comment réagir. Il l'aida à se lever puis la prit dans ses bras. Elle fondit en sanglots bruyants et le serra aussi fort que son corps le lui permettait. Contre l'épaule d'Arkès sa respiration était saccadée. Elle exhalait toutes les épreuves des dernières semaines.

— Mon Dieu, ce que tu m'as manqué, parvint-elle à dire.

Arkès ne sut que répondre. Il accompagna ses larmes et déposa sa tête contre la sienne. Ils restèrent ainsi un long moment enlacés. Personne n'osa les interrompre. La joie, la tristesse et la colère s'associaient en un mélange explosif à désamorcer avec précaution.

Il se détacha d'elle et l'aida à se rasseoir gardant une main dans la sienne. Puis il se tourna vers Orkaf, le regard accusateur.

— Je pense que tu nous dois une explication, dit-il avec sévérité.

Orkaf considéra à tour de rôle chacune des personnes attablées et baissa la tête.

— Cette triste histoire a débuté il y a des années. Je n'étais encore qu'un jeune soldat. Plus tard, anobli par Anthelme qui fit de moi son bras droit, il m'en informa. Mais je ne pouvais rien faire, il m'aurait tué si seulement je lui en avais fait la remarque. Je n'en suis pas fier et je choisis simplement d'oublier. Jusqu'à ce jour, je n'en avais plus entendu parler.

» Le roi avait ordonné de rechercher et isoler tous les enfants jugés *anormaux* qui pouvaient dénaturer la race des Warkans. Ils les enfermaient à Johd en les confiant à une famille. Pour être sûr que ces... ne réapparaissent jamais, il avait commandé de construire le mur et placé des gardes. Ce qui se passe à l'intérieur, tout le monde s'en moque, ils font leur propre loi.

— TOUT LE MONDE S'EN MOQUE ?! hurla Arkès lorsque son poing brisa un coin de la table.

Perdant le contrôle, sa carapace réagit. Déjà sa main était recouverte d'une épaisse protection. Lynhéa la lui prit et le regarda avec douceur. Dans les yeux de cette inconnue… il la devina. La colère disparut aussitôt et il retrouva son calme.

— Je suis désolé, avoua Orkaf, ce n'est pas ce que je voulais dire. J'ai toujours refusé de prendre part à… Même si je sais que cela ne m'excuse en rien.

— Le roi est un homme mort, affirma péremptoirement Arkès. Et ce, dès ce soir. Peu m'importe les innocents pris dans la bataille.

— Si vous faites cela, dit Adrehilde, nous perdrons tout espoir de retrouver nos corps.

— Et alors ? l'apostropha froidement Arkès.

— Vous condamnez Lynhéa en même temps que nous, lui rétorqua-t-elle sèchement.

Arkès fut cloué sur place. Elle avait raison. Il attendit de recouvrer son calme avant de s'excuser.

— Pardonnez mon emportement, Madame.

Le roi resterait donc en vie… pour l'instant. Maintenant que Lynhéa était impliquée plus question de subir les scrupules émis par tous les autres. Il allait agir. Il réfléchissait déjà à sa rentrée en force dans le château quand Lynhéa intervint de cette voix si perturbante pour elle, même après tous ces jours écoulés.

— Retrouver nos corps ? De quoi parlez-vous ?

Arkès lui expliqua. Elle comprit aussitôt que tout n'était pas perdu d'avance. Un sourire déforma ses lèvres… mais il s'estompa rapidement.

— S'occuper du roi n'est pas le plus urgent.

— Mais qu'est-ce qui pourrait l'être ? s'étonna Arkès décontenancé.

— Nous devons libérer les habitants de Johd, répondit-elle, le visage triste.

Un court moment de silence suivit, vite interrompu par Orkaf.

— C'est impossible, dit-il gêné.

— Pourquoi ? demanda Lynhéa.

— Les hommes qui y vivent n'ont pas la moindre règle de conduite et sont extrêmement violents, tu as pu t'en rendre compte. Imagine ce qu'il se passerait si nous les lâchions dans la nature. Combien de victimes feraient-ils en peu de temps ?

Lynhéa baissa la tête car il avait raison. La reine intervint malgré tout.

— Et les enfants ? Eux n'en sont pas encore là. Ne peut-on les libérer ?

Une lueur d'espoir naquit dans les yeux de Lynhéa. Elle se tourna vers Arkès et le regarda implorante.

— Toi, tu pourrais régler ça très rapidement. Ça ne retarderait pas beaucoup vos projets… Et je peux attendre encore un peu.

Arkès fut étonné de sa réaction. Avant toutes ces épreuves, elle aurait ordonné qu'on lui rende d'abord son corps. Il ne pouvait concevoir son calvaire, mais un tel changement traduisait une expérience profondément traumatisante. S'il voulait que ce souvenir s'estompe, il devait respecter et accomplir sa volonté.

— Je pars tout de suite. Lynhéa, tu resteras avec Orkaf et la reine. Je vais récupérer les enfants. Connais-tu leur nombre ? demanda-t-il.

— Je dirais… une dizaine approximativement.

— Très bien. Amolaric, Ieneta, si vous êtes d'accord, vous viendrez avec moi. Vous conduirez un chariot qui les emmènera à Livend. Ils y seront en sécurité en attendant qu'on trouve une solution pour eux.

— Je vous accompagne, dit Orkaf.

— Non, l'arrêta net Arkès. Tu dois rester avec Lynhéa pour la protéger ainsi que la reine. De plus, tout cela m'a donné une idée pour entrer dans le château et accéder au roi sans blesser personne… à part lui !

— Comment vas-tu découvrir le village ? demanda Lynhéa.

— Je pense savoir où il se trouve, répondit Amolaric avant Arkès. Lors d'une de nos guerres, on s'est un jour battu dans un coin perdu hors de toutes les routes commerçantes habituelles, au sud de Livend et du lac Ertin. Au loin on apercevait ce que j'ai pris à l'époque pour une forteresse. Vu la description que tu en as faite, je pense que c'était ça. Ce n'est pas très loin de Livend donc, cela à l'air de correspondre.

— C'est fort possible, confirma Arkès. Je me souviens de cette bataille. Et te rappelles-tu ? (Il regarda Lynhéa) En revenant du Monde des Glaces quand on rejoignait Gallim, des soldats nous ont arrêtés pour nous écarter de notre chemin. Je suis persuadé que c'était là.

Il marqua une courte pause puis continua.

» Ça ira ? lui demanda-t-il.

— Oui, ne t'inquiète pas. Et fais vite, il me tarde de revoir Daïa. Comment va ma petite chérie ?

— En pleine forme ! Elle est entre de bonnes mains. Elle sera très contente de retrouver sa maman.

Lynhéa esquissa un sourire. Arkès se leva et la prit dans ses bras avant de partir. Tournée vers Orkaf et la reine, elle affichait un air gêné, dû à son apparence. Les jours suivants risquaient d'être longs jusqu'au retour de son amant. Il lui avait tant manqué... Et il la quittait déjà.

À cheval, Arkès précédait de peu le chariot conduit par Amolaric et Ieneta. Le voyage se déroulait en silence. Même Amolaric parlait peu à Ieneta, troublé par la situation de ses amis. Pendant leurs discussions, une chose l'avait frappé, mais il n'avait osé y faire allusion. Depuis le début de leur chevauchée il voulait en faire part à Arkès. La nouvelle n'allait pas lui plaire... Il ne semblait pas s'en être rendu compte. Amolaric rechignait à briser le peu de joie qui avait refleuri en lui. D'un autre côté, devait-il lui laisser de faux espoirs ?

— Parle-lui, dit Ieneta. Tu ne peux pas garder cela pour toi.

Il opina du chef et fit claquer les rênes pour pousser le chariot.

— Arkès, je dois te dire quelque chose.

Le cavalier décela son air inquiet. Son ami hésita encore avant d'oser se lancer.

— Pendant que vous discutiez avec Lynhéa et Orkaf, une idée me frappa...

— Oui, dit Arkès, continue.

— Voilà, tu comptes aller voir le roi pour découvrir comment fonctionne son objet maldor ?

— En effet.

— Et... tu penses rendre son corps à Lynhéa.

— Bien sûr, pourquoi ?

À peine sa question formulée, Arkès comprit le but de son intervention. Il arrêta son cheval tandis que le chariot poursuivait encore sur quelques mètres.

Une pointe lui transperça le cœur. Il sentit son sang accélérer sa course dans sa poitrine et sa tête. Amolaric et Ieneta le regardèrent tristement, il réalisait toute la difficulté de l'opération.

— Je suis désolé, dit Amolaric.

— Moi de même, ajouta Ieneta.

Il talonna son cheval pour prendre de la distance. Il désirait un peu de solitude pour trouver comment expliquer cela à Lynhéa... Et pour pleurer. Comment allait-elle réagir ? Mal, c'était évident. Voudrait-elle encore voir Daïa ? Ou plutôt, accepterait-elle de se montrer ainsi à sa fille ? Voudrait-elle encore vivre... tout simplement ? Tant de questions refoulées qui lui revenaient sans cesse à l'esprit.

Plongé dans ses pensées, il remarqua à peine son isolement tout le reste du trajet.

Déjà Johd était en vue.

Ils furent impressionnés par ce mur épais, immense, inapproprié, construit autour du petit village.

— *Comment pouvons-nous ne jamais en avoir entendu parler ?* se demanda Arkès.

Ils observèrent l'enceinte.

Un coup de vent plus tard, il descendit de cheval. Alors qu'Amolaric voulait l'imiter, son épée à la main, il l'arrêta froidement.

— Je n'en ai pas pour longtemps. Approchez le chariot des portes dès que je serai entré.

Son ton ne tolérait aucune discussion. Il avança d'un pas décidé. Il développa sa carapace sans créer d'arme, mais effila chacun de ses doigts pour en faire des pieux létaux.

— Je sentirai chacune de vos morts jusqu'au plus profond de moi, affirma-t-il, l'air dément.

Les gardes le toisaient sans qu'aucun d'eux ne dise mot.

— OUUUVREEEZ LA POOORTE ! hurla-t-il.

Une quinzaine de têtes dépassèrent du mur, aucune ne réagit à l'ordre péremptoire.

— OUUUVREEEZ LA POOORTE !

Ils lui conseillèrent de faire demi-tour arguant qu'il n'y avait rien pour lui ici.

— OUUUVREEEZ LA POOORTE !

Les menaces des foudres du roi n'y firent rien.

— OUUUVREEEZ LA POOORTE !

Les lourds pans de bois restèrent immobiles.

Il releva la tête, le regard sombre et ouvrit brutalement les mains comme pour donner un ordre à sa carapace. Avant même de pouvoir réagir, quinze filaments surgirent de son torse et empalèrent chacun des fronts penchés. Lorsqu'il les rappela, un seul son lui parvint : un bruit sourd provoqué par les corps s'affalant d'une masse sur le sol.

Amolaric et Ieneta étaient abasourdis par ses pouvoirs et restèrent sans voix.

Il épargna pourtant un gardien.

À l'aide d'un grappin créé dans sa main droite il escalada le mur. Le garde ne bougeait pas, trop tétanisé pour fuir.

— Va prévenir le roi ! ordonna Arkès sans même regarder le malheureux.

Il s'exécuta et disparut vivement dans les escaliers. Protégé par sa carapace, Arkès sauta vers l'intérieur du village et souleva un nuage de poussière en tombant sur la terre sèche. Devant lui s'étendait l'unique rue. Il avança de quelques pas dans la lumière puis hurla :

— LAISSEZ SORTIR LES ENFANTS !

Attirés par le bruit, les habitants cloîtrés chez eux se montrèrent peu à peu.

— Qui es-tu ? cria l'un d'eux.

— Peu importe. Amenez-moi les enfants !

Un immense éclat de rire retentit. Comme un seul homme les villageois s'avançaient vers Arkès, immobile. Sa carapace toujours déployée, il les fixait la rage dans les yeux. Il imaginait en chacun d'eux un des bourreaux de Lynhéa.

Lorsque le premier arriva sur lui, il écarta les bras tendus de l'homme et le saisit à la tête. La pression de ses doigts aidés de sa carapace fut telle que le crâne se brisa comme une pastèque trop mûre. Il évita le coup du second et d'un croche-pied le fit tomber. Son agresseur émit à peine un gémissement en heurtant le sol qu'Arkès écrasait sa tête d'un violent coup de pied. Le sang gicla sur la terre battue.

Déjà un autre villageois était sur lui. Arkès le prit au cou et, avec l'aide de sa carapace, le souleva d'un bras alors même qu'il devait peser près de cent kilos. Il referma la main qui écrasa la trachée dans un bruit d'os brisés. La tête de l'homme s'abandonna sur le côté. Il projeta son assaillant sur deux autres qui osaient s'approcher encore.

Aux pas d'un troisième juste derrière lui, il pivota à une vitesse prodigieuse, évita le coup de poing et le saisit à la nuque. Il tira vers l'arrière pour dégager sa glotte. D'un mouvement sec, il enfonça ses griffes dans le cou et les retira violemment, emportant une partie de la gorge dans sa main. Le sang jaillit. L'homme s'écroula d'une masse sur le sol lorsqu'Arkès le lâcha.

Il ne ressentait aucune pitié, aucun remords. Il laissait exploser sa rage mécaniquement. Il se défoulerait sur chacun de ses assaillants et n'en épargnerait aucun.

Ils mourraient tous !

Le cri d'un enfant le ramena à la réalité. Ce hurlement lui fit l'effet d'un coup d'épée et lui rappela le véritable but de sa présence. Le gamin était assis sur l'escalier branlant d'une maison. Les marches en bois ne tenaient que par habitude et cela ne semblait pas l'inquiéter. Il était terrorisé par tant de violence et de sang. Son *père* n'était pas un tendre, pourtant ce n'était rien en comparaison de la haine qui transpirait de cet homme aux mains griffues.

Arkès lut la peur dans ses yeux et prit conscience du carnage perpétré. N'était-il pas pire que ses victimes ? Il repensa à Elveblas et Nora... Cette fois il n'avait pas l'excuse de sa perte d'humanité. Il l'avait sciemment écartée. En un éclair, il parcourut une dizaine de mètres pour se mettre l'abri de ses assaillants. Ou plutôt pour les soustraire de sa colère.

Il les toisa et décida d'évaluer s'il les avait suffisamment effrayés pour les dissuader d'attaquer à nouveau. Afin d'instiller plus encore la peur en eux, il créa une série de filaments et les fit danser autour de lui tels des serpents fixant leurs proies. Il les défiait d'oser un pas supplémentaire.

— Vous seriez stupides de vouloir vous opposer à moi, dit-il d'une voix sourde comme sortie d'outre-tombe.

Son stratagème fonctionna, les villageois reculèrent, apeurés. Il profita de cette supériorité pour avancer et les dominer un peu plus.

— Amenez-moi les enfants ! ordonna-t-il de la même voix.

— Moi, dit l'un d'eux, bravache, je ne vais pas mourir pour un de ces sales gosses.

— Moi, non plus, ajouta un autre.

Les gamins furent jetés sans ménagement au milieu de la rue. Face à Arkès, ce monstre de brutalité, ils se mirent à pleurer. Pour assurer sa tranquillité, Arkès agrandit encore les faux serpents et les fit danser avec plus de détermination. Il s'approcha des enfants.

— Un chariot vous attend à la porte dans le mur. Il va vous ramener auprès de vos mamans. Allez-y !

Paniqués, ils n'osaient pas bouger. Ils ne savaient que faire. Blottis les uns contre les autres ils se tenaient les bras pour se rassurer. Arkès avait pitié d'eux, mais il devait les faire partir rapidement sinon les villageois risquaient de s'impatienter et de revenir sur leur décision.

— ALLEZ ! OUSTE ! cria-t-il.

En une vague de panique et de pleurs, ils se mirent à courir l'un derrière l'autre.

— *Ouf, ils sont saufs.*

Il recula lentement vers la porte. Ses serpents pointaient dans toutes les directions pour faire croire à une vision circulaire. Personne n'osa bouger.

Les enfants revenaient vers lui en hurlant de plus belle.

— *Qu'est-ce que… ?* Pensa-t-il.

— Ces enfants n'iront nulle part, cria une voix dans l'ombre au bout de la rue. Et toi non plus, d'ailleurs.

— Montrez-vous ! Que je sache qui va perdre la vie, menaça Arkès.

— Oh ! Mais tu ne vas pas me tuer ! dit l'homme en avançant.

Maintenant dans la lumière, Arkès reconnut l'un des chefs d'armée du roi. Il avait combattu avec lui contre Zahirdena. Son nom lui échappait… bien que cela n'avait aucune importance.

— Et pourquoi pas ?

— Une cinquantaine de villageois extrêmement costauds sont bien déterminés à te faire la peau. En plus, j'ai amené du monde avec moi.

À ces mots, une trentaine de soldats émergèrent de l'ombre derrière lui. Armés d'arcs et d'épées, ils se préparèrent à attaquer. Leur chef les stoppa d'un signe de la main.

— Si tu viens avec moi sans faire d'histoire, je te laisse la vie sauve.

— Et qui te dit que je ne m'échapperai pas par la suite ? demanda Arkès.

— J'ai les moyens nécessaires pour t'en empêcher.

— Désolé de ne pouvoir accéder à ta requête, mais je ne partirai pas sans les enfants.

— Très bien. Dans ce cas, pendant qu'ils te massacreront, j'aurai tout le temps de prévenir le roi de tes agissements, de ceux d'Orkaf… et de la catin royale ! Messieurs, il est à vous, dit-il aux villageois.

Ils hésitaient encore quand, au cri de colère du soldat, ils foncèrent tous ensemble. Arkès lança ses filaments qui foudroyèrent sur place une dizaine d'hommes, tandis que les autres continuaient sur lui. Il esquivait une à une les attaques et les contrait simultanément par des coups de griffes violents. Il tuait ou défigurait sans discernement. Tant pis pour le spectacle macabre offert aux enfants. Lacérant la chair, il blessait grièvement ses assaillants. Peu à peu, il prit l'ascendant sur la meute de fous furieux.

Récupérant son souffle un instant, il aperçut les petits qui s'enfuyaient à nouveau vers la porte.

— *Parfait*, pensa-t-il, *au moins seront-ils à l'abri.*

À cet instant, distrait par les enfants, il sentit une forte douleur lui foudroyer l'épaule. Instinctivement, il se retourna en balayant du bras autour de lui. Ses griffes se plantèrent dans un visage. Il courba sous la souffrance et permit ainsi à la meute de se jeter sur lui. Il se retrouva à genoux, roué de coups. Sa carapace le protégeait, mais il devait trouver un moyen de sortir de là. Ses entrainements chez les kNalines lui revinrent en mémoire. Il se replia sur lui-même malgré la pluie de frappes puis libéra brutalement son énergie. Les hommes qui le submergeaient furent projetés plusieurs mètres en arrière. Il récupéra assez d'espace pour se téléporter quelques mètres plus loin. L'effort fourni lui avait couté beaucoup, il était essoufflé.

La douleur à l'épaule réapparut à présent qu'il pouvait respirer. Il tourna la tête et aperçut l'épée qui s'était enfoncée dans sa carapace jusqu'à sa chair. Il l'enleva d'un geste brusque. La lame scintillait.

— Comment est-ce possible ? dit-il décontenancé.

— *Magie maldore*, répondit sa protection.

— Sang de reil ! Manquait plus que ça !

Le temps n'était plus aux questions, les villageois et les soldats fondaient à nouveau sur lui. Submergé par la masse, il créa une épée à la hâte et coupa toute personne trop proche. Sa rapidité lui permit de reprendre l'avantage. Ses assaillants baignaient dans une mare de sang.

Soudain une douleur fulgurante lui arracha le ventre. Il baissa la tête et vit la plume du projectile planté dans son abdomen. Il la retira d'un coup sec. La pointe scintillait elle aussi. Un sifflement l'avertit à temps pour constater la salve suivante voler vers lui. Il se plaqua sur le sol. Les flèches le frôlèrent puis se perdirent un peu plus loin. Il se releva pour précéder un nouveau tir. Deux longues lames au bout de ses bras tendus, il fonça à la vitesse de l'éclair pour se retrouver derrière les archers qui s'immobilisèrent. Doucement, les troncs coupés glissèrent sur leurs hanches dans un bruit de succion et s'affalèrent sur le sol.

Il s'arrêta pour constater le massacre puis se ressaisit. Leur chef devait être maîtrisé avant son évasion jusqu'au roi. Les yeux rivés en direction du mur d'enceinte, il s'y retrouva en un battement de cils. Son épaule et son ventre le faisaient souffrir atrocement et les efforts fournis l'avaient affaibli.

Il devait tenir bon. Le chariot s'éloignait là-bas à l'orée du bois. Il utilisa sa vitesse prodigieuse pour le rattraper. Levant les bras au ciel, il fit que les chevaux se cambrèrent et arrêtèrent le convoi. Le chef n'était plus accompagné que d'une poignée de gardes qu'Arkès élimina aisément malgré leurs armes.

Ses dernières ressources étaient épuisées. Sa carapace empêchait ses blessures de se déchirer dans ses mouvements, et celles-ci le faisaient atrocement souffrir. Il sentait le sang s'écouler de son corps.

Face à leur supérieur il ne montra pas le moindre signe de faiblesse. Le soldat brandissait son épée devant lui, tétanisé. En une frappe sur le plat de la lame, Arkès le désarma et le saisit au cou.

— Comment sais-tu pour Orkaf et la reine ?

— Cela fait un certain temps que je vous observe à l'auberge et je t'ai suivi jusqu'ici. Avec la magie maldore, Anthelme avait assuré que tu ne pouvais plus rien contre nous.

— C'est donc pour cela qu'il n'a pas peur de moi. Eh bien, désolé de le contredire, mais il s'est trompé.

— Je vois.

— Le roi sait-il pour Orkaf ?

— Pas encore, j'allais le prévenir, dit péniblement le chef qu'Arkès serrait de plus en plus fort.

— Il n'en entendra jamais parler... Ou alors trop tard.

— Pitié.

— Plus question de pitié. Vous n'en avez pas eu pour Lynhéa.

Arkès serra brutalement. Les os de sa gorge broyés sous la pression, le soldat tenta de hurler. Ses yeux se révulsèrent. Bientôt il pendait inerte au bout du bras d'Arkès.

Sans attendre, il grimpa dans le chariot et retourna vers Johd. Arrivé à quelques mètres du mur, il aperçut les corps sans vie de Ieneta et Amolaric. Le sang s'écoulait de leurs ventres éviscérés. Il resta un instant à les regarder tristement.

— Je suis désolé.

Ses amis n'auront pas eu beaucoup de temps pour profiter de leur bonheur. Il s'agenouilla à côté de la jeune femme et la souleva pour la déposer auprès de son amour. Il les disposa afin de donner l'impression qu'ils dormaient enlacés. Après avoir embarqué les enfants dans le chariot, il revint pour les recouvrir de terre. À sa grande surprise, tous les bambins descendirent du véhicule pour venir l'aider de leurs petites mains. Ils n'avaient plus peur de lui. À jamais, il serait le héros qui les avait sauvés.

—Vous êtes différents... Mais vous valez bien mieux que la plupart des hommes que je connais.

Une fois les deux corps enterrés, les enfants se regroupèrent autour de lui pour le serrer dans leurs bras, sans dire un mot. Il s'en sentit gêné de leurs regards adorateurs. Quelques instants plus tard, ils prenaient la route en direction de Livend.

Il lui fallut une semaine pour atteindre Livend et expliquer à ses amis de bien s'occuper des petits. Le départ du village fut particulièrement émouvant pour tous. Les enfants s'accrochaient à lui pour ne pas le quitter. Durant les quelques jours du trajet, il avait appris à les connaitre en parlant avec eux. Ils avaient fait montre d'une réelle envie de l'aider. Ils ne se plaignaient jamais, ni de la fatigue, ni des conditions dans lesquelles ils devaient voyager et dormir. Ils étaient simplement heureux d'être avec leur héros. Il les admira pour cela.

L'écoulement des jours n'allégea pas son cœur pour autant en allant vers Sagahaner. Bientôt, il allait retrouver Lynhéa, la reine et Orkaf... et leur annoncer la mauvaise nouvelle. Il n'y eut aucune manifestation de joie à son entrée... seul et blessé. Ses amis comprirent immédiatement. Ses plaies, si elles ne s'étaient pas aggravées grâce à sa carapace, s'étaient infectées. La douleur était omniprésente, mais il avait refusé de se faire soigner à Livend et perdre ainsi un temps précieux. Il leur raconta toute son odyssée et expliqua les nouvelles armes d'Anthelme. Les pouvoirs du roi augmentaient, c'était indéniable, et ils devraient en tenir compte pour la suite du plan qu'Arkès leur exposa.

— J'ai sciemment autorisé un soldat à s'échapper. Maintenant qu'il est averti, le chef de sa garde doit lui livrer ce dangereux rebelle, dit Arkès avec un léger sourire méprisant.

— Ainsi, voilà notre laissez-passer, constata Orkaf. C'est ingénieux. Mais nous devrons attendre que le roi ordonne ta capture.

— Oui, confirma Arkès, et c'est pourquoi tu ne dois pas être absent du château un jour de plus.

— J'y retourne de ce pas.

— Ma Reine, continua Arkès, puis-je vous mettre à contribution ?

— Avec plaisir, que puis-je faire ?

— Emmenez Lynhéa chez les kNalines et demandez-leur de nous rejoindre ici.

— Euh, très bien…, hésita la reine, peu habituée à se lancer dans de tels voyages.

— Lynhéa, dit-il en s'adressant à elle, Medil et Ehrmann doivent venir. Eux pourront nous aider.

— D'accord, confirma Lynhéa alors que son visage trahissait une grande fébrilité.

— Ne t'inquiète pas, tenta-t-il de la rassurer.

— Je… Je vais retrouver Daïa… Comme ça, dit-elle en montrant son corps décharné.

Arkès ne sut que répondre et préféra garder le silence. Il déposa tendrement la main sur la sienne. Elle redressa le visage.

— Ça va aller, ne t'inquiète pas. Je... verrai bien sur place.

Arkès acquiesça d'un signe de tête puis poursuivit.

— Orkaf ? demanda-t-il. Peux-tu désigner deux hommes de confiance pour les escorter ?

— Bien sûr, répondit ce dernier.

— Ils se feront passer pour deux couples pour ne pas éveiller le moindre soupçon sur eux, spécifia Arkès.

Avant de reprendre la parole, il marqua une courte pause. Il ne voulait omettre aucun détail.

— Quant à moi, je resterai ici en attendant les kNalines. Je dois me remettre de mes blessures. Dès leur arrivée, je trouverai un moyen de te prévenir, dit-il à l'attention d'Orkaf. Et tu viendras nous arrêter.

Le pays kNaline était enfin en vue. Peu habituée à tant voyager sans arrêts prévus, la reine était épuisée. Mais elle avait pris son mal en patience d'une fort belle manière. Elle n'avait plus quitté la capitale depuis longtemps. Sous un soleil éclatant, elle profitait des magnifiques paysages verdoyants du pays warkan, des étendues d'herbe à perte de vue. Elle déchanta lors de la traversée du désert du Ksilm, et retrouva son sourire en quittant la Torie pour la vaste plaine coupée par le fleuve. Au loin se dressaient les imposantes montagnes knalines.

Elle entretint la conversation tout au long du trajet avec Lynhéa et les deux soldats. La jeune femme meurtrie avait bien besoin de penser à autre chose qu'à son état, aux risques qu'allait encourir Arkès... et surtout à son retour auprès de Daïa. Même leur escorte finit par se montrer moins cérémonieuse devant la jovialité de la reine, ce qui permit d'améliorer la crédibilité de leur rôle d'époux. Le voyage se passa finalement dans une ambiance décontractée.

Cependant plus ils approchaient de leur destination, plus Lynhéa demeurait silencieuse et ne répondait que par monosyllabes. Le moment se profilait où elle devrait faire le choix d'enlacer Daïa ou non. Allait-elle se montrer à sa fille en l'état ou rester dans l'ombre jusqu'à réintégrer son corps ? Elle hésitait encore. Elle voulait la serrer très fort tant elle lui avait manqué ces dernières semaines, mais elle avait peur de la traumatiser. Ses réflexions restèrent infertiles, aucune idée ne s'imposa aux autres.

Le convoi avait à peine roulé quelques centaines de mètres dans la plaine que des kNalines vinrent à leur rencontre. Lynhéa devrait à nouveau expliquer sa triste histoire et convaincre de son retour... Pour la dernière fois, espérait-elle. Les soldats tirèrent sur les rênes, mais elle les enjoignit de continuer. Lorsque la délégation knaline s'arrêta à leur hauteur, Lynhéa se mit debout.

— Bonjour, Medil, dit-elle.

Ce dernier resta un instant silencieux face à cette femme difforme. Puis, tour à tour, il examina les trois autres voyageurs. Selon les indications de Lynhéa, les soldats demeurèrent loin de leurs armes.

— Bonjour, Lynhéa, répondit-il enfin.

Elle accusa le coup et se retrouva assise sans même s'en rendre compte. La reine et les deux hommes regardaient, intrigués. Ils se demandaient bien entendu comment ils avaient pu la reconnaitre, surtout ils étaient subjugués par l'apparence des kNalines, malgré la description faite par Lynhéa. Jamais ils n'avaient vu d'êtres aussi étranges.

— Mais... dit Lynhéa encore sous le choc. Comment... ?

— L'aura d'une personne n'est pas liée à son physique, mais à son âme. Depuis que vous êtes entrés en pays kNaline, nous savons que tu es de retour. J'ai juste pris un peu de temps à réagir. On ne peut pas dire que tu sois... pareille. Cela m'a perturbé un instant.

— Oh, merci ! dit Lynhéa en larmes. J'avais peur de devoir une fois de plus essayer de convaincre.

Medil sourit.

— Tu sais pourtant que nous n'accordons aucune importance au physique, c'est pourquoi nous avons tous la même apparence. Comment crois-tu que nous nous reconnaissons ?

— Et bien, comme chez l'être humain, grâce aux subtilités des dessins de chacun de vous.

— Ah, c'est donc ce que tu pensais. Eh, bien non ! dit-il, nous sommes tous exactement pareils, à la *ligne* près. Vous nous identifiez car nous nous révélons à vous par notre aura spécifique. Et ce sans dire un mot. Pour nous, tu es bel et bien Lynhéa.

La reine et les soldats ne comprenaient pas grand-chose à cette conversation. Ils étaient toujours surpris de l'apparence extérieure des kNalines. Au salut amical de Medil, ils se courbèrent pour le lui rendre poliment en restant muets.

— Mettons-nous en route, dit Medil, vous devez être fatigués de votre voyage.

À des lieues de là, Arkès attendait l'arrivée de ses amis à l'auberge. La plupart du temps, il récupérait dans la chambre que le patron, ami d'Orkaf, mettait à sa disposition. Il passait des heures à méditer et répéter les exercices de concentration appris auprès des kNalines en attendant que ses blessures guérissent. Ce soir-là, il se coucha l'esprit agité… comme les autres nuits. Il ressassait son plan.

Surtout, il pensait à Lynhéa retrouvée il y a peu dans un triste état et déjà laissée derrière lui. Daïa lui manquait terriblement. Il revoyait leurs jeux dans le jardin au bord de la falaise. Daïa riait et courait sans jamais se fatiguer. Ses câlins et ses premiers mots lui occupaient l'esprit plus que de raison. Il en prenait conscience aujourd'hui. Le retour de Lynhéa lui avait redonné goût à la vie, il envisageait à nouveau son avenir avec elles, dormir à ses côtés… Et même projeter d'agrandir la maison pour offrir à Daïa sa propre chambre. Il n'imaginait pas Lynhéa à jamais vivre dans son corps actuel, il ne le voulait pas. Ce soir, aucune ombre n'obscurcissait ses pensées, le soleil brillait d'une façon réconfortante sur leur jardin et leur famille.

Puis le sommeil le gagna enfin.

Au milieu de la nuit, une intense chaleur le sortit de ses rêves. Il reconnaissait cette sensation entre mille : sa carapace s'était développée. Lorsqu'il ouvrit les yeux, une dizaine d'hommes entouraient son lit. Avant de pouvoir réagir, un garde planta sa lance dans son épaule. L'arme traversa sa protection sans effort. Très vite, le sang s'écoula sur les draps blancs.

— Que voulez-vous ? leur demanda-t-il avec difficulté.

— Le roi a mis ta tête à prix alors on va s'offrir un joli magot, dit le soldat qui maintenait Arkès cloué au matelas.

La douleur était trop forte, il décida de la supporter avant d'essayer de se défendre.

— Et comment saviez-vous que j'étais ici ?

— Notre chef, paix à son âme, vous suivait depuis longtemps, toi et Orkaf. Il m'avait informé au cas où quelque chose lui arriverait. Et il a bien fait.

Arkès bougea. Un autre soldat lui planta sa lance dans la cuisse. Il hurla à nouveau. Luttant contre la douleur, il continua à questionner.

— Et maintenant, le roi vous envoie pour m'éliminer, dit-il.

— Pas exactement. Si nous l'avions averti, tout le monde se serait lancé à ta poursuite. Nous, on ne veut pas partager la récompense. Et avec nos armes *bénies* tu ne peux rien contre nous. Tu es un homme comme les autres.

Arkès ferma un instant les paupières et rit doucement. La douleur était si forte qu'une toux s'y mêla. Le soldat tourna lentement la lance dans son épaule pour le calmer, lui arrachant un nouveau cri. Soudain il sentit une chaleur intense parcourir tout son corps. Ses yeux rougirent comme de la braise. Terrifiés, ses agresseurs esquissèrent un pas en arrière maintenant leurs armes dans les plaies. Il releva la tête et afficha un rire sardonique.

—Me croyez-vous réellement comme les autres ? dit-il d'une voix caverneuse. Vous auriez mieux fait de prévenir le roi car maintenant, il est trop tard pour vous.

Des dizaines de filaments envahirent la pièce pour tisser une immense toile déchiquetant tout sur leur passage, les meubles, les rideaux… et les soldats. Elle se transforma en un bain de sang et de viscères. Arkès extirpa les deux lances plantées dans son corps et se redressa péniblement pour contempler le carnage.

—Pauvres fous, lança-t-il, avant que la toux le paralyse à nouveau.

Il tituba jusqu'à la chambre d'Edarg, le patron de l'auberge. Il perdait beaucoup de sang. L'effort fourni était considérable. Ses forces l'abandonnaient peu à peu et la tête lui tournait. Il lutta pour ne pas perdre connaissance et trouva encore l'énergie de frapper à la porte avant de s'écrouler sur le sol.

—Oh ! Sang de reil ! Mais que t'est-il arrivé ? s'exclama Edarg.

— Ils... Ils m'ont attaqué, parvint-il à grommeler.

Lynhéa approchait de la maison de Lucal et Dolcina. Elle n'avait pas le choix, elle devait aller voir Daïa car Medil les avait avertis de son retour. Il ne savait pas alors qu'elle n'était plus elle-même. Pour ne pas effrayer la petite, seul Medil avait accompagné Lynhéa. Il prit tout le temps nécessaire pour expliquer les changements physiques survenus à sa maman.

Son cœur battait à se rompre. Un fin filet de transpiration perla sur son front, le long de ses cheveux épars. Une main sur sa hanche douloureuse, elle boitilla en retardant d'autant ce moment redouté... malgré son impatience de revoir sa fille. Elle avait envie de pleurer, son absence durait depuis si longtemps. Machinalement, elle passa une main fébrile sur ses vêtements pour essayer de donner un air présentable à ce corps repoussant. Elle tremblait de tout son long.

Devant la cour, elle poussa la grille qui grinça. Elle grimaça. Elle eut préféré éviter le bruit pour ne pas avertir de sa présence. À mi-chemin, elle s'arrêta.

— Je ne peux pas, c'est trop dur.

Medil lui posa la main sur l'épaule.

— C'est ta fille, quoiqu'il te soit arrivé, elle t'aimera toujours. Ne la fais pas attendre davantage.

Lynhéa n'eut pas l'occasion d'hésiter plus longtemps, la porte de la maison s'ouvrit. Dolcina serrait Daïa dans ses bras.

—*Dieu comme elle a grandi*, pensa-t-elle, les larmes aux yeux.

Elle n'osait pas avancer, ne voulant pas la brusquer. Dolcina posa la petite à terre qui regarda la femme avec inquiétude.

—*Ce n'est pas elle! Ne leur fais pas confiance!* souffla la voix dans sa tête.

—*Pourquoi? Ils ont toujours été gentils avec moi. Pourquoi me mentiraient-ils?*

—*Les gens sont comme ça. Ils mentent. Et même si aujourd'hui on ne sait pas pourquoi, on le découvrira un jour. N'y va pas!*

Lynhéa s'agenouilla.

—Bonjour, ma chérie, dit-elle la voix cassée par le stress et l'émotion. C'est moi, maman.

Daïa se réfugia dans les jambes de Dolcina, effrayée par l'apparence repoussante de cette femme. Au plus profond d'elle-même, le rire sadique retentit une nouvelle fois.

Lynhéa osa un mouvement des bras vers l'avant en même temps que son cœur se déchirait. Elle s'en doutait pourtant, même Lucal et Dolcina ne pouvaient dissimuler leur surprise et leur inquiétude. Comment pouvait-elle la reconnaitre? C'était impossible. Elle s'y était préparée... mais elle se brisa de se voir ainsi rejetée par sa fille.

—*Je te l'avais dit, ce n'est pas elle. Regarde son allure. Et sa voix, tu entends sa voix. Ce n'est pas ta maman. Ne te laisse pas berner par cette étrangère.*
—*Elle est si triste. Pourquoi serait-elle comme ça si je n'étais pas sa fille ?*
—*Elle fait semblant, tu ne dois pas y croire.*

Les bras tendus vers elle, Lynhéa tenta de la réconforter.

—Oh, non, ma chérie, n'aie pas peur. Je t'en prie, je sais que je ne suis plus comme avant. Mon... aspect... a changé, mais je te promets que c'est bien ta maman à l'intérieur. Papa va bientôt me rendre mon vrai corps. (Elle s'assit sur le sol dans une grimace de douleur, sa hanche la torturait) Tu te souviens quand nous jouions dans le jardin de la maison et que je te faisais voler et poursuivre papa qui finissait toujours par heurter un arbre. Et il faisait...

—*Comment peut-elle savoir tout cela si ce n'est pas ma maman ?*
—*...*
—*Peut-être que c'est elle.*
—*Tu as envie de lui laisser sa chance.*
—*Elle est si triste. J'ai mal au cœur pour elle.*
—*Alors va ! Je suis d'accord avec toi.*

Dolcina s'accroupit pour rassurer Daïa de ses bras et lui parla tout bas dans l'oreille. Lynhéa n'entendit pas. Puis, Daïa se retourna vers elle. Elle sentit les larmes la submerger. Devant ses yeux, sa fille marchait pour la première fois. C'était merveilleux et elle venait vers elle... malgré son apparence. À quelques pas d'elle, la petite s'arrêta. Lynhéa tendit la main, Daïa hésita encore avant d'y déposer la sienne.

— Maman ?

— Oui, ma chérie, c'est maman, je suis revenue.

Daïa avança et se serra contre sa mère. Lynhéa explosa en sanglots. Le temps n'avait plus cours. Plus rien n'existait à part elles deux. Son cœur battait à lui briser les côtes. Un intense picotement envahissait chaque parcelle de son corps. Jamais elle n'avait ressenti pareil bonheur. Toutes les épreuves endurées s'étaient évaporées. Même son état ne lui importait plus à cet instant.

— Merci… Merci, murmura-t-elle à ses amis. Je promets de tout vous expliquer.

Lorsqu'enfin elle desserra à regret son étreinte, Daïa releva la tête et la regarda tendrement.

— Papa, mal, dit-elle alors.

Encore en sanglots, Lynhéa ne comprit pas.

— Euh… Que dis-tu, mon amour ?

— Papa, mal, répéta-t-elle avec un rire sadique qui glaça Lynhéa.

Lynhéa remarqua la vibration quasi imperceptible dans sa voix et décela une ombre maléfique dans son visage. Un éclair lui déchira l'échine. Voir ainsi sa fille la terrifiait.

— Papa a mal ? demanda-t-elle pourtant.

— Oui, confirma la petite, avec toujours ce sourire sadique.

Lynhéa releva la tête vers Dolcina et l'interrogea des yeux. La femme se pencha vers Daïa.

— Ton papa souffre, tu en es sûre ?

Son rictus disparut aussitôt et elle retrouva sa voix.

Elle opina du chef d'un air triste.

Lynhéa ne comprenait pas. Par-dessus tout, elle ne saisissait pas le changement d'attitude de sa fille. Pourquoi lui avait-elle adressé ce sourire démoniaque pour ensuite afficher un visage affligé à Dolcina ? Cela lui arracha à nouveau le cœur. Comment une petite d'un an pouvait-elle être si angélique et l'instant d'après aussi terrifiante ?

Dolcina haussa les épaules.

— Kerlua morte, dit d'emblée Daïa.

— Comment ça ? s'inquiéta Lynhéa en se tournant vers Dolcina.

— C'est vrai, confirma son amie. Depuis quelques semaines elle refusait de se nourrir et, à part Daïa, personne ne pouvait l'approcher. Elle était de plus en plus faible. Sans doute avait-elle attrapé une maladie, mais les kNalines n'ont rien décelé. Il y a quelques jours elle ne pouvait même plus se lever alors, avec son accord, ajouta-t-elle en indiquant la petite fille, Lucal a mis fin à ses jours.

Lynhéa saisit Daïa par les épaules et lui dit tristement :

— Je suis désolée. Je sais à quel point elle comptait pour toi.

— Merci... maman. Mais Do'cina donne poupées magiques contre monstres.

— Dolcina est merveilleuse, c'est vrai. Merci, dit-elle à son amie.

La jeune femme la rassura d'un signe de tête.

— Toi, rester ? demanda Daïa.

— Je voudrais bien, mais je dois d'abord aider papa pour que tout rentre dans l'ordre. Et à ce propos, continua-t-elle à l'adresse de Medil, je dois te raconter, à toi et à Ehrmann, ce qu'il m'est arrivé. Ensuite, Arkès aura besoin de vous.

Plusieurs jours plus tard, Arkès se réveilla affaibli par ses pertes de sang. Il ouvrit péniblement les yeux. Aveuglé par la lumière, il finit pourtant par distinguer les objets autour de lui. Il était dans sa chambre à l'auberge. À sa tentative de se redresser, la douleur lui rappela vite de rester allongé. Il souleva les couvertures et remarqua les bandages qui lui maintenaient l'épaule et la jambe. Les images du bain de sang lui revinrent à l'esprit. Son corps était propre, il put le vérifier. Edarg avait bien travaillé et l'avait bien soigné.

On frappa brièvement à la porte, l'aubergiste entra et s'enquit de son état.

— Ça va, répondit-il. Merci pour tout ce que vous avez fait.

— Par toutes les catins de Warbeline, ça n'a pas été facile ! Tu étais dans un sale état... C'était avec plaisir, le rassura-t-il finalement.

— Je suis désolé de tous les tracas que nous vous causons.

— Oublie cela gamin. Quelqu'un est là pour toi, ajouta-t-il.

Il s'écarta pour laisser apparaître Medil suivi d'Ehrmann et Elphline.

— Qu'un mal ardent me frappe ! Je suis content de vous voir ! s'exclama Arkès.

— Nous aussi, dit Medil.

— Lynhéa vous a donc convaincus.

— Elle nous a raconté pour le *village* et son état témoignait mieux que ses mots.

— Merci de nous aider. Je peux à présent prévenir Orkaf.

Il essaya à nouveau de se lever, mais la douleur le cloua derechef au lit. Elphline s'avança vers lui.

— Je vais accélérer ta guérison cependant tu devras encore rester deux longues journées allongé avant de pouvoir envisager de faire quoi que ce soit. Tu es trop faible.

— C'est d'accord. Il faut trouver un moyen de contacter Orkaf.

— Je m'en charge, intervint Edarg.

Arkès se relaxa un peu et laissa retomber sa tête sur l'oreiller. Puis il se rendit compte d'une chose.

— Elphline !? Mais que fais-tu ici ? Je pensais ne voir que Medil et Ehrmann. Pourquoi es-tu venue aussi ? Je... J'en suis très heureux, ne te méprends pas sur ma question, mais je ne comprends pas.

— C'est Daïa.

— Daïa ?! s'exclama Arkès qui s'attendait à tout sauf à cette réponse.

— Oui. Lorsque Lynhéa est arrivée, Daïa nous a dit que tu avais mal. Cela nous a semblé étrange.

Dans le doute, j'ai préféré les accompagner. Et j'ai bien fait apparemment.

—Comment diantre a-t-elle pu savoir? s'interrogea Arkès.

—Je crois que cette petite nous surprendra encore souvent.

Il laissa Elphline s'occuper de ses blessures et deux jours plus tard, comme annoncé, il était remis sur pied.

Pour assurer une discrétion totale aux kNalines, une chambre fut attribuée à chacun d'eux et l'aubergiste n'accepta plus d'autres pensionnaires. Même leurs repas étaient servis à l'étage. Ils passèrent de nombreuses heures à discuter en attendant l'arrivée d'Orkaf.

Au fur et à mesure de leurs débats, et malgré la situation, ils parvinrent pourtant à se détendre et à rire. Les kNalines racontaient les premières bêtises de Daïa et ses incroyables progrès. Le jeune père se rendit compte à quel point sa famille lui manquait. Il aspirait à retrouver un peu de calme et surtout la fin de toute cette aventure. La vie dans les montagnes et les récents évènements avaient provoqué chez lui une importante remise en question. Lui qui rêvait de devenir le plus grand des guerriers, se rendait compte aujourd'hui à quel point ses songes étaient futiles.

—C'est dans l'adversité que l'on prend conscience des vraies valeurs, lui répétaient souvent Dialène et les kNalines.

Cette phrase prenait tout son sens à présent. Comment avait-il pu être si naïf ? Il s'était conformé à la société dans laquelle il vivait même s'il s'était posé un millier de questions sur le pourquoi de beaucoup de choses. Dialène, son fidèle ami, avait disserté avec lui des heures durant. Étrangement, il n'avait jamais remis sa condition de soldat en question.

Les jours passèrent lentement. Attendre à ne rien faire fut très éprouvant alors qu'il avait récupéré sa santé. Puis un matin, Edarg débarqua en trombe dans sa chambre.

— C'est le moment !

Alors qu'Elphline restait dans l'auberge pour ensuite rejoindre Lynhéa dans son pays, les trois amis descendirent et s'installèrent à une table. La tension montait. Ils savaient ce qu'il allait se passer et la nervosité les gagnait peu à peu.

La porte s'ouvrit à la volée, une vingtaine de soldats entrèrent, leurs armes luisantes d'une couleur surnaturelle à la main. Arkès se leva d'un bond et les attaqua. Il en assomma quelques-uns avant qu'Orkaf ne s'en prenne à lui. Pourtant recouvert de sa carapace, l'épée du seigneur pénétra sans difficulté jusqu'à la chair de son épaule et fit couler le sang. Abasourdi, Arkès marqua un temps. L'entaille n'était que superficielle.

Le chef d'armée en profita pour crier au-dessus du brouhaha de la bagarre.

— Rends-toi où tes amis mourront !

Arkès se retourna. Plusieurs soldats tenaient les kNalines en respect. Il baissa les bras. Trois gardes se jetèrent sur lui sans ménagement pour le ligoter. Satisfait, Orkaf ordonna de se mettre en route. En partant, il se tourna vers le tenancier.

— Quant à vous...

— Edarg, s'identifia-t-il.

— Vous êtes le patron ici ?

— En effet.

— Votre loyauté sera récompensée.

— Je suis au service du roi, répondit ce dernier avec un léger sourire.

Orkaf lui lança une bourse remplie de pièces d'or.

Ficelés sur un chariot sans bâche, Arkès et les deux kNalines traversaient la ville. L'un des soldats criait sans cesse.

— Voyez les traitres ! Voyez les assassins ! Leur châtiment sera exemplaire. Voyez les traitres ! Voyez...

Recroquevillés sur eux-mêmes, les trois prisonniers accusaient les coups des projectiles que la foule jetait sur leur passage. Orkaf rageait de ne pouvoir intervenir dans ce lancer de légumes pourris et de mottes de terre. Il accéléra la marche du convoi.

La traversée de la seigneurie était longue, rythmée par la vitesse du chariot. Les trois prisonniers attachés à une poutre ressentaient douloureusement les hoquets du véhicule. Au moins les railleries des soldats leur semblaient-elles dérisoires.

À mi-chemin environ, à proximité de Khane, Orkaf décida de ne pas entrer dans la ville. Il envoya des gardes pourvoir au ravitaillement et ne garda que deux hommes avec lui... deux amis fidèles. Quelques instants plus tard, il s'approcha du chariot.

— Relâchez un peu leurs liens, ordonna-t-il.

— Non, répondit Arkès, nous ne devons pas prendre le moindre risque, pas si près du but.

— Ils en ont au moins pour deux heures.

— On a déjà l'occasion de se détendre pendant la nuit quand vous nous détachez. C'est suffisant.

Les deux kNalines acquiescèrent.

— Bon, comme vous voulez. Je suis désolé de vous voir endurer tout cela.

— La souffrance, je peux la gérer. Anthelme m'y a très bien préparé, dit Arkès en référence à ces semaines de tortures infligées pour lui faire dévoiler ses pouvoirs.

— Autre chose te tourmente, n'est-ce pas? intervint Medil.

Arkès le regarda un instant puis baissa les yeux.

— Je ne suis pas sûr de pouvoir vivre sans Lynhéa... Même si elle est revenue dans ce corps, je ne suis pas persuadé de l'accepter.

— Pourtant tu dois t'y préparer, dit Ehrmann. Tu ne pourras pas lui rendre le sien, il ne sera plus...

— Je sais! l'interrompit brusquement Arkès. Pas la peine de me le rappeler. Mais je réfléchis encore.

Je n'abandonnerai pas avant d'avoir envisagé toutes les possibilités. Et je ne désespère pas de trouver chez le roi un moyen de lui rendre son corps.

— Tu parles comme si elle n'était pas là. Mais même si ce n'est plus son corps, c'est toujours elle.

— Et tu penses qu'elle sera capable de vivre comme ça le restant de ses jours ? Allons, un peu de réalité, tu la connais. Elle fait avec pour l'instant en s'accrochant à un espoir illusoire. (Ehrmann baissa les yeux) Tu sais comme moi que c'est inenvisageable. Et donc, si je ne trouve pas un moyen de lui rendre *son* corps, je la perdrai… encore.

— Tu ne dois pas…, tenta d'intervenir Orkaf.

— Ça suffit ! l'interrompit Arkès. Ce n'est plus la peine de revenir sur le sujet. Vous, dit-il aux kNalines, vous ne savez pas tout ce que cela implique. Et toi, ajouta-t-il à l'attention d'Orkaf, quand nous aurons réussi, tu retrouveras la reine, la vraie. Alors, gardez votre compassion. Vous n'avez aucun moyen d'imaginer ce que je ressens et encore moins de vous mettre à ma place.

» Le roi mourra d'ici peu. C'est tout ce qui importe pour l'instant et la seule chose sur laquelle nous devons nous concentrer. Le reste n'est que douleur, rien qu'on ne puisse gérer.

Arrivés devant le château, Orkaf fit baisser le pont-levis pour accueillir l'horrible cortège. Les prisonniers furent bousculés du chariot et jetés à terre. Le seigneur demeurait impassible... Il forçait même un mince sourire vers ses hommes les maltraitant. La constitution des kNalines les protégeait et Arkès... avait subi bien pire dans le passé.

Avant de s'engouffrer dans l'immense bâtisse, Orkaf jeta un coup d'œil vers le ciel. La tâche sombre était toujours présente et semblait prendre de l'ampleur.

Sans donner d'ordre il se dirigea vers la salle du trône. Les soldats empoignèrent vigoureusement les prisonniers et le suivirent.

L'angoisse s'emparait de lui à chaque pas. Son visage devenait plus sévère. Il risquait de temps en temps un regard vers Arkès. Bien malgré lui ses yeux transpiraient sa tristesse, mais son ami le rassurait à chaque fois d'un battement de paupières à l'approche de leur but.

Ils avançaient dans ce long couloir sombre jusqu'à la salle du trône. La progression leur semblait interminable. Les portes rouges éclairées de bougies grandissaient à chaque pas. Quatre soldats immobiles les gardaient.

Adossées aux murs, des statues à taille humaine les toisaient. À l'image des gardes, elles étaient toutes identiques, pourtant Arkès ressentait un étrange malaise à leur vue. Quelque chose le perturbait qu'il ne parvenait pas à définir. Plus il avançait, plus il les détaillait. Elles avaient quelque chose de... vivant ! Cherchant une étincelle en elles, il croisa leur regard. Les yeux le suivaient ! Même dans la pénombre du couloir, il put les distinguer. Ces yeux semblaient l'implorer sur son passage. Il tourna imperceptiblement la tête vers Medil.

— Les sculptures…

— J'ai vu, répondit le kNaline à voix basse.

— Il a statufié des hommes !

— Oui, il est très malade. Je ne regrette pas d'être venu.

— SILENCE ! hurla un soldat.

À quelques pas des portes, deux gardes quittèrent leur immobilité selon le cérémonial imposé par le roi. Ils pivotèrent d'abord vers l'intérieur, avancèrent simultanément, tournèrent à nouveau pour faire face aux grandes poignées et reculèrent pour les ouvrir en grand. Tout ce temps, ils gardèrent la pointe de leur lance à l'horizontale dans l'entrebâillement de la porte pour obliger les visiteurs à attendre la fin du spectacle. Ils levèrent leur arme et en firent claquer le bois sur les grandes dalles de pierre. Orkaf pouvait entrer avec les prisonniers.

Des dizaines de gardes bordaient l'allée qui menait au trône. Un rapide coup d'œil circulaire sur les soldats persuada Orkaf qu'aucun de ses amis ne se trouvait là. Chacun d'eux exhibait les armes enchantées contre lesquelles la carapace d'Arkès ne pouvait rien. Cela s'avèrerait plus difficile que prévu. Il n'y aurait désormais que lui, Arkès, les deux kNalines et deux des soldats qui l'accompagnaient.

Arkès observait. Il ne se tracassait pas du nombre de gardes. Il se demandait plutôt comment faire pour s'en débarrasser sans que l'alerte soit donnée... Et sans se faire blesser par leurs armes. Il aurait pu créer des filaments, mais la position de ses amis rendait la manœuvre trop risquée.

Il s'adressa à Medil par l'esprit :

— *Medil. Peux-tu parler à Orkaf par la pensée ?*

— *Oui*, répondit ce dernier.

— *Très bien, alors voilà ce que je propose de faire...*

Orkaf arrivait devant le roi. Il exécuta la nécessaire flexion de respect puis se redressa et le regarda droit dans les yeux.

— Majesté, je vous livre le traitre et ses deux complices.

— Très bien, Orkaf. Tu me facilites les choses. Tu me le livres, en effet... avec ses TROIS complices !

Orkaf se renfrogna surpris de l'affirmation du roi. Un geste de ce dernier mit cinq gardes en branle pour l'encercler de leur lance. Impuissant, il retira la main de son épée et baissa les bras. Sûr de lui, Anthelme se leva pour déambuler au milieu des prisonniers.

— M'imaginais-tu si ignorant ? Même pour la reine ? ironisa le souverain. Pourquoi crois-tu que j'ai échangé son esprit ? Je ne pouvais la tuer. Le peuple n'aurait pas compris. Donc autant la garder en la rendant plus... docile.

— Espèce de..., s'énerva Orkaf pour qui donner le change était désormais inutile.

— Oh là ! Voici enfin le vrai visage de mon plus fidèle soldat. Ah ! Ah ! Quelle ironie, ne trouves-tu pas ? Mes ennemis m'ont attribué ma force et mes alliés ont tenté de m'affaiblir. Mais dans quel monde vivons-nous ?

» Quant à ton plan pour m'assassiner c'était bien pensé. Grâce à cette inestimable pierre maldore j'ai pu suivre tous tes déplacements. Au début, je me demandais pourquoi tu demeurais à Sagahaner. Pas uniquement pour la reine, c'était évident. Eh oui, je la surveillais également. J'ai donc envoyé un espion pour t'observer. Lorsqu'Arkès t'a rejoint, c'était encore mieux. Puis l'apothéose : Lynhéa ! Merveilleux ! Il ne me restait plus qu'à attendre et vous mettre en confiance.

» Arkès, comment se porte Lynhéa ? À ce qu'on m'a dit, elle n'est plus tout à fait… elle-même. Tu as fait un fabuleux massacre à Johd. Tant mieux, ce sera ça en moins à garder enfermé dans le village.

Orkaf demeurait silencieux contenant la rage qui l'animait. Medil lui avait signifié par la pensée qu'Arkès prenait les choses en main. De son côté, le jeune homme ignorait les propos du roi et réfléchissait à adapter son plan à cette situation imprévue. Il comptait sur Orkaf pour les libérer de leurs liens et constatait qu'il devrait se débrouiller seul.

— *Medil, nous aurons besoin d'une diversion.*

Pendant ce temps le souverain monologuait.

— Elle est vraiment laide, paraît-il ? Mes hommes ont cherché longtemps avant de trouver la plus adéquate. Es-tu satisfait ?

Arkès ne réagit pas, évitant le regard d'Anthelme pour garder au mieux le contrôle de ses émotions.

— *Ça y est*, confirma Medil par la pensée. *Encore un instant.*

— Et puis, poursuivit le roi avec jubilation, suivre le ballet de vos allers-retours sur la pierre-carte, quel divertissement ! Orkaf qui retrouve Adrehilde... J'imagine vos larmes. (Orkaf l'assassina du regard, ce qui le fit sourire de plus belle) Arkès qui vous rejoint, retourne chez les kNalines, revient, l'arrivée de Lynhéa, le massacre de Johd, l'auberge de ton ami, dit-il à Orkaf. Ami dont tu viens de causer la mort au fait. Et votre mise en scène avec tant de souffrance pour rien. Vous êtes...

Il fut interrompu par un chandelier s'écrasant sur son trône. La diversion en place, Arkès créa une série de filaments qui coupèrent les liens des trois prisonniers. Medil se retourna et tendit les bras vers les gardes à l'extérieur. Une aura lumineuse entoura ses mains et il aspira les quatre soldats à l'intérieur de la grande salle. Ehrmann fit de même et ferma les portes avant de les condamner à l'aide de la lourde poutre.

À la vitesse de l'éclair, Arkès s'était positionné derrière le roi et créa un poignard sous sa gorge. Il recula vers le trône, son otage fermement tenu devant lui.

— Laissez tomber vos armes ! cria-t-il.

Les soldats étaient perdus. Tout avait été si rapide. Ils n'avaient rien vu venir. Ils hésitaient. Chacun attendait que les autres réagissent.

— Ordonne-leur de se rendre, commanda Arkès en resserrant son étreinte autour du roi.

Accentuant sa menace, il enfonça le couteau de quelques millimètres dans sa gorge jusqu'à laisser filtrer un fin filet de sang.

— Obéissez ! cria le souverain en esquissant un geste de la main.

Les soldats s'exécutèrent.

Medil et Ehrmann envoyèrent les armes s'écraser dans un coin opposé de la pièce derrière le trône. Ils regroupèrent les gardes de l'autre côté. Yselda dans le corps de la reine, accompagnée d'Adelive, pénétra dans la salle par la porte de service. Anthelme leva les yeux au ciel à leur entrée.

— Le complot avait même gagné mes cuisines. Eh bien, on n'est plus à l'abri nulle part, ironisa-t-il.

Arkès l'assit brutalement sur le trône et le garda en respect en grandissant son couteau en épée.

Yselda et Adelive tenaient dans leurs mains de nombreux morceaux de corde. Medil ordonna aux soldats d'avancer d'un pas chacun à leur tour. Orkaf les ficela bien serré aux poignets et aux chevilles puis noua les deux liens ensemble. Medil les fit léviter jusqu'à leur coin pour les aligner tels des livres sur une étagère de bibliothèque. Orkaf toisa le roi.

— C'est fini pour vous. Votre règne s'arrête ici.

— Manifestement oui, admit le souverain.

— Dites-nous comment tout remettre en ordre.

— Ah ! Ah ! Ah ! Croyez-vous sincèrement que je vais vous faire ce plaisir ? Vous allez me tuer de toute manière. Autant tout laisser en l'état et vous imaginer vivre avec ce que j'ai produit. Je rirai lorsque mon fantôme viendra vous hanter.

— En effet, dit Orkaf, cette possibilité s'offre à vous. Mais votre mort pourrait également être lente et douloureuse. Toutes ces tortures que vous avez infligées à tant de personnes, je suis sûr que vous n'avez pas envie de les subir.

Le regard du roi devint plus sérieux. Il scruta à tour de rôle Orkaf et Arkès.

— Vous ne le ferez pas. C'est l'avantage avec vous, vous n'êtes pas comme ça.

— Je suis prêt à prendre le pari, dit Arkès penché sur lui, le regard sévère.

— Non ! cria alors Ehrmann. Pas de torture ! Si nous sommes venus, c'est justement pour éviter ces méthodes barbares.

— Ah ! s'exclama le roi. Vous voyez ! J'adore ce peuple pacifique !

— Ne vous réjouissez pas trop vite, dit froidement Ehrmann. Nos pratiques sont certes moins longues à donner des résultats, mais je ne peux promettre que ce sera sans douleur.

Anthelme s'enfonça dans son trône le regard paniqué à l'approche du kNaline. Ce dernier plaça les mains autour de sa tête alors qu'une aura lumineuse bleuâtre les illuminait. Quelques secondes plus tard, le roi hurlait. Après un court moment, Ehrmann rompit brutalement le contact... et recula de quelques pas, l'air effrayé.

— Que se passe-t-il ? s'inquiéta Arkès.

— Je n'avais jamais sondé une âme aussi perturbée. Cet homme est vraiment malade.

— Par toutes les catins de Warbeline ! s'exclama Orkaf outré. Cette évidence vous saute seulement aux yeux !

Il leva les bras au ciel pour signaler son mécontentement puis fit quelques pas nerveux en grognant. Le fait que le roi s'était joué de lui l'avait éprouvé.

— Alors ? demanda Arkès pour revenir à la raison de leur présence. As-tu trouvé les informations dont nous avons besoin ?

— Oui, en partie. Je sais comment faire pour rétablir la situation, mais pas à qui. Il ne s'en souvient plus.

— Comment est-ce possible ? s'offusqua Orkaf. Ce n'est pas lui qui l'aurait fait.

— Oh si, c'est bien lui. Il n'aurait délégué cette tâche monstrueuse à personne. J'ai bien retrouvé les personnes que nous connaissons, mais les autres ne sont pas identifiables. Ce ne sont que des formes sans visage... tant elles avaient peu d'importance à ses yeux.

— Son immoralité ne cessera de m'étonner, dit Arkès abattu. Mais nous serons bien obligés de nous en contenter pour sauver la reine... et seulement elle, termina-t-il tristement.

C'était en effet trop tard pour Lynhéa. Son corps avait déjà commencé sa lente décomposition. Il se tourna vers Anthelme et le regarda avec rage.

— Que veux-tu ? demanda celui-ci encore en sueur de l'épreuve subie.

— TU OSES POSER LA QUESTION ! hurla Arkès. Espèce d'ordure ! Tu as échangé Lynhéa avec une morte. Pour elle, c'est trop tard.

— Comment ? C'est donc cela ! Je comprends à présent pourquoi le point de Lynhéa avait disparu. Je suis désolé, dit-il en éclatant de rire. C'est un mauvais concours de circonstances. Je n'y peux rien si l'autre est décédée au moment de l'échange. Ce n'est quand même pas ma faute.

— Tu vas mourir ! dit Arkès tel un démon.

— NON ! cria Orkaf. Attends ! On pourrait encore avoir besoin de lui.

— On n'a pas le temps, s'énerva Arkès. Des gardes vont venir. Et la reine mettra des jours à arriver. On prend le nécessaire et on s'en va d'ici.

À cet instant, Medil s'avança vers eux et intervint dans la discussion.

— Ce n'est pas tout à fait vrai. Vous permettez ?

Le kNaline s'assit au milieu de la pièce à même le sol. Autour de lui il délimita un grand cercle bleu à l'aide de son aura puis se leva et quitta la zone. Une intense lumière jaillit et prit de l'ampleur.

L'instant d'après, Elphline, la reine et Lynhéa apparaissaient. Arkès était subjugué. Medil se tourna vers lui.

— Elles voulaient être présentes pour suivre les évènements et se sont cachées à l'extérieur du château. Le pouvoir de téléportation d'Elphline a fait le reste. Seul un endroit sûr et bien marqué leur était nécessaire pour apparaître.

Arkès sourit.

Puis face à Lynhéa, son visage s'attrista. Il s'approcha et la prit dans ses bras. Elle était pleine d'espoir et il allait le lui arracher. Il s'écarta légèrement, et l'air grave dit :

— Je suis désolé. (Une larme coula sur sa joue) Ton corps est enterré et... Et il sera en trop mauvais état pour...

Elle accusa le coup. Ses yeux se mouillèrent et elle s'effondra à genoux.

— NON, CE N'EST PAS POSSIBLE ! Je ne peux pas vivre ainsi ! Je ne pourrai pas. TROUVE UN MOYEN ! Je ne resterai pas un jour de plus dans ce corps immonde.

La détresse de Lynhéa lui arracha le cœur une nouvelle fois. Les yeux emplis de larmes il termina.

— Je suis désolé.

Il s'agenouilla à ses côtés et la prit dans ses bras. Tous les regardaient affligés, compatissant à leur drame. Rien ne pouvait plus désormais leur rendre leur bonheur et ils devraient vivre avec ce fardeau... Pour autant que Lynhéa finisse par accepter de le porter. C'est à ce moment qu'un rire sadique retentit dans la grande salle.

—Ah! Ah! Ah! Mes soldats ne se sont pas trompés, s'exclama le roi. Quand ils ont dit avoir trouvé une femme vraiment laide, j'étais loin de m'imaginer à quel point. Ils ont fait de l'excellent travail.

Arkès lui tournait le dos. Au mouvement de ses épaules, le souverain déchu comprit que quelque chose se produisait. Une chaleur intense s'empara du jeune guerrier. Sa carapace se développa plus épaisse et plus ténébreuse que jamais. Ses yeux rougirent. Il pivota lentement. Son champ de vision s'assombrit à l'exception d'un disque très lumineux posé sur le trône. Plus rien n'existait... à part le roi. Il s'avança l'air dément. Anthelme paniqua comprenant que la retenue dont avait fait preuve l'ancien soldat jusqu'ici n'était plus qu'un pétale dans le vent.

—Ne le laissez pas m'approcher! Faites quelque chose, il va me tuer!

Orkaf voulut s'interposer, lui criant d'attendre encore. Arkès n'entendait plus rien. Ses yeux incandescents illuminaient son visage d'une couleur démoniaque. Il ne contrôlait plus rien. Orkaf posa les mains sur lui pour tenter de le retenir, une forte onde de choc le balaya. Il s'écrasa violemment contre une des colonnes de la grande salle et retomba le souffle coupé... et plusieurs côtes brisées.

Arkès avançait. Medil tendit les bras vers lui et le souleva mentalement du sol. Son ami tourna les yeux dans sa direction et fronça les sourcils. Le kNaline fut pris d'un violent mal de tête et tomba à genoux.

Plus personne n'osa s'interposer. Le roi hurlait, implorant quiconque de l'arrêter... Personne ne vint à son secours, pas cette fois. Arkès ne dit pas un mot lorsqu'il déposa la main sur la tête d'Anthelme qui lui agrippa le bras pour se débattre avec acharnement. Mais rien n'y fit, il ne put se dégager et ses coups de poing sur la carapace restaient sans effet. Les yeux du jeune homme brillèrent plus intensément encore et ses doigts immobilisèrent la tête.

— Vengeance ! souffla-t-il d'une voix gutturale.

Il saisit le poignet du roi et le tordit jusqu'à ce qu'un bruit de fracture le fasse hurler. Continuant son mouvement le bras se tendit et maintenu sur son trône par l'autre main d'Arkès, Anthelme restait impuissant. Accentuant la traction, l'os, la peau et la chair finirent par céder et le poignet s'arracha du membre.

— Tu ne pourras plus jamais échanger d'âmes.

Le roi sanglotait, hurlait sa douleur, suppliant que quelqu'un l'arrête. Personne n'osa broncher, le regard triste de voir leur ami perdre ainsi son contrôle. Adrehilde et Adelive détournèrent la tête devant une telle horreur. Pourtant Arkès était loin d'en avoir terminé.

Soulevant le bras ensanglanté, il créa quatre griffes acérées et les planta brutalement dans la cuisse du souverain.

— Tu ne marcheras plus sur aucun pays pour les asservir.

Les hurlements désespérés résonnaient dans la grande salle vrillant les oreilles des plus aguerris.

Arkès retira sa main dans une gerbe de sang et plongea immédiatement deux doigts dans les yeux du monarque, les crevant aussi facilement que deux raisins trop mûrs.

— Tu ne regarderas plus aucune femme pour la maltraiter.

S'il comprenait l'état de son ami, Orkaf ne pouvait accepter une telle barbarie... Il esquissait un pas en avant lorsque deux filaments jaillirent du dos d'Arkès et vinrent danser agressivement devant ses yeux. Il abandonna.

Poursuivant son œuvre macabre, Arkès lui enfonça violemment les griffes dans le ventre... Rien ne pouvait plus l'arrêter. Le roi DEVAIT souffrir et toute la retenue dont il avait pu faire preuve jusque-là s'était envolée. Anthelme avait été trop loin et s'était régalé de ses abominations au-delà de toute raison.

— Tu ne jouiras plus jamais de la torture et du supplice infligés aux autres...

Il approcha son visage à quelques centimètres du celui d'Anthelme puis...

— Tu n'ordonneras plus d'enlèvement d'enfants... jamais. Ce que tu es doit disparaitre.

Cette voix n'était plus la sienne, elle jaillissait directement des profondeurs du néant. Par-delà la douleur, Anthelme était glacé d'effroi. Ses yeux arrachés ne lui permettaient plus de larmes, mais sa voix trahissait sa perte d'arrogance.

— Par pitié… Je ne veux pas mou…

Arkès accentua la pression sur la tête du roi et, dans un abominable bruit d'os brisés, le crâne éclata comme un fruit trop mûr. Simultanément il planta les griffes dans sa gorge et tira violemment. Toute l'assemblée détourna les yeux. Les soldats, entassés dans un coin, étaient épouvantés.

Puis, couvert de sang, le vengeur se calma. L'ombre qui avait envahi toute la pièce disparut… à moins que ce ne fût qu'une impression. Sa carapace se retira et il regarda ses amis. À la vue d'Orkaf blessé et de Medil à genoux se tenant encore la tête, il sut en être la cause. Un vif sentiment de culpabilité l'envahit, c'est pourtant sur un ton froid qu'il leur dit :

— Je suis désolé.

Il rejoignit Lynhéa, la saisit par le bras et la redressa.

— Faites ce que vous avez à faire. Nous partons. Le reste ne nous regarde plus.

Triste et résigné, le jeune couple prit la direction de la grande porte pour quitter les lieux. Ils savaient que dehors la mort les attendait. Inexorable, Arkès était prêt à éliminer quiconque se mettrait en travers de leur route, rien n'avait plus d'importance.

Medil intervint brusquement.

— J'envisage peut-être une solution !

Le kNaline reprenait à peine ses esprits de la douleur infligée par Arkès. Le couple s'arrêta.

— Non, il n'y en a pas, dit Arkès sans se retourner.

— C'est très risqué, et c'est pourquoi je n'en ai pas parlé jusqu'ici. Par contre, avec la démonstration d'énergie que tu viens de faire, je pense que c'est envisageable.

— Que veux-tu dire ? s'enquit Lynhéa.

— Arkès, à quoi es-tu disposé pour lui rendre son corps ?

— Si je dois y perdre la vie... Qu'il en soit ainsi.

— Non, mais ça va pas ! s'insurgea Lynhéa. Pas question !

— Quelle est ton idée ? demanda Arkès sans tenir compte de l'objection de sa compagne.

— Souvenez-vous. À sa mort, un de nos enfants a libéré toute son énergie pour rendre corps à Dialène. Je pourrais faire de même. D'après ce que j'ai pu en voir, avec l'aide de ta carapace, ce sera peut-être suffisant... mais cela pourrait te tuer.

— Et toi, risquerais-tu quelque chose ? demanda-t-il.

— Je ne serai qu'un point de passage pour ton énergie. Donc en théorie, non.

— Alors, il n'y a pas à hésiter ! dit Arkès en s'avançant.

— Stop ! cria Lynhéa. C'est hors de question. On peut vivre tous les deux comme ça. Si ça rate, je serai toujours dans le même état et en plus, je serai seule.

Il s'approcha d'elle et la prit dans ses bras. Lynhéa s'écroula en pleurs, elle savait ce qui allait suivre.

— Sois réaliste. Tu ne supporteras pas de te voir ainsi tous les matins. Ce n'est pas dans ton caractère. Tu aimais trop être belle.

— Je ne suis pas si superficielle.

— Non, en effet. La marge est encore grande avant le superficiel. Mais tu n'y arriveras pas... et je le comprends très bien.

— On enlèvera tous les miroirs, tenta-t-elle alors que ses mots se noyaient dans un sanglot.

— Ne dis pas de bêtises. Je m'en sortirai. On a déjà vu pire. Ne t'inquiète pas.

Les larmes la submergèrent. Elle aurait voulu le retenir, mais n'y parvint pas, elle n'en avait plus la force... ni l'envie. À cet instant, elle se dégoûta, mais c'était plus fort qu'elle. Il avait raison, elle était faible et ne supporterait pas de se réveiller chaque aube dans ce corps difforme.

— Je suis prêt ! dit Arkès.

Les deux hommes s'agenouillèrent face à face.

— Elphline, peux-tu nous isoler ? demanda Medil.

— Pourquoi ? s'inquiéta Arkès.

— La dépense d'énergie va être énorme. Si quelque chose devait arriver, je veux confiner le problème.

La kNaline s'avança vers eux et, les bras tendus, créa une aura sphérique autour des deux hommes.

Medil le fixa puis posa ses mains sur celle de son ami et ferma les yeux. Ils s'entourèrent d'un halo bleuâtre qui gagna en intensité. Elphline et Ehrmann s'écartèrent de quelques pas, impressionnés par la puissance de l'aura. Faisant miroir aux kNalines, les autres les imitèrent. Orkaf rejoignit la reine. Yselda et Adelive s'isolèrent dans un coin et Lynhéa se blottit contre la porte. Même si eux ne ressentaient rien, ils voyaient Arkès et Medil enveloppés d'un violent tourbillon qui faisait voleter leurs vêtements et leurs cheveux.

Des éclairs éclataient dans la boule au travers des deux hommes. Arkès serra la mâchoire. Une vive douleur s'empara de lui, il contint le cri naissant, luttant pour ne pas lâcher prise alors que son énergie le quittait.

Ses yeux brillaient d'une blancheur pure et intense. L'instant d'après, une violente onde de choc le balaya. Il traversa le cylindre lumineux dans un flash aveuglant et alla s'écraser contre le mur. Il retomba inerte.

Medil était toujours à genoux. Le cercle de protection rompu, une puissante tempête envahit toute la pièce. Tous préservèrent leur visage à l'aide de leur bras. Medil rayonnait d'un pouvoir phénoménal. Son rôle de conducteur venait de se terminer. L'énergie d'Arkès était désormais en lui. Ses yeux ressemblaient à deux torches. Soudain, il posa le dos de ses mains à plat sur ses jambes. Il abandonna sa tête vers l'arrière et deux colonnes de lumière jaillirent de ses orbites. Il tremblait car il devait à présent gérer toute l'énergie d'Arkès en plus de la sienne. Une grimace témoignait de l'atroce souffrance qui le malmenait. Les battements de cœur trop rapides des spectateurs rythmaient le temps et petit à petit, des taches brillantes voletèrent à quelques pouces de ses mains. Elles dessinèrent progressivement une silhouette phosphorescente.

Lorsque celle-ci fut complète, la lumière disparut. Les deux rayons émergeant des yeux de Medil s'estompèrent. La tempête s'atténua.

Lynhéa se risqua seulement à boitiller vers Arkès. Arrivée à sa hauteur, elle se laissa tomber à genoux et le prit dans ses bras. Il respirait encore ! Soulagée, elle cria.

— Elphline, viens vite !

Cette dernière accourut après une courte hésitation. Elle allongea Arkès sur le sol et commença à le soigner. Après quelques rapides actions, elle releva la tête et regarda Lynhéa d'un air rassurant. Lynhéa éclata d'un rire nerveux mêlé aux larmes et souffla de soulagement.

Dans ses bras, Medil tenait un corps nu, inerte : celui de Lynhéa. Adrehilde ôta sa cape et le recouvrit pudiquement.

— Adelive, pouvez-vous aller chercher d'autres vêtements ?

Toujours subjuguée, la cuisinière confirma distraitement avant de quitter la pièce.

Medil l'allongea sur le sol puis s'effondra sur le côté. Elphline accourut et déposa les mains sur son torse. Un instant plus tard, il reprenait ses esprits, épuisé.

— Ehrmann, c'est à toi à présent.

Le kNaline s'avança au centre de la pièce et s'adressa à Orkaf.

— Peux-tu me donner la pierre près du trône ?

Orkaf s'exécuta sans discuter. Ehrmann déposa l'objet sur une carte du château à même le sol. Elle devint translucide et une multitude de lueurs se mirent à danser.

Il ne chercha pas tout de suite les points qui les représentaient car une lumière plus forte que les autres, à quelques lieues à l'est du château, attirait son regard. Alors que les personnes étaient marquées par des disques nets, cette zone demeurait floue, mais intense.

— *L'œil*, pensa-t-il avec l'image de la tache dans le ciel à l'esprit.

Il lui restait à identifier les bons points pour opérer l'échange. Il demanda à tout le monde de se positionner contre un mur, puis appela à tour de rôle la reine et Yselda. De sa main droite, il effleura les lumières simultanément.

Soudain les deux femmes se tordirent de douleur. Lorsque les cris cessèrent peu après, elles se mirent à sourire... Puis rire de bon cœur.

— ÇA Y EST ! hurlèrent-elles à l'unisson.

Enlacées, elles dansèrent ainsi un moment, oubliant presque les autres personnes présentes. Adrehilde se calma, recouvra sa bienséance et regarda tendrement Orkaf. Sans plus attendre, ils tombèrent dans les bras l'un de l'autre.

— Enfin, dit Orkaf, c'est fini.

— Oui, mon amour. Plus rien ni personne ne nous empêchera de nous aimer.

Ils profitèrent encore un instant de leur bonheur retrouvé puis se tournèrent vers Ehrmann agenouillé près du corps inerte de Lynhéa. Arkès reprenait peu à peu ses esprits, désorienté par le choc.

— Puis-je espérer une bonne nouvelle ?

— Oui, c'est formidable ! répondit Lynhéa.

— Alors, qu'attends-tu ?

Elle sourit. Au prix d'un effort considérable, il se redressa pour s'appuyer contre le mur, trop faible encore pour se lever. Le cœur battant, Lynhéa s'avança. Le moment approchait où elle allait enfin retrouver son corps et quitter cet hôte indésirable. Tout le monde la fixait. Bien conscients de son périple pour arriver jusqu'ici, ils étaient eux aussi impatients de la voir libérée. Adrehilde laissa échapper quelques larmes.

Le corps inerte de Lynhéa n'apparaissant pas sur la carte, Ehrmann eut l'idée de faire le lien directement. Il posa une main du corps sur la pierre et demanda à Lynhéa de faire de même.

Arkès eut un pincement lorsqu'elle se tordit de douleur et s'effondra sur le sol. Les deux corps étaient à présent étendus, aucun des deux ne bougeait. Il devait attendre un signe de vie. Son cœur s'emballa, une éternité s'écoula. La salle était plongée dans un profond silence. Quand soudain.

— RETOURNEZ-VOUS, BANDE DE PERVERS !

Arkès souffla de soulagement en même temps que des larmes de joie envahissaient ses yeux. Il se leva péniblement. Les autres éclatèrent de rire... en pleurant eux aussi. Face à sa douleur, Lynhéa bondit et vint le rejoindre.

— Attends papy, je vais t'aider.

— Tu es de retour, ça fait plaisir, dit Arkès. Et tu as l'air plutôt en forme.

— C'est toi qui le dis, confirma-t-elle, la cape ouverte, offrant son corps en direction d'Arkès, un large sourire aux lèvres.

— Je vois, admira-t-il.

L'un contre l'autre, ils s'embrassèrent comme la première fois, comme pour se redécouvrir.

— J'ai réellement cru te perdre.

— Il s'en est fallu de peu cette fois. Mais c'est fini maintenant, grâce à toi.

— Avec plaisir, répondit-il en s'écartant un peu pour la regarder de haut en bas.

— Ça, je m'en doute, gros obsédé ! Merci quand même. (Elle referma la cape et prit un air sérieux) Il me reste encore une chose à faire.

Elle s'agenouilla à côté du corps inerte d'Elvide.

— Elle n'a pas eu une vie facile et elle aurait eu un simple trou en terre pour tombe si le roi n'était pas intervenu. Elle mérite mieux que ça. Je veux qu'on lui offre une sépulture décente, visible de tous et qu'on raconte son histoire et celle des autres de Johd afin que personne n'oublie jamais. Sa vie doit devenir une légende, non pas pour moi, mais pour que cela ne se reproduise jamais.

La reine, émue, s'avança vers elle et lui posa la main sur l'épaule.

—Je vous en fais la promesse. Orkaf et moi allons remettre de l'ordre dans tout cela. Nous avons beaucoup à faire et d'abord annoncer la nouvelle de la mort du roi.

Elle se tourna vers Orkaf qui comprit aussitôt. Il avança vers les soldats ficelés dans un coin de la pièce, muets de stupeur, tétanisés par le spectacle.

— Soldats, vous m'avez toujours respecté. Il me faut maintenant savoir : suis-je encore votre chef ou me voyez-vous plutôt comme un traitre ?

— Excusez-nous, chef, mais nous devions obéir au roi même à contrecœur.

— Je comprends. Levez-vous à présent et reprenez vos armes. Nous allons annoncer la nouvelle.

— Avec joie! dit l'un des soldats, un grand sourire aux lèvres.

La porte s'ouvrit et Adelive entra dans la salle avec des vêtements propres qu'elle tendit à Lynhéa. Pour lui offrir un peu d'intimité, Arkès tint la cape autour d'elle.

— N'en profite pas ! le houspilla-t-elle.

— Rien ne pourrait m'en empêcher, répondit-il avec un large sourire.

Le bonheur de leurs retrouvailles se lisait sur leur visage. Ils avaient enfin l'impression de pouvoir envisager l'avenir avec optimisme. Plus de diable, plus de magistrelle... plus de roi. Aucune apocalypse ne pourrait plus venir gâcher leur vie.

Pourtant, la jouissance pure de ce bonheur devrait attendre encore un peu. Les nouveaux souverains auraient besoin de temps pour remettre de l'ordre et reconstruire le peuple warkan. Et il restait un point qu'Arkès voulait éclaircir. Pour ce faire, il rejoignit Ehrmann pour le remercier du fond du cœur et lui demander :

— As-tu vu quelque chose dans la tête du roi au sujet des statues du couloir ?

— Oui, répondit-il tristement. Un objet magique avec le pouvoir de transformer la matière vivante en pierre. Les Maldors s'en servaient manifestement pour protéger les plantes en hiver. Au printemps, ce même objet leur rendait la vie. Malheureusement pas conçu pour des humains, il a explosé lors de la création de la dernière statue. Je suis désolé.

Non loin d'eux, Orkaf effaça de son visage le sourire de toutes les bonnes nouvelles qui s'étaient succédé.

— N'existe-t-il aucun moyen de les faire revenir à la vie?

Ehrmann baissa les yeux, résolu.

— Tu as fait ton possible, affirma Orkaf. Je m'occupe du reste... Et c'est à moi *seul* de le faire.

Il ouvrit grandes les deux portes et s'avança dans le couloir où une dizaine de gardes attendaient. Il se tint fièrement devant eux... en tant que nouveau roi. Par respect, ils inclinèrent la tête et s'écartèrent. Il fut d'abord surpris et, lorsque Medil posa une main sur son épaule, il comprit que ce dernier avait déjà mentalement prévenu tout le château. Il lui sourit en s'avançant dans le couloir.

À hauteur de la première statue, il s'arrêta et marqua un court silence pour peser chacun des mots qu'il allait prononcer.

— Nous savons ce que le roi a fait de vous. Je constate que vous m'entendez. Nous sommes désolés... Nous n'avons aucun moyen de vous faire revenir parmi nous. Comme vous êtes encore conscients, je vous laisse le choix : demeurer ainsi à jamais ou mourir. Chacun d'entre vous décidera pour lui-même.

Attristé d'exécuter une si lourde tâche, sa gorge se serra.

» Lorsque je passerai devant vous, baissez les yeux si vous voulez rester en vie ou accrochez fièrement votre regard dans le mien si vous désirez embrasser la mort.

Il se positionna face à la première statue. Après un instant d'hésitation, il la fixa droit dans les yeux sans montrer d'émotion, l'attitude forte d'un chef accomplissant son devoir... même le pire. Mais ses yeux humides ne trompèrent personne.

La statue le toisa sans broncher.

» Tu auras ta place dans le désert du Ksilm, promit-il avant de frapper de sa lourde épée pour le décapiter.

Il marqua une pause. Ses côtes brisées le faisaient souffrir pourtant il n'aurait confié cette tâche à personne d'autre. Après une profonde inspiration et une grimace de douleur, il fixa la statue suivante bien en face. Sa réaction fut la même.

» Tu auras ta place dans le désert du Ksilm, dit-il à nouveau les yeux embués de larmes.

Le bruit claquant de l'épée contre le minerai faisait sursauter Adrehilde à chaque coup. L'une après l'autre, Orkaf les décapita selon leur désir. Le couloir n'était plus qu'un amas de morceaux de pierres inertes desquelles s'échappait un fin filet de sang noir.

» Jamais je n'oublierai leur regard, dit-il en rentrant dans la grande salle.

— Viteric ?

Sylvia s'enfonçait dans les couloirs à peine éclairés du temple devenu la demeure de son compagnon. Elle avait l'habitude de parcourir cet endroit sombre, exigu, qui l'impressionnait toujours. Elle l'admirait de vivre ici et le chérissait d'autant plus en prenant conscience des efforts fournis pour elle.

— Viteric ?

— Je suis là.

Une torche émergeait d'une des salles. Elle explosa de joie et courut se réfugier dans les bras de son bien-aimé. Il laissa tomber son flambeau et l'accueillit avec passion. Ils échangèrent un long baiser interminable.

— Oh ! Mon amour, cela fait quatre mois que nous ne nous sommes pas vus ! s'exclama Sylvia. Je commençais à croire que tu ne reviendrais jamais.

— Ne dis pas cela. Jamais je ne t'abandonnerai.

— Je sais, mais il aurait pu t'arriver des ennuis. Les dernières semaines, je suis venue plusieurs fois. En vain. Bref, laissons cela. Tu es là, c'est le plus important. Et…

Elle remarqua sa transpiration et son sourire tendu. Cela ne pouvait pas être le résultat de son entrainement.

— Tout va bien ? demanda-t-elle.

— Encore une de ces visions.

— Et cela t'inquiète ?

— Oui et non. Il ne s'agit pas de moi, c'est certain. C'est quelqu'un d'autre, mais qui ? J'angoisse seulement de ne pas comprendre le lien que je pourrais avoir avec elle.

— C'est une femme ?

— En effet. Cette fois, c'était différent. Lors de ma première vision, j'avais l'impression d'étouffer et elle ressentait une profonde tristesse. Par contre, à l'instant, c'était plus une débauche d'énergie, une sorte de renaissance. Sa joie était intense, viscérale. Il y avait d'autres personnes avec elle et certaines d'entre elles étaient vraiment particulières.

— Dans quel sens ? demanda-t-elle en lui caressant la joue pour atténuer sa détresse.

— On aurait dit que leur peau était faite… d'écorces d'arbres.

— C'est impossible !

— Je sais ! Qui sont-ils alors ?

Elle resta muette. Sain d'esprit, il l'était certainement, pourtant, l'espace d'un instant, elle eut peur de le voir perdre la tête. Viteric s'en rendit compte et changea de sujet.

— Je suis heureux d'être à nouveau près de toi. D'autant que visiblement, tu as mis en pratique mes conseils, dit-il en détaillant sa silhouette de haut en bas.

— Oui, répondit-elle, en tournant sur elle-même. Je me suis entraînée tous les jours, dès que j'avais un peu de temps.

— Je constate. Tu as bien changé physiquement. Où est passée la petite fille un peu rondelette ?

— Et tu n'aimes pas ? s'inquiéta-t-elle. J'en étais sûre.

— Encore une sottise. Tu es magnifique, ne doute plus jamais de cela.

Ils s'embrassèrent à nouveau. Les mois de séparation avaient attisé leur passion. Ils ressentaient des fourmillements dans tous leurs membres. Très vite, la ferveur les envahit et les baisers ne s'interrompirent que pour leur permettre de se déshabiller rapidement. Leur empressement les rendait maladroits, accentuant encore leur excitation. Sylvia l'amena à elle pour l'allonger à même le sol. Lorsque son dos nu entra en contact avec la terre froide elle se cambra, tirant Viteric un peu plus en elle. La fièvre explosa en eux et ils firent l'amour comme s'il ne devait jamais y avoir de lendemain.

La respiration encore lourde et leurs corps transpirant, elle se blottit contre lui. Ils restèrent un instant sans bouger. Elle lui caressait le ventre et le torse et il laissait glisser ses mains sur ses courbes sensuelles. Il brisa le silence à mi-voix.

— Je suis désolé d'avoir été si long.

— C'était prévu. Quand j'ai vu ton message dans ma chambre j'ai cru m'évanouir.

— Et tu n'as pas eu de problèmes pour quitter le village ?

— Non, ils ne me surveillent plus du tout. Ils sont tellement heureux que je me marie. Une paix royale ! Et puis, à l'exception des dernières semaines, je ne m'absente plus depuis quatre mois donc ils n'ont aucune raison de s'inquiéter.

— Tant mieux. J'ai presque fini de semer des fausses pistes. Encore une vers l'ouest et j'en aurai terminé. Je serai prêt à temps. Dans deux pleines lunes, nous nous enfuirons.

— J'ai hâte de partir avec toi.

— Moi aussi. Dis-moi, comment ne remarquent-ils pas ta perte de poids et ta musculature qui se dessine ?

— J'ai dû m'adapter. Au début, bien sûr, il n'y avait pas trop de soucis. Mais après un mois, les premiers changements étaient déjà visibles. Alors, j'ai porté des vêtements plus amples. Heureusement, ils n'ont rien remarqué à mon visage. À mon avis, comme ils me côtoient tous les jours, ils n'ont pas constaté l'évolution.

— J'en suis ravi. Et pour la course ?

— Je m'améliore. Tu vois la forêt à l'est du village ?

— Oui.

— Au début, à peine à la moitié du parcours je devais rebrousser chemin. Non pas que je n'avais plus le temps, mais j'étais à bout de souffle. J'ai bien cru ne jamais y arriver. Pas question d'abandonner, bien sûr. Je ne *pouvais* pas, notre avenir en dépendait. Alors, j'ai persévéré. (Il lui passa la main dans les cheveux en souriant) Au fur et à mesure, je courais plus loin, plus vite... et dans le bois, ce n'était pas facile. Il y a pas mal de racines, de trous, de bosses. Tous ces obstacles me ralentissaient et me fatiguaient. Je me suis même tordu les chevilles à plusieurs reprises, ce qui m'obligeait à arrêter de courir pendant plusieurs jours parfois. Et quand je rentrais au village, je devais m'efforcer de ne pas boiter. C'était très douloureux.

— Je suis désolé.

— Ce n'est pas grave. Je connaitrai peut-être bien pire durant notre fuite, alors si je ne parvenais pas à supporter cela, je ne tiendrais jamais le coup. Du moins était-ce ce que je m'imaginais.

— Tu as bien fait.

— Aujourd'hui je peux courir de plus en plus vite pendant près de deux heures sans marquer de pause.

— Ce sera suffisant. Nous ne serons pas toujours dans des forêts et nous ne devrons sans doute pas fuir aussi longtemps sans nous arrêter, ne fut-ce qu'un moment. Tu peux ralentir l'allure et ne plus forcer. Il ne faudrait pas que tu te blesses. Et la dernière semaine avant notre départ, tu ne devras même plus faire d'exercice et te reposer.

— C'est d'accord. Plus que deux mois jusqu'à la fête des blés, nous y sommes presque.

— Oui, mon amour. Je t'aime.

Elle s'allongea sur lui, passa ses bras autour de son cou et l'embrassa.

— Moi aussi.

Un mois plus tard

Adrehilde et Orkaf avaient eu fort à faire depuis leur prise de pouvoir : annoncer la mort du roi, ériger une tombe en l'honneur d'Elvide sur la Grand-Place de Warbeline… et communiquer la date de leur mariage. Tels furent leurs tous premiers actes souverains. Ils ordonnèrent ensuite la construction d'une sépulture symbolique dans chaque village du pays warkan en souvenir d'Elvide et y gravèrent son histoire. De la sorte la reine tenait un peu plus que sa promesse envers Lynhéa, et surtout plus personne ne devait ignorer les atrocités commises par Anthelme ni oublier cette histoire. Puis ils firent abattre et incendier Johd. Les enfants qu'Arkès avait laissés à Livend furent rendus à leur famille et ces enfants « à part » furent désormais mis à l'honneur et non plus rabaissés. Elle fit ouvrir une demeure pour les accueillir, pendant que leurs parents vaquaient à leurs occupations, sous la surveillance d'une gardienne choisie pour sa douceur et sa compétence. La reine invita Yselda et sa famille à s'installer au palais pour remercier son mari de sa gentillesse. À titre posthume, Orkaf éleva Edarg, son ami aubergiste de Sagahaner, abattu pour l'avoir aidé, au rang de héros warkan.

De leur côté, Arkès, Lynhéa et les kNalines retournèrent dans leur pays au-delà de la Torie. Daïa fut heureuse de retrouver sa vraie maman et ils purent passer du temps ensemble... Enfin au calme.

Plus tard, au terme d'un long voyage effectué en famille, il restait à Arkès une dernière chose à accomplir.

— Nous y voilà, dit Lynhéa devant l'immense Statue-Dragon du temple maldor de Glomarne.

— Oui... Nous y voilà.

— Es-tu sûr de vouloir le faire ?

— Ce choix ne m'appartient plus réellement. J'en perds trop souvent le contrôle... et je finis par blesser quelqu'un involontairement. Orkaf se remet péniblement de ses côtes brisées. Tout est rentré dans l'ordre à présent, je n'en aurai plus jamais besoin. Tous les objets maldors ont été enterrés là où personne ne les trouvera. Nous devrions pouvoir reprendre une vie normale. Comme nous restons chez les kNalines, elle ne me sera plus utile.

— Et elle ? Qu'en pense-t-elle ?

Arkès fut surpris. L'espace d'un instant, il avait oublié que Lynhéa connaissait ses conversations avec sa carapace.

— Elle comprend et dit ne rien regretter. Elle s'est bien amusée, ajouta-t-il avec un léger sourire.

— Alors qu'il en soit ainsi.

— Oui, mais ne reste pas trop loin. S'il m'arrive la même chose que la dernière fois…

Lynhéa acquiesça avec humour. Elle se souvenait de ce moment où sa carapace avait donné vie à la statue-animal et où celle-ci avait essayé de les tuer. D'ailleurs, elle était toujours dans l'entrée du temple figée dans son dernier mouvement.

Il s'avança vers la Statue-Dragon en hésitant. Beaucoup de problèmes avaient trouvé leur solution grâce à elle. Il avait dû faire beaucoup d'efforts, s'entraîner énormément pour la maîtriser. Aujourd'hui il l'abandonnait certainement en même temps qu'une part de lui-même, il en était persuadé. D'un simple guerrier vivant au jour le jour qu'il était auparavant, il avait réalisé tant de missions, vécu des moments incroyables et s'était remis constamment en question. Et tout cela, il le lui devait.

— *Voilà où tu te trompes*, l'interrompit sa carapace. *Je t'ai certes facilité tes victoires, mais tu les as accomplies seul.*

— Sans toi, je n'y serais jamais parvenu, avoua-t-il humblement.

— *Peut-être, rappelle-toi que je n'étais pas là pour ça. Je voulais te faire appréhender le monde différemment ; te faire analyser les problèmes rencontrés d'un autre œil. À présent que tu en es capable tu n'as plus besoin de moi. Tu peux trouver tes propres solutions.*

— Trouver des solutions est une chose. Se battre contre quelqu'un comme **lui** ou Zahirdena sans tes pouvoirs était impensable.

— Faux ! Tu devras découvrir des moyens différents si cela se représente et tu en es désormais capable. Et tu n'es pas seul. Encore te faudra-t-il faire confiance aux autres. Quand tu y parviendras alors seulement tu te seras accompli.

— Oui, sans doute. Mais je m'étais habitué à toi, à nos conversations, cela fait un peu plus de quatre ans que nous sommes liés. Ce n'est pas rien.

— C'est vrai. Et ces quatre années se sont écoulées très rapidement. Tout comme tu passeras vite à autre chose. Maintenant, va ! Je n'ai plus rien à t'apprendre et ensemble, nous sommes devenus dangereux pour ton entourage, ne l'oublie pas.

— Merci.

— C'est moi qui te remercie. J'ai aussi beaucoup grandi grâce à toi. Il est temps pour moi de retourner d'où je viens. Adieu, jeune Arkès. Prends soin de toi.

— Adieu, répondit-il, la voix enrouée.

Il posa la main sur la statue avec une légère appréhension sans ressentir la moindre douleur. Seul un fort sentiment d'abandon le gagna tandis que son tatouage le quittait pour envelopper la sculpture. Le transfert s'opéra en douceur. Une fois sa carapace libérée, il regarda son bras et son épaule… vides. Il se massa doucement.

— C'est étrange, je me sens comme nu.

— Tu t'étais habitué à elle, c'est normal, dit Lynhéa. Mais tu as vécu des années sans elle. Tu te feras très vite à son absence.

— Tu as sans doute raison, confirma-t-il, peu convaincu au fond de lui-même. Et toi, accepteras-tu un homme, seulement un homme ordinaire ?

— Ne dis pas de sottises ! Au moins aurai-je plus de chance de pouvoir me mesurer à toi.

Il sourit. Il avait malgré tout l'impression d'avoir perdu une part de lui-même et il n'était pas certain que ce vide disparaitrait un jour. Au mieux apprendrait-il à vivre avec.

— Rentrons, dit-il.

— Oui... Allons-y, confirma Lynhéa.

À l'extérieur du temple sur la place du village, Daïa jouait avec quelques cailloux. Lynhéa était restée dans l'entrée pour ne pas la perdre de vue. La fillette se leva et marcha maladroitement vers eux. Arkès la prit dans ses bras.

— C'est toi et ta maman qui comblerez ce vide, dit-il pour lui-même.

— Papa... T'iste ?

— Oui, mon cœur, je suis un peu triste. J'ai dû laisser partir le dessin de mon épaule et je ne pourrai plus l'utiliser pour jouer avec toi.

— Pas g'ave.

— Oh ! Merci, ma chérie ! Tu es toujours si gentille. On va être heureux à présent tous les trois. Allons-y, ajouta-t-il, tout est parfait désormais.

Ils rejoignirent les chevaux et Arkès assit Daïa devant lui. Il jeta un dernier regard nostalgique vers le temple puis talonna sa monture. Daïa souriait, elle adorait galoper et voyager avec ses parents, dormir à la belle étoile, voir les flammes danser sur le foyer. À cet instant précis, elle ressentait une euphorie tout à fait anormale.

—*Je te sens heureux, pourquoi ?* demanda-t-elle mentalement à son ami.

—*Je suis content que ton papa ait abandonné son dessin.*

—*Pourquoi ?*

—*C'était nécessaire pour la réalisation de mon plan.*

—*Tu veux dire ta vengeance ?*

—*Oui, c'est exactement cela.*

—*A-t-il quelque chose à voir avec toi ?*

—*De cela, je ne peux pas parler.*

—*Pourquoi ? Je croyais qu'on ne devait pas avoir de secrets l'un envers l'autre.*

—*Je sais, mais ce n'est pas parce que je t'ai donné la possibilité de penser comme un enfant et non plus comme un bébé que tu pourrais tout comprendre. C'est encore trop tôt. Je te le dirai plus tard. Tu me fais confiance ?*

—*Oui.*

—*C'est très bien. Ha ! Ha ! Ha ! Ha !*

Daïa regardait les montagnes maldores à l'horizon et se blottit contre Arkès. Soudain, son visage s'assombrit, ses yeux blanchirent et des veines noires se dessinèrent jusque sur ses joues. Un sourire démoniaque déforma ses lèvres. Daïa entendit le rire sadique au fond de sa tête, toujours le même. Il lui faisait peur.

L'instant d'après, elle redevint elle-même.

— Lynhéa, Arkès, enfin vous voilà ! s'écria Orkaf
en descendant les dernières marches menant à la
cour du château.

Ils venaient d'arriver pour le mariage
d'Adrehilde et Orkaf, *Orkaf-le-Juste* comme l'avait
déjà surnommé le peuple. Des mois de préparation
pour cinq jours de fête à laquelle tout le royaume
avait été convié à Warbeline. Afin d'accueillir tout
le monde sans ruiner la population, les souverains
n'avaient prévu aucun décorum. Par contre, la
nourriture et les boissons ne manqueraient pas. Il
est vrai que les derniers combats menés par
Anthelme avaient fortement réduit les effectifs du
royaume.

Depuis quelques mois, le peuple jouissait d'une
paix véritable et Leurs Majestés étaient aimées de la
population. De plus, Orkaf, ancien chef des armées
très apprécié, n'avait rien à craindre de la part des
soldats. C'est en toute sérénité qu'ils vivaient au
château, accompagnés de leurs nouveaux amis :
Yselda et sa famille ainsi qu'Adelive qui insista

pour rester dans SA cuisine. Ils regrettaient profondément l'absence d'Amolaric et de Ieneta. Quelques kNalines étaient venus étudier les écrits maldors de manière saine et pacifique comme à leur habitude. Ils en profitaient également pour échanger leurs connaissances médicales afin d'aider au mieux les praticiens ou guérisseurs warkans.

Grâce à Arkès, les relations naissantes entre les deux peuples devenaient bien plus qu'une alliance. Une véritable vie commune prenait forme. Peut-être pourraient-ils un jour faire disparaitre la barrière naturelle qui les séparait encore : la Torie.

Orkaf et Adrehilde avaient proposé à leurs plus proches amis de s'installer au château, mais le jeune couple avec Daïa avait préféré rester chez les kNalines. Ils aimaient les montagnes et leur tranquillité en compagnie de Lucal et Dolcina. Toutefois ils s'étaient tous déplacés pour fêter les noces et célébrer ainsi la nouvelle paix régnant entre les deux peuples.

— Et la petite Daïa, mon Dieu ce qu'elle a grandi ! s'exclama Orkaf.

— Bonjour, O'kaf, s'écria Daïa. J'ai DEUX ans, ajouta-t-elle en exhibant fièrement deux doigts.

— Deux ans ! Tu es une grande fille à présent.

— Oui !

— Ah ! Ah ! C'est merveilleux ! Comment allez-vous ? demanda-t-il au jeune couple.

— Bien, répondit Lynhéa. Félicitations à tous les deux.

— Merci. Le travail fut ardu, mais nous sommes enfin en paix.

— C'est vrai que vous avez beaucoup accompli, dit Lynhéa, et c'est bien vous que je félicitais.

— Oh ! Merci. En effet, c'est merveilleux. Nous sommes très heureux. Bonjour Lucal, bonjour Dolcina, soyez les bienvenus.

Le couple s'avança de quelques pas et s'inclina.

— Bonjour, Majesté.

Il est vrai qu'ils n'avaient pas eu les relations privilégiées d'Arkès et Lynhéa avec la famille royale. Dès lors n'osaient-ils pas encore les mêmes familiarités.

— Hé là ! Pas de cela avec nous. Vous êtes les plus fidèles amis d'Arkès et Lynhéa et à ce titre, appelez-moi Orkaf. (Puis il ajouta à voix basse avec humour) Faites de même pour la reine sinon vous allez la vexer.

— Merci Maj'… Orkaf.

— Ne restez pas là, entrez ! Adrehilde est impatiente de vous voir. Elle n'est pas venue vous accueillir, elle est débordée avec le mariage… Vous connaissez les femmes… Elle sera ravie de bavarder avec vous.

Orkaf s'écarta et les invités s'engouffrèrent dans les nombreux escaliers et couloirs qui menaient à la salle du trône.

— Bonjour, mon ami, dit le roi plus solennellement à Arkès avant que ce dernier ne suive les autres.

Ils se prirent par les épaules.

— Bonjour Orkaf, comment vas-tu ?

— Très bien. Fatigué car nous avons été fort occupés, mais notre bonheur est tel que cela efface tout le reste.

— Merci d'avoir reconstruit Gallim.

— Je savais que c'était important pour toi.

— En effet.

— Les survivants y sont-ils retournés ? demanda Orkaf.

— Oui. Ils ont quitté le pays kNaline peu après la nouvelle apportée par tes hommes. Ils sont à nouveau très heureux même s'il leur reste un fond de nostalgie et de tristesse et beaucoup de choses à oublier.

— Pourquoi ne les avez-vous pas accompagnés ?

Les deux amis marchaient dans le long couloir qui menait à la salle du trône transformée pour l'occasion en lieu de fête. Sur les murs, aucune statue, mais des torches brûlant jour et nuit en mémoire des soldats de pierre.

— Nous nous plaisons chez les kNalines. Nous aimons la montagne et leurs valeurs nous correspondent bien. C'est là que nous voulons éduquer Daïa. Plus tard, nous retournerons peut-être à Gallim. Sans doute d'ici quelques années.

— C'est votre décision et je la respecte. Est-ce que Lynhéa et toi vous entraînez toujours ?

Arkès ne répondit pas. Soudain une des torches sortit de son logement et oscilla devant la tête d'Orkaf.

— C'est toi qui fais cela ! s'exclama le roi.

Arkès nia et pointa le bout du couloir. Dans la salle, Lynhéa les regardait avec un grand sourire la main tendue dans leur direction. Orkaf saisit la torche et la remit en place.

— Ces torches ont une signification particulière, il ne faut pas jouer avec elles.

— *Oups, pardon,* dit Lynhéa à Arkès par la pensée.

— Elle s'excuse, elle ne savait pas.

— Ce n'est pas grave. Et toi ?

Sans dire un mot, il disposa la main à plat. Soudain, la flamme d'une des torches grandit, passa vivement devant le visage d'Orkaf l'obligeant à s'écarter et vint léviter au-dessus de sa paume. Il commença à lui donner des formes étranges.

— J'apprends encore quelques trucs.

Orkaf s'arrêta et le toisa comme s'il devait gronder un sale gamin.

— Toutes mes excuses, dit Arkès en relançant la flamme sur la torche, je n'ai pas pu résister.

— Je croyais que les kNalines ne pouvaient vous enseigner leurs sorts car leur utilisation risquait de vous tuer.

— En effet, mais ce ne sont que de petits dons. Les plus importants nous sont inaccessibles.

Ils pénétrèrent dans la salle. De nombreuses tables y étaient disposées. Des dizaines de personnes s'affairaient à les dresser pendant que d'autres entretenaient le feu ouvert. Le trône magistral d'Anthelme-le-Blanc avait disparu. À la place, une grande table ronde. Lynhéa accourut vers Arkès.

— Hé ! Tu as vu ? C'est comme chez Arthur !

— Qui est cet Arthur ? demanda Orkaf.

— Ben, Arthur ! Les chevaliers, la Table Ronde, tu n'en as jamais entendu parler ?

— Euh, non, dit Orkaf perplexe.

— Ce n'est pas grave, le rassura Arkès. Ce serait trop long à expliquer et de toute façon sans importance.

— Arkès ! Enfin te voilà ! s'écria Adrehilde.

Avec hâte, elle marcha vers lui puis le prit dans ses bras. Ce dernier fut très surpris car même s'ils étaient désormais amis elle n'en restait pas moins la reine. Un tel débordement d'affection le mit quelque peu mal à l'aise… Et provoqua un regard foudroyant de Lynhéa. Arkès montra son innocence, mais cela ne changea rien.

— Euh, intervint Lynhéa, tout va bien ?

Adrehilde recula.

— Oh ! Pardon, je suis vraiment contente de le revoir. Je suis désolée si je t'ai vexée.

— Oui, dit Lynhéa satisfaite, tu peux bien.

Orkaf et Arkès se sourirent. Le roi fit un signe de tête à son ami pour l'engager à le suivre. Ils se rendirent sur le balcon où il voulait s'entretenir au calme. Arkès fut le premier à entamer la discussion.

— Vous avez bien réussi tous les deux.

— Merci, dit Orkaf.

— Je le pense sincèrement. Dans chaque village que nous avons traversé, les gens sont notablement plus heureux. Le sentiment de sécurité est palpable, ils osent la fête un peu partout. Il n'y a plus cette peur latente qui régnait auparavant.

— Je l'espère en tout cas, nous y avons beaucoup travaillé.

— Tu peux le croire. Et à présent ?

— Que veux-tu dire ?

— Eh bien, qu'allez-vous faire ?

— Je n'ai pas l'impression que tout va bien. J'ai un étrange sentiment.

— Ah bon ? Lequel ?

Orkaf leva les yeux.

— Cet œil dans le ciel. Il est toujours là jetant inlassablement son ombre maudite sur le royaume. J'ai la sensation de ne jamais être en paix.

— Et les kNalines, qu'en pensent-ils ?

— Ils analysent les écrits maldors et n'ont encore rien découvert qui y fasse référence. Lorsque nous avons renvoyé les *scientifiques* chez eux, il s'est ouvert un peu plus.

— Et cela t'inquiète, je comprends.

— C'est une ombre permanente qui me donne un sentiment étrange.

— Oublie cela. Essaie de vivre pour le plaisir.

— Tu as raison. Peut-être un jour fera-t-il partie intégrante du paysage.

— Ce serait mieux en effet.

Un court moment de silence s'imposa puis Arkès reprit.

— Dommage qu'Amolaric et Ieneta ne puissent se réjouir avec nous. Ils l'auraient bien mérité.

— Oui, c'est mon plus grand regret.

— Lors de notre voyage, nous sommes passés devant les montagnes du Ksilm. J'y tenais pour honorer tous nos morts, tous ceux depuis Anthelme et la découverte de la statue.

— Je te reconnais bien là.

— J'ai eu une pensée particulière pour tes deux amis.

— Ils t'ont entendu, j'en suis sûr. Et cela leur aura fait très plaisir.

Les deux hommes discutèrent encore quelques instants avant d'être rappelés à l'ordre par Adrehilde et Lynhéa pour aider aux préparatifs de la fête. Le lendemain, le cor royal ouvrirait les cinq jours de liesse populaire sur la place de Warbeline et il restait tellement à faire sous la dictature féminine. Arkès prit un coup dans l'épaule de la part de Lynhéa après avoir osé les comparer à Anthelme-le-Blanc... même pour rire.

— Orkaf ? interpela Arkès. J'ai un service à te demander avant de les rejoindre.

— Je t'écoute.

— Est-ce que je pourrais voir le *murcaf* ?

Orkaf accusa le coup. C'était un sujet épineux. Il ne voulait pas le garder enfermé, il l'avait déjà été trop longtemps. Il ne pouvait pas non plus le libérer, c'était trop dangereux. Et l'exécuter pour la forme était hors de question. En fait, il ne savait pas très bien quoi faire de lui.

— Oui, bien sûr, répondit-il embarrassé.

— Merci. Tu m'accompagnes ?

— Bien entendu ! confirma Orkaf enthousiaste en jetant un coup d'œil aux femmes et un sourire à Arkès.

Sans traîner, ils disparurent de la grande salle et empruntèrent la longue succession de couloirs sombres qui descendaient aux geôles. Ils approchaient. L'odeur rance du monstre les prit au nez et à la gorge. Arkès reconnut les épais barreaux de la cellule. Assis dans un coin, le murcaf ne semblait pas avoir bougé depuis des mois, depuis l'instant où il l'avait vu pour la première fois. Il se remémora les tortures qu'Anthelme lui avait infligées pour l'obliger à dévoiler son pouvoir.

— Plus personne ne viendra te sauver, dit-il au monstre. Que comptes-tu faire à présent ?

Le murcaf se leva lentement. Debout il paraissait encore plus imposant. Il dépassait le jeune homme de plus d'une tête, ce qui n'était pas le cas précédemment. Arkès se souvint de leur conversation : « Quand l'un des nôtres meurt, sa vie et sa force passent chez les autres » avait-il dit.

— *Serait-il donc possible... Et on en a tué beaucoup lors du combat contre Zahirdena*, pensa-t-il.

Le murcaf s'approcha de la grille, Arkès ne recula pas. Orkaf ébaucha un pas vers son ami pour l'écarter, mais d'un signe de la main, le jeune homme l'enjoignit de ne rien faire. Inquiet, le roi resta pourtant à proximité.

— En es-tu sûr ? demanda le monstre.

— Le mage est mort.

— En effet ! Mais qui te dit que c'est de lui dont il s'agit.

— Plus personne n'est vivant pour le faire. Qui pourrait vous venir en aide à présent ?

— Tu as sans doute raison. Pourquoi me tenir enfermé dès lors ? s'enquit le monstre.

— Ta libération est impossible ! intervint le roi. Nous ne pouvons pas prendre ce risque.

— Si nous te relâchons, continua Arkès, promets-tu de partir et quitter définitivement le territoire warkan ?

Les yeux d'Orkaf marquèrent sa surprise, mais il ne s'en mêla pas, désireux de voir où son ami voulait en venir.

— Non, bien sûr. Une fois dehors, je reviendrai avec les miens pour vous exterminer.

— C'est franc de ta part. Mais les tiens sont morts.

— Pas tous, insista le murcaf. Nous sommes encore nombreux.

— Ah bon ! Et où sont-ils tous ?

Il ne répondit plus rien et regagna sa place dans le coin de la cellule.

— Il n'y a personne ! Je ne comprends pas pourquoi tu t'obstines. D'autant plus que cela nous oblige à te garder enfermé. C'est dommage.

Le monstre disparut dans l'ombre. Arkès tourna le regard vers Orkaf qui lui proposa de partir. Le jeune homme acquiesça.

— Il est fou, affirma Orkaf. Il est resté trop longtemps dans cet endroit exigu.

— Il n'y a pas la moindre once de folie dans sa voix. Et pourtant, c'est impossible.

— Je le crois aussi, confirma le roi. Allons rejoindre nos damoiselles.

— Oui, c'est plus prudent pour l'instant, ironisa Arkès.

À travers le dédale de couloirs menant vers la salle du trône, Arkès réalisa que son ami se baladait seul, sans une garde personnelle. Ainsi l'époque d'Anthelme-le-Blanc et des tyrans précédents était bien révolue. Il n'y avait aucune menace avérée, ils pouvaient déambuler librement. Ce sentiment de confiance leur semblait très confortable et témoignait de leur réussite.

Près de la salle du trône, ils remarquèrent des soldats placés de chaque côté de la porte. Orkaf les interrogea.

— Pourquoi êtes-vous armés ? En cette période de fête, je vous ai dit que vous pouviez les déposer pour aider aux préparatifs.

— Désolé, Majesté,… vous avez de la visite.

— Et alors ! Pourquoi ces épées ?

— Ils n'ont pas voulu laisser les leurs.

— Pourquoi les avoir fait entrer dans ce cas ?

— Il s'agit de votre frère, le seigneur Huldrack.

Orkaf marqua un silence et son visage afficha sa contrariété.

— Je vois.

À son regard sérieux, Arkès comprit.

— Je reste près de toi.

Huldrack était assis grossièrement, une fesse sur une table et sa botte boueuse sur une chaise. C'était un homme imposant qui dépassait Orkaf et Arkès de près d'une tête. Il rivalisait sans hésitation avec Albote. Les épaules larges et musclées, sa carrure dictait le respect à ses sujets qui le craignaient... Et redoutaient plus encore sa barbarie. D'une main il mordait dans un quignon de pain et de l'autre avalait du vin à grosses goulées. Près de lui cinq soldats fixaient les dames, un fin sourire lubrique aux coins des lèvres.

Lynhéa fulminait et si Adrehilde n'avait pas calmé ses ardeurs, elle aurait déclenché une bagarre.

Orkaf s'avança avec Arkès, leurs deux compagnes se joignirent à eux.

— Ainsi, voici l'homme avec qui je partage le même sang ! s'exclama Huldrack. Et le fameux Arkès ! Il n'est pas si impressionnant que ça, tout compte fait.

— Que veux-tu ? demanda Orkaf. Que viens-tu faire ici, justement aujourd'hui ?

— Mais voyons ! Je désire également fêter l'avènement de mon frère, sa nomination officielle en tant que roi. C'est important... la famille.

— Tu ne connais rien à l'esprit de famille et tu n'admets aucunement ce fait.

Alors qu'Huldrack portait une nouvelle coupe à sa bouche son mouvement s'arrêta net. Avec un sourire sarcastique, il la déposa sur la table et se redressa.

— En effet. Et j'ai eu ton message. Alors comme ça, tu veux supprimer les seigneuries.

— Oui, les deux autres sont déjà décapitées de fait et, même si ce n'était pas le cas, c'est par la tienne que j'aurais commencé.

— Oh ! Et que me vaut cet honneur ?

— Je n'aime pas tes pratiques. La torture, le meurtre et la famine que tu imposes à ton peuple sont autant de façons que je ne peux tolérer.

— Mais qui es-tu pour me dicter ma conduite ? Tu n'es personne. Tu n'es que le dernier bâtard de notre famille. Tu n'as aucun titre de noblesse et ce n'est pas ce faux titre que t'a octroyé Anthelme pour nous énerver qui te donne la moindre légitimité.

— Mais toi oui, c'est à cela que tu veux en venir, n'est-ce pas ?

— Exactement ! À part moi, plus personne n'a la noblesse nécessaire pour occuper trône et s'approprier la reine.

— Adrehilde n'est à personne et comme tu l'as dit, elle est la souveraine. Dès lors elle peut choisir qui elle veut... Et tu ferais bien de témoigner un peu de respect quand tu lui parles.

— Témoigner du respect ? Ah ! Ah ! À qui ? À toi ? Le faux noble ? Et à elle, la reine-putain ?

Entendant ces mots et agacée par les provocations d'Huldrack, Lynhéa perdit patience et tenta un pas en avant. Orkaf l'arrêta d'un signe de la main. Il savait où son frère voulait en venir, mais ne tomberait pas dans son jeu.

— C'est ça, tout doux ma jolie, provoqua encore Huldrack. La reine ne mérite plus aucun respect... Et d'ailleurs, en a-t-elle jamais reçu ?

— Tes paroles ne feront pas mouche. Je ne rentrerai pas dans ton cercle de violence.

— Tu as peur ?

— Pense ce que tu veux. Je te demande de quitter ces lieux et de ne jamais plus en fouler le sol.

— Je crois que tu ne m'as pas bien compris. Je suis venu prendre le trône qui me revient de droit.

— Rien ne t'est acquis de naissance. Les seigneuries sont abolies. Tu es un homme comme les autres à présent, comme nous tous... Et il faudra t'y faire. Tu as fini de t'enrichir sur le dos de ton peuple en les affamant. Et laisse-moi te dire encore une chose. (Il s'approcha tout près de lui pour démontrer son assurance) Manque encore une fois de respect à Adrehilde et tes provocations porteront leurs fruits. Va-t'en et ne reviens jamais.

— Ah ! Ah ! Ah ! Mais il a pris de l'aplomb, le cadet. Je n'ai pas d'ordre à recevoir de toi et c'est la dernière fois que tu me parles sur ce ton.

Il compléta sa phrase d'un geste de la main après lui avoir souri. Aussitôt un des soldats sortit une arbalète de poing de sous sa cape et tira. Le carreau vint se planter sous la clavicule droite d'Arkès. Personne n'eut le temps de réagir. Il s'écroula de douleur sur le sol.

— ARKÈS, NON ! hurla Lynhéa.

La diversion en place, Huldrack frappa violemment Orkaf à la tempe. Sa force colossale assomma le roi d'une seule attaque. Lynhéa se mit en position pour utiliser sa magie contre Huldrack. Malgré sa masse, l'homme était d'une rapidité impressionnante. En trois pas, il était sur elle et lui porta un violent coup au ventre. Elle se courba en toussant pour retrouver sa respiration. D'un coup de pied, il l'envoya heurter le mur. Pendant ce temps, les cinq soldats d'Huldrack avaient assassiné les gardes royaux.

Le combat fut terminé en un instant.

Pourtant Huldrack n'était pas prêt à prendre le moindre risque et connaissait les capacités d'Arkès. Alors qu'il retirait le carreau dans une grimace de douleur, le seigneur déchu lui asséna un coup de pied en pleine mâchoire. Il s'écroula inconscient un bon mètre plus loin. Du sang s'écoulait sur les dalles.

Huldrack se retourna triomphant.

— Alors, c'est ça ! Les fameux Arkès et Lynhéa qui ont accompli tant d'exploits. Dites-moi que c'est une blague ! Et toi, Orkaf, ajouta-t-il avec mépris. Tu voulais devenir roi ? Mais tu n'en a pas la carrure !

Bien que son frère fût déjà inconscient, Huldrack lui décocha encore un coup de pied en pleine tête.

Adrehilde poussa un cri d'effroi.

— Et vous, ma reine, c'est CELA que vous vouliez épouser ? dit-il narquois en désignant son frère inanimé. Allons, venez avec moi. JE suis l'homme qu'il vous faut, affirma-t-il, en la saisissant par les épaules.

— Vous n'êtes rien ! éructa-t-elle, après lui avoir craché au visage.

— Il va falloir vous apprendre les bonnes manières, dit-il avant de la gifler. Et voilà, ils sont tous inconscients. C'est pathétique !

Il regardait autour de lui avec beaucoup de satisfaction. La facilité avec laquelle il s'était débarrassé d'eux le conforta dans sa décision de prendre le trône.

— Vous, enfermez la reine dans sa chambre... Je veux dire dans *notre* chambre. Je m'occuperai d'elle plus tard, et les autres au cachot. J'ai une annonce à faire, dit-il en direction du balcon.

Mais une voix tremblante interrompit sa marche.

— Pas tout de suite.

Il se demanda d'où elle provenait et vit Lynhéa se redresser péniblement. Un filet de sang s'écoulait de son arcade sourcilière jusqu'à dans son cou. Elle tenait à peine debout.

— Est-ce là une nouvelle blague ? Qu'espères-tu, femme ? Me battre ?

— Fais-moi ce plaisir, répondit-elle difficilement.

Un haussement d'épaules plus tard, il s'approcha d'elle et lui asséna une violente gifle. Elle se baissa pour le frapper aux côtes. Huldrack se courba de côté puis la balaya d'un revers de la main.

— Pas mal. Reste au sol cette fois, cela n'en vaut pas la peine.

Elle l'ignora.

Il la saisit par le menton. Pendue à demi-inconsciente au bout de son énorme bras, il la gifla si fort que sa tête heurta une des colonnes en y laissant une large trace de sang avant de s'écrouler.

— Pfff ! Ridicule ! s'exclama-t-il.

Ses soldats riaient de bon cœur. Ils ne s'attendaient pas à une victoire aussi facile. Selon les ordres d'Huldrack, l'un d'eux emmenait la reine et les autres emportaient les corps inertes.

Contre toute attente, Lynhéa était toujours consciente et ne comptait rien lui laisser. Du sang s'écoulait de son front et de ses lèvres. Elle ouvrit les yeux et parvint à peine à bouger la tête.

Elle aperçut Arkès un peu plus loin, assommé, une large flaque bordeaux sous lui. Les yeux fermés, il semblait mort et elle allait bientôt le rejoindre. Soudain elle pensa à Daïa qui devait se balader dans le château. Huldrack allait la trouver. Qu'allait-il faire d'elle ? Elle réalisa être sur le point de tout perdre.

De violents spasmes lui secouèrent le corps. Une multitude d'éclairs parcouraient ses veines.

À des centaines de lieues de là, dans un vieux temple, Viteric s'entraînait toujours. Sur le point de briser une planche de bois, il se courba de douleur et s'écroula sur le sol. La crise dura plusieurs respirations avant qu'il se transforme en matr-ox-soëmis. De fureur, il bondit dans tous les sens pour éventrer les sacs de sable et griffa la pierre de profonds sillons. Le souffle lourd, il émit un rugissement bestial hors du commun. Cela ne lui était jamais arrivé. Le bruit se répercuta dans le temple… et à l'extérieur. Les animaux s'enfuirent et les oiseaux s'envolèrent.

— *Pourquoi désires-tu me quitter ?* demanda Lynhéa par la pensée.

— Comment, mais qui êtes-vous ? Que me voulez-vous à la fin ?

— *Tu ne peux pas partir, je vais bientôt avoir besoin de toi.*

— Laissez-moi tranquille !

— *Je dois t'empêcher de fuir… Tu fais partie d'un jeu qui te dépasse, et d'un destin plus grand que le tien.*

Le lien fut brutalement rompu.

Lorsqu'il se calma et reprit forme humaine, il se redressa et jeta un regard circulaire autour de lui. Il était seul. Pourtant, au moment où la douleur s'était emparée de lui, il aurait juré avoir ressenti une présence. Il découvrit avec dépit les sacs éventrés et les traces dans la pierre. Il comprit ce qui s'était passé même s'il n'en gardait aucun souvenir.

La tête enfermée dans ses mains, il fondit en larmes. Le désespoir le gagnait tant ces visions horribles le mettaient à rude épreuve. Pourquoi cela lui arrivait-il ? Il soupçonnait bien un lien avec le monstre qu'il était… Mais cela ne l'avançait guère.

Il plongea la tête dans sa vasque pour se rafraichir. Appuyé sur la pierre froide, il essayait de comprendre ce qui lui arrivait lorsqu'une subite douleur au ventre le plia en deux. Il vomit et se retrouva à genoux avant de s'affaler sur le côté. Il transpirait et tremblait.

— Mais que m'arrive-t-il encore ?

Au château de Warbeline, les soldats forcèrent Huldrack à se retourner à nouveau. Il cracha une remarque sur le fait que Lynhéa était toujours consciente. Au même moment, les convulsions de Lynhéa disparurent.

— Ah, quand même, elle se décide à mour...

Mais sa phrase mourut en même temps que Lynhéa se redressait. Son visage était couvert de sang. À chaque respiration, elle en crachait un peu.

— Je dois l'admettre, dit Huldrack, tu as du cran et tu es solide. Mais je n'ai pas de temps à perdre.

Il se détourna dans un geste de dédain pour demander à ses soldats de l'achever. Sourire aux lèvres, deux d'entre eux s'approchèrent.

Lynhéa les toisa d'un regard incandescent et écarta les mains. Une forte lumière jaunâtre jaillit de tout son corps et vola par vagues vers les deux hommes qui tentaient frénétiquement de la chasser tel un moustique gênant. Puis le halo disparut.

— Vous n'avez pas la moindre idée de qui je suis, menaça-t-elle d'une voix sortie du monde des esprits.

Un instant plus tard, ils se mirent à hurler et à trembler puis tombèrent à genoux tordus de douleur.

— Allons bon, quoi encore ? Relevez-vous, bandes de larves ! Vous n'allez pas me dire que vous ne pouvez pas achever une pauvre femme presque morte.

Selon ses ordres, du moins le pensa-t-il, les deux hommes se redressèrent le visage transformé. Leurs yeux s'assombrirent de veines noires qui s'étendirent jusqu'à leurs joues. Ils affichaient un sourire effrayant duquel les lèvres avaient disparu. Leurs dents s'allongèrent pour devenir des armes mortelles. De concert, ils hurlèrent un cri métallique vers Huldrack tels des félins prêts à passer à l'attaque. Celui-ci recula d'un pas.

— Par quel démon… ?

Devant le danger menaçant leur seigneur, les autres soldats foncèrent sans hésiter. Celui qui emmenait la reine la laissa sur place. Elle en profita pour s'enfuir sans se retourner.

Les deux fisn-ox-soëmis se tournèrent vers Lynhéa qui leur ordonna d'une voix sèche et vindicative.

— Massacrez-les tous !

Les deux monstres bondirent avec une agilité hors du commun pour planter leurs crocs dans le cou de leurs victimes et arracher la chair sans pitié. Les trois soldats furent assassinés en un rien de temps. Ils se retournèrent ensuite vers Huldrack, pris de panique. Plus rapides qu'un chat, ils avalèrent les quelques mètres qui les séparaient de lui et déchiquetèrent le seigneur dans des gerbes de sang explosées sur plusieurs mètres.

Le massacre terminé, ils s'inclinèrent en direction de Lynhéa.

— Maintenant, supprimez-vous !

Sans la moindre hésitation, les deux fisn-ox-soëmis ramassèrent chacun une épée et la plantèrent dans le cœur de l'autre. Ils s'écroulèrent sur le sol en même temps, morts. Quelques instants plus tard, ils retrouvaient une apparence humaine.

Lynhéa demeurait immobile comme indifférente face au massacre. Peu à peu ses yeux reprirent leur couleur bleutée et se révulsèrent. Elle sombra à son tour dans l'inconscience.

La salle du trône ressemblait à un champ de bataille. Des corps déchiquetés, d'autres inertes jonchaient les grandes dalles de pierre dans un silence de glace.

— Où vas-tu ?... Daïa ! Réponds-moi ! C'est dangereux là-bas, il y a une falaise.

Lynhéa appelait sa fille qui la devançait dans les rues du village knaline. La petite ne l'écoutait pas et fonçait tout droit. Lynhéa voulait l'attraper tandis qu'une force étrange l'en empêchait. Daïa traversa la forêt, sa maman à ses trousses. Elle s'arrêta au bord de la falaise et s'assit jambes croisées, les mains posées sur ses genoux.

— *Oh non*, pensa Lynhéa en arrivant à sa hauteur, *je suis encore dans un cauchemar.*

L'horizon se brouilla et des rochers flottants apparurent. Tout était flou et elle ne distinguait presque rien.

— Oui, c'est un rêve, confirma la petite fille. Et il est temps de te réveiller, à présent.

— Mais que signifie tout ceci ? Pourquoi suis-je constamment assaillie d'images de toi et de ces rochers durant mon sommeil ?

— C'est encore trop tôt pour le dire, mais l'heure approche. Un jour, tu comprendras... Cela voudra dire que son œuvre est achevée.

— Quelle œuvre ?

— Je n'en ai aucune idée.

— Et de qui parles-tu ?

— Je ne sais pas, plus tard tu l'apprendras, mieux ce sera.

— Pourquoi ?

— Car à ce moment-là nous devrons nous quitter.

— Quoi ?!

— Au revoir. À bientôt.

— Non ! Ne pars pas ! Dis-moi...

Un voile se déchira dans sa tête lorsqu'elle reprit connaissance. Elle sentait une douce chaleur envahir ses veines par vagues successives. Elphline était là et s'occupait d'elle ; elle n'avait pas besoin de la voir pour le confirmer. À demi consciente, elle ne parvenait pas à ouvrir les yeux et quelques instants lui furent nécessaires pour émerger enfin de son apathie. Elphline opérait des allers-retours de la main au-dessus de son bras.

— Où est Arkès ?

— Tout le monde va bien, ne t'inquiète pas. Tu es la dernière à te réveiller.

— Combien de temps suis-je restée inconsciente ?

— Trois jours.

— Trois jours ! Pas étonnant d'avoir aussi faim.

— Je vais te chercher un bol de soupe. Adelive en a gardé au chaud exprès pour toi.

— Bonne Adelive, dit-elle d'une voix un peu étouffée.

La kNaline se leva et quitta la chambre. Le ciel était bleu, réconfortant. Les soins d'Elphline avaient été très efficaces... Très vite, la réalité refit surface. Comment s'en étaient-ils tous sortis ? Ils s'étaient fait massacrer comme des débutants par Huldrack et cinq de ses hommes... Quelle honte ! Qui était venu les aider si personne n'avait rien vu du drame ? Les kNalines ? Oui sûrement, c'était la seule explication.

La porte grinçant sur ses gonds interrompit ses pensées. Pourtant l'entrebâillement resta vide. Un faible courant d'air vint lui caresser le visage. Elle dut baisser les yeux pour apercevoir Daïa, un large sourire aux lèvres. La petite se précipita et sauta sur le lit pour se blottir dans ses bras.

— Maman !

— Bonjour ma chérie, je suis si contente de te voir.

— Toi… très malade ?

— On peut dire ça. Mais maintenant, ça va mieux.

— Oui, E'ph'in bien soignée. Presque plus… bleus.

— En effet, Elphline s'est très bien occupée de moi.

Derrière Daïa, Arkès et Orkaf entrèrent à pas feutrés suivis de peu par Adrehilde.

— Ça va, pas la peine de marcher sur des œufs, je me sens bien.

— C'est une bonne nouvelle, dit Arkès en venant l'embrasser. On s'est fait du souci, tu sais.

Le front d'Arkès était flanqué d'un bandage blanc, mais il semblait bien se porter. Orkaf et la reine n'affichaient que quelques ecchymoses qui disparaitraient avec le temps.

— À voir ta tête, dit Lynhéa à Arkès, j'imagine mal l'état de la mienne. Tu peux me donner un miroir que j'admire le désastre ? Désolé, ajouta-t-elle à l'attention d'Orkaf et Adrehilde, mais je risque de ne pas être très présentable pour vos noces.

Les souverains sourirent timidement alors que le visage d'Arkès se faisait plus sérieux. Il lui serra la main plus fortement.

— Quoi ? Que se passe-t-il ?

Arkès ne répondit pas. Lynhéa les détailla tour à tour et termina par Daïa qui affichait une mine triste.

— Quoi ? Donne-moi un miroir, s'il te plait.

Arkès hésita un instant.

— Je ne crois pas que ce soit une bonne idée, tu devrais attendre encore un peu. Rien ne presse.

Il fronça les sourcils. Lynhéa regardait les visages déconfits de ses amis et de sa fille. Qu'était-il arrivé ? Elle ne se souvenait de rien.

— Donne-moi un miroir ! exigea-t-elle.

Résigné, il se leva en se raclant la gorge. Il en prit un sur la commode en bois finement sculpté et revint s'asseoir.

Lynhéa le lui arracha des mains et le présenta devant son visage. Tout était normal ! Elle l'abaissa et vit les rictus de ses compagnons. Elle tourna la tête vers Daïa qui affichait un pâle sourire contenu.

— Bande de...

Elle lança le miroir à travers la chambre au moment où tous éclataient de rire.

Elphline, qui entrait à ce moment précis, évita de justesse l'objet volant vers elle. Très vite, elle comprit et sourit. Lynhéa attrapa Daïa.

— Et toi, vadrouille, tu étais de mèche avec eux !

La petite explosa de plus belle sous les chatouilles de sa mère. Une ambiance familiale envahit la pièce, un bonheur retrouvé après une épreuve qui, heureusement, avait tourné à leur avantage... sans pour autant comprendre ce qu'il s'était réellement produit. La discussion redevint plus sérieuse.

— Je suis contente d'être encore en vie. Que s'est-il passé au juste ?

Elphline déposa le bol de soupe fumante à côté du lit et invita Daïa à la suivre, les grands devaient parler entre eux. La petite accompagna joyeusement son amie en sautillant. Lynhéa se redressa et, après qu'Arkès eut replacé les coussins dans son dos, elle but le breuvage appétissant.

— On pensait que tu pourrais nous l'expliquer.

— Moi ? Mais pourquoi ?

— Tu étais la seule encore consciente quand j'ai réussi à m'enfuir, dit Adrehilde. Tous les autres étaient assommés. Et à mon retour avec les kNalines, la salle du trône n'était plus qu'une vaste mare de sang. Les cinq soldats et Huldrack avaient été… mis en pièces. C'était horrible ! On aurait dit qu'un animal les avait dévorés.

— Je ne me souviens de rien.

— Deux d'entre eux semblaient même s'être suicidés, dit Arkès. Ils avaient encore la main sur l'épée qu'ils s'étaient mutuellement enfoncée dans le cœur. Quelle folie peut bien pousser des hommes à en arriver là ?

— Aucune idée, mais ce n'est pas moi en tout cas, je ne fais quand même pas peur à ce point.

— Tu ne sais vraiment pas ce qu'il s'est passé ? Tu n'as aucun souvenir ?

— Non, aucun, je suis désolé.

— Ne le sois pas, ce n'est pas grave, dit Orkaf, qui aurait quand même bien voulu une explication. Je crois que c'est un nouveau mystère irrésolu dans ce château. (Une main sur l'épaule de Lynhéa, il la rassura) À présent, nous allons vous laisser. Vous devez vous reposer et il y a encore beaucoup à faire de notre côté pour le mariage imminent. Les festivités vont pouvoir commencer demain. Nous allons passer la nouvelle. Récupère bien.

— Merci.

Le troisième jour de fête battait son plein. Les activités organisées dans la ville assuraient la joie et le bonheur des habitants et des visiteurs, petits et grands. La population avait construit des géants, cadeaux pour leurs souverains, représentant les nouvelles devises du royaume : paix, entraide et honneur.

Le premier géant était assis les yeux fermés, jambes croisées et ses mains paumes tournées vers le haut étaient posées sur ses genoux. Les Warkans avaient symbolisé ainsi la paix intérieure observée chez les kNalines. Un bel hommage à leurs calmes amis. Leurs séances journalières de méditation sur les remparts du château avaient marqué les esprits. Depuis peu quelques habitants se joignaient volontiers à eux. En milieu de journée, les murailles s'ornaient de drôles de champignons humains brisant la rudesse militaire de telles constructions.

Le deuxième géant était debout, jambes fléchies, bien campé sur ses positions. Ses mains se serraient l'une dans l'autre. Il symbolisait l'entraide solide dont devait faire preuve les Warkans. Beaucoup de problèmes pouvaient être résolus par la solidarité et des malheurs évités si chacun écoutait et aidait son voisin, son concitoyen.

Le troisième se tenait bien droit le poing fermé sur le cœur. L'honneur était indispensable pour garder la tête haute et affronter les épreuves de la vie. Celui-ci ne symbolisait pas uniquement l'honneur dans son comportement, mais aussi le fait de permettre à chacun de préserver le sien.

Des annonceurs criaient en boucle la représentation de chacun des géants et les enfants y participaient joyeusement au grand bonheur des parents en répétant les slogans à tue-tête. Des jongleurs et des acrobates animaient les rues remplies de badauds curieux et charmés.

La paix retrouvée autorisait le couple royal à se balader avec leurs amis parmi la foule sans être inquiétés. Ils étaient, eux aussi, des gens issus du peuple avec simplement un peu plus de responsabilités. Lynhéa, Adrehilde, Adelive, Dolcina et Yselda s'arrêtaient à chaque échoppe pour admirer les tissus et autres parures exposés, occupations bien féminines, pendant que les hommes trinquaient aux promesses d'une paix retrouvée. Des tables sorties à même la rue par les habitants offraient diverses boissons. Tous s'entendaient à merveille dans un brouhaha de voix joyeuses. Les épreuves les avaient rapprochés.

Une chope de grès à la main, Arkès faillit s'étrangler lorsque quelqu'un hurla son nom. Il s'essuya le menton et aperçut une femme s'avancer vers lui. Il ne la reconnut pas immédiatement. C'était Ysolde, la petite fille de Gallim restée avec Cordélia, la guérisseuse. Non loin, Bertille courait pour la rattraper tandis qu'Armin, un fier jeune homme aujourd'hui, aidait Cordélia qui progressait à un rythme plus lent.

Une grande joie envahit son cœur de les voir tous encore en vie. Il déposa maladroitement sa chope sur le coin de la table, la laissant choir, et tendit les mains vers la jeune fille. Elle se jeta dans ses bras, manquant de le faire tomber.

— Sang de reil ! s'exclama-t-il. Que je suis content de vous voir ! Honte sur moi d'avoir presque oublié votre existence.

Lorsque Bertille fit de même, elle emporta Arkès et Ysolde avec elle et ils s'affalèrent sur le sol en riant aux éclats. Intrigué, Orkaf les regardait tandis que Lucal souriait.

— Des enfants de Gallim, lui dit-il, pour toute explication.

Attirée par les hurlements, Lynhéa s'extirpa d'une échoppe... elle n'aperçut pas les trois amis renversés sur le sol à cause de la foule. À la vue d'Orkaf et Lucal intrigués, elle s'approcha pour réaliser ce qu'il se passait.

— Tu ferais mieux de te relever, conseilla Lucal à Arkès.

Elle fut devant eux avant que les jeunes femmes aient desserré leur étreinte. Son sang ne fit qu'un tour. Lucal et Orkaf se détournèrent pour rire.

— NON, MAIS ÇA VA PAS LA TÊTE ! Vous avez besoin d'aide ?

À ces mots, Ysolde et Bertille levèrent les yeux.

— LYNHÉA ! hurlèrent-elles de concert en lui sautant au cou.

Décontenancée, elle resta muette sous l'assaut. Arkès se relevait prestement et les deux filles s'écartaient de Lynhéa.

— Ne nous reconnais-tu pas ? demanda Ysolde.

Lynhéa réfléchit et jeta un regard méfiant autour d'elle. Lui faisait-on une farce ? Elle aperçut, se dirigeant vers elle en souriant, Cordélia aidée par un jeune homme et écarquilla les yeux.

— Ysolde ? Bertille ?

— Ouiii ! hurlèrent-elles en cœur en trépignant.

— Oh ! Bord… ! Mais vous êtes devenues des…

— Des femmes ! conclut fermement Ysolde comme Lynhéa hésitait. Ben oui, cela fait plus de trois ans que vous êtes partis de Gallim.

— Et très jolies en plus, constata Arkès.

— Toi, silence ! ordonna Lynhéa. Je n'en reviens pas. Je vous avais presque oubliées. Je m'en veux tellement. On n'est jamais venus voir comment vous vous débrouilliez.

— Et c'est très bien ainsi, intervint Cordélia de sa voix éraillée avec son habituel ton caustique. Vous auriez été capables d'amener le malheur avec vous.

— Cordélia ! Je suis si heureuse que tu sois là aussi, s'exclama Lynhéa en tendant les bras vers elle.

Mais la guérisseuse l'arrêta de son bâton.

— Ne fais pas semblant, tu me détestes.

— Non, sincèrement, je suis heureuse de te voir... encore en vie.

La vieille femme sourit.

— Ouais, garde quand même tes embrassades pour ceux que cela intéresse.

— Et je constate qu'Armin est devenu un fort et beau jeune homme. Comment vas-tu, mon garçon ?

— Bien, je te remercie. Bonjour, Arkès.

— Bonjour, Armin. Content de te voir en bonne santé.

— Merci. C'est grâce à Cordélia. Elle est formidable avec nous.

— Bonjour, intervint Orkaf, une main sur l'épaule d'Arkès. Nous feras-tu l'honneur des présentations?

Adrehilde et les autres s'étaient joints au groupe pour découvrir la source de toute cette agitation.

— Oh, bien sûr ! Pardonne-moi. Voici Orkaf et Adrehilde... euh... Les roi et reine nouvellement élus... Et eux, ce sont des amis de Gallim.

À ces mots, les yeux d'Ysolde et de Bertille s'illuminèrent.

— Tes amis ? C'est bien ce que tu as dit, s'étonna Ysolde tandis que Bertille rougissait. Le roi et la reine en personne sont tes amis !

— Oui, confirma Orkaf. C'est bien cela. Enchanté jeune demoiselle.

— Je suis Ysolde, dit-elle fièrement. (Le couple royal sourit) Et elle, c'est Bertille.

— Heureuse de te connaitre, dit Adrehilde en lui tendant la main.

Bertille la saisit timidement tandis qu'Ysolde adressait des signes nerveux vers Armin en pointant les souverains.

Les amis firent connaissance et Arkès prit du temps pour discuter avec Cordélia, la féliciter autant que la remercier de la santé florissante des trois enfants. Elle le contredit sèchement. C'était plutôt eux qui prenaient soin d'elle à présent. Elle leur avait tout appris et Ysolde l'avait même dépassée dans certains domaines. Arkès sourit, pas vraiment étonné.

Orkaf les invita à se joindre à eux au château pour la suite de la fête. Devant les regards implorants d'étoiles des deux jeunes femmes, Cordélia accepta en prétextant le besoin urgent d'un lit confortable pour reposer ses vieux os.

Le soir venu, ils profitèrent d'un repas simple, délicieux cependant, confectionné avec les produits de la campagne et célébrèrent bruyamment le mariage de leurs souverains. L'excentricité de Lynhéa faisait merveille et elle assurait l'ambiance. Elle avait invité quelques inconnus à des combats amicaux dans la grande salle au milieu des tables. Ces derniers furent très flattés de pouvoir ensuite se joindre au banquet royal pour fêter l'évènement… et leur défaite.

Au matin du quatrième jour, alors que le soleil pointait à l'horizon et que ses premiers rayons pénétraient dans la chambre de la petite famille,

Daïa bougea dans son sommeil. Sous ses paupières, ses yeux s'animèrent de mouvements saccadés. Son corps était agité de spasmes légers.

— Elle doit faire un cauchemar, dit tout bas Arkès en posant délicatement sa main sur le ventre de la petite pour la rassurer sans la réveiller.

— Oui, elle est si mignonne quand elle dort.

— C'est vrai, elle est gracieuse comme sa maman.

— Oh ! Dès le matin, tu trouves le moyen d'être galant.

Arkès sourit et passa ses doigts dans les cheveux de Lynhéa puis lui caressa la joue. Des pas pressés dans le couloir interrompirent ce moment d'intimité. Les parties métalliques de l'armure du soldat résonnaient par à-coups... et se rapprochaient de leur chambre. Lynhéa lança un regard critique à Arkès.

— Il n'est pas obligé de courir pour nous demander de les rejoindre. Parfois, il faudrait leur apprendre à déstresser.

Arkès sourit tandis qu'un étrange pressentiment lui frisait la peau. Orkaf n'enverrait pas quelqu'un pour les réveiller si tôt après la fête et le soldat ne courrait pas pour une chose futile.

Le poing s'abattit lourdement sur la porte de la chambre du jeune couple, ce qui secoua Daïa. Lynhéa souffla de désespoir.

— Oui bon, ça va ! Pas la peine de la défoncer, on arrive.

Mais il frappa deux fois encore, plus fortement. Arkès s'inquiéta de cette insistance et se leva, une couverture nouée autour de la taille.

Le soldat transpirait sous son uniforme.

— Désolé, monseigneur, mais le roi vous demande en urgence.

— Je ne suis pas seigneur, seulement Arkès, calme-toi.

— Euh…

— Qu'y a-t-il ?

— Je ne sais pas. Ils ont parlé d'un œil.

— D'accord, nous arrivons.

Arkès referma la porte et enjoignit à Lynhéa, debout au bord du lit, de s'habiller et de réveiller l'enfant. La petite famille parcourut le dédale de couloirs jusqu'à l'ancienne salle du trône. Orkaf, Adrehilde, Lucal et les kNalines étaient présents et il régnait une étrange agitation.

Dans les bras de sa maman, Daïa se débattait pour être posée à terre. Lynhéa s'inquiéta de cette agitation et finit par s'exécuter. La gamine se colla aux jambes de sa mère et lui adressa un regard sombre accompagné d'un sourire glacial.

— Que se passe-t-il, Orkaf ? demanda Arkès.

— Venez avec moi.

Du haut du balcon, les endormis furent réveillés pour de bon par le spectacle.

— Par toutes les catins de Warbeline ! s'exclama Lucal.

— L'œil, dit Orkaf. Il s'est ouvert.

De la tache dans le ciel s'écoulait une masse compacte en flots continus comme une cascade d'eau noire haute de plusieurs dizaines de mètres. Face au phénomène, Daïa s'était apaisée. Cela surprit Lynhéa :

— Ah ! Évidemment, dit-elle à sa fille. Devant ça tu te calmes !

Daïa tourna la tête et la fixa longuement dans les yeux. Puis avec une lenteur exagérée, un sourire apparut sur son visage. Lynhéa le lui rendit, mais plus ses lèvres s'étiraient, plus celles de Lynhéa s'affaissaient. L'air dément affiché par la petite la figea sur place.

— Sait-on ce que c'est ? demanda Dolcina.

— Non. J'ai envoyé des soldats pour vérifier. Quoi qu'il en soit, je pense que les festivités sont terminées. Je préfère être prudent. Nous allons mobiliser l'armée, aussi infime soit-elle, et nous aviserons le moment venu.

Arkès regarda Orkaf silencieusement, puis...

— Ton sentiment étrange ? demanda Arkès.

— Oui, acquiesça celui-ci.

— Il faudra des jours à tes soldats pour faire l'aller-retour. On a besoin d'un moyen plus rapide. Medil, dit Arkès, un kNaline possède-t-il le même don que Sword ? Celui de voler, je veux dire.

Au nom de Sword, Arkès et Lynhéa se souvinrent de leur ami enfermé par **il** dans un moment figé du passé depuis presque cinq ans aujourd'hui. S'il était encore en vie, il devait avoir succombé à la folie malgré son enseignement knaline. Ou du moins, s'y sentir horriblement seul.

— Oui, bien sûr ! s'exclama Medil. C'est une excellente idée. Je l'envoie tout de suite. Cet après-midi, nous serons fixés.

— Merci, dit Orkaf. Je vais faire rappeler mon équipe d'éclaireurs. En attendant, nous allons prévenir la population et lever l'armée. Pour l'instant, rentrez tous et préparez-vous. Il est possible que nous devions nous mettre en route rapidement.

— Un instant, dit Arkès. Demande plutôt à tes hommes de rester à proximité et d'observer. Quand nous arriverons, si nous devons y aller, il sera intéressant d'en connaitre le plus possible.

— Tu as raison, je fais envoyer un cavalier à leur suite.

Les convives retournèrent à leur chambre pour s'équiper. Arkès et Orkaf s'attardèrent un instant sur le balcon pour observer cet œil se vidant sur le désert du Ksilm. Arkès était sceptique.

— Orkaf, combien te reste-t-il de soldats ? Vous en avez perdu beaucoup dans la guerre contre les kNalines. Cinq mille hommes ?

— Deux mille, au mieux, dit Orkaf dépité.

— Et s'il s'agit d'une invasion, suggéra Arkès.

— Une invasion ! s'exclama Orkaf. Mais de quoi ?

— Je ne sais pas, c'est un pressentiment, comme le tien. J'ai l'impression que nous allons faire face à la plus grande bataille jamais livrée.

—En puisant tout ce qu'on peut dans la population on peut arriver à trois mille cinq cents hommes, je pense. C'est hélas un maximum.

—Alors nous aurons besoin des kNalines.

—Oui, avoua Orkaf, c'est certain… S'il s'agit bien d'une invasion. Et j'espère que tu te trompes.

—Et du reste des Warkans, ajouta Arkès.

—Quoi? Tu ne comptes quand même pas demander à la population entière de se battre.

—As-tu le choix? questionna-t-il une main sur l'épaule de son ami. Qu'est-ce qui est préférable? Reconstruire avec peu ou n'avoir rien à rebâtir ?

—Je suis roi depuis quelques mois à peine et je vais faire pire que tous les autres avant moi. Je vais envoyer la population au grand complet à la mort. Et bien bravo, pour reprendre l'expression de Lynhéa.

—Tu es confronté à un combat qu'aucun…

—Rien n'annonce une bataille. Peut-être ne sera-ce qu'une catastrophe naturelle. (Arkès le regarda sceptique) Je sais! Mais je vais attendre encore un peu avant de lancer l'ordre. Excuse-moi de t'avoir interrompu, continue ce que tu voulais dire.

—Un combat qu'aucun des autres rois n'a dû mener. Tu n'as rien à te reprocher. Et de toute manière, pourquoi demander aux kNalines de venir se battre si tu refuses d'impliquer ta propre population, trouves-tu cela honnête ?

—Non, tu as raison. Je suis désolé. Attendons le retour de notre informateur. On avisera à ce moment. Si ton sentiment se confirme... Je ferai ce qui est nécessaire.

— D'accord. Je vais aller parler aux kNalines. Au cas où.

— Oui, fais cela, conclut Orkaf abattu.

Moins d'une heure plus tard, Bodeline était de retour en volant au-dessus de la capitale et confirmait la mauvaise nouvelle. Il s'agissait bien d'une invasion... de monstres. Orkaf et les autres s'étaient tous rassemblés dans la grande salle avec les chefs de guerre du royaume.

L'heure des décisions avant le départ avait sonné.

Selon le rapport de Bodeline, la masse qui tombait du ciel était impressionnante et l'on ne pouvait plus se permettre d'attendre.

— Pour l'instant, ils tournent en rond comme s'ils étaient perdus ou s'ils cherchaient quelque chose.

— À quoi ressemblent-ils ? demanda Orkaf.

— Je pense qu'Arkès les connait. Il s'est déjà battu contre eux. Des roqus et des jacks, mais ils sont plus grands que les précédents.

— Ils attendent probablement d'être assez nombreux pour attaquer, dit Orkaf.

— Des jacks ! souffla Arkès. Putains vérolées ! Mais ça ne s'arrêtera donc jamais !

— Peu importe, dit Orkaf, cela ne change rien. Si on les affronte tout de suite, là où ils tombent, ils n'auront peut-être pas l'idée de se disperser dans le pays. Et c'est ce que nous devons éviter à tout prix. Il faut les confiner à leur point de chute.

—Mais vous ne serez jamais assez nombreux, objecta la reine. Vous courez au massacre.

—On devra faire avec... pour une première vague en tout cas. Deux d'entre vous resteront ici pour rassembler le plus de combattants possibles, dit-il à ses chefs de guerre, et vous vous mettrez en route demain matin. Comme presque toute la population se tient dans les environs pour la fête, on aura la chance de les rassembler rapidement. Que toute personne assez forte pour se battre prenne une arme. Hommes, femmes... enfants. Même les animaux qui pourraient blesser ou tuer seront utiles. Tout ce que vous trouverez. Nous arriverons sur place à l'aube avec la première vague. Vous nous rallierez après-demain.

—Nous attaquerons par le nord, dit Medil, à partir de chez nous.

—Nous nous joindrons à vous, dit Ruhpart. Tanim sera heureuse de vous prêter main-forte. Il reste à savoir comment les prévenir.

—Si vous avez un message qui puisse les convaincre, dit Bodeline, je le leur porterai sur mon chemin.

—Au moins seront-ils pris en tenaille, dit Orkaf. C'est déjà un avantage. Arkès ? As-tu des suggestions ?

—Non, on ne peut pas faire autrement. On n'a pas le choix. Je regrette d'avoir abandonné ma carapace. Elle m'aurait été bien utile. Mais je pense à autre chose. Il va falloir que les kNalines trouvent le moyen de refermer cette brèche, sinon, ça risque de ne jamais s'arrêter et on n'aura plus aucune chance. De notre côté, j'ai une idée pour rentabiliser au mieux nos pouvoirs, à Lynhéa et moi, avec ceux des kNalines. Écoutez…

Une paire d'heures avant l'aube, les troupes de
la première vague arrivaient sur place. Le désert
était glacial. Bientôt, les hommes allaient se
réchauffer dans un affrontement d'une ampleur
hors du commun. Le ciel sans nuages et la lune
quasi pleine leur offraient une bonne visibilité pour
se battre... et constater le nombre impressionnant
d'ennemis. À cet instant, plus aucun monstre ne
tombait de la fissure. Cela leur donnerait un répit
dans l'attente des renforts. Ils espéraient que
l'invasion s'arrêterait là, peu y croyaient car l'œil
les fixait toujours. Devant eux la masse compacte
les chargeait. Les Warkans n'alignaient pas plus de
deux mille soldats. Deux mille hommes fatigués par
plusieurs jours ininterrompus de fête et épuisés par
deux jours de marche intensive. Et il leur faudrait
tenir jusqu'à l'arrivée des renforts le lendemain.
C'était mission impossible dans le chef de la
plupart.

Arkès fit un signe de sa torche. Des soldats enflammèrent les chariots disposés en cercle autour des ballots de paille. L'imposant anneau se transforma en un brasier immense.

— Maintenant, à nous d'entretenir le feu, dit Lynhéa en s'avançant avec Arkès, Medil et deux autres kNalines.

Face à la masse qui les chargeait, ils commencèrent à soulever les monstres par groupe et les jeter dans le brasier. Dans des cris atroces de douleur, ils s'y consumèrent impuissants.

— Ce n'est pas grand-chose, mais c'est déjà ça avant de nous faire submerger, dit Arkès.

— Oui, c'est toujours plus efficace que le corps à corps. Mais il nous faudrait plus de temps, ajouta Lynhéa.

— Tu as raison. Amenez-nous un chariot sans sa bâche ! hurla Arkès.

Ils grimpèrent pour prendre de la hauteur et Arkès cria vers Orkaf.

— Attaquez ! Ça nous permettra de continuer pendant que vous les maintiendrez à distance.

Orkaf transmit l'ordre et lança l'assaut. Une centaine de mètres plus loin, la rencontre fut d'une brutalité incroyable. Depuis leur point d'observation, les cinq amis surveillaient les affrontements. Lorsqu'un animal sautait pour s'abattre sur les soldats, ils tentaient de l'attraper au vol pour le précipiter dans la fournaise.

Le soleil se levait sur leur droite. Ils pouvaient maintenant apercevoir les kNalines et les habitants de Tanim engager le combat par l'arrière.

Au moins n'étaient-ils plus seuls.

Les tactiques expliquées aux soldats fonctionnaient bien. Ils essayaient de rester groupés. Si un roqu bondissait, ils devaient se jeter sur le côté et tenter de lui couper les pattes au passage puis l'achever au sol. Face aux jacks désarmés, c'était « *à la barbare* », mais toujours dans la tête.

Le soleil avait à peine entamé sa course ascendante que maintenir les groupes soudés n'était déjà plus possible. Les pertes warkannes s'alourdissaient. Ils se faisaient submerger par le nombre.

— Le feu est presque mort, cria Lynhéa. On l'étouffe avec tous les monstres qu'on y jette.

— Il est temps pour nous d'entrer en scène, dit Arkès.

Le chariot bascula lorsqu'ils bondirent de concert. Emporté par son envie de se battre, Arkès se retrouva instantanément au milieu des combattants. Surpris lui-même par cet élan il revint vite auprès des autres.

— Waw ! J'ignorais que je savais encore faire ça. En fait, je n'avais plus essayé depuis un certain temps.

— Alors, arrête de frimer, cria Lynhéa en souriant et vas-y à fond !

— Oui, ma chérie, à tes ordres !

Malgré la situation critique, le jeune couple prenait les choses avec plus ou moins de légèreté afin de ne pas céder au découragement voire à la panique. Arkès surtout se retrouvait dans son élément. Le combat avait été toute sa vie et, paradoxalement, il recouvrait aujourd'hui dans cette action une certaine bonne humeur. L'instant d'après, il montait un roqu et lui plantait son épée entre deux écailles. L'animal se recroquevilla sur lui-même dans un cri strident et quelques soldats s'empressèrent de l'achever. Sur ces entrefaites, Arkès avait blessé trois autres monstres et mettait toute son énergie à tenir ce rythme aussi longtemps que possible.

Les kNalines montraient une formidable agilité dans le combat. Armés seulement de leur dague, ils évitaient les attaques avec une grâce magnifique et ripostaient avec précision à chaque coup de leurs adversaires. S'ils ne déployaient pas de force vive, leur lame pénétrait les corps ennemis avec aisance. Ceux-ci s'écroulaient avant même de s'en rendre compte.

Lorsqu'un jack bondit sur lui, Medil fit un écart imperceptible et l'accueillit de sa dague en plein front. Le monstre pendit un instant dans le vide tandis que le kNaline éventrait un autre et plantait son arme dans l'œil du pendu avant qu'il ne touche le sol.

Un roqu tenta la même approche. Medil bondit plus haut que lui et le fit s'écraser sur le sable d'un coup de pied. Le vent n'eut pas le temps d'emporter les grains propulsés en nuage qu'il retombait sur lui et lui enfonçait sa dague entre deux écailles de la nuque. Le monstre mourut sans un cri.

Il les prenait un à un, évitait leurs coups et contre-attaquait sans montrer le moindre signe d'essoufflement ou de fatigue.

Au moment où il allait planter sa lame dans le ventre d'un roqu qui sautait au-dessus de lui, une intense douleur lui perfora le dos. Il se figea dans son mouvement et tâta de sa main libre. Une dague knaline tenait fermement dans sa colonne vertébrale. Il posa un genou à terre, tentant de la retirer.

Lorsqu'un jack fonça sur lui, il l'arrêta dans les airs et l'envoya percuter un de ses frères qui s'approchait.

Il fut balayé par un roqu et heurta le sol plusieurs pieds plus loin. L'animal se releva rapidement et poussa sur ses deux puissantes pattes arrière. Medil tendit la main, déchaîna son pouvoir et l'écrasa carrément devant lui. Le monstre secoua la tête pour reprendre ses esprits. Gêné par la pluie de sable qui l'aveuglait après la chute du roqu, Medil ne vit pas les deux autres s'abattre sur lui. Bloqué au sol, il n'avait aucune chance de s'en sortir. Les crocs puissants s'enfoncèrent malgré sa peau d'écorce déchaînant une douleur qu'il n'avait jamais connue jusqu'ici.

Désespéré, il concentra toute son énergie et la libéra d'un coup. Les monstres se désintégrèrent, mais il était au bord de l'épuisement. Il se redressa avec difficulté et eut juste le temps d'apercevoir le champ de bataille avant qu'un jack ne le saisisse... et lui brise la nuque.

Les Warkans n'étaient plus assez nombreux et se faisaient massacrés. Mais tous combattaient vaillamment.

Orkaf remarqua soudain un phénomène étrange. Le soleil envahissait peu à peu le désert et les monstres s'enfouissaient dans le sable ou se cachaient dans l'ombre des dunes. Dès lors, il hurla à sa dernière garde de se placer en pleine lumière. Il évitait l'affrontement, geste nécessaire pour se réorganiser et laisser les hommes se reposer. Un peu plus tard, les soldats survivants regardaient leurs adversaires se réfugier dans les zones d'ombre. L'un après l'autre, ils s'ensablaient et bientôt il ne resta plus que les Warkans, les blessés et les cadavres à la surface du champ de bataille. Ils tombèrent à genoux, soulagés, épuisés. Ils n'auraient jamais cru en sortir vivants face à cet ennemi largement surnuméraire.

Après un regard circulaire, Orkaf donna l'ordre de se regrouper aux pieds des montagnes. Le sang des victimes rougissait le désert de Ksilm.

Cinq cents hommes à peine avaient survécu, kNalines et Warkans confondus.

La défaite était cuisante.

Au château de Warbeline, Dolcina courait derrière Daïa dans les couloirs. La petite venait de se réveiller et était surexcitée. La femme de Lucal n'arrivait pas à la calmer et encore moins à gérer ses mouvements. La fillette s'arrêta sur le balcon d'où elle pouvait observer la tache dans le ciel. Plus rien ne s'en écoulait. Elle grimpa sur l'épais garde-main et sortit de l'ombre. Elle écarta les bras et se laissa submerger par les rayons du soleil. Ses iris rougirent intensément et son visage s'assombrit. Soudain un violent courant d'air balaya ses vêtements et ses cheveux sans pour autant la déséquilibrer.

L'œil déversa de plus belle sa cascade meurtrière.

Dolcina arrivait essoufflée. Face à Daïa ainsi debout au bord du vide, elle bondit et l'attira à elle vivement.

— Mais tu es folle ! Que fais-tu là ? Ne me refais plus jamais ça !

Pour la première fois, Dolcina s'était fâchée contre elle. Sa frayeur était telle qu'elle en perdit son sang-froid. Dans ses bras, Daïa semblait désorientée et réalisa seulement où elle se trouvait.

— Pourquoi moi, ici ?

— Comment ça ? Tu ne te souviens pas ?

— Non. Moi, peur.

— Oh, ma chérie ! Pardon d'avoir crié si fort, mais tu m'as fait une telle peur, s'excusa Dolcina qu'un vif sentiment de culpabilité envahissait.

Elle emmena la petite serrée contre elle.

Se réjouissant du répit octroyé par la lumière du jour dans l'attente des renforts, une nouvelle déception vint décourager les soldats. La faille dans le ciel déversait à nouveau son flot de monstres. Aussitôt au sol ceux-ci cherchaient rapidement un endroit pour s'enfouir dans le sable.

— C'était donc cela, dit Bodeline. Ils ne patientaient pas. Je ne l'avais pas remarqué, mais ils n'envahissent pas le pays car ils doivent se mettre à l'abri de la lumière trop forte dans le désert. Une chance que la faille se soit ouverte ici. Ils ne supportent apparemment pas une trop vive clarté.

— Oui, dit Arkès, au moins sommes-nous à l'abri pendant la journée. Trouvons à présent comment nous organiser pour la nuit.

— Et reposons-nous aussi, dit Lynhéa.

— Elle a raison, dit Orkaf. Détendons-nous. Espérons que les renforts arriveront vite. On avisera après.

Orkaf en profita pour passer auprès des groupes de soldats pour leur remonter le moral. Tout naturellement, aucun d'eux ne choisit un coin d'ombre pour s'allonger, se reposer s'avérait donc assez difficile et les réserves d'eau s'épuisaient rapidement. Durant ce moment de calme Arkès chercha ses amis.

— As-tu vu Medil ? demanda-t-il à Lynhéa.

Elle le regarda sévèrement sans dire un mot. Il comprit.

— Et Lucal ?

— Je suis ici, répondit ce dernier qui venait les rejoindre.

Il était blessé au bras. Une entaille large et profonde, mais sa nouvelle constitution knaline l'avait bien protégé et il ne serait que peu handicapé pour la suite du combat.

—Cette transformation est efficace. Les coups des monstres n'arrivent pas à percer l'écorce. Il a fallu qu'un énorme roqu m'attrape le bras de ses crocs pour traverser cette peau. C'est tout simplement extraordinaire... Mais ça fait quand même mal.

—As-tu vu les autres ?

—Ruhpart n'a pas survécu non plus, ainsi que le mari d'Yselda. Et nous avons perdu presque les trois quarts de nos effectifs.

—Ça fait beaucoup de monde, dit Lynhéa.

—Oui, confirma tristement Arkès, en effet. Reposons-nous, on aura besoin de tous nos moyens ce soir.

—Arkès, dit Lynhéa. On n'a pas la moindre chance de s'en sortir. Regarde nos pertes en moins de deux heures. Ils nous ont presque tous massacrés. Et quand le soleil aura disparu, on devra tenir *toute la nuit*. Ils sont trop nombreux et il en tombe encore tellement.

—Je sais. Reposez-vous, je vais voir si je peux trouver un moyen de nous aider.

Il fila dans les montagnes à une vitesse inenvisageable pour ses compagnons. Bodeline le rejoignit en volant. Il s'était arrêté sur un surplomb dominant le désert. Le kNaline atterrit à côté de lui.

—Quelque chose t'intrigue ?

— Si on peut les attirer ici, dit Arkès, un doigt pointé sur un défilé à l'arrière de leurs troupes, le nombre comptera moins. On pourra disposer les archers de chaque côté avec vous pour faire tomber des rochers sur eux. Ça pourrait aider.

— En effet, c'est une bonne idée. Mais comment vas-tu entasser tous nos soldats dans ce défilé ?

— Cent mètres plus loin, il y a une grande plaine. Ce sera notre point de repli... Et notre dernier espoir.

— Allons le proposer à Orkaf.

— Attends, je ne sais pas s'il sera d'accord. Nos hommes risquent d'avoir peur.

— Pourquoi ?

— Il y a quelque chose de particulier dans ces montagnes, dit Arkès en hésitant.

— Mais encore ? s'inquiéta Bodeline.

— C'est ici que nous enterrons nos guerriers.

— ICI ?! cria-t-il. Mais pourquoi ?

— Nous craignons de les voir nous hanter. Alors nous utilisons le désert du Ksilm comme barrière. Nos légendes disent qu'ils ne peuvent pas franchir le sable.

— Les morts ne reviennent pas, affirma Bodeline.

— Je le sais à présent, eux pas. Nos croyances sont ancrées dans les mémoires, je n'y peux rien.

Malgré les craintes, Orkaf adhéra au plan d'Arkès. Il estimait, à raison, que les soldats préfèreraient leur plan à un combat ouvert dans le désert. À midi, lorsqu'ils se seraient reposés, il les ferait bouger.

À la déception de toute l'armée, le soleil atteignit trop vite son zénith. Alors que les survivants fatigués se mettaient en place, Arkès, Bodeline et Orkaf s'étaient positionnés sur un promontoire qui leur offrait une vue globale du champ de bataille. Ils restaient silencieux, puis...

— Enfin ! s'exclama Orkaf. Voilà les renforts.

— Je pars à leur rencontre, dit Bodeline.

Il vola jusqu'à eux pour les avertir de longer les montagnes. Il fut surpris de compter des catapultes dans le convoi et félicita ses chefs d'armée de cette excellente initiative. Cela les aiderait sans le moindre doute.

Les ombres avaient déjà pris de l'angle lorsque les renforts arrivèrent près des combattants fatigués. Voir ceux-ci leur réchauffa le cœur et leur redonna courage... malgré la pluie de monstres qui s'abattait toujours sur le désert. Ce moment d'accalmie autorisa Bodeline à les survoler. Il se rendit compte que beaucoup mouraient lors du rude contact avec le sol ou avec leurs congénères entassés. Ce qui expliquait en partie pourquoi ils n'avaient pas été débordés jusque-là.

Il ne restait que quelques heures avant le coucher du soleil derrière les montagnes... Et tant à organiser. Les soldats s'étaient enfoncés dans le col. À peine une vingtaine d'hommes pouvaient combattre de front. Le nombre de monstres aurait moins d'importance ici.

De leur promontoire, Arkès et Orkaf observaient les effectifs et les moyens dont ils disposaient et réfléchissaient à la meilleure manière de les utiliser. Le soleil, implacablement, continuait sa course et il leur fallait agir très vite. Pendant qu'Orkaf répercutait les ordres à ses chefs d'armée, Arkès en profitait pour passer auprès des hommes et s'inquiéter de leur état. Il fut surpris de constater qu'Elphline s'était jointe aux troupes et prenait du temps pour soigner chacun d'eux. Lynhéa l'accompagnait.

— Ça fait plaisir de vous voir toutes les deux. Ça met un peu de beauté dans toute cette barbarie.

— Merci, Arkès, répondit Elphline. C'est très gentil de ta part ce compliment.

— Mais c'est qu'il fait des efforts pour ne pas avoir l'air d'un goujat, mon soldat préféré, le taquina Lynhéa.

— Heureux que tu en prennes conscience, rétorqua Arkès en souriant. Comment se portent-ils ? demanda-t-il plus sérieusement.

Elle ne répondit pas, le regard triste.

— Beaucoup sont gravement blessés et ne pourront plus se battre. Au mieux pourront-ils se défendre si les monstres parviennent jusqu'ici.

— Et les autres sont épuisés et ne tiendront pas bien longtemps, dit Lynhéa.

— Je sais, avoua Arkès. Ils resteront à l'arrière. Les renforts assureront le début de l'attaque. Cela devrait leur laisser une heure ou deux en plus pour se reposer.

— Oui, répondit-elle sceptique. C'est déjà ça.

Arkès inspecta le ciel comme un compte à rebours macabre. Orkaf lui confirma la mise en place du dispositif. Lynhéa partit rejoindre les autres kNalines sur le flanc de la montagne. En renfort des archers, elle les aiderait à lancer les rochers sur les troupes ennemies. Arkès, quant à lui, accompagna les hommes aux catapultes à l'avant. La portée de ces machines ne permettait pas de les positionner très loin des combats.

Orkaf ordonna le pilonnage. Il voulait infliger le plus de dégâts possible aux monstres à leur point de chute.

Au pied de la montagne, Arkès soulevait de grosses pierres et les transportait par lévitation vers les engins. Les soldats n'avaient plus qu'à armer et tirer. Pendant près d'une heure, ils pilonnèrent, toujours au même endroit. Les rochers qui s'entassaient au pied de la cascade déroulaient un tapis mortel. L'effet involontaire de leur attaque leur redonna un peu de courage. Orkaf regretta de ne pas y avoir pensé plus tôt.

Soudain, un phénomène étrange attira son attention. Le ciel s'était illuminé l'espace d'un instant. La fissure brilla intensément puis se résorba. La cascade de monstres se réduisit visiblement. Un vif sentiment d'euphorie envahit Orkaf et il avertit les soldats proches de lui. L'avant-goût de victoire qui s'empara d'eux se propagea vite au reste de l'armée. Le soulagement provoqué chassa la fatigue et le désespoir, telles des feuilles bousculées par le vent d'automne.

Les kNalines avaient réussi !

À Warbeline, Dolcina prenait son repas en compagnie de Daïa. La petite s'était calmée après l'épisode du balcon. Visiblement affamée, elle mangeait avec appétit et Dolcina riait avec elle.

Au milieu d'un fou-rire, elle recracha un morceau de pain, au bord de l'étouffement, puis entra en transe, provoquant une nouvelle crise de panique chez Dolcina. Ses yeux révulsés brillèrent d'une lumière intense. Le corps possédé de la petite fille décolla de la chaise bras et jambes dans le vide telle une poupée manipulée par un marionnettiste.

Dolcina hurla *à l'aide*, mais dans ce château immense ses cris se perdirent.

Soudain, une voix ténébreuse retentit dans la pièce.

— Noooon !

Dolcina l'entendit, mais ne put dire si elle émanait de Daïa. Le petit corps en lévitation se replia sur lui-même pour ne plus former qu'une boule. Brusquement elle s'ouvrit pour expulser une onde de choc qui se répandit dans toute la pièce. Dolcina fut soufflée comme un buisson mort emporté par le vent. La table de pierre se fissura, les chaises se disloquèrent et le miroir explosa.

Puis le corps de Daïa redescendit et s'allongea à côté de Dolcina. Reprenant peu à peu ses esprits, elle découvrit sa nounou inconsciente. Elle la secoua énergiquement.

— 'Cina ?

— Oh !... Ma chérie. Que... Qu'est-il arrivé ?

— Sais pas, toi tombée.

— Non, je parle de toi. Qu'as-tu fait ?

— Sais pas. 'Cina, Daïa peur.

— Pauvre petite. Mais que t'arrive-t-il donc ? murmura sa gardienne en larmes. Viens, ne restons pas ici, il y a des morceaux de miroir partout, tu risques de te couper.

Les catapultes continuèrent à pilonner la base de la cascade aussi longtemps que possible. Lorsque tous les monstres se furent écrasés sur le sol une fois l'œil refermé, ils déplacèrent les machines pour frapper plus près d'eux. Ils espéraient ainsi les attirer vers le col. Pour cela, ils devaient attendre que ces derniers sortent de leur terrier.

Le soleil désertait le sable, l'ombre macabre progressait. Le silence envahit le champ de bataille pesant sur le moral. Tout était immobile. Seul le vent forçait les guerriers à bouger pour frotter leurs yeux irrités par la poussière. Ils assistaient à l'inévitable accroissement de l'obscurité. Le compte à rebours mortel poursuivait sa course effrénée tandis que le soleil atteignait son nadir.

Soudain sur le sable se dessinèrent des vagues dans toutes les directions. Ils allaient émerger et se répandre dans le pays pour tout dévaster.

Orkaf ordonna le pilonnage. Attirés par le bruit, les premiers monstres aperçurent les immenses catapultes... et se ruèrent dans leur direction. Le roi commanda le repli à l'arrière des troupes entassées dans le col. Arkès resta à l'avant pour être parmi les premiers à se confronter à leur ennemi. Il utiliserait sa vitesse pour occasionner un maximum de dégâts en un minimum de temps et donner de la sorte un peu de courage aux soldats.

Devant eux une masse difforme et anarchique progressait rapidement comme une nuée de fourmis paniquées. Ils se chevauchaient les uns les autres sans prêter attention à leurs compagnons.

Lorsque ce raz-de-marée s'engouffra dans le col, les archers entrèrent en action. Postés sur les flancs de la montagne, ils devaient tuer le plus possible de monstres avant le contact avec les troupes. Malgré leurs efforts, la masse semblait traverser sans peine la pluie de flèches qui s'abattaient sur eux.

Les kNalines avec Lynhéa continuèrent à refermer le piège. Un éboulement de rochers écrasa une grande quantité d'ennemis. Le monceau de cadavres et de pierre entravait le chemin des autres assaillants. C'est en nombre limité et leur course brisée qu'ils entraient au contact des soldats où le massacre commençait. Les rangs warkans n'accusaient plus que de faibles pertes.

Très vite cependant les agresseurs comprirent d'où venait le danger et certains prirent la montagne d'assaut. Orkaf fit souffler la retraite dans la corne warkanne. Les archers et les kNalines se replièrent à hauteur des soldats sur deux lignes à flanc de falaise. Le mur formé bloquait le passage aux monstres et les empêchait de prendre toute l'armée à revers.

Cependant la fin de la pluie assassine permit à leurs ennemis de s'abattre en nombre sur le gros des troupes. Le combat était brutal et les pertes devenaient de plus en plus conséquentes. Le bouchon du col ne tiendrait plus longtemps.

Il fallait passer à la seconde phase du plan. Orkaf fit sonner une nouvelle fois la corne warkanne. Le tampon se divisa en deux. Une partie retardait leur avancée pendant que le reste de l'armée s'amassait dans une plaine à l'intérieur des montagnes où ils pourraient fondre en masse sur les monstres. Le nombre de soldats au contact avec l'ennemi serait plus important et ils s'épuiseraient moins.

Un moment plus tard, ils étaient en position attendant que les envahisseurs s'engouffrent jusqu'à eux. Les archers et les kNalines s'étaient repliés sur les flancs de la plaine. Le peuple des montagnes avait rejoint la masse des soldats et les flèches devaient les aider à tenir aussi longtemps que possible les monstres à distance.

Leurs ennemis arrivèrent finalement au contact du peu d'hommes qui constituaient encore le bouchon. Conformément aux ordres, une fois le gros de l'armée en place, ils tentèrent de fuir... mais, à part Arkès, ils furent rattrapés par les monstres plus rapides qu'eux. Le cœur lourd Orkaf les regarda se faire massacrer.

— Que vos esprits trouvent le repos dans ces montagnes avec nos ancêtres, murmura-t-il lentement.

Les archers se positionnèrent pour couvrir l'armée dans son combat.

Orkaf en tête, le gros des troupes attendait. Soudain ils aperçurent Arkès courir vers eux. En un instant il fut à leur côté :

— Ils arrivent ! dit-il essoufflé.

— Sans blague, confirma Lynhéa venue rejoindre Orkaf.

— Oui, ils ne se rendront pas.

— Alors, tant pis pour eux, conclut-elle, son sabre à la main et un large sourire aux lèvres.

Les soldats ne tenaient plus en place. Pour la deuxième fois, ils voyaient ce raz-de-marée fondre sur eux. Il ne semblait même pas avoir diminué. Les cris humains se mêlèrent à ceux stridents arrachés aux bestioles et aux injures caractéristiques des jacks. Tous se battaient avec la force du désespoir. C'était moins la peur qui les poussait que l'envie de connaitre encore un lever de soleil.

Leurs ennemis trop nombreux s'imposaient peu à peu. Dans les rares moments où ils pouvaient observer le combat, Arkès et Orkaf tentaient de contrôler la situation tant bien que mal. Les archers les couvraient tapis dans l'ombre de la montagne, néanmoins les soldats se faisaient massacrer sans rémission. Leur défaite se concrétisait inévitablement.

Arkès s'en voulait d'avoir abandonné si vite sa carapace. Avec elle, il aurait pu les sauver, sûrement. Alors qu'ici, il allait mourir comme eux. Il ne vieillirait pas aux côtés de Lynhéa qui se battait comme une diablesse. Il s'étonnait encore de son agilité. Elle maniait aussi bien son sabre que son don pour écarter les monstres trop nombreux. Il pensa enfin à Daïa sans défense contre ces monstres et fut pris de panique à l'idée de les perdre toutes les deux. Il sentit une intense vague de chaleur et d'énergie déferler en lui et rentra plus brutalement encore dans le combat.

— VOUS NE LES TOUCHEREZ PAS ! hurla-t-il.

Avec l'énergie du désespoir, il fonça dans le tas ne ménageant plus ses efforts ni son énergie. Chacune de ses coupes s'accompagnait d'un hurlement de rage. Bientôt, Lynhéa l'imita, puis Lucas, Orkaf et leurs amis knalines… et finalement chaque combattant. Leurs cris de guerre finirent même par couvrir ceux des mourants.

Un relatif statu quo sembla s'installer.

Lucal se fit renverser par un roqu qui le mordit fermement à l'épaule, l'emportant avec lui dans sa chute. Sa main heurta un rocher, il lâcha son épée. L'animal tenait bon et le secouait vivement. Il hurlait de douleur tandis qu'un sang noir épais s'écoulait des mâchoires du monstre. Il saisit le couteau à sa ceinture et le lui planta dans l'œil. Le roqu lâcha prise. Il se releva la main sur l'épaule, mais déjà un jack bondissait sur son dos et mordait au même emplacement pour ouvrir encore plus la plaie béante. Les deux combattants tombèrent en avant et Lucal se retrouva face contre terre, incapable de frapper son assaillant. Le jack lui tordait la tête au point de ne plus pouvoir respirer... et lui arrachait la chair en mordant vigoureusement. La peau d'écorce émit un craquement sec, le monstre parvenait à ses fins.

Soudain il lâcha sa prise avant de s'effondrer sur le sol. Se redressant immédiatement, Lucal aperçut un sabre dépassant du crâne du jack. Il se retourna et vit Arkès un large sourire aux lèvres... désarmé à présent.

Une multitude de jacks tombèrent sur lui, le faisant totalement disparaitre.

— NOOOOON ! hurla Lucal.

Il reprit son épée et le sabre d'Arkès et courut dans sa direction. Il prêtait peu d'attention aux autres ennemis ne tuant que ceux qui pouvaient arrêter son élan. Il se fit renverser à plusieurs reprises, ce qui le ralentit considérablement et la rage au ventre, il se relevait toujours.

Arkès était enfoui sous les jacks et il fonça sur cette masse informe. De peur d'atteindre son ami s'il frappait de son épée, il se jeta dans le tas, bousculant la plupart des monstres. Dans le même mouvement, il lança le sabre à côté d'Arkès pour qu'il puisse le saisir.

Il se releva d'un bond et tua tous les ennemis qu'il venait de bousculer puis se tourna vers Arkès. Il n'avait pas bougé, toujours recourbé sur lui-même... Il était couvert de sang et trois jacks continuaient de le griffer tandis qu'un quatrième s'apprêtait à le mordre au visage.

— Sang de reil, non ! ARKÈS ! hurla-t-il de plus belle.

Au moment où il se penchait sur lui, les jacks furent entourés d'une aura lumineuse et lévitèrent pour se voir propulser dans les airs. Là-bas, Lynhéa gardait encore la main tendue vers eux, visiblement essoufflée... avant de se faire balayer par un roqu et disparaitre derrière un rocher. Trop loin pour pouvoir intervenir rapidement, Lucal pria pour elle et para au plus pressé. Il retourna Arkès, coupa un jack au-dessus de lui et constata ses blessures. Il n'était plus en état de se battre.

Il banda toutes les forces qui lui restaient et le traîna *à l'abri* entre deux grandes pierres.

— Arkès ! Réagis, je t'en prie.

Son ami ouvrit lentement les yeux.

— Merci, dit-il avec difficulté. Putain vérolée ! Ça fait mal.

— Reste ici. Je dois y retourner.

— Moi aussi, tenta-t-il en se redressant.

Lucal déposa lourdement la main sur son épaule pour le plaquer au sol.

— Ne confonds pas courage et suicide sinon je te tue sur place.

Le ton de son ami ne souffrait aucune réplique. Il opina du chef et rejeta la tête en arrière dans un soupir d'abandon. Au moment où Lucal se redressait, il le retint par le bras.

— Lynhéa ?

— Elle se bat toujours, mentit-il avec aplomb.

Arkès le lâcha. Il grimpa sur le rocher et constata que l'affrontement s'était déplacé au centre de la plaine.

La vision était apocalyptique.

Il distinguait à peine le peu de combattants encore valides au milieu de la nuée noire de monstres. Il aurait voulu les aider… c'était peine perdue. D'ici peu tous ses amis seraient morts et leurs ennemis ne rencontreraient plus aucune résistance pour envahir le pays. Il pensa à Dolcina et s'effondra à genoux… en pleurs.

— Désolé ma chérie, cette fois, je ne pourrai pas tenir ma promesse.

Soudain, un roqu s'écrasa brutalement à côté de lui. Sa cage thoracique enfoncée comme broyée par les griffes acérées d'un rapace, il rendit son dernier souffle. Le guerrier leva les yeux vers le ciel.

Un immense dragon noir volait accompagné d'un autre animal étrange. Ils foncèrent à travers le flux des monstres qui s'engouffraient encore dans le col et causaient des dégâts considérables. Il remarqua avec étonnement qu'ils ne tuaient aucun Warkan ni aucun kNaline.

— Par quel prodige... ?

— Qu'y a-t-il ? demanda Arkès.

Il sauta du rocher et souleva son ami sous les épaules, puis pointa le ciel.

Arkès sourit puis éclata de rire avant de tousser un peu de sang.

— Nous... Nous sommes sauvés ! dit-il difficilement.

— Qu'un mal ardent me frappe ! s'exclama Lucal. Il va falloir que tu m'expliques.

Arkès se redressa, appuyé sur son ami et s'agenouilla dans une grimace.

— C'est la Statue-Dragon et l'autre, celle du temple de Glomarne en pays maldor. C'est à elle que j'ai rendu ma carapace.

Les soldats qui s'en étaient aperçus regardaient les géants d'un air sceptique. Amis ou ennemis ?

Lucal dressa les bras vers le ciel et poussa un hurlement hors du commun.

Malgré le bruit et la cohue, tous se tournèrent vers lui, hommes et monstres. En constatant que les jacks et les roqus s'éparpillaient dans les airs sous les coups de leurs sauveteurs, le désespoir qui avait gagné peu à peu les derniers combattants s'évanouit en un instant. L'euphorie qui les anima aussitôt leur donna la rage nécessaire pour reprendre leur survie en main. Dans une incroyable clameur ils redoublèrent de violence.

Aidés des statues, les soldats rétablirent la situation à leur avantage. Ils s'égosillaient à chaque frappe envahis d'une joie spectaculaire. Ils sentaient à peine les blessures que leur infligeaient les monstres et seule la mort pouvait désormais les mettre hors de combat.

Les pertes warkannes s'amenuisaient enfin à l'instar du nombre des ennemis. Lorsqu'une épée s'enfonça dans le dernier adversaire, un immense rugissement de libération poussé par tous les soldats envahit la plaine. Ce vacarme résonna dans les montagnes et l'écho l'amplifia encore. Ils étaient épuisés, mais la victoire leur avait insufflé une énergie insoupçonnée. Ils sautaient dans les bras les uns des autres pour se féliciter d'être en vie. Il n'y avait plus ni blessures, ni fatigue, une immense satisfaction collective effaçait le tout.

Orkaf tomba à genoux, à bout de forces... soulagé, et fondit en larmes. Les pertes étaient colossales et il s'en sentait partiellement responsable en tant que nouveau roi au service de son peuple. Il pensa à Adrehilde qu'il allait revoir... contre toute attente encore une fois.

Ehrmann s'approcha de lui, couvert de sueur et de sang, et déposa la main sur son épaule. Orkaf releva la tête et regarda son ami. Il ne le reconnut pas immédiatement sous sa peau d'écorce et lui adressa un sourire timide. Ehrmann lui tapota deux fois le dos avant de s'éloigner.

Arkès, aidé de Lucal, rejoignit Lynhéa et tomba dans ses bras heureux de la voir toujours en vie. Elle était couverte du liquide sombre des monstres et essoufflée. Contrairement à lui, elle n'était pas blessée. Du bout des doigts il repoussa une mèche rebelle. Elle lui paraissait plus belle que jamais.

— Tu as l'air amoché, constata-t-elle tristement.

— Rien qui ne guérisse avec du temps.

— Ils auraient dû se rendre, ironisa-t-elle.

— En effet.

— Ils n'apprendront donc jamais, renchérit Lucal.

— Pourtant ce serait mieux pour eux, intervint Orkaf. Ce fut pour tous une rude nuit.

Ils le regardèrent et lui sourirent franchement.

— On peut dire ça, confirma Arkès.

— Ils ont failli t'avoir, constata-t-il à regret.

— Oui. Grâce à Lucal, ce ne sera pas encore pour cette fois.

Très vite, la réalité des lourdes pertes les rattrapa : Medil, Bodeline, Ruhpart, le mari d'Yselda sans compter les autres Warkans et kNalines. Le soulagement laissait place à l'amertume. Telle était la loi des combats et c'était toujours difficile à vivre.

Les deux énormes statues vinrent atterrir à côté d'eux. La masse de pierre qui s'abattit sur le sol souleva un nuage de poussière colossal. Lorsque ce dernier se dissipa, Arkès boitilla le cœur battant et le sourire aux lèvres.

— Je suis heureux de te voir.

— *Moi aussi. Je ne m'étais pas trompée en ressentant que tu avais besoin de moi.*

— Non, en effet. Mais comment cela a-t-il pu se faire?

— *Nous sommes séparés, mais le lien qui nous unit reste entier. J'ai éprouvé ta détresse. C'est pourquoi je* devais *venir t'aider. Malheureusement ce sera la seule et unique fois.*

— Pourquoi ? demanda-t-il surpris.

— *J'ai été créée pour un homme pas pour une statue d'un tel poids. J'ai vidé tout mon pouvoir. Je ne pourrai même pas rentrer jusqu'au temple.*

— J'en suis désolé... Je suis heureux que tu sois intervenue. Sans toi nous serions tous morts.

— *En effet.*

— Ne pourras-tu pas regagner ton énergie au fil du temps ?

— *Non, car je ne peux plus en reprendre.*

— Que veux-tu dire ?

— *Nous fonctionnions à deux,* répondit la statue. *Je servais de source quand tu en avais besoin et je me nourrissais de toi pendant nos périodes de repos. Je ne peux m'alimenter de quelqu'un d'autre et encore moins de pierre.*

— Reviens sur moi le temps de revivre, proposa Arkès.

— *Ce n'est plus envisageable désormais. Tu m'as cédée volontairement et par là, tu as établi une barrière entre nous. La magie maldore est ainsi faite. Tant que ce blocage sera présent, il n'y aura pas de retour possible. Et cela ne disparait pas avec le temps. Désolée de m'être écrasée si lourdement sur le sol à l'instant, je perds mon énergie. Je commence d'ailleurs à m'éteindre.*

— Non ! Attends ! tenta de l'interrompre Arkès qui avait encore tant de choses à lui demander.

— *Pourrais-tu me rendre un service ?* ajouta-t-elle.

Arkès marqua une courte pause puis abandonna son idée.

— Oui, bien sûr.

— *Je voudrais que tu nous fasses ramener au temple. Même si je sais que ce sera difficile pour...*

— C'est d'accord, répondit-il sans la moindre hésitation. Et je crois que ce ne sera pas un problème pour trouver des volontaires.

— *Merci. Je dois à présent te quitter. Adieu mon ami.*

— Adieu, conclut Arkès le cœur lourd.

La carapace se replia dévoilant la statue de pierre et disparut. Les soldats, témoins une fois de plus de ce phénomène extraordinaire, n'en crurent pas leurs yeux. Ils en vinrent même à se demander si Arkès était humain. Par contre, une chose restait certaine : il était un être hors du commun.

Quelques instants plus tard, les archers descendaient des flancs de la montagne, accompagnés d'Elphline. Arkès et Lynhéa furent très heureux de la voir en vie. Avant que les survivants ne se remettent en route pour Warbeline, la kNaline soigna au mieux les blessés les plus graves en commençant par Arkès.

Lorsque le soleil se leva sur le désert du Ksilm, les dernières rations furent distribuées aux troupes. Ils enterrèrent leurs amis dans la montagne aux côtés des autres Warkans puis s'éloignèrent au plus vite. Ce dépôt mortuaire des guerres warkannes, présent depuis des décennies, venait de recevoir de nouveaux témoins directs d'une bataille sanglante, inhumaine. Trop de morts et trop de violence hantaient les esprits des survivants.

Les blessés graves furent installés sur des civières de fortune, les chevaux attelés aux catapultes. Orkaf ordonna la mise en route du détachement.

Les kNalines furent cordialement remerciés pour leur aide et invités au château. Ils préférèrent cependant regagner leur village montagnard. Orkaf réalisa subitement une chose, incroyable auparavant : pour la première fois dans leur histoire, grâce à un seul homme, une alliance avait été possible entre les Warkans et les kNalines. Personne ne l'aurait imaginé il y a peu de temps encore. Le monde qu'ils connaissaient avait bien changé en quelques années. Celui-ci allait-il enfin jouir d'une période de paix et l'espérait-il, de prospérité ?

Il restait immobile devant le défilé des survivants. Ses yeux en disaient long sur son soulagement… et ses inquiétudes. Lynhéa le remarqua et fit un signe à Arkès. Il opina de la tête et talonna son cheval pour le rejoindre. Chaque secousse lui infligeait un éclair de douleur car il avait refusé de rester allongé. Elphline l'avait suffisamment rafistolé pour lui permettre de faire le voyage sans avoir rien pu faire contre la souffrance qu'il devrait supporter. Apercevant Orkaf victorieux sur sa monture, il demeura un moment silencieux à l'observer. Sans arrogance ni prétention le roi rayonnait. Un bon souverain prenait place désormais sur le trône, bien différent de ses prédécesseurs, Arkès en était persuadé.

— Je te sens soulagé et pourtant je lis encore de l'inquiétude dans ton regard.

— Lynhéa est toujours aussi observatrice, sourit-il.

Arkès lui rendit son sourire et poursuivit.

— En effet. A-t-elle raison ?

— Oui... et non. La paix va enfin s'étendre sur le pays. Mais à quel prix ? Le nombre de Warkans vivants est tombé si bas. Pour peu, ils pourraient presque tous habiter à Warbeline. Il va falloir des décennies pour reconstituer un peuple digne de ce nom. Et si demain nous devions subir l'invasion d'une autre armée, nous ne nous en remettrions pas. Alors oui, je suis inquiet. De plus, tout a été si vite.

— Que veux-tu dire ? demanda Arkès.

— En un rien de temps, je me retrouve plébiscité nouveau roi. Je n'étais pas préparé à cela. Je suis un chef de guerre pas un monarque. Comment vais-je parvenir à maintenir l'ordre sans devenir à mon tour un souverain maudit par son peuple ? Pourrais-je répondre aux attentes des gens ? C'est paradoxal peut-être car même si j'aspire à une paix durable, c'est ici dans une bataille que je me sens dans mon élément naturel.

— Tu as géré une armée et tous tes hommes t'ont suivi sans hésitation jusqu'à l'enfer de cette agression. Dis-toi que tu ne dois rien changer.

— Tu trouves que je me pose trop de questions alors que toi tu vas t'isoler pour vivre une vie tranquille dans les montagnes. Comme je t'envie.

Arkès ne sut que répondre.

» Au contraire, poursuivit Orkaf, je *dois* évoluer. Je ne peux raisonner avec les gens comme j'ordonne à des soldats. Cela ne fait que quelques mois que je suis roi et même si tout s'est très bien passé, serai-je capable d'assurer ce rôle toute ma vie ?

— Ce n'est pas cela que je voulais dire. Tu dois demeurer juste comme tu l'as toujours été avec tes hommes. Le reste n'est que formule et Adrehilde est là pour t'y aider.

Orkaf se tourna vers les troupes qui avançaient. Son estomac se serra. Il maintint un instant de silence avant de reprendre sa discussion avec Arkès.

— Oui, heureusement. À nous deux, on peut y arriver.

— Vous vous en sortirez très bien, dit Arkès sa main sur l'épaule de son ami.

— Ne veux-tu vraiment pas rester à mes côtés ? Je me sentirais tellement mieux de ne pas avoir tout un royaume sous ma seule responsabilité.

— J'apprécie ta proposition, mais nous avons déjà supporté plus que n'importe qui. J'aspire aujourd'hui à un peu de calme. Je désire passer du temps avec Daïa et Lynhéa sans toujours me demander ce qui va encore nous arriver... Ce qui pourrait *leur* arriver. Et nous n'avons été que trop séparés par les épreuves de ces derniers mois.

— Je t'envie, mon ami.

— Ne dis pas cela trop vite... N'oublie pas que c'est avec Lynhéa que je dois vivre, ajouta Arkès avec un large sourire.

— Ah! Ah! En effet. Je ne sais pas lequel est le pire entre un royaume et elle, confirma Orkaf, hilare.

— Je vous ai entendu, hurla Lynhéa. Arkès! Au pied!

— Oui, mon amour! répondit-il, en minaudant.

Orkaf tapa amicalement dans le dos d'Arkès, lui arrachant un cri de douleur.

— Oh! Pardon, j'avais oublié tes blessures.

Arkès leva la main pour le rassurer.

Les jours avaient passé dans le deuil et le calme revenu. Les nouveaux souverains s'étaient adressés à la population pour leur expliquer que tout était à refaire dans le royaume. Après cette terrible bataille qui avait anéanti la plupart des hommes il fallait songer à repeupler et réorganiser le pays. C'était l'occasion de répartir équitablement les habitations et les propriétés pour que tous puissent vivre à nouveau de leurs domaines et de les faire fructifier. Les *survivants* prendraient un nouveau départ dans les meilleures conditions octroyées généreusement par le gouvernement.

Arkès, Lynhéa et Daïa étaient retournés chez les kNalines où le calme retrouvé leur procurait une sérénité dont ils jouissaient pleinement. Ils pouvaient à présent regarder leur fille grandir. Les épreuves endurées avaient renforcé leurs sentiments, les avaient assagis et rendus plus patients. Ils étaient conscients de leur chance car ils ne manquaient de rien.

Dolcina avait attendu plusieurs jours avant de leur expliquer les moments de « possession » de Daïa, inquiète de leur réaction. S'ils marquèrent le coup, ils ne changèrent pourtant rien à leur comportement envers leur fille. Et ils ne reparlèrent pas de la vision de Daïa lorsqu'Arkès était blessé ni des phénomènes qui l'avaient animée durant l'ouverture de l'œil. L'avaient-ils oublié ? Ou *préféraient*-ils l'oublier ?

Jamais quand ils avaient le dos tourné, ils ne remarquèrent sur le visage d'ange de leur fille son regard s'assombrir.